AF197204

Winnipeg, North End. In einer kalten Winternacht schaut Stella, eine junge Mutter indianischer Abstammung, aus dem Fenster und bemerkt, dass auf dem einsamen Streifen Brachland vor ihrem Haus jemand angegriffen wird. Voller Furcht ruft sie die Polizei. Als die Beamten eintreffen, finden sich zwar Zeichen eines Kampfes, eine zerbrochene Bierflasche und Blut im Schnee, aber von dem Opfer fehlt jede Spur. Und die Beamten haben Zweifel an Stellas Aussage, eine Frau sei vergewaltigt worden. Doch am nächsten Tag wird eine Jugendliche mit brutalen Verletzungen in die Notaufnahme gebracht: es ist Emily, die 13-jährige Tochter von Stellas Cousine.

Aus unterschiedlichen Perspektiven erzählt, fügt sich nach und nach zusammen, was zu den schrecklichen Ereignissen in jener Nacht führte. Doch es ist keine typische Kriminalgeschichte, es ist vielmehr die Geschichte der Familie des Opfers – und der Familie der Täter. Es geht um soziale Ausgrenzung, Gewalt und die Frage nach dem Warum. Und es sind vor allem die Frauen, die leiden und ihre Narben davontragen. Aber sie sind es auch, denen es gelingt, über Generationen ihre Weisheit und Stärke weiterzugeben.

KATHERENA VERMETTE, aufgewachsen in Winnipeg, Manitoba, Filmemacherin, Lyrikerin und Schriftstellerin. Ihr Debütroman »Was in jener Nacht geschah« war Bestseller und Debattenbuch in Kanada und wurde vielfach ausgezeichnet: McNally Robinson Book of the Year Award, Margaret Laurence Award for Fiction, Carol Shields Winnipeg Book Award. Shortlist Governor's General Literaray Award und Rogers Writers' Trust, Finalist Canada Reads.

Katherena Vermette

# Was in jener Nacht geschah

Roman

*Aus dem Englischen
von Kathrin Razum*

btb

Die kanadische Originalausgabe erschien 2016 unter dem Titel
»The Break« bei House of Anansi Press Inc, Toronto.

Alle in diesem Roman geschilderten Handlungen und Personen
sind frei erfunden.

Sollte diese Publikation Links auf Webseiten Dritter enthalten,
so übernehmen wir für deren Inhalte keine Haftung,
da wir uns diese nicht zu eigen machen, sondern lediglich auf
deren Stand zum Zeitpunkt der Erstveröffentlichung verweisen.

 Dieses Buch ist auch als E-Book erhältlich.

MIX
Papier aus verantwor-
tungsvollen Quellen
FSC® C014496

Penguin Random House Verlagsgruppe FSC® N001967

1. Auflage
Genehmigte Taschenbuchausgabe Juli 2021
btb Verlag in der Penguin Random House Verlagsgruppe GmbH,
Neumarkter Straße 28, 81673 München
Copyright © 2016 by Katherena Vermette
Copyright © der deutschsprachigen Ausgabe 2019 by
btb Verlag in der Penguin Random House Verlagsgruppe GmbH
Covergestaltung: semper smile, München,
nach einem Entwurf von Alysia Shewchuk
unter Verwendung eines Motivs von © Corinna Wolff
Satz: Uhl + Massopust, Aalen
Druck und Einband: GGP Media GmbH, Pößneck
MK · Herstellung: sc
Printed in Germany
ISBN 978-3-442-77072-4

www.btb-verlag.de
www.facebook.com/btbverlag

Für meine Mutter

Den Verlorenen zu Ehren

Mit Liebe denen zugeeignet,
die sich durchgeschlagen haben –
ihr zeigt uns den Weg

Betty, wenn ich anfange, ein Gedicht über dich zu
schreiben
wird es stattdessen womöglich eines
über die Jagdsaison
über die freie Jagd auf indigene Frauen.

– *aus »Helen Betty Osborne« von Marilyn Dumont*

Am häufigsten geben Menschen ihre Macht dadurch auf,
dass sie meinen, keine zu besitzen.

– *Alice Walker*

ERSTER TEIL

Die Brache ist ein Stück Land westlich der McPhillips Street. Ein schmales Feld, etwa vier Parzellen breit, das die dichten Häuserreihen auf beiden Seiten unterbricht und sämtliche Avenues von Selkirk bis Leila quert, diesen ganzen Randbereich des North End. Manche Leute haben keine Bezeichnung für dieses Stück Land und verschwenden wahrscheinlich auch keinen Gedanken daran. Auch ich habe es nie benannt, ich wusste einfach, dass es da war. Aber als sie, meine Stella, in ein Haus direkt daneben zog, nannte sie es die Brache, und sei es nur im Kopf. Niemand hatte ihr je eine andere Bezeichnung dafür genannt, und aus irgendeinem Grund fand sie, dass sie ihm einen Namen geben müsse.

Es ist eine Stromtrasse und wurde wahrscheinlich als solche ausgewiesen, als hier sonst noch nichts war. Als es auf dem Tiefland westlich des Red River nur hohes Gras und Kaninchen gab, etwas Gebüsch hier und da, bis hinauf zu dem See im Norden. Das Wohnviertel wuchs darum herum empor. Die Häuser wurden ursprünglich für osteuropäische Immigranten gebaut, die man auf diese, die falsche Seite der Bahnlinie drängte und vom wohlhabenden Süden der Stadt fernhielt. Jemand hat mir mal erzählt, dass die Häuser im North End alle billig und groß gebaut wurden, aber auf kleinen, schmalen Parzellen. Damals musste man Land von einer bestimmten Größe besitzen, um wählen zu dürfen, und diese Parzellen waren alle ein paar Zentimeter kleiner bemessen.

Die hohen, metallenen Strommasten wurden sicher erst später errichtet. Riesig und grau stehen sie zu beiden Seiten des schmalen Stücks Land und halten zwei glatte silberne Kabel hoch über dem höchsten der Häuser. Alle zwei Blocks wiederholen sich diese Masten, wieder und wieder, bis weit in den

Norden. Womöglich sogar bis zum See. Die Kleine von meiner Stella, Mattie, hat sie Roboter genannt, als die Familie dort hinzog. Roboter ist eine gute Bezeichnung für die Masten. Sie haben einen eckigen Kopf und gehen unten ein bisschen auseinander, wie jemand, der strammsteht, und dann sind da noch die beiden hochgestreckten Arme, mit denen sie die Leitungen in den Himmel halten. Sie sind eine erstarrte Armee, die Wache steht und alles sieht. Wie ringsum Häuser gebaut und abgerissen werden, Menschen herbeiströmen und wieder verschwinden.

In den Sechzigern begannen Indianer hier einzuziehen – als die Status-Indianer die Reservate verlassen durften und viele in die Städte zogen. Die Europäer machten sich daraufhin nach und nach aus dem Viertel davon, wie ein Mann, der sich im Dunkeln von einer schlafenden Frau wegschleicht. Jetzt gibt es viele Indianer hier, große Familien, anständige Leute, aber auch Gangs, Nutten, Drogenhöhlen, und all die großen, schönen Häuser wirken in sich zusammengesunken und müde, wie die alten Leute, die noch in ihnen wohnen.

Die Gegend rund um die Brache ist nicht ganz so arm wie das restliche North End, sie hat etwas von einem Arbeiterviertel, genug, um den hart schuftenden Bewohnern das Gefühl zu geben, dass sie nicht Teil des ganzen Elends sind, abseits des Dramas leben. Hier stehen öfter Autos vor den Häusern als auf der anderen Seite der McPhillips Street. Es ist eine gute Wohngegend, aber man erkennt es trotzdem, wenn man weiß, worauf man achten muss. Wenn man die Häuser mit den niemals geöffneten, mit Laken verhängten Fenstern sieht. Wenn man die Autos sieht, die spätnachts kommen, mitten in der Brache parken, fern von jedem Haus, und nur zehn Minuten bleiben, ehe sie wieder verschwinden. Meine Stella sieht es. Ich habe ihr beigebracht, hinzusehen und immer wachsam zu sein. Ich weiß nicht, ob das richtig oder falsch war, aber sie lebt noch, also muss etwas Gutes daran sein.

Ich habe diesen Ort, den meine Tochter die Brache nennt, immer gemocht. Früher bin ich im Sommer dort spazieren gegangen. Es gibt einen Pfad, der sich bis zum Stadtrand hinzieht, und wenn man bloß aufs Gras hinunterschaut, während man ihn entlanggeht, könnte man meinen, man wäre auf dem Land. Alte Leute haben dort Gärten angelegt, große Gärten mit gepflegten Mais- und Tomatenbeeten, sauber und ordentlich. Im Winter allerdings kann man dort nicht spazieren gehen. Niemand schaufelt einen Weg frei. Im Winter ist die Brache eine weiße, windige Weite, ein Meer von beißend kaltem Schnee, der vom kleinsten Windstoß aufgewirbelt wird. Und wenn der Schnee auf die nackten Stromleitungen trifft, entsteht ein durchdringendes Summen. Es ist ein anhaltendes Geräusch, leise genug, um es ignorieren zu können, wie ein Flüstern, das man als Stimme erkennt, ohne dass man jedoch verstehen könnte, was gesagt wird. Wenn es schneit, kommen einem die Leitungen ganz nah und niedrig vor, obwohl sie mehr als drei Stockwerke hoch über einem hängen, und sie machen dieses summende Geräusch, das fast wie Musik ist, nur nicht so weich. Man kann es ignorieren. Es ist einfach ein weißes Rauschen, und manche Leute können so etwas ignorieren. Andere hören es, gewöhnen sich aber daran.

Es schneite, als es geschah. Der Himmel war rosa und prall, und es hatte endlich angefangen zu schneien. Selbst drinnen im Haus hörte meine Stella das Summen, so deutlich wie ihren eigenen Atem. Wenn sich am Himmel die Wolken ballen, weiß sie, dass es kommen wird, aber sie hat gelernt, damit zu leben, so wie mit allem, was sie durchgemacht hat.

# 1

# STELLA

Stella sitzt mit zwei Polizisten an ihrem Küchentisch, und eine Zeitlang sagt keiner etwas. Sie sitzen einfach da, schauen alle weg oder nach unten, eine lange Pause. Der ältere Polizist räuspert sich. Er riecht nach abgestandenem Kaffee und Schnee und sieht sich in Stellas Zuhause um, in ihrer sauberen Küche und dem dunklen Wohnzimmer nebenan, als versuchte er, Beweise für irgendetwas zu finden. Der Jüngere geht seine handschriftlichen Notizen durch, blättert die knittrigen Seiten seines kleinen Spiralhefts um.

Eine Decke um die Schultern, hat Stella die eine Hand um einen Becher heißen Kaffee gelegt, nimmt dessen Wärme auf und zittert doch. Mit der anderen Hand knüllt sie ein Papiertaschentuch zusammen. Sie schaut nach unten. Ihre Hände sehen aus wie früher die ihrer Mutter, älter aussehende Hände bei einer jungen Frau. Alte-Frauen-Hände. Ihre Kookom hatte früher auch solche Hände, und jetzt, wo sie von Kopf bis Fuß eine alte Frau ist, sind ihre Hände praktisch transparent, die Haut dort ist ganz dünn. So schlimm ist es bei Stella noch nicht, aber auch ihre Hände sind zu runzlig, sehen zu alt aus für ihren Körper, als wären sie schon vorausgealtert.

Der Polizist atmet schwer. Stella blickt schließlich auf und braucht all ihre Kraft, um ein weiteres Mal alles zu erzählen. Die Polizisten sitzen beide mit gestrafften Schultern da und rühren die Becher mit dampfendem Kaffee nicht an, die sie ihnen hingestellt hat. Aus den Funkgeräten an ihren Schultern knistert und rauscht es, zwischendurch gedämpfte Stimmen, Zahlen, Meldungen.

Sie hat den Versuch aufgegeben, vor diesen Fremden nicht zu weinen.

Officer Scott, der jüngere der beiden, bricht schließlich das Schweigen.

»Also, wir wissen sicher, dass da draußen etwas Schwerwiegendes passiert ist.« Er schaut sie von der Seite an. Sein Ton ist sachlich, er spricht langsam, legt das Gewicht auf die Wörter da *draußen* und *passiert*. Verzieht den Mund in geübter Anteilnahme, die Stella als vorgetäuscht erkennt, aber trotzdem annimmt. Der Ältere, bärtige, Officer Christie, sieht sie nicht an, er stimmt nur mit einem kurzen Nicken zu und räuspert sich erneut. Stella glaubt, dass er sich langweilt; der Jüngere dagegen, sehr jung ist er, wirkt eifrig, womöglich sogar aufgeregt.

Officer Scott versucht – noch einmal – nett auszusehen und fragt sie noch einmal: »Fällt Ihnen sonst noch etwas ein? Irgendetwas?«

Stella blinzelt eine Träne weg und schüttelt den Kopf. Sie schaut aus dem Fenster auf die Brache hinaus, auf das leere Grundstück neben ihrem Haus. Sie muss nicht hinsehen, um zu wissen, dass es leicht schneit. Sie hört das leise, tiefe Summen der Leitungen zwischen den nahen, aber nicht sichtbaren Strommasten. Auch jetzt in der Nacht ist der Himmel noch leuchtend rosa, prall von weiterem Schnee. Die Brache ist eine größtenteils unberührte Fläche, die sich bis zu dem Haus auf der anderen Seite erstreckt. Dessen Holzwände und der Schnee reflektieren das Licht von Mond und Straßenlampen, aber die Fenster sind natürlich dunkel. Alle Fenster sind dunkel, außer denen von Stella.

Die beiden Polizisten sind vorhin dort draußen gewesen, sind um das Blut herumgestapft, um die Lache, die den Schnee geschmolzen hat. Stella kann sie vom Fenster aus gerade noch sehen, einen Teil zumindest. Sie liegt auf dem weißen Boden wie ein dunkler Schatten, ist inzwischen wahrscheinlich gefroren. Schneeflocken fallen darauf, wollen das Blut verdecken. Es sieht nicht unheilvoll aus. Nicht wie das, was es wirklich ist.

Stella geht im Kopf noch mal alle Einzelheiten durch, erinnert sich an alles, will es vergessen. Es dürfte jetzt ungefähr vier Uhr sein, Jeff wird bald nach Hause kommen. Sie will nichts so sehr, wie dass Jeff nach Hause kommt. Sie horcht nach ihren Kindern, ist vorbereitet, falls sie aufwachen sollten, wundert sich, dass sie noch nicht aufgewacht sind bei all dem Getrampel, als die Polizisten hereingekommen sind, aber oben ist alles ruhig. Das Baby schläft, seit Stella die Kinder vor etwa vier Stunden, nachdem sie den Notruf 911 angerufen hatte, schließlich ins Bett gebracht hat. Die Kinder sind eingeschlafen, aber Stella konnte nicht schlafen. Sie wartete und schaute aus dem Fenster, nichts als ihre bangen Gedanken im Kopf. Also stand sie wieder auf und fing an zu putzen. Als die Polizei endlich kam, war alles blitzblank.

Ihre Gedanken zerfasern, aber sie erinnert sich an alles, immer wieder.

»Sie war klein, so klein.« Stellas Schultern beben, als sie die Sprache wiederfindet. »Eine ganz kleine Frau, vielleicht einen Meter fünfzig groß, jedenfalls nicht viel mehr.« Sie klammert sich an der Decke fest, in die sie sich gehüllt hat. »Lange, glatte schwarze Haare. Ihr Gesicht konnte ich nicht sehen. Ganz klein und schmal.« Stella fasst an ihr eigenes langes schwarzes Haar und erinnert sich noch an etwas anderes. Einen Moment lang versagt ihre Stimme. Sie weiß, dass sie sich wiederholt.

»Also, Sie haben sie nur durch die Tür gesehen, richtig?« Scott hat aufgehört, sich Notizen zu machen. Sein Stift ruht auf dem Heft, oberhalb der paar in Blau gekrakelten Wörter. Christie trinkt schließlich doch einen Schluck Kaffee.

»Ja, durch die Vortür. Durch die Glasscheibe.« Stella macht eine vage Handbewegung. Sie kann die Frau immer noch sehen, durch die Milchglasscheibe, wie sie sich langsam entfernt, langsam in das Seitensträßchen verschwindet.

»Das ist eine ziemliche Entfernung, Mrs McGregor. Sind Sie sicher, dass es nicht vielleicht ein junger Mann war? Sie wissen ja, dass viele von den jungen Indigenen die Haare lang tragen.«

Stella schaut ihn bloß an. Sein zu junges Gesicht, immer noch die Maske eines Lächelns, festgefroren. Naiv. Sie denkt an dieses Wort, wälzt es im Kopf herum. Naiv.

»Nein, es war ein Mädchen. Eine Frau.« Sie schaut wieder nach unten, wickelt die Hände in ihre Decke, zittert aber immer noch.

»Okay, okay. Erzählen Sie es uns noch mal«, versucht Scott es sanft. »Von Anfang an bitte. Sie haben draußen Geräusche gehört.«

Stella schüttelt den Kopf. »Draußen habe ich nichts gehört. Das Baby ist aufgewacht. Ich bin hochgegangen, um den Kleinen zu holen, und hab oben aus dem Fenster geschaut. Zuerst wusste ich nicht, was ich da sehe, ich dachte, das ist eine Schlägerei oder so was. Es hat schlimm ausgesehen, deswegen hab ich die 911 angerufen. Aber ich konnte nichts machen, weil mein Baby so geschrien hat. Er zahnt gerade.«

Sie blickt auf und sieht, wie dieser Scott nickt und sich vorbeugt. Geübt. Sein Partner schlürft noch mal von seinem Kaffee und schaut auf die Uhr. Stella dreht sich nach der alten Wanduhr um – 4.05 Uhr. Ja, Jeffs Schicht ist zu Ende, er wird auf dem Heimweg sein.


»Notrufzentrale 911.«

»Ja, hallo. Vor meinem Haus ist jemand überfallen worden. Da wird jemand zusammengeschlagen oder so was.«

»Tut mir leid, ich verstehe Sie nur ganz schlecht. Überfallen, haben Sie gesagt? Vor Ihrem Haus?«

»Ja, genau. Schschsch, Adam, schschsch, mein Kleiner.«

»Und wo ist das, wo wohnen Sie?«

»Magnus. 1243 Magnus. Westlich von McPhillips. Gleich neben der Brache, also, dieser unbebauten Fläche.«

Sie hört ein Seufzen am anderen Ende. »Also gut, hören Sie, ist diese Schlägerei noch im Gang?«

»Ja, ich glaube schon, oder warten Sie mal, ich glaube … Jetzt rennen sie weg.«

»Okay …«

»Oh nein! Oh Gott! Schsch, Adam, ist ja gut.«

»Hallo? Hören Sie? In welche Richtung rennen sie weg?«

»McPhillips. Richtung McPhillips. Aber da liegt jemand, verletzt! Ein Mädchen, eine Frau, glaube ich. Oh Gott!«

»Ich schicke sofort jemanden los. Hallo? Hören Sie mich?«

»Oh Gott oh Gott oh Gott, sie steht nicht auf. Ihre Beine … sie bewegt sich nicht …«

»Hallo? Ich verstehe Sie kaum, weil das Baby so schreit. Ich schicke sofort jemanden zu Ihnen.«

»Oh Gott!«

»Bleiben Sie bitte, wo Sie sind, ja? Hören Sie?«

»Aber sie bewegt sich nicht.«

Scott versucht es noch einmal. »Und dann sind Sie an die Tür gegangen und haben zugesehen, wie sie – wie das Opfer aufgestanden ist?«

»Ja«, bringt sie mühevoll hervor, nickt.

»Und Sie sind nicht hinausgegangen? Haben nicht mit ihr gesprochen?«

Stella schüttelt den Kopf, heftet den Blick wieder auf ihre Hände. Sie erträgt es nicht, wie diese Polizisten sie anschauen.

Er versucht es noch einmal. »Ist Ihnen bei den Angreifern irgendetwas aufgefallen? Logos an den Kleidern, irgend so was?«

Stella versucht ihre Wut herunterzuschlucken, ihre Tränen, ihre Scham, und schaut den Polizisten an. Seine Haut ist so jung, dass er noch ein paar Pickel hat. Und um die Nase herum hat er dunkle Sommersprossen. Stella hat diese Art Sommersprossen immer gemocht, braune Sprenkel auf der Haut.

»Nein, bloß – hm.« Stella verstummt, denkt kurz nach. »Sie hatten dunkle, weite Sachen an, Bomberjacken wahrscheinlich. Einen langen schwarzen Zopf hab ich gesehen. Die anderen hatten Kapuzen auf. Schwarze Kapuzen. Große dunkle Jacken.« Das hat sie alles schon gesagt. Vielleicht, denkt sie, versuchen die, ihr eine Falle zu stellen, sie bei einer Lüge zu ertappen oder so.

Scott lehnt sich zurück. Christie schlürft wieder von seinem Kaffee, so laut, dass man ihn fast »Aah!« sagen hört.

»Wenn Sie sich noch an irgendetwas anderes erinnern, Mrs McGregor, auch wenn es Ihnen völlig belanglos erscheint …«

Stella schüttelt nicht nur den Kopf, sondern den ganzen Körper. Sie will nicht daran denken, kann aber nicht anders. Es läuft immer wieder vor ihrem inneren Auge ab, ein visuelles Echo, die Bilder fließen ineinander. Die Einzelheiten beginnen bereits zu verschwimmen, schemenhafte schwarze Gestalten vor dem weißen Schnee. Die gedämpften Laute der Nacht, das Baby, das gar nicht mehr aufhört zu schreien. Stellas besänftigende Stimme, schsch, mein Kleiner, schsch, während sie zugleich die Gestalten beobachtet, die über etwas kauern, über was? Was ist das? Dann springen sie plötzlich alle auf und rennen weg. Nein, nicht alle. Da ist noch etwas, nein jemand, eine einzelne Gestalt. Liegt da, still und reglos, jemand Dunkles, Kleines im Schnee.

»Stell? Stell?« Jeff stürmt laut rufend durch die Hintertür herein. Stella schrickt zusammen und eilt zu ihm, ehe er noch lauter wird.

»Hey.« Sie sieht sein besorgtes Gesicht. Packt die beiden Seiten seines offenen Parkas und zieht ihn an sich. Sie weiß nicht, womit sie anfangen soll.

»Wo sind die Kinder?«, fragt er schroff, voller Angst.

»Ihren Kindern geht's gut, Mr McGregor«, ruft Scott vom Tisch aus. »Keine Sorge.«

Jeff schiebt Stella sanft von sich weg und schaut ihr ins Gesicht. Sie nickt und lässt sich dann an seine Brust sinken, jetzt wieder in Tränen aufgelöst. Unter seiner Jacke ist es so warm. Seine kräftigen Arme umschließen sie, und einen Augenblick lang geht es ihr besser.

»Es gab einen Zwischenfall vor Ihrem Haus, Mr McGregor«, fährt der junge Polizist fort, »Ihre Frau war Zeugin eines Überfalls.«

»Ein Überfall?«, fragt Jeff nach. Er nimmt Stellas Hand, und sie setzen sich an den Tisch. Sie will seine Hand gar nicht mehr loslassen.

Die Polizeibeamten stellen sich nicht vor, sprechen in knappen, förmlichen Sätzen. Jeff hört ihren Erklärungen nickend zu. Stella wird wieder kalt.

»Ihre *Frau* glaubt, es habe sich um eine Art *Vergewaltigung* gehandelt.« Der junge Polizist spricht die Wörter aus, als wären es Fragen. Frau? Vergewaltigung?

»Nein, es *war* eine Vergewaltigung. Da *ist* jemand vergewaltigt worden.« Sie wendet sich Jeff zu. »Eine Frau, eine kleine, dünne Frau.«

Jeff nickt ihr nur zu und drückt ihre Hand. Er denkt, das hilft.

»Hören Sie, Mrs McGregor«, schaltet sich jetzt der ältere Polizist ein, »wir machen diese Arbeit schon sehr lange, und es sieht einfach nicht nach einem sexuellen Übergriff aus. Das ist ziemlich – unwahrscheinlich?« Auch er spricht, als stellte er eine Frage.

»Wieso? Wieso sagen Sie das?« Stella versucht, mit fester Stimme zu sprechen, beginnt jetzt aber selbst an sich zu zweifeln. Es war so dunkel, und sie ist so müde.

»Erstens war es draußen, und zwar im Winter. Das wäre schon mal sehr ungewöhnlich. Und außerdem ist da draußen sehr viel Blut, das heißt, dass jemand, na ja, geblutet hat.«

»Aber vielleicht war sie ja verletzt? Ist zusammengeschlagen worden? Können Sie denn nicht das Blut untersuchen oder irgend so was?«, stammelt Stella.

»Ich weiß, dass Sie verstört sind, aber halten wir uns an die Tatsachen. Am Tatort lag eine zerbrochene Bierflasche.« Christie hält inne, seufzt. »Alkohol führt oft zu Schlägereien. Und Blut weist ebenfalls auf eine Schlägerei hin. Sexuelle Übergriffe finden meistens nicht im Winter statt, draußen in der Kälte. Das ist einfach … unwahrscheinlich. Ich weiß, es war bestimmt schrecklich, das mitanzusehen. Solche Gewalt. Da gerät man leicht in … Panik.« Christie nickt und nimmt einen letzten Schluck Kaffee, als wollte er sagen, das Gespräch ist beendet.

Stellas Tränen versiegen, und eine altbekannte Wut steigt in ihr auf. Sie findet nicht die richtigen Worte. Aber selbst die würden die beiden Männer nicht überzeugen.

»Also, wir wissen einfach nicht, was passiert ist, oder? Keiner von uns weiß es sicher«, versucht Jeff zu vermitteln. Stella sitzt neben ihm, hält immer noch seine Hand umklammert. Sie merkt, dass er erleichtert ist. Dass er glaubt, jetzt sei alles in Ordnung.

Seit diesem Vorfall wollte sie nur eins, nämlich dass er da ist und sie tröstet. Aber jetzt ist er da, und sie fühlt sich nicht besser. Sie ist wie betäubt, aber er drückt nur ihre Hand. Was nicht hilft. Sie will seine loslassen, kann aber nur ihren Griff lockern, ihre Hand in seiner schlaff werden lassen. Er merkt es nicht einmal. Sie schaut aus dem Fenster. Es schneit jetzt heftiger.

Am liebsten würde sie ihre Kookom anrufen. Sie denkt an sie, ihre schöne Großmutter, die jetzt zweifellos schläft, in ihrer modrigen, aber warmen Kellerwohnung drüben in der Church Street. Stella möchte sich in ihre runzligen Arme kuscheln, sie flüstern hören, dass alles in Ordnung ist, so wie sie es immer getan hat. Stella hat ihr das immer abgenommen, egal was war.

»Wir melden uns, wenn es irgendwelche neuen Entwicklungen gibt.« Christie steht auf. »Hier in der Gegend ist ein Gangkampf wohl am wahrscheinlichsten. Ich würde mir keine weiteren Gedanken machen. Schließen Sie Ihr Haus gut ab. Sorgen Sie für Ihre eigene Sicherheit.«

Jeff bringt die beiden zur Tür, aber Stella bleibt sitzen, schaut wutentbrannt hinaus in den Schnee. Sie hört das verhaltene, höfliche Lachen, mit dem Weiße sich verabschieden, und das macht sie noch wütender.

»Fuck, hab ich eine Angst gehabt«, sagt Jeff, als er zu ihr zurückkommt. Er nimmt sie in den Arm, tröstend, doch es tröstet nur ihn selbst. »Als ich den Streifenwagen draußen gesehen habe, hab ich den Schreck meines Lebens gekriegt.«

Stella sitzt einfach nur da und lässt sich von ihm halten.

»Ich weiß, was ich gesehen habe«, sagt sie dann und merkt, dass sie jetzt nur noch trotzig klingt. Kläglich.

»Ich weiß, Schätzchen, ich weiß. Aber vielleicht«, er hält inne, überlegt noch einmal. »Wer weiß denn schon, was da draußen wirklich passiert ist?«

»Ich. Ich weiß es«, sagt sie und senkt dann die Stimme, um die Kinder nicht aufzuwecken. »Ich weiß, was ich gesehen habe, Jeff.«

»Ja, natürlich. Aber die haben schon recht, meinst du nicht? Es ist einfach – unwahrscheinlich.«

»Aber …«

»Die beiden wissen, wovon sie reden, Stell. Und weißt du«, er hält erneut inne, gibt sich wirklich Mühe. Er setzt sich neben sie, schaut sie direkt an. »Ich meine, vielleicht hast du das zum Teil ja doch nur geträumt?« Auch er spricht jetzt in Fragen. »Du schläfst doch in letzter Zeit nicht gut, weil Adam so anstrengend ist, seit er zahnt.«

Stella steht auf, sie schäumt vor Wut. Sie trägt die dämlichen Kaffeetassen in die Küche, schmeißt sie ins Spülbecken und fängt an abzuwaschen. Stellt die Tassen ins Trockengestell, wischt die Arbeitsfläche ab. Jeff bleibt am Küchentisch sitzen und wartet darauf, dass sie etwas sagt.

»Ich bin nicht verrückt«, sagt sie schließlich.

»Ich denke auch nicht … das behauptet auch niemand. Ich dachte einfach nur, vielleicht ….« Er gähnt. Sie merkt, dass er das eigentlich nicht will, aber er tut es trotzdem. Es ist so spät, dass es schon wieder früh ist. Sie hatte stundenlang auf die Polizei gewartet. Zitternd gewartet, gedacht, sie würden jeden Moment kommen. Sie konnte gar nicht mehr aufhören zu putzen und zu weinen. Schon da hätte sie ihre Kookom anrufen sollen. Die hätte zwar geschlafen, aber irgendwann wäre sie rangegangen. Oder Aunty Cher, die wäre noch wach gewesen. Aunty

Cher hätte ihr zugehört. Wahrscheinlich wäre sie rübergekommen und hätte Kaffee gekocht, hätte die Bullen angeschrien, als sie anfingen, sich zu verhalten, als glaubten sie ihr nicht. Aber Stella hat nichts davon getan.

Jeff steht auf, stellt sich hinter sie ans Spülbecken und zieht sie an sich, zwingt sie in eine Umarmung. Sie wartet, bis er fertig ist, damit sie den nassen Lappen auswringen kann.

»Du hast halb geschlafen. Und das ist okay. Es ist okay. Aber bei deiner Vergangenheit, Schätzchen, ist es einfach nicht auszuschließen, dass du geträumt hast. Oder durcheinander warst.«

Sie löst sich von ihm und geht den Tisch abwischen. »Da draußen ist alles voller Blut«, sagt sie über die Schulter. Der Wind hat aufgefrischt, er rüttelt an dem alten Fenster.

»Es behauptet doch keiner, dass nichts passiert ist«, erwidert Jeff seufzend. »Es könnte bloß etwas anderes gewesen sein, als du denkst.«

Sie sagt nichts, scheuert nur.

Einen Moment lang bleibt er mitten in der Küche stehen. Sie weigert sich, zu ihm hochzublicken, und dreht den Kopf weg, als sie an ihm vorbeigeht, um den Lappen über dem Spülbecken auszuschütteln.

Müde und niedergeschlagen geht er ins Bad und macht sich zum Schlafen fertig.

Stella wischt noch einmal die Arbeitsfläche ab, bereitet alles für den Kaffee am nächsten oder vielmehr eigentlichen Morgen vor und hängt die Küchentücher auf. Dann geht sie in den Keller, zieht die saubere Wäsche aus dem Trockner und beginnt sie zusammenzulegen.

Als sie endlich ins Bett geht, kündigt das kalte Grau draußen schon die Dämmerung an. Ihr ganzer Körper schmerzt, ihr Mann schläft fest.

Sie denkt wieder an ihre Kookom und möchte sie am liebsten anrufen. Ihre Kookom steht immer früh auf. Wahrscheinlich ist sie schon auf den Beinen, kocht Tee und schaut aus dem Fenster. »Zusehen, wie es Tag wird«, nennt sie das. Wann hat Stella ihre Großmutter das letzte Mal angerufen? Es ist schon zu lange her. Schuldgefühle überschwemmen sie. Sie kühlt ihren heißen Zorn mit noch mehr kalter Scham. Aber sie ruft nicht an, sie kann es nicht. Sie kann sich nur die Decke bis zum Kinn hochziehen und daliegen.

Hinter den Rollos breitet sich das graue Licht aus, und sie tut gar nichts. Bis sie hört, dass ihre Tochter aufwacht. Dann springt sie aus dem Bett.

# 2

## EMILY

Emily hat noch nie einen Jungen geküsst.

Also, einmal, in der Fünften oder so, hat dieser eine Junge, dieser Sam, sie kurz neben den Mund geküsst – nicht richtig drauf, nur daneben. Aber das zählt nicht richtig, es war nur eine Mutprobe nach der Schule, vor allen anderen. Er hatte große vorstehende Zähne und aufgesprungene Lippen. Er schob die Lippen vor, aber sie drehte im letzten Moment das Gesicht ein kleines bisschen zur Seite, und so landeten seine Lippen auf ihrer Wange. Die anderen Kids johlten alle, als wär das sonst was gewesen. Sie hatte danach einen feuchten Fleck auf der Wange, aber das war auch schon alles. Ganz anders, als ein Kuss eigentlich sein sollte. Emily findet, das zählt überhaupt nicht.

Ihre beste Freundin Ziggy hat auch noch nie einen Jungen geküsst, aber sie ist anders. Zig ist tough und macht sich nichts draus, sie findet, die Jungs an der Schule sind alle Schwachköpfe. Wahrscheinlich hat sie recht, denkt Emily, aber einige von ihnen, ein paar, sind total süß.

Clayton Spence ist der Allersüßeste.

Emily ist dreizehn. Die meiste Zeit fühlt sie sich hässlich und fett und ist sich absolut sicher, dass kein Mensch sie je gemocht hat. Sie ist mehr oder weniger davon überzeugt, dass sie abstoßend ist und nie einen Freund finden und nie richtig geküsst werden wird.

Sie jammert Ziggy deswegen andauernd was vor, jedenfalls jammert Zig, dass sie ihr andauernd was vorjammert. Aber Emily findet, es ist jetzt an der Zeit. Mit dreizehn ist es an der Zeit, dass man einen Freund hat oder zumindest mal richtig geküsst wird.

Daran denkt sie, während Zig und sie mit hochgezogenen Schultern, die Ringbuchmappen an sich gedrückt, so schnell wie möglich den Peanut Park durchqueren auf dem Weg zu Emilys neuem Zuhause. Es ist so kalt, dass sie fast rennen. Emily hat schon wieder ihre Handschuhe vergessen, und die Ärmel ihrer Jacke sind nicht lang genug. Sie sind gerade mal einen Block von der Schule entfernt, und ihre Fingerspitzen sind bereits rot und taub. Sie laufen, so schnell sie können.

»Hey, Emily«, ruft eine Stimme von dem alten Klettergerüst herüber, eine Männerstimme.

Emily fährt zusammen, als sie ihren Namen hört. Sie schaut zu Ziggy rüber, die auch erschrocken aussieht, als wollte sie gleich davonlaufen. Aber dann sieht Emily zu ihrer Verblüffung, dass er es ist.

»Hab ich euch erschreckt?« Clayton springt von dem Gerüst und kommt auf sie zu, seine Haare wippen mit jedem Schritt.

»Nein.« Emily zuckt dümmlich mit den Schultern. Ziggy starrt sie an, als wäre sie völlig bescheuert. Ziggys Brille beschlägt in der Kälte.

»Lüg doch nicht. Natürlich hab ich das.« Clayton lacht, aber nicht gemein. Er bleibt direkt vor ihr stehen. Er riecht nach Zigaretten, aber nicht unangenehm. »War keine Absicht.«

Emily findet, Clayton ist der bestaussehende Junge, den sie je gesehen hat. Das hat sie gesagt, als sie mal abgestimmt haben.

Ziggy hat sich für Jared Padalecki aus *Supernatural* entschieden, aber Emily wollte jemanden nehmen, den sie tatsächlich mehr oder weniger kannte. Jemanden, dem sie persönlich begegnen und von dem sie herausfinden konnte, wie er riecht. Clayton ist älter, vor einer Weile ist er mal sitzen geblieben, das heißt, er ist mindestens vierzehn, wahrscheinlich aber fünfzehn. Er hat einen unregelmäßigen braunen Flaum über der Oberlippe, die ganz weich aussieht und schimmert, und wenn er grinst, sieht man all seine Zähne. Clayton lächelt nicht, sondern er grinst, und zwar breit. Und er hat perfekte rosa Lippen. Aus der Ferne hat Emily ihn schon ausgiebig betrachtet, aber jetzt, wo er vor ihr steht, kann sie ihn nicht direkt anschauen. Immerhin fällt ihr wieder auf, dass er groß ist, aber auch wieder nicht zu groß. Emily ist es gewohnt, größer als die Jungs zu sein, aber so ist es besser. Er hat genau die richtige Größe.

Sie zuckt noch einmal mit den Schultern, und weil ihr nichts einfällt, was nicht total lahm klingen würde, schaut sie einfach nur auf seine Füße. Seine Joggingschuhe sind nicht zugebunden, sie sind nagelneu und strahlend weiß.

»Wo geht's denn hin?« Er grinst. Emily spürt es, sein Grinsen. Plötzlich macht es ihr nichts mehr aus, dass ihr vor Kälte fast die Finger abfallen und dass die Mountain Avenue noch zwei Blocks entfernt ist. Sie fröstelt, aber sie will sich nicht von der Stelle rühren.

»Bloß nach Hause.« Sie presst die Ringbuchmappe fester an sich.

»Ah.« Er grinst immer noch, und irgendwo lacht jemand. »Hey, hast du Lust, auf eine Party zu gehen?« Wieder lacht jemand, diesmal lauter. Ein Freund von Clayton, dessen Namen Emily aber nicht kennt. Clayton kennen alle.

»Was?« Sie schaut zu ihm hoch, etwas angespannt.

»Eine Party. Komm doch, echt.« Er redet ziemlich schnell.

»Bring deine Freundin mit.« Er nickt zu Ziggy hinüber, die ihn nur über ihre beschlagene Brille hinweg anschaut, kein Lächeln, gar nichts. Ziggy kann so was von peinlich sein.

»Okay«, sagt Emily, und dann fällt ihr ein: »Wo denn?«

»Selkirk Avenue«, sagt er. »Hast du einen Stift dabei?«

»Klar.« Sie öffnet ihre Ringbuchmappe, so schnell sie kann, und fast wäre der ganze Inhalt in den Schnee gefallen. Allein bei der Vorstellung, wie das alles rausfliegt, alles, was sie aufgeschrieben hat, bleibt ihr fast das Herz stehen. Sie wäre gestorben. Es gelingt ihr, einen Stift herauszuziehen und ihn Clayton zu reichen.

»Wusst ich doch, dass du einen Stift dabeihast.« Wieder dieses Grinsen.

Emilys Wangen glühen, vor Verlegenheit und von der beißenden Kälte. Es ist blöder, kalter Februar, und ihr Gesicht ist wahrscheinlich feuerrot. Sie lächelt zurück, so gut es geht, und er zieht ihren Arm sanft in seine Richtung und hält ihn dicht vor seinen Körper, während er *1239* auf ihr Handgelenk schreibt. Die Tinte fließt erst nicht richtig, also zieht er die Eins noch mal nach. Fährt behutsam mit der Spitze über ihre Haut, hoch und runter. Seine Finger sind eisig, aber er hält ihre Hand ganz sanft und lässt sie zu schnell wieder los.

Sie wendet sich ab, um zu gehen, ganz belämmert, aber dann dreht sie sich noch mal um.

»An welchem Tag denn überhaupt?«

»An welchem Tag? Tja – eigentlich an jedem«, sagt er lachend. »Aber wahrscheinlich solltest du am Freitag kommen. Ja, komm am Freitag, da bin ich auch da.«

Sein Freund lacht wieder und ruft: »Los, Alter, komm jetzt, ich frier mir hier die Eier ab!«

»Also Freitag, okay?« Er lächelt sie lieb an, diesmal ist es nicht das Grinsen. Diesmal ist es nett. Er sieht so gut aus, und er ist so nett. Und er will, dass sie auf eine Party kommt. »Du kommst doch, oder?«

Emily nickt unwillkürlich. Sie sagt nicht Ja, findet nicht rechtzeitig ihre Stimme wieder, aber sie weiß sofort, dass sie sich das nicht entgehen lassen wird. Um nichts in der Welt.


Küsse sollen süß sein. Sanft und mitten auf die Lippen. Sogar feucht, aber nur ein bisschen. Sie sollen einen so aufgeregt und glücklich machen, dass man alles und jeden vergisst. Ab diesem Moment unterteilt sich alles in vorher und nachher, denkt Emily, und der Moment soll perfekt sein.

»Das erlaubt dir Paulina garantiert nicht!«, sagt Ziggy zu laut, als sie bei Emily sind, in dem noch nicht eingerichteten, mit Kisten vollgestellten neuen Haus. Emily kann es immer noch nicht fassen. Sie ruft sich die Szene wieder und wieder vor Augen, versucht sich an jedes noch so winzige Detail zu erinnern, damit es ihr nicht entfällt. »In tausend kalten Wintern nicht!«

Sie hat recht. Emilys Mutter wird ihr das niemals erlauben.

»Ich könnte ja sagen, dass ich bei dir übernachte«, schlägt Emily vor. Ihre langsam auftauenden Fingerspitzen tun weh, aber sonst ist ihr immer noch ganz heiß. Clayton Spence.

»Ach – und was sagen wir dann Rita?«, antwortet Ziggy, die sich auf den Boden gesetzt hat und gerade ihre Bücher auf den Kaffeetisch legt.

»Die geht doch bestimmt selbst aus. Ist doch Freitag.« Emily fühlt sich gerade sehr mutig, sie schaut aus dem Fenster und denkt. Denkt. Das wird einfach. »Meine Mom checkt das bestimmt nicht. Die ist zu sehr damit beschäftigt, mit Sniffer an der Bar rumzuknutschen.«

Ziggy wirft ihr einen Seitenblick zu. Sniffer ist Emilys Spitzname für Pete, den Typ, mit dem ihre Mutter und sie gerade zusammengezogen sind. Emily weiß nichts über diesen Typ, außer dass er nach Benzin riecht, weil er den ganzen Tag an Autos herumbastelt, deshalb nennt sie ihn Sniffer. Aber Zig hat da keinerlei Mitgefühl. »Ach, komm – Paulina ist nicht halb so schlimm wie Rita, wenn sie einen neuen Mann aufgegabelt hat.«

»Aber deine Mom zieht dann wenigstens nicht mit dem zusammen. Ich meine, riechst du das nicht? Es stinkt voll nach Benzin, und ich muss hier wohnen.«

»Immerhin hat er Arbeit. Erinnerst du dich noch an Freddie? Der hat einen Monat lang bei uns auf der Couch geschlafen. Und er hat auch gestunken, aber bei dem war das Körper- und Mundgeruch. Ich schwör's dir, der hat nie auch nur einen Fuß vor die Tür gesetzt.«

»Ja, der war echt eklig.« Emily zieht ihre Bücher hervor, und dann fällt ihr Clayton wieder ein. Zwischendurch vergisst sie ihn immer wieder für eine Sekunde oder so, und danach freut sich jedes Mal wieder von Neuem. Clayton.

»Und er hat dauernd Wrestling im Fernsehen geguckt. Ich hasse Wrestling.« Ziggy verzieht das Gesicht und schaut weg.

Emily fragt sich, ob ihre Freundin eifersüchtig ist, ob sie vielleicht auch gern von einem Jungen eingeladen worden wäre. Zig ist voll süß und könnte echt was hermachen, wenn sie sich einfach nur ein bisschen schminken und ihre Brille weglassen würde. Sie tut immer so, als wäre ihr das alles egal, aber wahrscheinlich ist es das nicht, jedenfalls nicht völlig. Arme Zig.

»Waaas, du magst kein Wrestling?« Emily verstellt ihre Stimme, um ihre beste Freundin zum Lächeln zu bringen. Sie lachen beide, eigentlich wegen gar nichts, vergessen alles und lachen richtig lang.

Einmal hat Clayton in Mathe bei Emily mit ins Buch geguckt. Das war Anfang des Jahres, er erinnert sich also bestimmt nicht mehr daran.

Er hatte sein Buch vergessen und meldete sich, um es Mr. Bell zu sagen.

Der Lehrer seufzte, als wäre er voll genervt.

»Kann ich bei dir mit reingucken?« Clayton beugte sich grinsend zu Emily rüber.

»Klar.« Das Wort schoss regelrecht aus ihr raus.

»Danke«, sagte er, kam noch näher und schaute ins Buch.

Sie konnte nichts weiter sagen. Sie wagte es nicht mal, auch nur zu versuchen, mit ihm zu reden. Ja, sie wagte kaum zu atmen.

»Danke«, sagte er noch einmal, nachdem er all die Zahlen abgeschrieben hatte. Sein Grinsen war so ansteckend, dass Emily gar nicht anders konnte als ebenfalls zu lächeln, aber sie wandte sich schnell ab, denn sie war sich sicher, dass es ein dümmliches, zu glückliches Lächeln war.

Danach kam Clayton nicht mehr in die Schule. Eine Weile rief Mr Bell seinen Namen noch auf, aber nur etwa eine Woche lang. Dann verschwand er von der Liste.

Emily vermisste den Klang seines Namens und dachte immer daran, dass er zwischen Roberta Settee und Crystal Swan gekommen war. Und dann kam sie, Emily Traverse.


»Okay, also, wenn wir das machen wollen, dann müssen wir an alles denken«, sagt Ziggy, die endlich einlenkt. Das Sozialkundebuch liegt aufgeschlagen, aber unbeachtet auf dem Tisch.

»Das wird schon klappen, Zig.« Emily versucht, sich cool zu geben, cool zu fühlen. »Meine Mom will am Freitag weggehen, ich hab sie mit meiner Aunty Lou darüber reden hören. Wenn sie denkt, dass ich bei dir bin, kümmert sie sich da nicht weiter drum, und deine Mutter geht doch zu dieser Galeriegeschichte von meiner Kookom, oder? Das passt alles.«

»Ich will aber trotzdem spätestens um elf wieder zu Hause sein, oder sogar um zehn, denn das ist hinter der McPhillips Street, das ist ein ganz schönes Stück zu laufen. Wir müssen echt verdammt vorsichtig sein! Bei Reet weiß man nie, die ist wie ein Ninja.« Ziggy rückt ihre Brille zurecht, und Emily denkt wieder einmal, wie gut sie ohne Brille aussehen würde.

»Du bist so eine Schisserin, was deine Mom angeht!« Emily lacht und stupst Ziggy am Arm.

»Du doch ganz genauso!« Zig stupst zurück, lächelt aber auch. »Du bist doch nur deswegen gerade so mutig, weil du scharf auf *Clayton* bist.« Sie lässt den Namen wie einen tiefen Seufzer klingen.

»Sei still!« Emily schubst sie wieder.

»*Clayton!*« Ziggy sinkt zu Boden. »Oh *Clayton!*«

Emily schlägt nach ihr und lacht. »Pass bloß auf, sonst dreh ich dich durch die Mangel.«

»Du weißt doch gar nicht, was eine Mangel ist!« Ziggy lacht ebenfalls, und Emily stößt ihr den Ellbogen in die Seite.

»*Clayton!*«, ruft Ziggy, während sie sich auf dem Boden herumwälzt. »Oh *Clayton!*«

Lachend ringt Emily mit ihr, nicht sehr erfolgreich.

Sie ist so glücklich. Sie weiß, weiß es einfach, dass er sie küssen wird.

# 3

# PHOENIX

Phoenix schleppt sich die verschneiten Türstufen hoch und reißt die Vortür auf. Sie wusste, dass sie nicht abgeschlossen sein würde, aber während der letzten paar Schritte hat sie plötzlich gedacht, vielleicht ist sie ja doch zu, ausnahmsweise. Das wär doch typisch, oder? Aber nein, die Tür ist offen, und sie kann ins Warme stolpern. Ein Scheißglück.

Im Haus ihres Onkels riecht es nach Zigaretten, Dope und altem Essen, aber das ist voll okay. Und warm ist es. Phoenix streckt die Hände aus den Ärmeln ihrer Jacke und reibt sie aneinander, bläst darauf, damit das Gefühl wiederkommt. Die Hände sind rot und wund, aber sie reibt trotzdem weiter.

Ein mageres Mädchen hängt komabesoffen auf der Couch, ein anderes im Armsessel. Sie sehen aus, als wären sie mitten im Reden umgekippt und keiner hätte sich die Mühe gemacht, sie zuzudecken. Die eine schnarcht leise, das Gesicht an ihrem nackten Arm, auf dem Einstichspuren und ein grausiges Rosentattoo zu sehen sind, über die jetzt ihr Sabber rinnt. Phoenix riecht den Alk, diesen Tag-danach-Gestank. Fuck. Sie sehen ziemlich tough aus. Die meisten Leute sehen so friedlich aus, wenn sie schlafen, aber diese Mädchen wirken einfach nur ein bisschen weniger abgefuckt.

Sonst ist niemand zu sehen. Das ganze Haus scheint zu schlafen. Aus dem Zimmer ihres Onkels hört Phoenix leise Musik, er ist also da. Er kann ohne Musik nicht einschlafen, meistens sind es die alten Rock-Sachen: Aerosmith, AC/DC. Klassiker, sagt er und zieht jedem eins über, der zu sagen wagt, dass doch kein Mensch mehr diesen Scheiß hört. Phoenix hat diese Musik immer gefallen. Sie muss dabei an ihn denken, wie er früher war, als sie noch klein und er ein anständiger Kerl war, bevor all diese anderen Leute anfingen, mit ihm abzuhängen, und er hart werden musste.

Sie ist so verdammt froh, hier zu sein.

Auf ihren pochenden Füßen humpelt sie in die versiffte Küche, sinkt auf den erstbesten Stuhl und lässt ihre Tasche auf den Boden fallen. Ihre Ohren brennen. Ihr Gesicht taut langsam auf, ein beißender Schmerz auf ihren breiten Wangen. Sie zieht ihre abgenutzten Joggingschuhe aus und reibt sich die Zehen. Sie prickeln schmerzhaft, so wie wenn sie eingeschlafen sind und wieder aufwachen. Sie hat schon vor Stunden das Gefühl darin verloren, es waren nur noch zwei Klumpen an ihren Beinen. So hat sie sich stundenlag durchs North End geschleppt. Sie legt die Füße auf einen anderen Stuhl. Sie schmerzen und zucken, und sie versucht sie nicht zu bewegen.

Der Tisch ist voller Take-away-Verpackungen, überquellenden Aschenbechern, Flaschen und leeren Bierkartons. Sie wühlt in den Kippen herum und findet eine, die noch relativ lang ist. Fünf Feuerzeuge sind über den Tisch verteilt, aber nur eins funktioniert. Sie inhaliert hastig. Ihr Kopf dröhnt und wird dann ganz leicht. Es ist ewig her, dass sie mal in Ruhe eine geraucht hat. Sie lehnt sich zurück, lässt den Blick schweifen, versucht, warme Gedanke zu denken.

Die Küche ist ein einziger Saustall. Berge von Abfall auf der Arbeitsfläche, zerbrochene Gläser, klebrig vom Alk. Auf dem kaputten Linoleum trocknet eine dunkle Pfütze an, und auf dem Herd schimmelt irgendwas vor sich hin. Genau, denkt sie, sie wird hier mal richtig sauber machen, bevor ihr Onkel aufsteht. Er mag es, wenn sie solche Mädchendinge tut.

In letzter Zeit fühlt sie sich öfter so nett. Wahrscheinlich, denkt sie, weil sie so viel allein war. Im Centre war es meistens total still. Die anderen Kids dort waren Durchgeknallte oder so verfickte Selbstmördertypen. Bitches wie sie kommen nur selten ins Centre. Die meisten Leute, die sie kennt, landen im Jugendknast. Da war sie auch schon mal, es ist härter, aber in der Mädchenabteilung ist alles einfacher. Das Schlimmste, was einem da passieren kann, ist, dass irgend so 'ne Scheißtusse versucht, einem eine runterzuhauen oder einen zu kratzen. Phoenix ist gut beieinander. Sie hat nie Probleme damit gehabt, sich durchzusetzen, meistens packt sie die andere einfach bei den Handgelenken und fixiert sie. Sie schlägt mit der geballten Faust zu. Es ist easy. Bei den Kerls ist es anders, die sind stark und müssen wirklich kämpfen, müssen befürchten, dass sie mit dem Messer angegriffen oder überfallen werden oder irgend so 'n Scheiß. Die Mädels versuchen einen psychisch fertigzumachen, oder sie schlagen um sich, als wären sie verrückt und könnten einen mit diesem lächerlichen Herumgefuchtel umbringen. Im Vergleich zum Jugendknast ging es im Centre zu wie in einem Planschbecken, das war einfach eine Truppe gestörter Kids mit zu viel Zeit, mit Depressionen und allem Drum und Dran. So jämmerlich wie die hat Phoenix nie dagestanden.

Aber sie hat öfter an ihren Onkel gedacht und daran, wie sehr sie ihn bewundert. »Denkt an jemanden, den ihr bewundert«, hatte die Betreuerin der Gruppe bei einem dieser verfickten therapeutischen Händchenhalten gesagt. Also hatte sie an ihn gedacht, Alex heißt er, Alexander, wie sein Dad, aber so nennt ihn jetzt keiner mehr. Die meisten Leute wissen nicht einmal, dass er so heißt, aber Phoenix weiß es, schließlich sind sie verwandt. Vor anderen Leuten nennt sie ihn Bishop, aber im Geist ist er für sie immer noch Alex.

Auch an Clayton denkt sie, aber *bewundern* ist nicht das richtige Wort für das, was sie ihm gegenüber empfindet.

Als ihre Füße sich fast wieder normal anfühlen, zwar noch pochen wie ein Herz, aber nicht mehr taub sind, geht sie an den Kühlschrank und schaut, was drin ist. Trotz all der herumliegenden Take-away-Verpackungen ist nicht mal ein vertrocknetes Stück Pizza übrig. Sie findet eine alte Packung chinesische Nudeln im Küchenschrank und sucht sich einen Topf, den sie sauber machen kann, um darin Wasser zu kochen. Während das Wasser heiß wird, stopft sie den ganzen Müll in alte Tüten, wischt mit einem nur mäßig widerlichen alten Geschirrtuch die Arbeitsflächen ab. Sie fischt noch ein paar längere Kippen aus den Aschenbechern und wischt auch die aus. Als sie sich schließlich hinsetzt, um ihre Nudeln zu essen, ist sogar der Tisch sauber. Sie isst die Nudeln pur, will das fiese Shrimp-Aroma-Pulver nicht dazugeben. So was Gutes hat sie seit Monaten nicht mehr gegessen.

Eins der Mädchen im Wohnzimmer streckt sich und stöhnt, und im Zimmer ihres Onkels regt sich etwas. Sie hört jemanden reden. Er ist nicht allein. Draußen vor dem Fenster verändert sich das Licht, es wird dunkler. Es ist später Nachmittag, Phoenix ist den ganzen Tag da draußen durch die Kälte gelaufen.


Sie hat das Centre verlassen, bevor irgendjemand auf war. Es ist die beste Zeit, um sich aus dem Staub zu machen. Die Wärter dort nennen sich »Mentoren«, aber es sind trotzdem verdammte Wärter, und morgens um sechs, wenn sonst noch keiner wach ist, haben sie Schichtwechsel. Da kontrollieren sie auch die Betten, und danach vergeht noch ungefähr eine Stunde, bevor die anderen Angestellten kommen. Phoenix hat das alles schon gleich am Anfang ihres Aufenthalts rausgekriegt und gleich gewusst, dass das die beste Zeit sein würde, um zu verschwinden. Und der beste Tag war Freitag, weil da meistens Henry Dienst hatte. Henry war ein fauler alter Sack, dem alles egal war. Um 6.30 Uhr war er meistens schon im Gemeinschaftsraum eingepennt. Es war ein guter Plan. Sie packte am Abend davor ihre Tasche und ließ ihre Kleider an. Bei der Bettkontrolle hatte sie die Decke bis zum Kinn hochgezogen und guckte schläfrig drein. Dann wartete sie hinter der Tür, bis ihre »Mentorin« fertig berichtet hatte, was am vergangenen Abend und in der Nacht alles Sinnloses passiert war, und sich endlich verpisste. Sie stellte sich vor, wie Henry nickte, als ginge ihm das alles am Arsch vorbei, und nur eins wollte, nämlich so schnell wie möglich weiterschlafen. Was er dann auch tat, um 6.45 Uhr war er fest am Schnarchen, und Phoenix schlüpfte aus der Eingangstür, als wäre es ein ganz normaler Tag und sie ein ganz normaler Mensch. Im Centre wurde nicht abgeschlossen, die taten dort gern so, als würden sie den Kids vertrauen. Die Tür piepte, was bedeutete, dass der Pager an Henrys Hüfte vibrierte, aber er schlief fest, und auch wenn es anderen Leuten vielleicht nicht egal gewesen wäre, war von denen keiner nah genug, um es zu bemerken.

Es war ein guter Plan.

Aber draußen war Februar, sie hatte kein Telefon und kein Geld, und sie war irgendwo am gottverdammten südlichen Rand von St. Vital. Sie versuchte sich zu erinnern, wo es langging, aber zugleich wollte sie sich von den großen Straßen fernhalten, falls die im Centre zu schnell bemerkten, dass sie abgehauen war. Sie irrte den ganzen Vormittag durch die gewundenen Straßen. Bei all den Kurven und Biegungen hätte man meinen können, die seien dazu gedacht, einen zu verwirren. All die weißen Yuppies kamen aus ihren Häusern, stiegen in ihre Autos und starrten sie ein bisschen zu lang und finster an, sie in ihrer dünnen Armeejacke, aber niemand fragte sie etwas oder hielt an. Sie bog immer wieder ab, nur für den Fall, dass jemand die Polizei rief, die in diesem Stadtviertel bestimmt nicht lang auf sich warten ließ.

Endlich stieß sie auf die St. Mary's Road und ging in die Shopping Mall, um sich aufzuwärmen. Ihre Augen tränten, und ihre Ohren fühlten sich an, als würden sie jeden Moment abfallen. Im Ein-Dollar-Laden klaute sie eine Pudelmütze, dabei hätte sie sich besser etwas zu essen organisieren und ihren Onkel per R-Gespräch anrufen sollen, damit er sie abholte. Ja, hätte sie vielleicht sollen, aber sie wollte es allein hinkriegen, wollte bei ihm zu Hause auftauchen wie aus dem Nichts, das Ganze mit Stil durchziehen. Sie wollte ihn beeindrucken, er sollte sie abklatschen und an sich drücken wie einen seiner knallharten Freunde, wie jemand Ebenbürtigen. Sie wollte, dass er aus seinem Zimmer kam und überrascht war, freudig überrascht, sie zu sehen. Also lief sie immer weiter, durch die Innenstadt, die heruntergekommene Main Street und dann die Selkirk Avenue entlang bis auf die andere Seite der McPhillips Street. Quer durch die ganze verdammte Stadt. Sie war stolz auf sich, aber fuck, ihr tat alles weh.


Sie hört, wie ihr Onkel aufsteht und in seinem Zimmer laut redet, jemanden auffordert, endlich aufzustehen. Phoenix zündet sich noch eine Kippe an, löscht ihr Lächeln und lehnt sich auf ihrem Stuhl zurück, bereit für ihn und sein erstauntes Gesicht.

»Fuck, Phoenix!«, sagt er, als er in die Küche kommt, fest in seinen Morgenmantel gewickelt, einen dunklen Knutschfleck am Hals, das Gesicht noch schläfrig. Es ist erst ein paar Monate her, dass sie ihn gesehen hat, aber er sieht älter aus, grauer im Gesicht, als hätte er zu viel geraucht. Er setzt sich ihr gegenüber und zieht eine Fluppe aus der Schachtel, die in der Tasche seines Morgenmantels steckt. Er ist nur zehn Jahre älter als sie, aber ihm fallen schon die Haare aus, seine Stirn ist höher als beim letzten Mal. Sein mageres Gesicht wirkt älter als die sechsundzwanzig Jahre, die er alt ist. Er sieht aus wie ihr Urgroßvater auf diesem Foto, das sie hat, Grandpa Mac nannte Elsie ihn. Er ist lange vor Phoenix' Geburt gestorben, aber sie hat das Gefühl, ihn gekannt zu haben. Grandmère hatte so viele Bilder und Geschichten von ihm. Er war so ein gut aussehender, witziger Mann, sagte sie immer. Phoenix denkt sich, dass er genauso gewesen sein muss wie sein Enkel – Bishop. Alex.

»Fuck, du kannst hier nicht bleiben, Phoen. Deine Scheißbetreuerin hat schon rumtelefoniert und einen Riesenaufstand gemacht.«

»Warum hat die denn angerufen? Scheißschnüfflerin.«

»Weil du aus dem Knast abgehauen bist, Mann. Wenn die hierherkommt …« Er deutet mit der Fluppe und einem gelben Finger auf sie.

Phoenix nickt ihm zu, will lächeln, tut es aber nicht. Sie drückt ihre Kippe aus, nimmt sich eine andere.

»Fuck, Phoen, lass dieses widerliche Dreckszeug da liegen. Hier.« Er wirft ihr die Zigarettenschachtel zu.

Sie greift danach, und das Lächeln schlüpft doch heraus. Sie zündet sich eine an und nimmt einen schönen langen Zug.

»Wie bist du denn hergekommen?« Er beugt sich vor. Sein Gesicht ist faltiger geworden. Er hat 'ne Menge Sorgen, muss sich um so viel kümmern.

»Zu Fuß«, sagt sie und versucht, möglichst gleichmütig zu klingen, dabei ist sie tatsächlich verdammt stolz auf sich.

»Die ganze Strecke? Fuck!« Er lacht.

Fast hätte Phoenix wieder gelächelt, doch sie fängt sich und sagt: »Mhm«, als wäre es nicht der Rede wert, und nimmt noch einen langen Zug. Dann überlegt sie kurz und fragt: »Wo hat die Bitch denn angerufen?«

»Bei Ang, unter meiner alten Nummer.« Es klingt gereizt.

»Fuck, und was hat die gesagt?«, erwidert Phoenix genauso gereizt, die Schultern gestrafft, als wäre sie bereit, an Ort und Stelle auf die Ex ihres Onkels loszugehen, wenn es sein müsste.

»Ang hat überhaupt nichts gesagt, aber fuck.« Er schüttelt den Kopf. »Du kannst nicht hierbleiben, Phoen. Ich hab hier zu viel laufen. Mehr Stress kann ich grad echt nicht gebrauchen.«

Sie nickt, weiß, dass Angie, die Mama seines Babys, nichts sagen wird. Er vertraut ihr. Eigentlich liebt er sie auch noch. Das weiß Phoenix. Sie weiß, dass er Angie wirklich liebt, aber sie nimmt ihn zu hart ran, wenn sie zusammenwohnen, und er hat selbst genug um die Ohren. Aber er bezahlt ihre Wohnung in der Machray Avenue, und er kauft ihrer Tochter von allem nur das Beste, Markennamen auf all ihren Kleidern. Das ist Liebe, denkt Phoenix. Dann fällt ihr wieder ein, warum sie hier ist, und sie überlegt, was sie tun soll. Vielleicht kann sie bei Roberta oder Dez unterkommen.

»Kannst du sonst irgendwo hin?«, fragt ihr Onkel, der offenbar ihre Gedanken lesen kann.

»Ja, schon okay.« Sie nickt und korrigiert ihre Miene, wie immer, wenn sie das Gefühl hat, sie wird zu weich.

»Gut, okay«, sagt er und haut auf den Tisch. »Ich muss unter die Dusche.« Er steht auf, als würde er sie damit entlassen.

»Hast du vielleicht ein Telefon, das ich benutzen könnte?«,

fragt sie. Ohne ein weiteres Wort wirft er ihr ein Wegwerf-Handy zu. Er bemerkt nicht, dass sie sauber gemacht hat.

Phoenix geht in den Keller, um ihre Sachen abzustellen und zu schauen, ob sie irgendwelche Kleider findet, die sie anziehen könnte. Es ist ein alter Keller mit Steinmauern und kalten Pfützen auf dem Boden. Ihr Onkel lässt einen Luftentfeuchter laufen, damit die Feuchtigkeit nicht all das Zeug ruiniert, das er hier unten lagert.

Phoenix schmeißt ihren Kram in eine Ecke hinter ein paar noch in Kartons verpackten Fernsehern, die so groß sind, dass sie sich selbst dahinter verstecken könnte. Kleider findet sie allerdings nirgends – nur Elektronik und ein paar Plastikbehälter ohne Aufschrift. Sie gibt es auf, hier wird sie nichts von dem finden, was sie braucht.

»Wann habt ihr euch am sichersten gefühlt?«, hatte die Mentorin gestern die Gruppe gefragt. Grace hieß sie. Groß, dünn, schön – Grace war alles, was Phoenix nicht war. Und reich. Grace hatte eine glänzende Uhr, wie Phoenix sie nur aus dem Fernsehen kannte. Wäre sie eine echte Diebin, hätte sie sich das Teil geschnappt, aber sie ist superungeschickt. Während all die anderen Kids sich einen abjammerten, überlegte sie also, wie sie an diese Scheißuhr rankommen könnte. Grace arbeitete nur tagsüber, und im Gegensatz zu manchen von den anderen »Mentoren« hätte man sie niemals schlafend erwischt. Die Uhr schien ziemlich gut an ihrem Handgelenk festgemacht zu sein. Phoenix beobachtete, wie Grace ihre Hände bewegte. Wie sie die anderen Kids umarmte, ihnen sagte, es sei okay, alles werde gut. Fuck. Es war unmöglich, das Teil zu stehlen, dachte sie schließlich.

»Wann hast du dich am sichersten gefühlt?«, fragte Grace

und schaute sie dabei direkt an. Alle im Raum, sämtliche Augen waren auf sie gerichtet.

Phoenix war zu wütend, als dass ihr dazu etwas eingefallen wäre. Sie starrte bloß diese schöne, dünne Scheißtusse an und saß mit hochgezogenen Schultern da, als könnte sie hier rausstürmen, wenn es nötig wäre. Sie musste gar nichts sagen, schaute Grace nur an. Und selbst die reiche, schöne Grace begriff, dass sie besser zur nächsten Teilnehmerin überging.

Die Sachen in ihrer Tasche sind immer noch kalt, obwohl sie jetzt ja schon eine Weile im Haus sind. Phoenix stellt die Tasche auf einen Karton und zieht ein Hemd heraus, das fast sauber genug ist, um es auszuschütteln und anzuziehen. Sie schaut beim Umziehen nicht auf ihren widerlich fetten Körper, schlüpft einfach bloß aus der Jacke, zieht das eine Hemd aus und das andere an. Dieses ist etwas geräumiger. In diesem verfickten Centre hat man sie gezwungen, drei Mahlzeiten am Tag zu essen. Sie ist dermaßen fett geworden. Die anderen Sachen lässt sie an. Diese Baggy Jeans ist ihre beste Hose, auch wenn sie inzwischen mieft. Sie schaut an sich herunter und versucht, ihre Kleider glatt zu streichen. Sie fühlt sich wie eine Tonne, aber trotzdem besser.

Sie hat eh nur wenige Kleider, die sie mitnehmen konnte. Die und ein paar alte Bilder, mehr hatte sie nicht einzupacken. Sie schaut sich die Bilder nicht an, tastet aber nach ihnen, um sicher zu sein, dass sie da sind, ehe sie die Tasche hinter dem größten Karton verstaut. Ein paar alte Abdeckplanen und ein Flickenteppich liegen nass auf dem Boden, und sie hängt sie vorausschauend zum Trocknen über die Kartons. Vielleicht muss sie ja doch hier schlafen.

Es ist kein schlechter Plan.

Oben hat ihr Onkel seine Fluppen auf dem Tisch liegen lassen. Phoenix lächelt – wenn keiner hinguckt, ist er echt ein anständiger Kerl. In ihrer Kindheit war er so ein guter Junge, so gut zu ihr. Er ging mit ihr im St. John's Park Rad fahren, setzte sie auf den Lenker und fuhr dann ganz vorsichtig, hatte die Hände auf den Griffen und hielt sie zugleich mit den Armen fest, denn sie war klein und echt ungeschickt. Damals, bevor ihre kleinste Schwester Sparrow auf die Welt gekommen war, als er noch Alex war, da hatten sie alle zusammen in dem braunen Haus auf der anderen Seite des Flusses gewohnt, mit der alten Grandmère, Alex' Eltern und Cedar-Sage, ihrer anderen Schwester, die damals noch ein kleines Kind und immer fröhlich war. Selbst ihre Mom, Elsie, war die meiste Zeit da gewesen. Es hatte Phoenix am Hintern wehgetan, so auf dem Lenker zu sitzen, besonders wenn sie über die alten Holzbretter der Brücke fuhren, die ungleichmäßig und voller Huckel waren, aber sie sagte nie auch nur ein Wort, sie hielt sich einfach fest, und Alex hielt sie auch fest.

Phoenix ruft zuerst bei Roberta zu Hause an, aber das Telefon ist außer Betrieb. Als Nächstes versucht sie es bei Dez, und die geht natürlich nach dem zweiten Klingeln ran.

»Fuck, Dez, wie geht's denn so?«, fragt sie mit einem harten Lachen und nimmt noch einen langen Zug.

»Phoen?« Sie hört jemanden im Hintergrund, ein Lachen.

»Ja, ich bin's. Wie geht's?« Sie drückt ihre Fluppe aus und ist plötzlich nervös. Es ist ein halbes Jahr her, dass sie ihre Mädels gesehen hat. Sie ruft sie immer noch an, aber sie hat schon nach dem ersten Monat im Centre ihren Internet-Anspruch verloren. Sie ist nicht mehr auf dem Laufenden. »Was läuft?«

»Nichts. Abhängen.« Dez' Stimme klingt komisch, fern. »Was machst du denn? Wem sein Telefon ist das?« Im Hintergrund sagt jemand etwas, was Phoenix nicht versteht.

»Eins von Bishop.« Sie versucht verächtlich zu klingen, tough. »Ship hat mir eins von seinen Wegwerfhandys gegeben.«

»Das heißt, du bist draußen?« Dez hat sich noch nie durch Intelligenz oder Klasse ausgezeichnet.

»Ja.« Diesmal gelingt Phoenix der verächtliche Ton besser. »Ist das Robbie?«

»Ja, und Cheyenne. Bleibst du dann dort?« Dez klingt immer noch komisch, vielleicht einfach nüchtern.

»Vielleicht. Weiß noch nicht.« Phoenix überlegt. »Kommt rüber. Ich brauch Gras.« Es klingt wie der Befehl, der es ist.

»Okay.« Dez zieht das Wort wie Kaugummi und hört auf, Fragen zu stellen. Endlich.

»Hey, hast du Clayton in letzter Zeit mal gesehen?« Phoenix wirft die Frage flüchtig hin, als bedeuteten die Wörter gar nichts.

»Ja, eigentlich täglich. Warum?« Dez' Stimme klingt unbeschwert.

»Nur so. Sag ihm doch Bescheid, dass er auch kommen soll.« Phoenix schaut an ihrem fetten Körper hinunter und zieht den Bauch ein, obwohl ihn keiner sehen kann.

»Der ist wahrscheinlich eh da. Ist er meistens.«

»Warum denn das?«

»Ach, der verkauft seit 'ner Weile Gras für Ship.« Dez sagt das, als wäre es belanglos. Als sollte Phoenix das eigentlich wissen.

Aber ihr hat das keiner gesagt. Es tut ein bisschen weh zu erfahren, dass ihr das keiner gesagt hat. Sie hat Clayton seit ein paar Monaten nicht mehr erwischt, vielleicht ist es also wirklich neu. Sie hört ihren Onkel aus der Dusche kommen und denkt, dass sie ihn später fragen wird. Er redet normalerweise nicht über seine Geschäfte, aber vielleicht sagt er ihr ja, was Sache ist.

»Okay, cool«, sagt sie zu Dez. »Hey, kannst du mir was zum Anziehen mitbringen? Ich hab hier nichts, 'ne Kapuzenjacke oder so was. Ich frier mir hier den Arsch ab.« Im Hintergrund reden die anderen Mädchen weiter. Fuck, Phoenix wüsste zu gern, was sie sagen. Aber sie versucht, sich nicht zu sehr aufzuregen. Jedenfalls nicht jetzt. Stattdessen richtet sie ihre Wirbelsäule auf und atmet tief durch, wie es die verdammten »Mentorinnen« immer gesagt haben. Fuck. Vielleicht lässt ihr Onkel sie ja auch ein bisschen dealen, damit sie etwas Geld verdienen kann. Aber ihr Onkel wird wahrscheinlich Nein sagen, weil er auf sie aufzupassen versucht, so wie er es immer getan hat.

»Ja, sicher«, sagt Dez langsam, keineswegs sicher. »Ich find schon was.«

»Cool. Danke.« Phoenix nickt, obwohl keiner sie sehen kann. »Bis dann.« Ihre Stimme ist wieder kraftvoll, und sie weiß, dass sie nicht lange wird warten müssen. Dez wird ihr was zum Anziehen bringen und sie schminken, wie sie es so gern tut. Und bis Clayton dann hier ist, wird sie aussehen wie ein ganz normales Mädchen, bereit zum Feiern, bereit für ihn.

Ja, denkt sie, das ist ein guter Plan.

# 4

## LOU

Gabe ist gestern Abend gegangen, so wie er es angekündigt hatte. Wie ich es erwartet hatte, früher oder später.

Es geschah so beiläufig.

»Lou, Süße, ich fahr dann mal für 'ne Weile heim«, sagte er, während er seine Kleider in den Rucksack packte. Als wäre es ein ganz normaler Abend, und er würde bloß jemanden besuchen gehen. Vielleicht war es ja auch so. »Ich kann, äh, mit Lester mitfahren, aber er will schon heute Nacht fahren. Er meint, morgen wird es schneien, deshalb, äh, müssen wir los. Also, jetzt gleich.«

»Okay«, sagte ich bloß. Ich setzte mich, denn mir war plötzlich schwindlig.

An der Tür drehte er sich noch mal um und sagte, als wäre es ihm gerade noch eingefallen: »Hey, ich lieb dich, ja?«

Dann klopfte er aus irgendeinem Grund gegen den Türrahmen. Das Geräusch schien in unserem Zimmer nachzuhallen. Oder jetzt wohl eher meinem Zimmer.

Ich sah auf, konnte aber nur nicken.

»Ich ruf dich dann an, ja? Morgen?« Es war eine Frage, auf die er selbst die Antwort nicht wusste. Er kannte die neuen Regeln genauso wenig wie ich.

»Gut, okay. Der Kleine will sicher morgen mit dir reden. Sag mir Bescheid, wenn du angekommen bist.« Ich schaute auf die Frisierkommode, während ich das sagte. Sie war nicht mehr mit seinen Sachen vollgestellt. Er nahm alles mit.

»Ja, auf jeden Fall.«

Ich wusste, dass bei ihm »auf jeden Fall« nicht das bedeutete, was es bedeuten sollte, aber diesen Kampf hatte ich lang genug gekämpft. »Gute Fahrt«, mehr sagte ich nicht.

Ich hörte ihn im Wohnzimmer mit den Jungs reden.

»Also dann, ich muss los«, sagte er, als wäre es ein ganz alltäglicher Abschied, nichts Besonderes. Vielleicht war es ja auch so.

Vielleicht will ich nur glauben, dass wir auseinander sind. Endgültig.

Ich hörte, wie er ging, aber ich blieb auf dem Bett sitzen. Meinem Bett. Das sich irgendwie auch leerer anfühlte. Ich saß da und versuchte es zu spüren. Die Leere. Die Kälte, da wo Gabe früher war. Man sagt, dass die Luft so wird, kalt, wenn Geister durchziehen.

Vielleicht ist es genauso wie all die anderen Male. Vielleicht ist er irgendwann demnächst wieder da, so wie er noch jedes Mal irgendwann wiedergekommen ist, und ich bilde mir nur ein, diesmal sei es anders. Vielleicht. Oder vielleicht ist er auch endgültig gegangen, so wie ich es immer erwartet habe. Hat genug von mir und meinem Gezicke. Genug davon, dass ich ihm nie gebe, was er will. Ich kann es ihm nicht verdenken. Ich habe auch genug von mir.


Mein Arbeitstag schreitet voran, aber ich kann mich nicht konzentrieren. Der Freitagnachmittag dehnt sich endlos vor mir – meine Akten werden nicht auf den neusten Stand gebracht, Anrufe nicht erwidert. Stattdessen schaue ich durch mein Bürofenster in den rosa Himmel. Lester hat recht, es wird schneien. Die Wolken werden prall und verleihen allem lange dunkle Schatten. Die Innenstadt verschwimmt.

Ich schaue auf meine Akten, all die armen kleinen Kinder, die schon ellenlange Geschichten haben, bösartige oder traurige Mütter. Die Leerstelle, wo der Vater sein sollte. Alles verschwimmt. Irgendwie, denke ich, kann ich jetzt gerade keine Sozialarbeiterin sein. Nur eine verlassene Frau.

Ich versuche es zu spüren. So nach dem Prinzip, wenn ich es spüre, kann ich es auch beschreiben, kann ihm einen Namen geben, ein Etikett, und dann kann ich damit umgehen. Verletzt, wütend, traurig, verraten, unwürdig. Ich kämpfe gegen die Tränen an, denn ich will nicht weinen, nicht hier bei der Arbeit, wo ich hart und emotionslos sein sollte, aber vergebens. Ich schaue zu den Bildern an meiner Pinnwand hoch – meine beiden Jungs, meine Familie, mein Mann –, und auch sie verschwimmen.


Gabe Hill kam auf einer Welle von Wohlgeruch und gutem Aussehen in mein Leben gesegelt. Seine Grübchen waren so tief, dass ich fast hineinfiel.

Er war perfekt.

Wir waren backstage bei einem Konzert. Ritas Ex hatte uns Karten besorgt, und meine Schwester Paul und ich hatten uns aufgebrezelt. Wir wussten alle, wer Gabe war. Jeder wusste, wer Gabe war. Er trug ein geknöpftes schwarzes Hemd, ordentlich gebügelt, und stand breitbeinig wie ein Gitarrist, auch wenn er nicht Gitarre spielte. Wir schauten ihn alle zu lange an, aber keine von uns hatte den Nerv, zu ihm zu gehen und ihn anzusprechen.

Ich weiß noch, dass ich an die Bar ging, um mir ein Bier zu holen. Auf dem Rückweg trank ich einen Schluck, und als ich aufblickte, stand er direkt vor mir. Er lächelte, liebenswürdig und perfekt, lächelte mich an. Ich versuchte, mir unauffällig das Kinn abzuwischen, und hoffte, er würde nicht sehen, dass ich mich vollgesabbert hatte.

Diesen ersten Schluck von einem Lab Lite liebe ich heute noch. Schon allein der Geruch erinnert mich immer an diesen Moment.

Er war der einzige nüchterne Mann im Raum. Er trinke nicht, sagte er, und er rauche auch nicht. Danach brauchte es nicht mehr viel, um mich zu überzeugen. Manche Männer haben so eine Art, einen anzuschauen. Bei Gabe war das auch so, er war den ganzen Abend sehr zugewandt, hörte mir tatsächlich zu. Es brachte mich völlig durcheinander.

Als ich ihn kennenlernte, wusste ich nicht, dass er das mit allen so machte. Ich dachte, ich wäre was Besonderes.

Ich gehe zu Rita und setze mich an ihren Schreibtisch. Ich will mich in meinem Selbstmitleid suhlen und über meine Probleme reden. Rita ist die beste Freundin meiner Mutter, und ich kenne sie seit meiner frühen Kindheit. Sie hat mir diesen Job besorgt, als ich mit der Ausbildung fertig war, und wir sind uns mittlerweile auch ziemlich nah. Es liegt natürlich auch an dieser Arbeit. Sie hört mir zu, mit nachdenklicher Miene und wohlgeübter Sozialarbeiterpose, und als ich fertig bin, schaut sie mich über ihre Brille hinweg an und legt den Finger direkt in die Wunde.

»Du glaubst also, dass er da hochfährt, um diese Frau zu pimpern?«

»Er streitet es ab«, sage ich achselzuckend.

»Natürlich streitet er es ab. Was soll er denn sagen – ›äh, ja, Süße, ich pimper da so 'n Mädel im Reservat, äh, also, ja‹.« Sie lacht ihr typisches Rita-Lachen, dröhnend, den Kopf im Nacken. Bei Klienten macht sie das nicht so – bei Klienten hört sie auch aufmerksam zu, aber das Finger-in-die-Wunde-Legen macht sie nur innerlich.

Ich grinse nur schief. Kann nicht lachen, wie sie es gern hätte. Sie lächelt jetzt, versucht, auch mir wenigstens ein Lächeln abzuringen, aber ich kann nicht, ich weiß nicht mal, was ich noch sagen soll. Alles dreht sich im Kreis. Ich bin stinksauer. Ja, stinksauer. Das trifft es.

Eine andere Frau, denke ich. Eine andere.

Nein, ich bin verletzt.

»Keiner gibt so was zu, Lou!« Ritas Stimme ist immer ein bisschen zu laut, aber liebevoll, auf ihre raue Art. Sie ist bei allem so. Bei ihr gibt es nur klare Ansagen, Schwarz oder Weiß, abgehakt ist abgehakt. Sie ist sehr effizient dadurch.

Ich versuche wie sie zu sein, aber ich bin es so gar nicht. Ich sehe immer alle Seiten, nehme verschiedene Blickwinkel ein. Ich muss alles sehen, alles fühlen, bevor ich eine Entscheidung treffen kann, egal was für eine. Rita braucht das nicht. Sie ist so direkt, wie ich unentschlossen bin. Sie hat Eier, wo ich nur komplizierte, mädchenhaft grau-verschwommene Gefühle zu allem habe.

Besonders zu Gabe.

Ich hocke mit hängendem Kopf neben ihrem Schreibtisch.

»Und wie rechtfertigt er seine ständigen Fahrten da hoch?« Sie wiegt sich auf ihrem Stuhl hin und her. Mein Leben ist für sie nur ein weiteres Problem, das es systematisch zu analysieren und auf Schwachstellen abzuklopfen gilt.

»Ach, ich weiß nicht. Seine Tante und sein Onkel wollen nicht aus ihrem Haus raus, und sie brauchen viel Hilfe. Das

Haus ist am Auseinanderfallen. Er ist dort daheim, und er will jetzt da sein.«

»Klingt plausibel.« Sie nickt, ein geübtes Nicken.

»Aber früher war ihm das nie wichtig. Erst jetzt.«

»Stimmt.« Sie schaut ins Leere, denkt nach. »Er war lange entweder hier unten oder unterwegs.«

Rita ist misstrauischer als ich. Sie lebt vom Verdächtigen. Sie hat mir mal erzählt, ihr Ex, Dan, wäre ständig fremdgegangen, deshalb betrachtet sie sich als Expertin. Mit einem lauten, herzhaften Rita-Lachen hat sie mir das erzählt.

»Na ja, in gewisser Weise leuchtet es schon ein«, sage ich. »Seine Cousins sind jetzt alle da oben, und Lester ist im Rat, sodass er jederzeit eine Mitfahrgelegenheit hat. Ich glaube, er hatte seit seiner Kindheit nicht mehr die Gelegenheit, so oft daheim zu sein. Und da oben finden ihn alle toll. Die behandeln ihn wie einen Star.«

»Ein Star, pfff! Sein Stück ist ein paar Mal auf dem Country-Sender gespielt worden.« Sie lacht.

»Die hören da oben alle Country, Reet«, seufze ich. Ich spiele gedankenverloren mit den Blättern auf ihrem Schreibtisch herum. »Es gibt ihm ein gutes Gefühl, so bewundert zu werden.« Ich bewundere ihn nicht, denke ich, sage es aber nicht.

»Oh ja«, sagt sie. »Ein gut aussehender Mann mit Gitarre UND einem Song, der im Radio gespielt wird. Fleisch für die Wölfe!« Sie macht eine zupackende Bewegung mit beiden Händen und lacht wieder, noch lauter. Ich frage sie nicht, wer in diesem Szenario die Wölfe sind.

Dan, ihr Mann, hat sie mit einer gemeinsamen Freundin betrogen. Sie lebten damals im Reservat, und die Gerüchteküche brodelte, unter anderem hieß es, die fünfjährige Tochter dieser Frau sei in Wirklichkeit von ihm. Er stritt das ab, aber Rita zog trotzdem in die Stadt, hörte auf, »so verdammt traditionell«

zu leben, wie sie es ausdrückte, und fing wieder an zu rauchen und zu trinken. Sie sagte, sie habe nur seinetwegen damit aufgehört und sich »zehn verdammte Jahre« nach einem ordentlichen Drink gesehnt.

Ich bringe kein Lächeln zustande. Ich will wütend bleiben. Wütend fühle ich mich stark. Aber ich spüre, wie mir wieder die Tränen kommen. So was Blödes.

»Ach, Schätzchen.« Sie streichelt mir das Knie. »Das macht dir echt zu schaffen, hm?«

Ich nicke bloß. Rita reicht mir ein Taschentuch und streichelt weiter mein Knie.

Als Rita wieder in die Stadt zog, besorgte meine Mutter ihr eine Wohnung in demselben Gebäude, in dem auch sie und Kookom wohnten, und schaute jeden Tag nach ihr. Sie erzählte mir, Rita nehme das Ganze »sehr schwer«, aber das solle ich unbedingt für mich behalten. In Gesellschaft anderer gab sich Rita immer tough.

»Kennst du die Frau, die er pimpert?«

»Sag doch nicht immer *pimpern*!«

Sie lacht wieder. Fast steckt sie mich an.

»Weißt du, wer sie ist?«

»Ich glaube schon.«

»Wie heißt sie?«

»Melody.«

»Melody? Pfff, was für ein superdämlicher Name!« Sie lacht schallend.

Ihm gefällt der Name wahrscheinlich, wie ein Lied, das er spielen kann.


An dem Abend, als ich Gabe kennenlernte, unterhielten wir uns stundenlang wie in einer Blase, nur er und ich. Als ich aufstand, um zu gehen, umarmte er mich fest. Er fühlte sich toll an. Er hatte genau die richtige Form und nahm weder zu viel noch zu wenig Raum ein. Ich fand es toll, wie ich geradezu in ihn sank. Wir standen da, als tanzten wir, und diesen ausgedehnten Moment lang taten wir es auch.

Es war schön draußen, also gingen Paul und ich zu Fuß nach Hause. Na ja, so wie sie es beschreibt, bin ich eher neben ihr nach Hause getaumelt. Sie meinte, ich wäre wie besoffen gewesen und hätte so ein dümmliches Grinsen im Gesicht gehabt.

Mein ganzer Körper sehnte sich nach ihm. Gabe. Sein Name rollte durch meinen Kopf, meinen ganzen Körper, während ich aufgeregt nach Hause lief. Na ja – sie lief. Ich schwebte.

»Gabe Hill – Mannomann!«, sagte ich lachend in jener warmen, so lang zurückliegenden Nacht.

»Ich mag seinen Song.« Sie lächelte und begann ihn zu singen. Ich stimmte ein, sang falsch, aber mit Leib und Seele. Mir war völlig egal, ob mich jemand hörte.

Dann ging es ganz schnell.

Am nächsten Tag rief er mich an. Gleich am nächsten Tag. Sogar schon am Vormittag. Abends kam er dann auf einen Kaffee vorbei. Er war sehr höflich und sehr aufmerksam gegenüber Jake, der damals neun war und so viel mit Frauen zusammen, dass für ihn praktisch jeder Mann ein Held war, besonders aber dieser große, coole Typ, der mit Gitarre kam und ihm alte Country-Songs vorspielte. Ich beobachtete Gabe in meinem Haus, diesen schönen Mann, der sich so liebevoll und aufmerksam meinem einsamen Sohn widmete. Ich wollte ihn nicht nur für mich haben, sondern auch für meinen Sohn, dessen Dad schon lange auf und davon war und keinen Rückgewinnungsversuch wert. Wobei ich über Gabe eigentlich nicht mehr wusste, als dass er ein großartiger Gitarrist war, mit perfektem Country-Drawl singen konnte und einen Hit gelandet hatte. Er sagte, er wolle anderen Menschen helfen und ein gutes Vorbild sein. Es kam mir nicht so vor, als wollte er mich beeindrucken.

Er blieb über Nacht. Er zog nie richtig ein. Er blieb einfach. Fünf Jahre.


Im Gegensatz zu mir ist meine Schwester Paul so glücklich wie noch nie, und wenn ich ehrlich bin, nervt mich das ziemlich.

»Er ist so *nett*«, sagte sie letztes Wochenende wieder einmal, als wir ihr Geschirr in Zeitungspapier einwickelten. »Also, *wirklich* nett. Zu allen.«

Ich stapelte die Teller in die kleine Kiste, einen nach dem anderen, und sagte nichts.

»Em gegenüber ist er immer noch total nervös. Er hat keine Ahnung, was er mit einem dreizehnjährigen Mädchen anfangen soll. Ich glaube, er fürchtet sich richtig vor ihr.«

»Dabei sollte er sich vor mir fürchten«, spotte ich. Es war nicht ganz ernst gemeint, aber ein bisschen schon.

»Tut er auch, keine Sorge.« Sie fuhr fort. »Er hat eine richtig große Familie, Lou. Also, wirklich richtig groß – sechs Kinder waren sie. Seine Eltern leben immer noch in dem Haus, in dem sie alle aufgewachsen sind, in der Wildnis außerhalb des Reservats. In der Wildnis! Er hat sein ganzes Leben dort verbracht. Er geht jagen und all so was.«

Sie strahlte, wiederholte Dinge, die sie mir schon tausendmal erzählt hatte. Ich lächelte sie an und rief mir das Bild vor Augen: ein echtes Haus mit einer echten Familie in einer echten Gemeinschaft. Echte Indianer! Keine Halbblutindianer aus der Stadt wie wir. Ich verstand schon, was Paul daran so gefiel. Ich wusste noch, dass ich das bei Gabe auch schön gefunden hatte – seine große Familie, sein echtes Zuhause. Ich bin immer sehr gern mit ihm seine Leute besuchen gegangen. Bei Paul und mir war es ganz anders gewesen, unsere Kindheit in der Stadt, unsere kleine Familie, klein und kaputt. Ein paar Winter haben wir im Haus unseres Dads in der Wildnis verbracht, aber dort war es immer einsam und zu still.

»Du findest aber nicht, dass ich zu schnell mache, oder?« Pauls Stimme klang wackelig. Unsicher.

Ich schaute auf, sah die Verwundbarkeit, die Zweifel in ihrem Gesicht. »Woher soll ich das wissen?«, fragte ich und wandte den Blick ab. »Gabe ist nach einem Tag bei mir eingezogen.«

»Eben.« Ich merkte, dass sie das nicht hatte sagen wollen.

Es war ein gutes Argument, aber ich zuckte bloß mit den Achseln. Ich wusste, dass sie unterstützende, überzeugende Worte von mir hören wollte, aus denen sie Zuversicht und Erleichterung schöpfen konnte. So wie ich sie immer von ihr zu hören bekam.

Ich hatte keine.

Aber ich half ihr weiter packen.


Als ich meine Sachen hole, um noch einen letzten Besuch vor dem Feierabend zu machen, ruft meine Kookom an.

»Na, wie geht es dir denn?« Sie fragt, als wüsste sie es nicht längst. Die alte Frau erkennt schon am Ton meiner Begrüßung, wie es mir geht.

»Ganz okay, Kookoo«, sage ich, während ich meine Sachen richte. »Und dir?«

»Ach, du weißt schon«, seufzt meine Großmutter. »Immer noch alt. Also, kommst du dann morgen zum Abendessen?« Das ist ihre Art, um etwas zu bitten. Von Abendessen morgen war bisher keine Rede.

»Klar«, sage ich. »Was hättest du denn gern?«

»Brathähnchen wäre schön. Ich hab ewig kein Brathähnchen mehr gegessen.« Ich spüre, dass ihr das schon den ganzen Tag durch den Kopf geht.

»Okay, dann kommen wir morgen.« Ich sortiere die Papiere auf meinem Schreibtisch und hefte eines davon so an meine Pinnwand, dass es das Foto von Gabe verdeckt.

»Gut, kommt Gabe auch mit? Er müsste mir helfen, ein paar Sachen wegzuschaffen.« Das ist ihre Art, neugierig zu sein.

»Nein. Gabe musste für eine Weile heim.« Mehr werde ich ihr nicht sagen. Ich muss ihr den Rest nicht erzählen. Noch nicht. Und falls er doch wiederkommt, eh nicht. »Jake und ich können dir auch helfen. Was muss denn weggeschafft werden?«

»Oh.« Es klingt gewichtig, wissend. »Ach, nur ein paar alte Sachen, die auf den Speicher sollen. Es ist nicht viel.« Das ist ihre Art, mir das Gefühl zu vermitteln, ich würde gebraucht, sei fähig und beschäftigt.

»Wir kriegen das schon hin, Kookom. Keine Sorge.«

»Oh ja, ich weiß«, versichert sie mir. »Sag auch Paulina und Emily Bescheid, ja? Sofern sie nicht zu beschäftigt sind, um mich zu besuchen. Ich hab die beiden ewig nicht mehr gesehen.« Das heißt, ungefähr zwei Tage.

»Okay, mach ich. Ich muss jetzt los. Ich ruf dich später noch mal an, ja?«

»Gut, mein Mädchen. Ich hab dich lieb.« Das ist ihre Art, mir zu sagen, dass sie mehr weiß, als ich ihr sage.

»Ich dich auch.« Ich lege schnell auf, ehe meine Stimme mich ganz verrät.


Rita und ich machen uns auf den Weg durch die verschneite Stadt, während es dämmert und noch mehr Schnee auf das Weiß fällt. Wir fahren die ganze Strecke bis in die nordwestliche Ecke der Stadt, um Luzia, meiner Lieblings-Pflegemutter, einen Besuch abzustatten. Sie empfängt uns lächelnd mit Kaffee. Sie schaut mich an wie meine Kookom. Wissend.

Alte Frauen wissen Bescheid.

»Was willst du denn jetzt machen?«, fragt Rita auf der Rückfahrt. Es ist keine Neugier, nicht wirklich.

Ich sitze zusammengekauert auf dem Beifahrersitz, leer geweint. Ich fühle mich wieder wie betäubt. »Ich weiß es nicht.«

»Es ist wirklich schwierig.« Sie seufzt, löst den Blick aber nicht von der Straße.

Ich nicke, obwohl sie nicht zu mir schaut, und gucke aus dem Fenster, als wir aus der Unterführung auf der Main Street herauskommen. Es ist schon dunkel. Irgendwie ist es im Winter ständig dunkel. Das Viertel zieht vorbei – Leute, die zu früh aus Bars getaumelt kommen, ein Mädchen mit Kinderwagen, das versucht, über den schneebedeckten Mittelstreifen hinweg die Straße zu überqueren. Ich sehe das alles, ohne irgendetwas zu fühlen. »Ich glaube, ich bin einfach fertig. Wirklich fix und fertig.« Meine Stimme klingt ganz schwach.

»Ja, das glaube ich auch«, sagt sie leise. »Ich weiß, wie das ist, mein Mädchen. Es tut mir leid.«

Schweigend fahren wir weiter, durch stille, verschneite Straßen. Ich würde gern über etwas anderes reden, an etwas anderes denken, aber mir fällt nichts ein.

»Du solltest mit mir ausgehen«, sagt sie und schlägt aufs Lenkrad. »Es ist schließlich Freitag. Freitags geht man aus.«

»Ja?« Ich überlege. »Wo willst du denn hin?«

»Lass uns zu diesem Galerie-Dingsda von deiner Mutter gehen. Uns betrinken. Spaß haben. Auf andere Gedanken kommen.«

»Und wer passt auf meinen Kleinen auf?«

»Frag Paul, ob sie ihn zu sich nimmt – oder ist sie zu verliebt, um länger babyzusitten? Oder Jake? Wozu sind Teenager schließlich da? Ich schick Sunny rüber, der soll ihm Gesellschaft leisten. Mann, als ich so alt war wie er, hab ich auf alle Kinder aufgepasst, und auf die Cousins und Cousinen gleich auch noch.«

Ich zucke mit den Achseln, denke an all die simplen kleinen Schritte.

Es fühlt sich nie simpel an, ist es aber.

Ich könnte einfach ausgehen, mich betrinken, ein normaler Mensch sein. Könnte mich amüsieren, auf andere Gedanken kommen. Könnte.

Was ist das Schlimmste, was passieren könnte?

# 5

# CHERYL

Als Cheryl aufwacht, riecht sie den Schnee. Der Februar weht in ihr kleines, unordentliches Schlafzimmer herein, zum Gehupe der Autos, die einen Block weiter auf der Main Street unterwegs sind. Sie entsinnt sich vage, irgendwann spätabends, als sie schließlich ins Bett taumelte, das Fenster geöffnet zu haben. Entsinnt sich vage, dass sie sich wünschte, der Wind möge hereinwehen und sie an etwas erinnern, wonach sie sich sehnte. An was, weiß sie an diesem nüchternen Morgen nicht mehr, aber sie ahnt es.

Sie dreht sich um und hievt ihren schmerzenden Körper aus dem Bett. Ihr Kopf dröhnt vom Whisky, und jeder einzelne Körperteil will Wärme. In der Küche hält sie immer wieder die Hand unter den Wasserstrahl, bis das Wasser wohltuend heiß ist, dann wirft sie ein paar Schmerztabletten ein. Ihr schmächtiger Körper fühlt sich an, als bestünde er nur aus Knochen, während sie mit geneigtem Kopf an der Arbeitsplatte lehnt und zwischen kleinen Schlückchen Wasser die vergangene Nacht aus ihrer Raucherlunge hustet. Es dauert nicht allzu lange, bis sie sich besser fühlt oder zumindest bereit ist, ihren Tag zu beginnen.

Früher hatte sie mal gedacht, dass sie in ihrem jetzigen Alter alles geregelt haben würde, dass sie eine Altersvorsorge haben,

Kunst machen und mit einem zufriedenen Lächeln langsam dahinwelken würde. Aber ihre Fünfziger fühlen sich genauso an wie ihre Vierziger – nur tut alles mehr weh.

Sie humpelt durch ihre Wohnung, versucht ihre alten Knöchel aufzuwärmen, fährt sich mit den krummen Fingern durchs kurze Haar. Ihr Kookoo-Haar, wie ihre Mädels es nennen, denn irgendwie lassen sich alle die Haare schneiden, wenn sie alt werden. Es ist ein Ritual für sie, morgens so durch die Wohnung zu gehen und zu versuchen, die vergangene Nacht zu rekonstruieren. Eine leere Schnapsflasche steht auf dem Kaffeetisch, neben einem leeren, klebrigen Glas, mehreren Bleistiften verschiedener Länge und Stärke und Radierkrümeln, die wie winzige graue Würmchen überall herumliegen. Die unkooperative Leinwand liegt umgekippt auf dem Boden, voller Abscheu und müdem Kummer weggestoßen.

Sie versucht zur Zeit an einen früheren Gemäldezyklus anzuknüpfen. »Wolfsfrauen« nennt sie ihn: in Acrylfarbe eingelassene Fotos, Formwandler-Porträts. Sie hat den Zyklus vor Jahren begonnen, und damals waren es ausschließlich Bilder von ihrer Schwester Rain – all die Gesichter und Wölfe, die sie hätte gewesen sein können. Jetzt versucht Cheryl einige der anderen starken Frauen zu malen, die sie kennt. Sie hat von jeder ihrer Töchter eins gemalt, zwei kleine, schöne Wölfe, die ihrer Mutter beide sehr ähnlich sehen, aber auf unterschiedliche Weise.

Als sie gestern Nacht schon einigen Whisky intus hatte, hat sie ein neues Bild von ihrer Schwester angefangen. Sie hatte all ihre Fotos von Rain durchgeschaut, aber keins schien so recht zu passen. Schließlich entschied sie sich für ein ganz altes aus dem Jahr 1974, als Cheryl gerade Joe kennengelernt hatte, ihren Ex. Rain ist auf dem Foto knapp sechzehn und sitzt auf Joes altem, mitternachtsblauem Challenger. Sie ist größer und besser gebaut als ihre ältere Schwester, trägt ein braunes, mit Perlen besticktes Stirnband und eine Fransenjacke, und ihre langen Beine stecken in einer Schlaghose und den roten Stiefeln, die Cheryl sich von ihr auslieh, wann immer sie durfte. Rains volles Haar ringelt sich um ihr junges Gesicht, in dem sich keine Falte, keine Sorge abzeichnet. Die Schwestern hatten den gleichen weichen Mund, aber Rain war immer die Schönere gewesen. Cheryl heftete das Foto mit Klebeband in die Mitte der Leinwand und begann, darum herum zu zeichnen, aber irgendwie stimmte das alles nicht. Sie konnte nichts davon stehen lassen. Und am nächsten Morgen sah es furchtbar aus. Die Leinwand rund um das Mädchen auf dem Auto war immer noch leer, bis auf die flachen Kerben ausradierter Bleistiftstriche, längliche Vertiefungen im Weiß, und Flecken, die aussahen wie graue Wolken. Ihre Schwester sah so allein aus.

Cheryl wünscht, sie hätte ein Foto, auf dem ihre Schwester tanzt. Wenn sie sich bewegte, war Rain immer am lebendigsten. Sie liebte es, sich hin und her zu wiegen. Aber sie war in ihrem ganzen Leben tatsächlich nie beim Tanzen fotografiert worden.

Das ist so eine Wechseljahrserscheinung, denkt Cheryl, dass alles noch einmal wiederkommt. Alte Sehnsüchte und Erinnerungen melden sich wieder, in Träumen, in Gedanken, ständig. Nachts verbringt sie oft Stunden damit, willkürlich auftauchende Episoden aus ihrem Leben wiederzukäuen, längst verschwundene Menschen, längst vergessene Entscheidungen. Alles scheint sich zu wiederholen, ein ums andere Mal. Sie trinkt, damit sie schlafen kann, jedenfalls redet sie sich das ein. Aber selbst im Schlaf holen ihre quälenden Erinnerungen sie ein, wollen beachtet werden.

In der vergangenen Nacht hat sie von den Birken geträumt,

dünn und weiß vor dem Schnee, und von den Wölfen, die in der Ferne heulten. Sie war auf Schneeschuhen unterwegs, so wie damals, als sie in der Wildnis lebten. Ihre Stadtmädchenbeine liebten diese Art, sich zu bewegen. Sie machte es so gern, dass ihre Beine noch Jahre später, nur im Traum, jede winzige Bewegung und Muskelanspannung kannten. Sie konnte den Schnee riechen, die winterkalte Luft.

Als sie in der Wildnis lebte, kam ihre Schwester Rain oft zu Besuch. Sie ließen die Mädchen bei Joe, wo sie Burgen bauen und Schneeballschlachten machen konnten, und zogen für Stunden auf ihren Schneeschuhen los. Sie fanden beide von Anfang an großen Gefallen daran. Joe zeigte ihnen, wie man die Schneeschuhe gut festschnallt, die Knie beim Gehen anhebt und die Stöcke fest in den Händen hält. Mit Schals vor dem Gesicht und schwingenden Armen waren sie im Wind zwischen den Birken unterwegs. Cheryl fand es herrlich, wie sie mit diesen Schuhen über den Schnee hüpfen konnte – sie sank ein, aber nicht ganz. Seit sie ihre Mädchen zur Welt gebracht hatte, fühlte sie sich so schwer, als wäre ihr kleiner Körper voller Steine, plump und ungeschickt. Aber wenn sie die Schneeschuhe anhatte, konnte sie durch den Birkenwald spazieren, der sich nördlich ihres mit Sperrholz verkleideten Häuschens erstreckte. Sie fühlte sich so leicht wie noch nie. Sie konnte ihre großen Füße anschnallen und sich kleiner fühlen. Sie redeten nicht viel, Rain und sie, atmeten und schauten, und meilenweit war nichts anderes zu hören als das Geräusch der auf den Schnee auftreffenden Netze und manchmal die Wölfe in der Ferne. Cheryl fand es wunderbar.

Auch den Traum fand sie wunderbar. Jedes Mal aufs Neue.

Und dann wachte sie auf, frierend und allein, bei offenem Fenster. Einen Moment lang wusste sie nicht, wo sie war. Diese Wohnung, in der sie schon seit Jahren wohnte. In diesem Moment gab es nur die schmerzende Leere neben ihr, die Lücke, wo ihre Schwester hätte sein sollen.

Als Cheryl in die Galerie kommt, ist es dort still und leer. Sie schaltet das Licht im Büro an, lässt den Ausstellungsbereich aber in seinem staubig-wohligen Dämmer liegen. Sie blickt ins Halbdunkel des großen Raums, die Gemälde an den Wänden sind nur vage auszumachen, die Winkel unheimlich, zu wenig genutzt. Sie liebt jeden Quadratzentimeter hier.

Sie kocht Kaffee, obwohl der Abend schon wieder naht. Ihre Helfer werden bald kommen – sie sind jung und haben sich wahrscheinlich gerade erst aus dem Bett gewälzt, werden das Koffein also brauchen. Sie schaut auf ihre To-do-Liste, schreibt Lyn eine weitere beruhigende Nachricht und setzt sich an ihren Schreibtisch, den großen, der hinten steht. Sie sitzt gern dort, mag seine Anmutung, seine Wuchtigkeit. Man sieht von dort in die lange, staubige Galerie, die jetzt, in Stille und Dunkelheit gehüllt, wartet, so wie sie. Cheryl liebt ihre Arbeit, ihre Endlich-bin-ich-angekommen-Arbeit. Verdient natürlich nicht genug Geld, aber hier kann sie sich endlich richtig einbringen, nach all den Jahren mit Knebelverträgen und Kindererziehung. Hier hat sie das Sagen. Endlich. Sie kostet diese Momente gern aus. Wie einen süßen Geschmack auf der Zunge oder den magischen Duft ihrer Enkel, sie atmet sie in langen Zügen ein. Das tut sie immer, wenn sie versucht, die guten Momente so lange wie möglich andauern zu lassen.

Sie liebt solche Momente. Die ruhigen, bevor alles losgeht. Sie sind nie lang genug.

Lyn, die Künstlerin, die heute Abend ausstellt, kommt eilig herein, den Winter am Mantel, sie hat eine Umhängetasche mit Faltblättern dabei, die sie in letzter Minute ausgedruckt hat.

»Es schneit!«, verkündet das junge Mädchen überflüssigerweise. Sie hat einen frischen Bluterguss unter dem Auge, den sie mit Grundierung und einem Streifen Silberglitter mehr schlecht als recht zu verdecken versucht hat. »Heißt das, dass jetzt keiner kommt?«

»Die Leute kommen immer.« Cheryl nimmt Lyn die Tasche mit den Faltblättern ab. »Jetzt hör auf, dir Sorgen zu machen, das wird ein wunderbarer Abend.«

Lyn seufzt. Sie ist wohl die begabteste Künstlerin, der Cheryl seit Langem begegnet ist, aber sie ist zu jung und zu nervös, als dass im Moment irgendetwas zu ihr durchdringen würde. Also bietet Cheryl ihr ein Bier und eine Zigarette an. Sie erinnert sich an dieses Gefühl, an die Angst davor, was andere von ihr und ihrer Kunst denken werden. Die eigene Seele wird da ausgestellt, dem Urteil anderer preisgegeben. Diese Angst verschwindet nie ganz. Sie kann nur gedämpft oder heruntergeschluckt werden.

Bald ist die Galerie gefegt, jedes Werk noch einmal überprüft, die Tische sind aufgestellt, und Lyn ist so bereit, wie sie es denn sein kann, nippt an einem weiteren Drink und plaudert mit Freunden. Cheryl schließt die Tür zu ihrem Büro und ruft sicherheitshalber noch mal bei ihrer Mom an. Ihre Mom wohnt in der Wohnung unter ihr, und Cheryl hatte kurz vorbeigeschaut, bevor sie ging, aber sie will nicht, dass ihre Mom durcheinandergerät. Normalerweise geht sie nämlich um die Abendessenszeit, wenn es dunkel wird, bei ihr vorbei, und womöglich macht ihre Mom sich Sorgen, wenn sie heute nicht erscheint.

»Kannst du mir Milch mitbringen, wenn du nach Hause kommst?« Ihre Mutter räuspert sich. Ihre Stimme knarzt, sie hat geschlafen.

»Nein, Ma, ich komme heute erst sehr spät nach Hause. Es ist Freitag, du weißt doch, ich hab doch heute diese Veranstaltung.« Cheryl ertappt sich immer wieder bei der Erwartung, ihre Mom würde sich an solche Dinge erinnern, obwohl die alte Frau das offenkundig nicht mehr kann.

»Ah ja, ich weiß. Jetzt weiß ich's wieder.« Sie gibt nie zu, dass sie verwirrt ist.

Cheryl weiß, dass sie keine Ahnung hat. »Ich habe eine Vernissage in der Galerie. Wir zeigen neue Gemälde und feiern eine kleine Party. Diese junge Frau, die du auch kennengelernt hast, Lynden.«

»Ah ja, ja.« Ihre Stimme wird laut und verebbt dann wieder. Cheryl stellt sich vor, wie ihre Mom ins Telefon nickt. Sie ist jedes Mal erleichtert, wenn ihre Mutter sich an etwas erinnert oder zumindest so tut als ob. »Lornes Tochter?«

»Nein, Ma, nicht Lornes Tochter. Eine Künstlerin.«

»Ah, mhm.« Cheryl kann ihre Mutter denken hören. »Du kommst also nicht nach Hause?«

»Erst sehr spät. Louisa wollte nach der Arbeit bei dir vorbeischauen. Sie müsste bald da sein.« Zur Erinnerung.

»Ah ja, das heißt, nein. Nein, ich habe gerade mit Louisa gesprochen. Sie wollte mir morgen Brathähnchen bringen. Wir essen zusammen zu Abend.«

»Okay. Aber sie sollte trotzdem bald da sein.«

»Ihr müsst nicht nach mir schauen. Ich weiß doch, dass ihr Mädels beschäftigt seid.«

»Sie will aber kommen, Ma. Sie wird dir Milch besorgen, damit du morgen deinen Tee trinken kannst.«

»Gut, gut.« Sie ist schroff, müde.

»Hast du was gegessen?« Cheryl stellt fest, dass sie so mit ihrer Mutter spricht, wie sie früher mit ihren Teenagern gesprochen hat.

»Natürlich hab ich was gegessen. Ich bin doch kein Kind.« Und ihre Mom antwortet genauso, wie sie es taten.

»Okay, okay. Ich komme morgen früh gleich nach dem Aufstehen vorbei« sagt Cheryl, in Gedanken jetzt wieder bei ihrer Veranstaltung. »Kann sein, dass ich etwas länger schlafe, aber ich komme dann gleich runter.« Für ihre Mom ist alles nach fünf Uhr morgens »länger schlafen«.

Ihre Mutter ignoriert sie. »Du weißt, dass Gabe wieder heimgefahren ist, oder?«, fragt sie, immer für einen Tratsch zu haben – und für ausgedehnte Telefonate mit Cheryl.

»Er hilft einfach seiner Familie, Ma. Ich würde mir da keine Gedanken machen.« Cheryl weiß, was Rita und Louisa denken, aber sie weigert sich, es zu glauben. Gabe ist ein anständiger Kerl. Das weiß sie.

»Mhm«, macht ihre Mom, als stimme sie zu. »Das hab ich doch schon mal irgendwo gehört?«

»Ich muss jetzt aufhören, Ma. Tut mir leid. Ich habe einen Haufen Arbeit.« Cheryl weiß, dass ihre Mutter etwas über Joe sagen will, über Cheryls Alleinsein, aber damit kann sie sich jetzt nicht befassen, nicht heute, wo sie von der vergangenen Nacht noch wund ist und so viel zu tun hat.

»Okay, okay, ist gut.« Aber es klingt, als wollte sie weiterreden. »Hast du mal mit Stella gesprochen, Cheryl?«

»Nein, Ma.« Cheryl seufzt und legt die Hand über ihre Augen, damit sie sich besser konzentrieren, ihrer Mutter die Aufmerksamkeit schenken kann, die sie braucht, wenn sie von Rains Tochter spricht. »Ich hab schon länger nichts mehr von Stella gehört. Das hätte ich dir doch erzählt. Und du?«

»Ah, mhm, schade.« Ihre Mutter klingt wieder ganz fern.

Lyn ruft aus der Galerie nach ihr. Cheryl öffnet die Tür und winkt der jungen Frau kurz zu. »Das wird schon alles, Ma. Stella geht's bestimmt gut, wahrscheinlich hat sie mit dem Baby einfach viel zu tun. Ich muss jetzt aufhören. Ich ruf dich morgen früh an, ja? Louisa sollte bald bei dir sein.«

»Ah, verstehe, na dann Wiedersehen.« Ihr Ton verändert sich, als wäre es Cheryl, die versucht hätte, noch länger mit ihr zu telefonieren.

Cheryl schickt ihrer Tochter sofort eine Textnachricht, um dafür zu sorgen, dass ihre Mutter die Milch bekommt, dafür zu sorgen, dass sich jemand um sie kümmert, dass die Familie zumindest mit solchen kleinen Handreichungen hilft.

Rita kommt ein paar Stunden später, sie hat Lippenstift aufgelegt, und zu Cheryls Überraschung bringt sie Louisa mit. Ihre Töchter interessieren sich nicht sonderlich für ihre Arbeit, kommen fast nie zu ihren Ausstellungen. Da stimmt wohl irgendwas nicht.

»Wo ist denn der Kleine?«, fragt sie ihre Tochter, versucht der Sache so auf den Grund zu gehen.

Ihr Mädchen zuckt bloß mit den Achseln. »Jake und Sunny sind da. Er liegt schon im Bett. Es ist alles okay, Ma.« Sie ist wütend, kippt ihren Wein herunter. Rita wirft Cheryl einen Seitenblick zu. Aber keine von ihnen sagt etwas dazu.

Louisa sagt den ganzen Abend nicht viel, aber Cheryl weiß Bescheid. Selbst mit fünfunddreißig kann ihre Tochter noch schmollen wie damals mit vierzehn, aber Cheryl kann nichts anderes tun, als sie in Ruhe zu lassen. Auch ihre süße Louisa weiß noch nicht, wie schön sie ist und wie gut sie es hat.

»Ich fühl mich so wohl, Ma. Wie zu Hause angekommen«, hatte Paulina gesagt, als Cheryl Anfang der Woche zu ihr gefahren war, um ihr in dem neuen Haus beim Kistenauspacken zu helfen. So verliebt hatte Paulina noch nie geklungen. Es war schön zu hören.

»So soll das auch sein.« Cheryl nippte an ihrem Kaffee und saß einfach da, war tatsächlich keine große Hilfe.

»Ja, vermutlich.« Ihr ruhiges Mädchen zuckte mit den Achseln und setzte wieder seine harte Miene auf. Paulina war immer weicher als Louisa gewesen, so wie Rain weicher als Cheryl gewesen war, sie schienen mehr Schutz zu brauchen.

Cheryl lächelte, sie war froh, dass ihre kleine Paulina schließlich und endlich Pete kennengelernt hatte, einen anständigen Mann mit einem anständigen Job, nachdem sie so lange so allein gewesen war.

»Wenn er bloß Geschirr spülen könnte. Er denkt, er könnte es, aber er kann es einfach nicht.« Ihr Mädchen schüttelte den Kopf und wickelte den ersten Teller aus. Sie versuchte tough zu sein, aber es gelang ihr einfach nicht. Auch an dieses Gefühl erinnerte sich Cheryl.

»Das kann kaum einer«, sagte Cheryl. »Aber wenn du meinst, du wärst schlecht dran – da hättest du mal die Männer meiner Generation sehen sollen. Ich glaube, dein Dad hat nicht mal gewusst, was Geschirrspülmittel ist.« Cheryl musste lachen, als sie sich daran erinnerte. »Er hat gedacht, das wäre einfach eine große Flasche Flüssigseife mit Zitronenduft zum Händewaschen.«

»Ja, was das angeht, ist er nicht sehr fortschrittlich.« Paulina lächelte. »So schlimm ist Pete nicht.« Sie lächelte wieder, diesmal verliebt.

Cheryl sah zu, wie ihre Tochter weiter auspackte und wie ihr Lächeln von ihren Lippen schwand. Einen Moment lang schwiegen sie beide. Paulina räumte einen Stapel Teller in den Schrank, schön ordentlich an die Seite, und machte den nächsten Karton auf. Cheryl erkannte das Geschirr – schwere angeschlagene Teller aus dem alten Haus ihrer Mom, dem großen in der Atlantic Avenue. Paulina stellte sie einen nach dem anderen auf die Küchentheke, und beim Anblick des Geschirrs empfand Cheryl plötzlich eine wehmütige Sehnsucht nach etwas, woran sie eigentlich nicht mehr zu denken versuchte.

»Ich fühle mich so beschenkt«, sagte Paulina nach einer Weile.

»Eine Freundin von mir sagt immer: Man kriegt nichts geschenkt. Vom Glück beschenkt wird man nur, wenn man es sich verdient hat.« Cheryl stand auf, aber nur, um sich noch einen Kaffee zu holen. »Es ist doch nicht einfach nur Zufall, dass ihr euch kennengelernt habt. Du hast was dafür getan.«

»Was soll ich denn dafür getan haben?«, schnaubte ihr Mädchen.

»Du führst ein anständiges Leben, hast ein intaktes Zuhause geschaffen, und das hat eben ein Mann bemerkt.«

»Du sagst das, als wäre er ein Preis, den ich gewonnen habe.«

»Na ja, in gewisser Weise ist er das ja auch, oder?« Cheryl lachte.

Paulina lächelte, ein kleines, scheues Lächeln. »Verdient, hm. Also, er ist jedenfalls ein anständiger Kerl, wirklich anständig. Es ist irgendwie – na ja, fast unheimlich.«

»Wieso denn unheimlich?«, fragte Cheryl, aber sie wusste schon, warum.

»Ich traue dem Ganzen irgendwie nicht. Ich glaube es nicht. Ich war so lang allein oder bin schlecht behandelt worden, da kann ich nicht so recht glauben, dass er wirklich so ist. Oder dass es halten wird, weißt du.«

»Nimm es einfach an, Paulina. Freu dich daran, mehr kannst du nicht tun. Und versuch, darauf zu vertrauen.«

Ihr Mädchen packte die ganze Zeit weiter aus. Cheryl hätte sie am liebsten geschüttelt, weil sie so ein Glück hatte, diesen anständigen Mann an ihrer Seite zu haben. Cheryl konnte sich kaum mehr daran erinnern, was für ein Gefühl das war. Sie war schon so lange mit keinem Mann mehr zusammen gewesen, und die guten Zeiten waren immer viel zu kurz.

Nach ein paar weiteren Runden, als die Leute nach und nach die Galerie verlassen und die lange Holztreppe zur Haustür hinuntergehen, macht sich Cheryl wieder an die Arbeit. Viel aufzuräumen gibt es nicht, das meiste können sie auch noch am Montag machen. Rita und Louisa helfen ihr, aber Louisa schwankt, sie hat wohl zu viel Wein getrunken.

»Fahr nach Hause, mein Mädchen. Wir schaffen das schon allein.« Cheryl schaut sie lange an. Ihre Tochter ist so traurig.

»Gut«, sagt Louisa schließlich. »Okay.«

Cheryl bringt sie an die Tür, und Louisa lässt sich sogar umarmen. Cheryl kennt die Traurigkeit, die ihre Tochter empfindet, und würde auch Louisa am liebsten schütteln. Ihre armen, widerspenstigen Mädels, sie wissen beide nicht, wie sehr sie tatsächlich vom Glück beschenkt sind.

»Ich hab dich lieb, mein Mädchen«, sagt sie auf Louisas Scheitel hinunter.

»Ich dich auch, Ma.« Sie wischt sich übers Gesicht. Sie hat wieder geweint. Cheryl tut, als hätte sie es nicht bemerkt.

»Also, ruf mich morgen an. Wir essen mit Kookoo Hähnchen, und alles wird gut.« Cheryl lächelt zu ihr hinunter, aber sie schaut weg. Ihr toughes Mädchen.

Louisa nickt bloß und steigt in das Taxi ein. Sie grübelt zu viel, das ist das Problem, denkt Cheryl, wohl wissend, dass sie gerade die Richtige ist, um das zu sagen.

Wieder in der Galerie, packt sie das übrig gebliebene Obst ein und hört, dass die anderen noch einen trinken gehen wollen. Sie ermuntert sie, gleich aufzubrechen, Rita und sie würden fertig aufräumen.

Als alle gegangen sind, verkriechen sich die beiden Frauen ins Büro und machen das Fenster weit auf.

»Was ist denn nun eigentlich passiert?«, fragt Cheryl, während sie sich eine Zigarette anzündet.

Rita weiß genau, wovon sie redet. »Gabe, meinst du? Er ist schon wieder heimgefahren. Gestern Abend. Sie glaubt, das war's.« Rita nickt in Richtung der verschneiten Straße und nimmt sich auch eine Zigarette.

»Das hör ich nicht zum ersten Mal.« Cheryl nimmt einen tiefen Zug, genießt das Gefühl des schmutzigen Rauchs in ihrer Kehle. »Der kommt schon wieder. Louisa denkt jedes Mal, dass er endgültig gegangen ist. Sie denkt einfach zu viel.«

»Ich hab ein bisschen ein schlechtes Gewissen, weil ich sie überredet habe mitzukommen. Ich dachte, sie lässt mal locker, amüsiert sich ein bisschen.«

Cheryl schüttelt den Kopf. »Nee, nicht meine Louisa. Wenn die traurig ist, ist sie traurig. Ganz und gar, rund um die Uhr.«

»Die berappelt sich schon wieder. Es ist schließlich nur ein Mann. Sie wird einen anderen finden.«

Rita lacht zu laut.

»Gabe kümmert sich einfach nur um seine Familie. Er wird zurückkommen, und dann ist alles wieder gut. Sie ist ihm gegenüber einfach zu hart.«

Rita stößt den Rauch aus und schaut sie dabei an. »Du glaubst wirklich, dass da nicht mehr dran ist.«

Cheryl deutet mit ihrer Zigarette auf ihre Freundin. »Du denkst immer nur das Schlechteste von ihm. Und ich immer das Gute, also liegt die Wahrheit irgendwo in der Mitte, und wir haben beide ein bisschen recht.«

»Hauptsache, ich habe recht.« Rita lacht.

Cheryl überlegt kurz und wechselt dann das Thema. »Meine Mom hat wieder nach Stella gefragt.«

»Hat sie sich immer noch nicht blicken lassen?«

»Nein, schon seit Monaten nicht mehr. Echt, was denkt die sich bloß?« Cheryl schüttelt den Kopf und bläst Rauch hinaus in die Kälte.

»Die hat 'nen Weißen geheiratet und will jetzt was Besseres sein. Will vergessen, wo sie herkommt. Für beschissene Kerle legen Frauen manchmal ein ziemlich beschissenes Verhalten an den Tag.« Rita klopft die Asche ihrer Zigarette ab und senkt den Blick, und einen Moment lang sieht sie älter aus, als sie ist.

Cheryl ignoriert den Kommentar, nicht aber die Geste. »Ja, aber ihre Kookom nicht mehr zu besuchen, uns alle nicht mehr zu besuchen? Ich weiß, dass sie immer noch unter Rains Tod leidet, aber wir sind doch ihre Familie.«

»Scheiß auf sie, würd ich sagen.« Mit harter, trotziger Miene schnipst Rita ihre Kippe aus dem Fenster.

Sie sprechen nicht mehr weiter darüber. Sie wissen beide, dass es so viel zu sagen gäbe, dass zu viel Leid um sie ist und dass Stille manchmal das Beste ist, was sie einander geben können.

Dann sagt Rita: »Heute ist Vollmond.«

»Echt?« Cheryl schaut aus dem Fenster, sieht aber nur eine dicke rosige Wolke und überall Schnee.

»Zeit zu trommeln«, sagt Rita zu einem fernen Ort hin. »Man soll den Vollmond feiern. Er hat große Kraft.«

»Na, dann auf zur Party!«, scherzt Cheryl und wirft ihre Kippe ebenfalls aus dem Fenster.

Sie lachen beide, wahrscheinlich zu sehr, und holen ihre Mäntel, um sich auf den Weg zur Bar zu machen. Untergehakt rutschen sie auf dem Schnee herum, lachen lauthals und mit offenem Mund, denn es schert keinen, was alte Frauen tun.

Cheryl liebt solche Momente. Die lauten, bevor alles richtig losgeht. Die guten Momente sind doch nie lang genug.

# 6

# ZEGWAN

Ziggy ist voll durchgefroren, als sie die Party endlich gefunden haben, sich endlich trauen, die Tür dieses heruntergekommenen alten Hauses aufzumachen, das von den Bässen und dem Stimmengewirr bebt. Drinnen treten sich die Leute schier auf die Füße, und die Luft ist total verqualmt. Es ist warm, sehr warm, aber Ziggy zittert immer noch.

Ziggy weiß Bescheid über Gangs, sie ist ja nicht bescheuert. Ihr Bruder Sunny weiß, wer wer ist und was was, und er hat ihr alles erklärt. Sie findet das alles schwachsinnig, aber er hat gemeint, es ist wichtig, dass sie Bescheid weiß, also hat sie ihm so einigermaßen zugehört. Diese Leute hier sind alle rot. Einige haben sich ein Tuch um den Kopf gebunden oder haben eins in der Hintertasche ihrer Baggy Jeans stecken, andere tragen dicke Marken-Hoodies in der gleichen leuchtenden Farbe. Ziggy weiß, wer sie sind. Es gibt eine rote Gang und eine schwarze Gang, und sie mögen sich nicht. Irgend so was Dämliches.

Sie hält sich erst mal vor Emily. Emily ist so unbedarft, der ist wahrscheinlich nicht mal klar, dass sie hier in eine Gangparty reinspaziert sind. Die Hübsche nennt Ziggy sie. Emily ist so hübsch und so ahnungslos. Em zittert vor Kälte, nachdem sie so lange gelaufen sind, um hierherzukommen, noch über die Mc-

Phillips Street hinaus, aber sie zieht sich die Jacke ein bisschen von der Schulter, damit alle ihr eng anliegendes T-Shirt sehen.

Ziggy schaut sich noch mal um. Niemand hat auch nur genickt, als sie hereinkamen, aber sie ist nicht bereit zuzugeben, dass sie Angst hat. In einer Ecke sieht sie Roberta Settee hocken, mit diesem Mitchell. Sie sehen high aus, stecken kichernd die Köpfe zusammen. Ziggy kennt beide seit dem Kindergarten, hat dieses Jahr aber kaum ein Wort mit ihnen gewechselt. Dieses Jahr sind sie alle an die große Schule gewechselt und haben sich auf Gruppen und Gangs verteilt. Ziggy und Emily sind Nerds geworden, brave Mädchen. Mitchell und Roberta und die anderen haben sich dieser Gang hier angeschlossen.

Ziggy weiß, dass es okay ist, dass Emily und sie hier sind, denn ihr Bruder gehört nirgendwo dazu. Er behauptet, er ist neutral und steht »über diesem Scheiß«, aber in Wirklichkeit haben Jake und er sich einfach noch nicht entschieden. Sie sind erst vierzehn und haben noch Zeit. Irgendwann müssen sie eine Wahl treffen. Sie brauchen ja Freunde. Ziggy hasst diesen ganzen Scheiß, sie ist so froh, dass sie ein Mädchen und ein Nerd ist und sich die meiste Zeit nicht damit abgeben muss.

Gerade will sie Em sagen, dass sie schleunigst wieder hier abhauen sollten, da taucht aus einem dunklen Zimmer Clayton auf, seine Augen so rot wie sein Hoodie, und sein Grinsen ist noch extremer als sonst.

»Du bist gekommen!«, schreit er Em übertrieben laut zu, ohne Ziggy auch nur anzuschauen. Emily überschlägt sich schier. Sie versucht es zu verbergen, aber Ziggy merkt es. Jetzt gucken die Leute nach ihnen. Ziggy hasst es, wenn Leute sie angucken. Clayton redet zu laut, und Emily ist einfach nur eine gefühlsduselige Kuh.

Clayton führt sie im Wohnzimmer herum, stellt Em ein paar Leuten vor.

»Und wer bist du?« Der Typ trägt sein Haar zurückgekämmt und zu einem langen Zopf geflochten, und er mustert Ziggy mit zusammengekniffenen Augen von Kopf bis Fuß.

»Zegwan«, sagt sie in ihrem strengsten Ton.

»Fuck, was is 'n das für 'n Name?«, fragt der andere Langhaarige mit einem schrillen Lachen.

»Anishinabe«, sagt Ziggy. »So wie du auch.«

Sie versucht sich tough zu geben, hat aber möglicherweise zu leise gesprochen, jedenfalls lacht der Typ einfach weiter.

Clayton führt Emily mit übertriebenen Kavaliers-Gesten zu einem leeren Armsessel.

Ziggy stöhnt, aber wieder zu leise.

»Wollt ihr 'n Bier?«, fragt er. Emily nickt.

Als er sich abwendet, starrt Ziggy ihre Freundin bloß an.

»Ach, komm, nur eins« sagt die genervt, aber so leise, dass sie sonst keiner hört.

Clayton kommt mit drei geöffneten Bierflaschen und Dauergrinsen zurück.

»Danke«, sagt Emily lächelnd, verzieht jedoch das Gesicht, als sie einen Schluck davon trinkt.

Ziggy nimmt auch ein Bier, aber nur, um was in der Hand zu haben und nicht aufzufallen. Alle sind high oder breit oder reden zu laut, damit man sie trotz der Musik versteht. Dann läuft Tupac, und alle kennen den Text, auch Clayton. Emily lächelt bloß – sie kennt diese Musik auch nicht besser als Ziggy. Sunny hört das gern, aber Rita sagt immer, er soll sich seine Kopfhörer in die Ohren stecken, damit sie diesen »Fuckfuck-Mist« nicht hören muss.

»Kennt der denn keine anderen Wörter?«, hat ihre Mom mal lachend gerufen.

Ziggy hat dieses Zeug nie gefallen. Sie mag echte Musik, so richtig mit Gesang und Instrumenten.

Clayton ist superhigh und lächelt unentwegt. Ziggy ist ja nicht bescheuert. Er schaut sie zu lange an, also trinkt sie einen Schluck von diesem ekelhaften Bier. Sie muss würgen und will endgültig nur noch weg von hier.

Emily trinkt von ihrem Bier und kichert bei allem, was Clayton sagt. Ziggy kann ihn nicht hören. Ein Mädchen im Tanktop starrt sie unverwandt an, also senkt sie schließlich den Kopf, guckt aber weiter. Mädchen in superengen Jeans und noch engeren T-Shirts lehnen an den Wänden. Die Haare glatt heruntergekämmt, schwarz und gerade, um zu stark geschminkte Gesichter herum. Große Jungs in noch größeren Kapuzenjacken unterhalten sich mit riesigen Joints in der Hand. Clayton geht noch ein Bier holen und springt auf dem Rückweg im Zimmer von einem zum anderen, er scheint hier alle zu kennen. Er stößt mit ihnen an, Flaschen klirren, und er lächelt noch breiter.

Ziggy weiß nicht, was das alles soll, und will einfach nur weg. Sie klopft Em auf die Schulter, aber ihre beste Freundin muss sie gar nicht anschauen, um zu wissen, was sie sagen will.

»Nur noch ein paar Minuten«, sagt sie im selben genervten Ton.

Clayton fragt Emily, ob sie eine Zigarette will. Emily zuckt mit den Achseln und nimmt eine. Ziggy schüttelt nur den Kopf.

Emily nimmt nervös einen Zug und hustet ein bisschen. Clayton lacht. Sie haben erst ein paar Mal geraucht. Jake und Sunny haben es ihnen mal bei Rita zu Hause gezeigt, an einem Abend, als sonst niemand da war.

»Atme einfach tief ein, als hättest du Angst oder so«, sagte Jake und tat einen fachmännischen Zug. »Als würdest du so – hah, ganz schnell.«

»Nee, Quatsch, tu einfach so, als würde Mom dich mit der Fluppe sehen.« Ihr Bruder Sunny zog ein ängstliches Gesicht und lachte dann.

»Du bist gemein!«, hatte Ziggy gerufen.

Aber die anderen lachten alle.

Es hatte funktioniert. Sie sog ganz schnell die Luft ein, und der Rauch drängte sich durch ihre Kehle. Sie hustete, und ihr Bruder lachte sie wieder aus. Sie reichte die Zigarette an Emily weiter, und die zog daran, aber der Rauch kam in einer kleinen Wolke wieder heraus, und Jake sagte gleich, sie habe nicht richtig inhaliert.

»Das merkst du?«

»Du bist keine sehr überzeugende Schauspielerin, Em.« Er zuckte mit den Achseln.

Emily gab immer wieder vor zu inhalieren, aber die Jungs glaubten ihr kein einziges Mal.

Jetzt versucht sie gar nicht, irgendwas vorzutäuschen – sie inhaliert richtig, hustet, muss fast würgen. Clayton lacht wieder und kann gar nicht mehr aufhören.

Ein Joint geht herum, dann noch einer, einer nach dem anderen. Ziggy schüttelt den Kopf und winkt ab, sie hockt einfach nur auf der Armlehne neben Em und versucht einigermaßen entspannt auszusehen. Emily inhaliert und muss husten, immer wieder. Ringsum husten alle, deshalb fällt sie gar nicht weiter auf. Ihr Gesicht wird rot und ihr Blick schläfrig, aber sie schaut lächelnd zu Ziggy hoch.

Dann murmelt sie Clayton irgendwas zu, und der grinst mal wieder und sagt, sie sollten rausgehen. Seine Stimme ist zu laut, zu fröhlich. Ziggy folgt den beiden, obwohl sie nicht dazu aufgefordert wurde. Sie hat immer noch ihre Jacke an. Auch Emily hat ihre nicht ausgezogen, nur von den Schultern gestreift.

Draußen schneit es wieder. Der dicht bewölkte Himmel reflektiert das Licht, sodass es fast taghell ist. Die Schneeflocken sind riesig. Ziggy meint, ihre Struktur erkennen zu können. Sie steht vor dem Haus, und Clayton und Em sitzen auf der

Türstufe, auf dem festgetretenem Schnee. Die kalte frische Luft tut voll gut. Ziggy mag den Winter und sagt das jetzt.

Clayton und Em lachen sie aus.

»Fuck, ich glaub, du hast voll das Passiv-High, Neechie«, prustet Clayton.

Das was?, versucht Ziggy zu fragen, aber die Worte kommen nicht heraus.

Emily lacht noch mehr.

»Wie du guckst!«, johlt Clayton.

Ziggy ist gekränkt. Und sie hat jetzt Angst. »Em, wir müssen gehen« ist alles, was ihr zu sagen einfällt. Und diesmal kommt es auch heraus.

»Nix da, ihr seid doch gerade erst gekommen!« Clayton grinst sie an. Er redet immer lauter, je später es wird.

»Ich muss um zehn zu Hause sein«, sagt Ziggy tapfer.

»Zehn-will-gehn«, spottet Clayton.

»Nur noch ein paar Minuten«, bettelt Emily.

Ziggy steht da. Sie würde sich am liebsten hinlegen, sogar hier in den Schnee. Das wäre so ein gutes Gefühl, denkt sie, der harte Schnee an ihrer Wange, die Schneeflocken, die sanft auf ihre Wimpern fallen.

»Fuck, die Party geht doch gerade erst los.« Claytons Augen sind zu Schlitzen verengt.

Ziggy starrt Emily an. »Wir können ja an einem anderen Abend wiederkommen.« Sie gibt sich solche Mühe, tapfer zu sein. Sie sieht dieses Mädchen, das sie vorhin so angeguckt hat, am Wohnzimmerfenster stehen – sie hat das Laken zurückgezogen, um rauszuschauen. Ein anderes Mädchen guckt mit raus. Sie kommt Ziggy bekannt vor, aber der Name fällt ihr nicht ein.

»Aber nein, nein, du kannst mich doch nicht verlassen«, scherzt Clayton. Er legt seinen Kopf auf Emilys Schulter und guckt sie mit treuherzigem Dackelblick an.

»Ich muss gehen, ich übernachte bei ihr«, sagt Em mit einem strahlenden Lächeln. Einem Lächeln, wie es selbst Ziggy noch nie bei ihr gesehen hat.

Ziggy zittert, und dann kann sie gar nicht mehr aufhören zu zittern. Sie friert oder ist nervös oder beides.

»Ich bring dich heim«, sagt Clayton laut.

»W-was?«, stottert Emily.

»Dann kann sie nach Hause gehen. Ich bring dich später heim, aber erst trinken wir noch ein Bier.« Aus unerfindlichem Grund schlägt er sich aufs Knie.

»Okay.« Emily stimmt zu, ehe sie auch nur zu Ziggy rübergeschaut hat, und er nickt, als wäre damit alles geklärt, und geht rein.

Kaum ist die Tür zu, steht Ziggy neben ihr. »Ich lass dich hier nicht allein!«

»Ach, du hast doch nur Angst und willst nicht allein nach Hause laufen.« Emily macht auf tough. Wahrscheinlich ist sie high. Ziggy würde ihr am liebsten eine scheuern, so sauer ist sie, aber sie guckt sie nur an.

»Ach, komm, Zig. Bleib da und mach dich locker. Das ist Clayton Spence, Mann!!«, flötet Emily. Sie ist wirklich high. »Und er ist nett, oder? Ist er nicht total nett?«

Ziggy tritt gegen den Schnee. Die Mädchen am Fenster lassen das Laken wieder sinken.

»Noch *ein* Bier. Dann gehen wir. Ich schwör's! Deine Mom wird nie was davon erfahren.«

»Um die geht's mir überhaupt nicht!« Ihre Stimme ist ein bisschen zu schrill.

»Ach, erzähl mir doch nichts.« Emily kichert.

Ziggy lächelt. Sie will es eigentlich nicht, kann aber nicht anders. Cheyenne. Das Mädchen heißt Cheyenne. Sie ist ein Jahr älter, ist aber in der Vierten sitzen geblieben. Da hat Ziggy sie kennengelernt. Als Ziggy gerade frisch in die Stadt gezogen war, ist sie oft zu Cheyenne gegangen, und sie haben mit ihren Barbiepuppen gespielt. Es gab dort eine lange Veranda mit Fliegengitter drumherum, und Cheyennes Mom war immer fröhlich und gut gelaunt. Sie konnte leckeren Hackfleisch-Gemüse-Eintopf machen, das war früher Ziggys Lieblingsessen.

Clayton kommt wieder, diesmal mit nur zwei Bier, und ein Schwung warmer Luft dringt durch die Tür nach draußen. Clayton hat nur Augen für Emily, und sie hocken jetzt so nah beieinander, dass Ziggy nicht versteht, was sie reden.

Ziggy steht mit den Händen in den Taschen da, dreht sich hin und her, versucht nicht zu frieren. Sie kommt sich blöd vor und will nach Hause. Der Schnee fällt jetzt schneller, aber immer noch leicht und frisch. Die großen Schneeflocken fallen auf ihr Haar und bleiben dort liegen, kalt. Ziggy guckt auf ihre Stiefel, tritt wieder gegen Schnee. Die Welt ist verlangsamt, der Schnee fällt dicht, sammelt sich.

Quietschend geht die Tür auf, und vier Mädchen stehen da, Cheyenne und Roberta und noch zwei andere. Die Größte langt nach unten und packt Emily am Haar.

Ziggy wird eiskalt.

»Hey, Phoenix, was soll der Scheiß?«, schreit Clayton. Er wischt sich den Mund ab. Er steht nicht auf oder so, guckt nur zu den Mädchen hoch und dann wieder geradeaus, als wäre ihm das superlästig.

Ziggy ist wie versteinert, die Kälte durchkriecht sie. Emily zittert, als wäre sie den Tränen nahe.

»Wer ist diese Bitch?« Das Mädchen sagt Emily etwas ins Ohr, packt ihre Haare dann fester und zieht sie daran hoch. Emily fängt an zu weinen, versucht aber, es möglichst unauffällig zu tun.

Ziggy steht mit ausgestreckten Händen da, als könnte sie

etwas tun, aber sie kann es nicht. Sie kann nicht. Sie ist er-starrt.

»Fuck, Phoenix, lass sie los.« Clayton wirkt weder ängstlich noch wütend, sondern supergenervt. Er steht immer noch nicht auf – er guckt bloß auf die Straße, und es schneit auf seine Haare.

Vielleicht hat er doch Angst, denkt Ziggy. Die anderen Mädchen sehen knallhart aus. Cheyenne guckt sie überhaupt nicht an. Auch Emily steht einfach nur da, während an ihr gerissen wird, und versucht das Gleichgewicht zu halten. Sie guckt mit kläglichem Blick zu Clayton runter, als könnte der etwas tun. Einen sehr langen Moment lässt das Mädchen ihr Haar einfach nicht los. Dann stößt sie Emily die Treppe runter. Ziggy ist geistesgegenwärtig genug, um ihre Freundin aufzufangen, sonst wäre sie der Länge nach hingeschlagen. Ihre Stiefel knirschen auf dem festgetretenen Schnee.

Ziggy weiß nicht, was sie tun soll. Die Mädchen sehen alle richtig fies aus, wie sie da auf sie runterstarren. Emily richtet sich wieder auf, wischt sich den Schnee von den Jeans, hebt jedoch nicht den Kopf.

»Wofür hältst du dich eigentlich?«, faucht das Mädchen sie an. Sie ist groß und dick und sieht voll wütend aus.

Emily schüttelt den Kopf und guckt weiter nach unten. Es schneit und schneit. Ziggy kann keinen klaren Gedanken fassen.

»Du meinst wohl, du kannst einfach hierherkommen und anderen Leuten den Freund ausspannen?« An der offenen Tür sammeln sich jetzt Schaulustige. Ein Typ zieht das Laken wieder vom Fenster weg und guckt raus.

Emily schüttelt nur zaghaft den Kopf. *Renn!* Das Wort schießt Ziggy durch den Kopf. *Renn!* Sie ist keine gute Läuferin, rennt nicht sehr schnell. Aber kämpfen kommt nicht infrage. Kämpfen kann sie noch schlechter als rennen.

»Phoen!«, versucht es Clayton noch einmal, aber er bleibt sitzen, vorgebeugt, den Kopf in den Händen. Seine Schultern sind inzwischen weiß vom Schnee.

»Halt's Maul, Clayton, du Flittchen, du beschissenes männliches Flittchen, Wichser. Das ist das Haus von meinem Onkel hier. Im Haus von meinem Onkel macht man nicht mit irgendwelchen Schlampen rum.« Ziggy schätzt sie auf achtzehn, vielleicht sogar noch älter. Jedenfalls sieht sie deutlich älter aus als die anderen Mädchen.

Sie wendet sich Emily zu, die den Kopf gesenkt hat und vor Weinen bebt. Ziggy hält sie hinten an der Jacke fest.

»Genau, du Schlampe, was denkst du dir eigentlich, du Scheißflittchen, Hure, verfickte kleine Schlampe. *Schau mich gefälligst an!*«

Emily blickt gequält auf, es schneit ihr ins Gesicht. Clayton hat die Hand vor dem Mund, aber er sieht nach wie vor eher genervt aus als sonst etwas. Weitere Gesichter erscheinen am Fenster, das Laken ist jetzt ganz hochgezogen, und das Licht scheint Ziggy in die Augen. Das eine Mädchen, das Ziggy nicht kennt, das in der schwarzen Kapuzenjacke, zündet sich eine Fluppe an und schaut Ziggy direkt ins Gesicht. Sie könnten wegrennen. Sie könnten es zumindest versuchen.

Das ältere Mädchen, Phoenix, löst den Blick nicht von Emily. Starrt sie unverwandt an.

»Du solltest ihr antworten«, sagt das Kapuzenmädchen zu Emily.

Emily schüttelt heftig den Kopf. »Ich hab das nicht gewusst«, sagt sie.

»*Nicht gewusst?*« Phoenix' Gesicht sieht noch böser aus, wenn sie schreit. Es verzerrt sich. »Du weißt anscheinend gar nichts.«

Emily holt tief Luft. Ziggy spürt es, spürt die Angst ihrer Freundin neben sich. Eine Art Ruhe senkt sich über alles. Ziggy hat das Gefühl zu warten. Phoenix starrt sie wütend an, die anderen Mädchen auf dem Treppenabsatz über ihr. Clayton sitzt einfach nur da und sieht klein aus.

Sie schaut ihre beste Freundin an, die das sieht, auch ohne sie anzuschauen.

Renn.

Ziggy weiß nicht, ob jemand das gesagt hat, ob sie es gesagt oder nur gedacht hat, aber das Wort hallt in ihr nach, wieder und wieder und wieder. Renn renn renn-renn-renn-renn-renn-renn-renn.

Ziggy schubst Emily auf den Weg, der zur Straße führt, dreht sich im knirschenden Schnee auf dem Absatz um und läuft ihr nach, so schnell sie kann.

# 7

# TOMMY

Tommy Scott sagt kein Wort, bis sie im Streifenwagen sitzen. Bis seine Hände auf dem Lenkrad liegen und er geradeaus schauen kann und nicht mehr seinen älteren Kollegen ansehen muss. Er weiß, dass Christie sich über ihn lustig machen wird, aber er strafft seine Schultern und stellt seine Frage trotzdem.

»Also, was halten Sie von dieser ganzen Geschichte?« Er bemüht sich, seine Stimme so ruhig wie möglich klingen zu lassen.

»Das war ein verdammter Gangkampf, eine Schlägerei, mehr nicht«, sagt Christie, zieht den Laptop auf der schwenkbaren metallenen Halterung herüber und schaut auf den Bildschirm. »Durchgeknallte Frau. Der Kerl tut mir leid.«

Tommy schaut noch einmal auf das Feld. Wie hatte sie es genannt? Die Brache. Die Hochspannungsmasten ragen dunkel empor, mindestens vier Stockwerke hoch und an der Spitze schmal, wie eine Art Wachturm. Wie in einem Post-Apokalypse-Film oder so, wo die Welt völlig im Eimer ist, alles verwüstet, und nur die Besonnenen überleben. Jedenfalls sehen sie irgendwie unheimlich aus im Dunkel der Nacht. Dazwischen kann er gerade noch den Tatort sehen, den sie inspiziert haben, mit der großen Blutlache auf einer festgetretenen Schneefläche.

Irgendjemand hat da sehr viel Blut verloren. Er hat sich das gleich angeschaut, als sie ankamen, hat das viele Blut gesehen und gedacht, das wird ein großer Fall.

Das war, bevor sie mit der Zeugin gesprochen hatten.

»Wahrscheinlich wird im Laufe der Nacht irgendeine üble Stichwunde in der Notaufnahme auftauchen. Ich mach mir da weiter keinen Kopf drüber.« Christie schiebt den Laptop wieder in die Mitte. »Fahren wir zu Tim's.«

»Zu dem bei der Brücke?«, fragt Tommy, den Blick immer noch auf dem Feld, auf der Brache.

»Ja, schauen wir mal, wie die braven Leute leben«, sagt Christie sarkastisch. Auf der anderen Seite der Brücke ist es nicht ganz so ghettomäßig wie hier.

Tommy lenkt um den Mercury herum, ein älteres Modell und zweifellos Mr McGregors Wagen. Der Mann hatte offensichtlich in aller Eile eingeparkt – das Heck ragt ein ganzes Stück in die Fahrbahn raus.

»Wenn ihm da mal keiner reinfährt.« Christie deutet mit dem Kopf auf die lange Limousine, weiß vor dem Weiß der Straße und den Schneeverwehungen.

»Rufen Sie ihn doch an«, schlägt Tommy vor, denn Christie zeigt sich gern von seiner netten Seite, wenn es geht.

»Nee, schon gut.« Christie vermeidet auch gern unnötige Anstrengungen, wenn es geht. »Der muss sich gerade schon um genug kümmern.«

Der Streifenwagen schleudert kurz, als Tommy auf die Mc-Phillips Street fährt. Die Nacht ist still, und der Schnee fällt in dicken Flocken. Der Himmel hängt tief, ist voller Wolken. Er reflektiert das Licht der Stadt, als befänden sie sich unter einer großen Kuppel. Tommy fährt die Selkirk Avenue entlang und denkt dabei weiter über den Einsatz nach. Über das Gesagte und über die Zeugin, deren dunkles Haar schlaff ihr Gesicht umrahmte. Hohe Wangenknochen und Mandelaugen. Zurechtgemacht sieht die sicher scharf aus, aber vorhin wirkte sie wie in sich zusammengefallen in ihrem alten Morgenmantel mit Babykotze auf der Schulter. Das Gesicht fleckig und immer wieder in Papiertaschentücher vergraben. Sie war wirklich verstört, nicht nur pseudo-verstört. Oder durchgeknallt verstört. Wirklich verstört.

»Es sind schon verrücktere Sachen passiert«, beginnt er bedächtig. »Aber es hat einfach komisch ausgesehen. Als hätte irgendwas nicht gestimmt.«

»Ah, meldet sich Ihr Bullen-in-stinkt, mein Sohn?« Christie lacht. Er hat eins dieser verschleimten Raucherlachen – es klingt, als käme es aus den hässlichen Untiefen seines ausladenden Bauchs. »Ich würde mir da keine Gedanken machen, May-tee. Das ist einfach eine Verrückte. Solche gibt's wie Sand am Meer.«

Tommy windet sich unbehaglich. Sie war aufgewühlt, so viel steht fest, durch den Wind und sehr emotional. Er listet im Geiste Begriffe auf, mit denen er sie im Bericht beschreiben würde. Indigene, Mitte dreißig, dünn, mittelgroß, erwähnte mehrmals neues Baby, offenkundig erschöpft, erschüttert, weinte hemmungslos. Es schien, als wäre sie schon eine ganze Weile in diesem Zustand gewesen. Allerdings waren seit ihrem Anruf auch rund vier Stunden verstrichen.

»Ich glaube nicht, dass es ein sexueller Übergriff war«, sagt Christie mit Nachdruck. »Wie gesagt, es gibt keinerlei Anhaltspunkte für irgendetwas anderes als eine Schlägerei. Protokollieren Sie einfach ihre Aussage. Wenn überhaupt, dann taucht demnächst in der Notaufnahme einer mit 'ner Stichwunde auf.«

Wahrscheinlich hat er recht. Er macht diese Arbeit schon viel länger als Tommy. Aber der Alte ist faul, so faul, dass er sich nur das Allernötigste notiert hat. Wahrscheinlich hat er nicht mal aufgeschrieben, was die Zeugin gesagt hat. Jedenfalls nicht richtig.

Die Selkirk Avenue liegt im Schlaf, und all die heruntergekommenen Häuser sehen im Schnee sauberer aus als sonst. Die Polizisten fahren weiter, langsam, wie sie es sollen. Die Augen immer offen. Die paar Autos, die unterwegs sind, passen sich an diesen langsamen, vorsichtigen Fahrstil an, wie es die Leute in Gegenwart eines Streifenwagens gemeinhin tun. Tommy hat das immer gefallen – er fährt, und die Welt ringsum kommt ins Lot, wird besser. Auch seine Uniform hat diesen Effekt – alle stellen sich etwas gerader hin, manche lächeln ihm sogar zu und nicken, und bei einigen wirkt das durchaus aufrichtig. Fast ein Jahr ist das jetzt schon so, aber dieses Gefühl hat sich noch nicht abgenutzt.

Ein Betrunkener taumelt den Bürgersteig entlang. Mit seinem alten, aufgedunsenen Körper laviert er um die hohen, ungleichmäßigen Schneehaufen herum, fällt aber nicht. Seine schäbige, zerrissene Jacke geht auf, und unter dem schmutzigen T-Shirt rutscht seine bleiche Wampe hervor. Christie mustert ihn, ist da Ärger zu erwarten, nein, kein Ärger. Sie kommen an einer Hausparty vorbei, bei der sämtliche Fenster hell erleuchtet sind, obwohl es draußen schon dämmert. Ein paar ältere Indigene sitzen auf den Türstufen und rauchen, drinnen sind offenbar nur ein paar lachende und grölende Betrunkene zugange. Christie späht durchs Autofenster hinaus und gibt Tommy ein Zeichen, langsamer zu fahren, aber Tommy weiß, dass da nichts ist, da kippen sich nur ein paar Leute ordentlich einen hinter die Binde. Trotzdem nickt Christie den Leuten auf den Türstufen zu. Sie frösteln da draußen in der Kälte, setzen sich aber gleich aufrechter hin.

Auf dem Parkplatz von Tim's steht schon ein anderer Streifenwagen. Es sind Clark und Evans. Clark ist mit den Akten beschäftigt, und Evans telefoniert.

Tommy kurbelt das Fenster herunter und hält neben ihnen an.

»Was gibt's Neues, Bruder?«, fragt er, als auch Clarks Fensterscheibe sich senkt.

»Nicht viel, nicht viel. Und selbst?« Er tippt immer weiter.

»Wollen Sie auch irgendwas?« Christie macht die Beifahrertür auf.

»Nee, ich brauch nichts«, sagt Tommy. Er überlegt kurz. »Danke.« Es ist besser, Christie bei Laune zu halten.

Der alte Polizist grunzt bloß und geht zum Coffeeshop hinüber.

Tommy wendet sich wieder Clark zu. »Schicht, nehm ich mal an. Wird auch Zeit. Ich bin fix und alle.« Er fährt mit der Hand über das Lenkrad. Noch zwei Stunden, dann liegt er neben Hannah im warmen Bett. Sie war weg, ist mit ein paar Freunden in einer Cowboy-Bar was trinken gegangen, deshalb wird sie morgen ausschlafen. Heute. Sie hat ihm eine Nachricht geschickt, als sie nachts um drei nach Hause gekommen ist, da ist sie verlässlich. Nicht, dass sie noch wach sein wird, jedenfalls nicht, wenn er endlich fertig ist. Aber wenigstens ist morgen Samstag, da wird sie mindestens bis mittags schlafen. Das wird schön, ein paar Stunden im warmen Bett zu liegen. Fast perfekt.

»Das kannst du aber laut sagen, keine Atempause heute.« Clark tippt mit zwei Fingern, blickt immer noch nicht auf.

»Irgendwas Interessantes?« Tommy weiß, dass der Mann einfach fertig werden will, damit er möglichst schnell Feierabend machen kann. Da ist er verlässlich.

»Nee, nur Indigs, die sich kloppen. Das Übliche.« Aus Clarks Funkgerät kommt eine monotone Durchsage, die Tommy nicht versteht. Er hat bei seinem die Lautstärke runtergedreht, als sie zu der Zeugin hineingegangen sind, und sie nicht wieder hochgedreht. Das holt er jetzt nach. »Fünfzehnjähriges Mädchen, 1,63 Meter groß, untersetzt, wurde das letzte Mal im Migizi Centre in St. Vital gesehen.« Der Beamte spricht es Meh-gieh-sieh aus, aber Tommy weiß, dass das nicht stimmt. Es muss Me-ge-se heißen. Kurze Vokale, das weiß er noch von seinem Sprachlehrer. Diesem großen Kerl mit dem kräftigen Lachen und dem grauen Zopf, der ihm über die gesamte Länge des Rückens hing und in einem säuberlich gewundenen Kringel endete. Wie hieß er noch gleich?

Evans beendet sein Telefonat. »Der Alte drin?«, fragt er Tommy.

Der nickt. Er muss die Aussage protokollieren und sollte sich noch bei den Notaufnahmen im Umkreis umhören, sicher ist sicher. Mann, das sind mindestens noch mal zwei Stunden, bevor er ins Bett kann.

Die beiden Alten kommen wieder, lachen über irgendwas. Tommy macht das Fenster zu und dreht die Heizung auf, aber er hört immer noch ihre dröhnenden Stimmen durch die Scheibe. Sie stehen draußen, beobachten ihre jungen Kollegen an den Laptops und lachen. Tommy strafft die Schultern, tippt weiter, stellt sein Funkgerät noch lauter und wartet auf die Meldung eines sexuellen Übergriffs. Er hofft fast, dass eine kommen wird, einfach um den Alten zu widerlegen.

»Macht seine Arbeit gar nicht schlecht, der Junge«, hört er Christie zu Evans sagen. »Hab ich nicht gedacht, bei einem May-tee.«

»Oh, die sind immer für eine Überraschung gut«, spielt Evans mit. »Sind ja keine Vollblutindianer oder so. Brave Pferdchen, die May-tee.«

Die Alten lachen wieder und drehen dann zu Fuß eine Runde auf dem Parkplatz, um die paar Leute dort mit ihren Blicken einzuschüchtern.

An Tommys erstem Tag war Christie auf ihn zugekommen,

Bauch und angegrauter Bart. Tommy stand aufrecht da und reichte ihm die Hand, doch der Alte nahm sie nicht.

»May-tee, wie ich höre«, sagte er abfällig.

Da Tommy nicht wusste, was er sonst tun sollte, nickte er.

»Tja, junger Mann, hier endet die Sonderbehandlung. Ist das klar?«

Tommy, sauber und adrett in seiner neuen Uniform, aber jetzt doch nervös, fühlte sich plötzlich schmutzig. Er rieb die Hände aneinander und hätte sie am liebsten gewaschen.

»Fahren Sie. Ich bin zu alt für diesen Mist.« Tommy wusste nicht, was Christie damit meinte, aber er würde ihn gewiss nicht danach fragen.

Seither ist er May-tee. Er hätte nie dieses verdammte Kästchen ankreuzen sollen. Er hat das nur gemacht, weil Hannah es wollte.

»So kommst du auf jeden Fall rein, von wegen Chancengleichheit und so. Die müssen dich nehmen. Jedenfalls müssen sie dich einladen.« Sie nickte aufgeregt mit ihrem blonden Kopf, wie es so typisch für sie war. Hibbelig nannte man das. Hannah war hibbelig.

»Aber ich hab gar keine Karte«, hatte er eingewandt.

»Dann besorg sie dir. Das kann doch nicht so schwer sein. So eine hat doch jeder!« Hannah hatte bestimmte Vorstellungen über die Métis, und Tommy wollte sie nicht korrigieren, also sagte er nichts dazu.

Doch er runzelte die Stirn, denn er glaubte nicht, dass das alles so einfach war.

»Zeig ihnen einfach ein Foto von deiner Mom. Dann wird keiner was anzweifeln.«

Er warf ihr einen Seitenblick zu. Sie meinte es gut. Seine Mom sah wie eine Indigene aus, eine echte Indigene. Sie war fast reinblütig, war aber nie als Statusindianerin anerkannt worden, weil ihr Vater Métis war. So war das damals. Aber selbst wenn seine Mutter eine Statuskarte gehabt hätte, wäre ihr diese abgenommen worden, als sie seinen weißen Dad heiratete. Wenn man als Frau außerhalb der eigenen Gemeinschaft heiratete, wurde einem die Statuskarte abgenommen. In den Achtzigern waren die Gesetze endlich geändert worden, und einer Handvoll Leute wurde der Status wieder zuerkannt, aber seine Mom sagte, sie wolle das nicht.

»Ich hätte das schon vor Jahren machen können, aber dein Dad hat es nicht zugelassen.« Sein Dad war ein rassistisches Arschloch. Sie hatte sich immer gewünscht, dass Tommy sich als Métis sieht, wie ihr Dad und wie sie selbst. Sie hielt das für eine kluge Wahl, und Hannah sah das offenbar genauso.

»Komm, Tommy. Wenn du willst, ruf ich da an. Ich helf dir.« Hannah war immer so hilfsbereit. »Wenn du dadurch die Stelle kriegst, lohnt es sich doch allemal. Vielleicht kriegst du sogar eine Steuervergünstigung oder so was.«

»Das gilt nur für die Statuskarte, nicht für die Métis Card, und überhaupt ist das alles etwas komplizierter.«

»Was ist denn der Unterschied?«, fragt sie mit unschuldigem Rehblick – Hannah sah wirklich aus wie ein Reh mit ihrem zierlichen Gesicht und der spitzen Nase, aber dieser Blick wirkte mit den Jahren doch zunehmend routiniert.

»Die Statuskarte kriegen die Indianer, die Métis Card eben die Métis – Halbblut-Indianer.« Er formulierte es so, dass sie es verstehen würde.

»Na gut, da du nur Métis bist und kein Indianer, kriegen wir dann also diese Karte.«

»Meine Mom könnte sich jetzt sogar als Status-Indianerin anerkennen lassen, wenn sie wollte. Meine Tante hat das nach dem Tod meiner Großmutter gemacht. Im Prinzip könnte ich die Statuskarte auch kriegen.«

»So weit musst du ja nicht gehen. Métis reicht doch«, sagte Hannah, als suchten sie eine passende Wandfarbe aus. Rot ist zu kräftig, bitte ein zartes Rosa.

Tommy sagte nichts mehr dazu, aber er unterschrieb die Formulare, die sie ausgefüllt hatte. Die Karte kam schließlich, als er bereits in der Ausbildung war. Er betrachtete sie lange und dachte, dass sein Vater sich bestimmt gerade im Grab herumdrehte. Im Grab herumdrehte und fluchte wie der Teufel, ihn mit jedem verdammten rassistischen Schimpfwort bedachte, das sein zorniger Rotkopf nur zu erdenken vermochte.

»Scheiße, ist das kalt.« Christie setzt sich wieder ins Auto, bringt es mit seinem Gewicht zum Schwanken. »Fahren wir, es ist fast fünf.«

Tommy tippt seinen Satz fertig und schiebt den Laptop wortlos zur Seite. Er hat bisher weder etwas von einer Stichwunde noch von einem sexuellen Übergriff gehört. Das heißt beides nichts, aber dieses Gefühl bleibt. Irgendwas hat da nicht gestimmt, und diese Frau, die Zeugin, die wirkte irgendwie so … so aufrichtig. Aber er ist nicht so dumm, Christie offen anzuzweifeln. Eigentlich wollte er Clark kurz davon erzählen, aber es hat sich nicht ergeben. Clark ist ein prima Kerl, er ist in Elmwood aufgewachsen, in Armut, und ist, wie Christie es nennen würde, »verdammt empfindlich«, aber Tommy hört zu schwierigen Fällen gern seine Meinung.

Schweigend fahren sie die Main Street entlang, wahrscheinlich schläft Christie schon halb. Tommy ist erschöpft, aber wach. Er entdeckt ein Mädchen an der Ecke Pritchard Avenue. Sie zieht sich in die Schatten zurück, als sie vorbeifahren, aber er sieht sie trotzdem. Kurzer enger Rock, hohe schwarze Stiefel. Ihr muss kalt sein, denkt er. Sie sieht nicht viel anders aus als Hannah, wenn sie ausgeht, und Hannah klagt immer, sie friere. Zieht sich aber trotzdem immer wieder so an.

Vor der Wache grunzt Christie: »Gute Nacht. Guten Morgen.« Er wuchtet sich aus dem Auto. »Bis morgen, In-stinkt.«

In-stinkt ist neu. Es stört Tommy weniger als May-tee, wenn das hängenbleibt, könnte er damit leben.

Auch Clark fährt jetzt vor, aber er winkt nur kurz rüber und geht dann rein. Es ist Schichtende, da will keiner mehr groß reden.

Tommy sitzt einen Moment lang einfach nur da, dann fängt er an zu tippen, hat die Stimme der Frau wieder im Ohr. Sie war nicht sehr alt, wahrscheinlich ungefähr in seinem Alter, sie sah nur älter aus. Müde. Seine Mom hat viele Jahre lang auch so ausgesehen. Eigentlich sah sie seiner Mom sogar ähnlich, aber inidigene Frauen erinnern ihn immer an seine Mom.


Bis zu seiner ersten Schicht vor etlichen Monaten war er nie im North End gewesen. Als er sich hinters Steuer setzte, begann Christie, Anweisungen zu blaffen. Sie fuhren erst die Main Street entlang, dann die Selkirk Avenue. Es sah alles so aus, wie er es erwartet hatte, alt und heruntergekommen.

Bei seinem allerersten Einsatz ging es um häusliche Gewalt. Ein fetter Kerl, besoffen, das ehemals weiße Muscleshirt vollgekotzt, und seine kleine dünne Frau, ihr Gesicht blutverschmiert und zuschwellend. Sie wollte keine Anzeige erstatten, aber sie mussten den Burschen trotzdem mitnehmen.

»Nulltoleranz«, stieß Christie zwischen zusammengebissenen Zähnen hervor, und im Auto dann noch mal: »Absolute Nulltoleranz.«

Der fette Kerl saß auf dem Rücksitz und heulte, die Hände in Handschellen unbequem hinter sich, sein Gesicht sackte immer wieder auf seinen vollgekotzten massigen Bauch. Tommy hatte kein Mitleid mit ihm, er setzte eine ausdruckslose Miene auf und fuhr den Kerl zur Wache. Er dachte an die Frau, die mit schwellendem Gesicht in ihrem verwüsteten Wohnzimmer zurückgeblieben war. Sie musste jetzt sauber machen, würde wahrscheinlich erst alles sauber machen und dann ein paar Schmerztabletten nehmen, damit sie schlafen konnte, falls sie denn überhaupt einschlafen würde. So war das bei seiner Mom immer gewesen. Erst sauber machen. Die Frau hatte dunkles krisseliges Haar und schwarze Augen, genau wie seine Mutter.

»… bewaffneter Überfall …«, kommt aus seinem Funkgerät, und er hört genau hin, aber es passt nicht zu dem, was er erwartet. Wahrscheinlich werden sie der Sache eh nie auf den Grund kommen. Dieser Fall wird genauso enden wie die anderen: abgelegt, aus den Augen, aus dem Sinn.

Seine Arbeit ist anders, als er es erwartet hatte. Er hatte gedacht, er würde ständig in Aktion sein, Türen aufbrechen und so. An der Akademie war er dann in Community Policing unterrichtet worden, was im Großen und Ganzen einfach bedeutete, nett zu den Leuten zu sein und Beziehungen zu ihnen aufzubauen, aber auch das tut er in der Praxis nicht. In erster Linie macht er sich Notizen und schreibt Berichte, an die er danach nie wieder denkt. Oder er denkt noch daran, unternimmt aber nichts. Vorfälle werden zu Berichten, werden zu Wörtern auf dem Bildschirm. Computerdateien werden archiviert, sind nur noch Nummern.

Sein Dad war ein bösartiger Säufer. Nein, er war ein zorniger Mann, und zornige Männer werden zu bösartigen Säufern. Seine Hände, von der Fabrikarbeit dauerhaft verfärbt, ballten sich schon nach einem einzigen Drink zu Fäusten. Wenn man nicht genau hinschaute, konnte man meinen, er strecke nur seine von früher Arthrose schmerzenden Finger – entspanne sie nach einem langen Arbeitstag. Aber Tommy wusste es besser. Sein Dad machte sich nur bereit. Es sah so normal aus:

Seine Mom, Marie, saß rauchend auf der einen Seite der Couch, der kleine Tommy auf der anderen, und Tom Senior saß im Schaukelstuhl und ging in jeder Werbepause in die Küche, um sich die nächste Dose Bier aufzumachen. Aber Tommy wusste, was da ablief. Und Marie wusste es auch. Als er noch klein war, erkannte sie immer genau, wann der Moment gekommen war, ihr Kind ins Bett zu schicken. Später, als Jugendlicher, erkannte er diesen Moment selbst, spürte ihn, und sie schickte ihn nicht mehr hoch. Stattdessen wurde sein wachsender Körper ein Schutzschild zwischen seiner Mutter und seinem Vater, angespannte breite Schultern in höchster Bereitschaft.

»Das ist eine ganz Wilde, Tommy«, sagte sein Vater oft zu ihm, wenn er dachte, sie könnte ihn nicht hören. »Hab sie billig im Reservat gekauft. Sie war im Angebot.« Das war sein großer Witz. Seine herabgesetzte Frau.

Als sein Dad noch lebte, unternahm seine Mom nie irgendetwas, sie saß einfach zu Hause, eine arme Indigene mit einem weißen Arschloch als Mann. Tommy hatte sich früher oft gefragt, ob das bei jedem weißen Mann mit roter Frau so war. Wenn er Hannah mal heiratet, sind sie weiße Frau mit rötlichem Mann, aber es wäre nicht das Gleiche. Wobei es auch nicht grundsätzlich anders sein würde. Auch Hannah macht manchmal ihre Witze, vage, nicht sehr komische Bemerkungen über ihren wilden Mann und wie sie ihn gezähmt hat. Sie denkt sich nichts dabei, und er hat ihr nie gesagt, dass ihm das unangenehm ist.

Die Frau tut ihm leid, das ist es. Sie tut ihm einfach leid. Sie lügt nicht, aber was sie erzählt, klingt nicht nach der Wahrheit. Marie hat immer gelogen, wenn die Polizei kam. Sie erzählte den Beamten irgendwas, das sie möglichst schnell wieder zur Tür hinausbefördern würde. Diese Frau heute hatte gesagt, dass sie normalerweise nicht die Polizei gerufen hätte, aber nicht ge-

wusst habe, was sie tun sollte. Und auch nachdem sie stundenlang gewartet hatte, geschlagene vier Stunden, war sie immer
noch so emotional und redete auch dann noch weiter, als offenkundig war, dass sie ihr nicht glaubten. Das bedeutet doch
was. Es kann gar nicht anders sein.

Er ruft in drei Krankenhäusern an, aber nichts passt zu seinen Szenarien. Die Stimmen leiern irgendwas herunter, reagie-
ren kaum auf seine Fragen. Nichts passt. Die Sonne geht auf,
ein kaltes Licht. Tommy seufzt, klappt schließlich den Laptop
zu, schaltet Funkgerät und Motor aus. Es ist scheißkalt heute
Nacht. Aber nur noch eine Stunde oder so, dann kann er sich
neben Hannah legen und sich wieder aufwärmen.

ZWEITER TEIL

Mein Mädchen, ich glaube, ich warte. Ich warte schon so lang, dass ich nicht mal mehr weiß, worauf ich warte. Aber ich glaube, ich werde es wissen, wenn es kommt. Es wird eins dieser Dinge sein, die man einfach weiß, so ein Gefühl wie ein tiefes Durchatmen, wenn plötzlich alles einen Sinn ergibt.

Es ist eine frustrierende Beschreibung, ich weiß, aber ich wüsste nicht, wie ich es anders beschreiben sollte. Die Seele kann man so nicht fassen. Man muss sie einfach sein lassen.

Als du geboren wurdest, war das auch so. Ein tiefes Durchatmen. Bevor du kamst, war ich völlig aus dem Lot und dachte sogar, ich will dich nicht. Ich sah deine Aunty mit der kleinen Louisa und dachte, das kann ich nicht, was man da alles tun muss, ich nicht. Meine Hände wussten nicht, wie man ein kleines Baby fest in eine Decke wickelt oder wie man merkt, ob das Fläschchen warm genug ist. In meinem Herzen war nicht genug Platz für all den Raum, den du brauchen würdest. Ich glaubte nicht, dass ich das alles schaffen würde.

Aber als du dann auf die Welt kamst, musste ich nur einen Blick auf dich werfen und wusste es. Es war nicht mal ein klares Gefühl, oder vielleicht gibt es kein Wort, das groß genug ist für diese Unmenge an Gefühl. Es war so viel, dass es mich vollkommen ausfüllte. Es war mehr als Wissen. Mehr.

Egal, was ich sonst noch war, ich liebte dich, und du wusstest es. Deine Kookoo wusste es auch. Und ihr habt meine Liebe erwidert. Egal, was du sonst über mich denken oder wissen magst, dies ist das Wichtigste an mir. Dass ich liebte und geliebt wurde.

Und immer noch warte ich. Immer noch bin ich hier.

Ich konnte nie sehr weit von dir weggehen.

# 8

## STELLA

Der Morgen danach geht weiter, kalt und ruhig, als wäre in der vergangenen Nacht nichts geschehen. Erst vor wenigen Stunden. Der Himmel ist klar, aber der Schnee weht über die Brache und bedeckt das Rot mit frischem Weiß. Langsam, ganz langsam. Stella beobachtet es durchs Küchenfenster. Die Sonne scheint heller, und das Blut ist fast verschwunden. Stella schaut die Magnus Avenue hinunter, sieht dort aber keinerlei Spuren von dem, was passiert ist. Nicht einmal ein Fußabdruck ist mehr zu sehen. Der Schnee hat alles sauber gemacht, so wie immer. Er haftet an den Ästen der dünnen, kahlen Ulmen und macht auch sie weiß und schön. Es sind kleinere Bäume als die näher am Fluss. In der Atlantic Avenue, wo Stella wohnte, als sie klein war, waren die Bäume groß und überwölbten die Straße, wie ein Tunnel. Und wenn sie so mit Schnee beladen waren wie jetzt die Bäume hier, musste sie nur auf einen kräftigen Windstoß warten, und es schneite von Neuem.

Der Tag schreitet fort, Jeff schläft noch nach seiner Nachtschicht. Stella wischt die Arbeitsfläche ab, den Küchentisch, verschmierte Kinne, wieder und wieder. Jeder Schrei des Babys wird mit einer raschen, innigen Umarmung erwidert, jeder Wunsch der kleinen Mattie von den Augen abgelesen und erfüllt. Stella wird allen Bedürfnissen gerecht. Aber sie ist nicht wirklich da. In Gedanken stellt sie eine Liste zusammen, eine Liste von – wie hat Jeff es genannt? Ihre Vergangenheit? Nein, *eine Vergangenheit wie ihre*. Ja, das war es. Die Worte hallen in ihrem Kopf wider, der vom Schlafmangel schmerzt. Ihre Augen brennen. Sie trinkt noch ein paar Schlucke Kaffee und denkt daran. An ihre Vergangenheit. Ihre. Sie weiß, was er meinte – was er weiß, was sie ihm in dunklen Nächten der Erinnerungen und der Ruhelosigkeit erzählt hat. Sie denkt an jedes einzelne Mal, jeden einzelnen Fall. An einen nach dem anderen. Eigentlich ist es *die* Vergangenheit. Nicht einmal ihre. Es sind einfach Geschichten, die eigentlich zu anderen Menschen gehören, aber an sie weitergegeben wurden, in ihre Obhut, damit sie darum weiß, für immer. Vorkommnisse. Situationen. Sie lässt sie Revue passieren, sachlich, emotionslos. Dinge, die sie gesehen hat, die ihre Verwandten ihr erzählt haben, ihre Mom und Aunty Cher, und ihre Cousinen Lou und Paul, als sie noch klein waren. All diese großen und kleinen Fast-Geschichten, die ein Leben ausmachen. Ein *Muster*, das Wort fällt ihr ein – wenn sich etwas zu etwas anderem fügt. *Muster*. All die kleinen Dinge, die Mahnungen, vorsichtig zu sein, die Hinweise, was sie nicht tun sollte. Sie war immer vorsichtig, stets auf der Hut vor Männern, fremden Männern, Männern, die seltsame Dinge tun. So wurde sie erzogen. Immer wachsam. Die Szenen ziehen eine nach der anderen vor ihrem inneren Auge vorbei, fast täglich. Eine Vergangenheit wie ihre. Mattie bekommt eine zweite Schale Cheerios und darf noch eine Stunde fernsehen, und das Baby muss in den Schlaf gewiegt werden.

Sie sitzt oben und wiegt sich noch, als der Kleine längst zur Ruhe gekommen ist. Sie liebt sein Gesicht, seinen zarten, fächelnden Atem auf ihrer Haut. Sie wiegt ihn, drückt ihn an sich, schaut aus dem Fenster. Es schneit nicht mehr, aber die

Wolken wollen sich nicht verziehen, und der Wind rüttelt an der Scheibe. Sie hat gedacht, alles wäre verschwunden, aber von hier aus sieht sie noch eine lange Reihe von Fußstapfen, die sich durch die ansonsten unberührte Schneefläche ziehen.

Sie erschauert, setzt sich tiefer in ihren Sessel, lehnt sich zurück, bis sie nur noch den hellen, kalten Himmel und die Stromleitungen sehen kann, Sie wiegt sich immer weiter, versucht bewusst zu atmen, sich zu beruhigen.

Ein Vergangenheit wie ihre.

Die hohen Metallmasten sind von hier aus nicht zu sehen. Matties *Roboter*. Ein guter Name – Stella sieht sie geradezu vor sich, die eckigen Gesichter in beständiger Resignation verzogen, eins nach dem anderen, wie ein Bild, das in einem Spiegelkabinett gefangen ist.

Irgendwann zwischendrin schläft Stella. Die Hände fest auf ihrem Baby, von unten die Musik der Zeichentrickfilme, zu der ihre Kleine leise mitsingt, und das gleichmäßige Knarren der Dielen, während Stella sich langsam in den Schlaf wiegt.

In dem alten Haus in der Atlantic Avenue war der Kleiderschrank in ihrem Zimmer unter der Treppe. Hinter den aufgehängten Kleidern ging es noch weiter, ein langes, dunkles Fort, dessen Decke tiefer und tiefer hinunterreichte. Sie bewahrte dort eine alte Taschenlampe auf, und Bücher und Geheimnisse. Eines Nachmittags, die Sonne schien durch den Spalt unter der geschlossenen Schranktür herein, reichten sie und ihre Cousinen sich in ihrem kleinen Kreis dort die Taschenlampe herum. Die kratzige Spitzenborte ihres guten Kleids, das über ihr hing, streifte ihr über die Stirn, sie hatte die dünnen Beine überkreuzt, die Knie sommerlich aufgeschürft. Sie waren vielleicht acht damals. Ja, sie erinnert sich an keinen Schmerz in der Brust, also lebte ihre Mutter damals noch. In jenem Sommer waren ihre Cousinen das erste Mal wieder hergezogen. Sie lebten alle zusammen in dem großen Haus, und Stella war sehr froh. Dann erzählte Lou ihr die Geschichte, die erste, die sie verwahrte. Lou hielt sich die Taschenlampe ans Kinn, sodass die Haut dort rot glühte. Ihre Stirn leuchtete gelb.

»Ich hab sein Ding gespürt. Es war so – eklig«, erzählte Lou ihnen. Die kleine Pause veränderte alles. »Und er hat schnell geatmet, als ob er gerannt wäre. Wenn ich es gekonnt hätte, hätte ich ihn gehauen.«

Paul fing an zu weinen, obwohl sie noch gar nicht an der Reihe war. Stella nahm die Taschenlampe, um sie ihrer kleinen Cousine zu geben, aber Paul schüttelte nur den Kopf. Lou schnappte sie sich wieder, denn sie wusste, dass Paul nicht reden würde. Paul ließ immer Lou für sich sprechen.

»Und gestunken hat er. Als müsste er unbedingt mal duschen.«

»Was hast du gemacht?«, stieß Stella hervor. Sie wusste, dass dies das Wichtigste war, was sie je gehört hatte.

»Ich hab gesagt, dass ich mal aufs Klo muss, und hab dann von innen abgeschlossen.« Stella hätte geschworen, dass sie Lous Stimme im Strahl der nach oben gerichteten Taschenlampe wie Rauch aufsteigen sah.

»Und dann?«

»Paul ist von draußen reingekommen.« Sie nickte zu ihrer Schwester rüber. »Ich hab gespült, damit er denkt, ich war wirklich auf dem Klo, bin wieder raus und hab mir eine Geschichte ausgedacht, warum wir jetzt heimmüssen, aber er hatte Paul auf dem Schoß, und sie haben beide geheult.«

»Er hat geheult? Was hat er denn gemacht?« Stella schaute die kleine Paul direkt an – sie konnte sich nicht vorstellen, dass der kleinen Paul irgendwas Schlimmes zustoßen könnte.

Lou schüttelte den Kopf und zuckte gleichzeitig mit den Achseln. »Nichts. Er … er hat einfach das Gleiche gemacht … mit seinem Ding.«

Stella legte einen Arm um Pauls Schultern und streichelte ihr über den Oberarm, wie ihre Kookoo es bei Leuten machte, die mal gedrückt werden mussten. Paul war eins dieser Kinder, die man immer drücken wollte. Lou dagegen brauchte nie eine Umarmung oder so was.

Sie schwiegen einen ausgedehnten Moment lang. Lous rauchartiger Atem war das Einzige, was sich in diesem dunklen Raum bewegte. Das *Wow* ging Stella nicht recht von der Zunge.

Schließlich fragte Stella. »Warum hat er denn geheult?«

Lou zuckte nur wieder die Achseln und reichte Stella die Taschenlampe, was bedeutete, dass jetzt sie dran war, sie sollte eine Geschichte über ein verstörendes Erlebnis erzählen. Sie brauchte etwas Unheimliches, etwas Schmutziges. Sie kratzte sich an der Stirn, über die immer wieder das Kleid streifte, doch ihr fiel nichts ein. Also beschloss sie, Klopf-klopf-Witze zu erzählen – so lange, bis Paul lachte.

»Klopf, klopf«, sagte sie zum fünften Mal und klopfte dabei wie jedes Mal zuvor an die Wand.

»Wer ist da?«, antwortete Lou zum fünften Mal verärgert.

»Ananas.«

»Und mit Nachnamen?«, fragten die Schwestern gleichzeitig, beide verwirrt.

»Ananas lass ich mich nicht rumführen!«

Paul lachte. Sie wollte nett sein, oder vielleicht wollte sie wirklich einfach lachen.

»Das geht anders«, sagte Lou. Sie lachte nicht, sondern riss stattdessen die Taschenlampe wieder an sich. »Das hätte heißen müssen, Ananas erkennt man den Lügner.«

Lou wusste immer alles. Alles.

Stella schreckt aus dem Schlaf auf. Der Himmel ist noch klar, die Sonne scheint noch, und das Baby atmet ihr noch sanft auf die Wange. Wie viel Uhr ist es?

Unten läuft jetzt andere Musik. Der nächste Zeichentrickfilm.

Stella legt Adam in sein Kinderbettchen und geht runter, um ihre Tochter ein Weilchen im Arm zu halten, den Traum noch auf der Haut wie einen unheimlichen, bösartigen Belag.

Sie hat ihre Verwandtschaft seit Monaten nicht mehr gesehen. Als Mattie noch ein Säugling war, gingen sie beide alle naslang ihre Kookom besuchen. Sie besuchten sie nachmittags, tranken gemütlich zusammen Tee und unterhielten sich über nichts Besonderes, so wie immer. Stella fragte nach Aunty Cher und Lou und Paul. Aunty wohnte inzwischen im selben Haus wie Kookoo, aber sie führte eine Galerie und war nie zu Hause. Lou war so gut wie verheiratet und wohnte zur Miete in der Cathedral Street. Paul hatte die Schule als Klassenbeste abgeschlossen und eine gute Stelle im Krankenhaus bekommen. Kookom hatte immer so viel zu erzählen, und Stella saß einfach auf dem Boden, spielte mit der kleinen Mattie und hörte Kookoms Geschichten zu, so wie sie es immer getan hatte. Die anderen bekam sie nie zu Gesicht, denn sie kam nie abends zu Besuch. Jeff hatte erklärt, dass diese Besuche ihn nervös machten. Jetzt mit dem Baby, hatte er hinzugefügt. Früher hatte er sich nie daran gestört. Und dann begannen ihn auch die nachmittäglichen Besuche nervös zu machen. Wenn seine Frau und sein Kind mit dem Bus in diese wirklich üble Gegend der Stadt fuhren, könne alles Mögliche passieren, sagte er und zählte die Gefahren eine nach der anderen auf. Sie könnten überfallen und ausgeraubt werden, in eine Messerstecherei geraten, einem Drogendealer in die Quere kommen oder noch Schlimmeres. Das waren seine Befürchtungen – als wären das die Dinge, die tatsächlich passierten. Jeff hatte keine Ahnung. Er war ein weißer Junge, der in einem Vorort aufgewachsen war. Er begriff nicht, um was es ging. Was tatsächlich geschah. Aber sie wollte keinen Streit, deshalb sagte sie nichts. Sie ging dazu über, ihre Kookom anzurufen, statt sie zu besuchen.

Adam hat noch nie jemanden aus ihrer Verwandtschaft gesehen. Er ist ein halbes Jahr alt.

Stella grübelt, während sie ihrem Tagwerk nachgeht, ihre Kinder füttert, wäscht, frisch anzieht, wieder und wieder, so kommt es ihr vor, ignoriert die Bilder in ihrem Kopf, das schmerzhaftes Dröhnen. Sie nimmt noch eine Schmerztablette und versucht zu vergessen. Alles. Die vielen Worte. All die Bilder von Verlust, die sie gesehen hat.

Am späten Nachmittag legt sie sich neben Mattie, die so tut, als hielte sie ihren Mittagsschlaf. Sie könnte ihre Kookom anrufen, will sie aber nicht beunruhigen. Sie ist so alt, denkt Stella. Sie wird sich Sorgen machen, wenn ich traurig klinge. Sie könnte auch Aunty Cher anrufen, aber was würde sie ihr sagen?

Also bleibt Stella liegen, einen Arm über ihre Tochter gelegt, denkt Gedankenfetzen, die tatsächlich Erinnerungen sind, und reißt sich immer wieder aus dem Schlaf. Kookoo. Sie und ihre Kookom, Nokomis, ihre Großmutter, die immer da war, auch wenn alle anderen weggingen. Kookom, die sie erwartete, wenn sie von der Schule kam, das ganze Haus vom Geruch des Hackfleisch-Gemüse-Eintopfs erfüllt. Kookoo, wie sie über irgendeine Vorabendserie lachte, die eigentlich gar nicht lustig sein sollte. Kookoo, die sie auch dann noch abends ins Bett brachte, als Stella beteuerte, das sei nicht mehr nötig. Kookoo, die neben ihr lag, wenn sie nicht einschlafen konnte, und da war, wenn sie voller Angst erwachte, denn Stella träumte oft schlecht, auch schon bevor ihre Mutter starb. Kookoo, die leise schnarchend neben ihr lag, einen Arm über Stellas Mitte gelegt. Kookoo, die sagte, alles werde gut, was Stella ihr glaubte. Jedes Mal. Egal, um was es ging. Selbst als Stella so schrecklich traurig wurde und dieses Loch sich in ihr auftat und sie wusste, dass es sich nie wieder schließen würde. Auch da glaubte Stella ihr noch.

Mit einem Schauder fällt ihr die vergangene Nacht wieder ein. Einen Augenblick lang hatte sie sie vergessen, und jetzt ist sie hellwach, und ihr ist kalt, so kalt.


Stella wollte eigentlich nicht hierherziehen. Sie wollte ein Haus in dem gentrifizierten Viertel kaufen, in dem sie damals zur Miete wohnten. Aber sie fanden keins, das sie sich hätten leisten können. Und dann entdeckte Jeff dieses Haus hier und war begeistert.

»Es liegt auf der besseren Seite der McPhillips Street«, hatte die Maklerin gesagt, als sie das Haus besichtigten. »Eine prima Wohngegend, die gerade schwer im Kommen ist.« Sie war eine forsche Blondine, die sich an diesem Ort nur mäßig unbehaglich zu fühlen schien.

Jeff lächelte höflich und betrachtete die Deckenbalken im Keller, als wüsste er schon, wonach er Ausschau hielt. Stella sagte nichts. Aber sie kannte die Gegend. Dieses Viertel war ihrem alten so nah, unterschied sich eigentlich kaum davon. Zu nah. Ihrer Vergangenheit. Allem dort drüben auf der anderen Seite der McPhillips Street.

Sie zogen sofort ein. Jeff wollte es unbedingt. Als Adam auf die Welt kam, hatte Stella ein Kleinkind und einen Säugling zu versorgen. Und irgendwann hörte sie auf, ihre Kookom anzurufen, ja überhaupt die Verwandtschaft. Es kam einfach so, genau wie vorher, als sie mit den Besuchen aufgehört hatte. Sie wohnte so nah, musste immer noch die Selkirk Avenue entlangfahren, wenn sie irgendwo hinwollte. Musste immer noch alles sehen, all die Dinge, die sie immer gesehen hatte, die Orte, zu denen Jeff sie nicht mehr gehen lassen wollte. Er begriff nichts. Angst machte ihr das alles nicht. Aber es tat weh.

Der Fernseher läuft immer noch. Jeff schläft, Adam schläft, und Mattie steht auf und spielt leise auf dem Boden. Ab und zu hebt sich ihr kleiner Kopf, aber Stella rührt sich nicht. Sie lächelt nur zu ihr hinunter und starrt dann wieder lange in ihr müdes Nichts. Der Tag zieht sich hin, als wäre nichts geschehen. Das Blut ist jetzt wahrscheinlich völlig verdeckt, und wenn sie rausginge, könnte sie wahrscheinlich gar nicht mehr genau sagen, wo es war. Nicht einmal sie. Und sonst weiß ja keiner, dass es überhaupt passiert ist.

Stella weiß nicht, was sie tun soll, und möchte zugleich alles Mögliche tun. Sie möchte ihre Kookom anrufen, möchte neben ihr in der muffigen Kellerwohnung liegen, die irgendwie immer warm und sicher ist, aber sie tut gar nichts. Sie liegt einfach da, allein, den Arm noch dahin ausgestreckt, wo vorher ihr Töchterchen lag.

# 9

## PAUL

Als Paul auflegt, denkt sie nicht nach, sondern setzt sich sofort in Bewegung. So ist das bei ihr, wenn etwas passiert: Sie handelt. So machen sie es alle, wenn Kookoo krank wird oder irgendwas mit den Kindern ist. Sie handeln – finden heraus, was getan werden muss, und tun es, denken möglichst wenig, fühlen nichts und rasten nicht aus, sondern handeln. Kümmern sich um die Familie. Los.

Ihr erster richtiger Gedanke ist, dass sie froh ist, im Krankenhaus zu arbeiten, denn dadurch ist sie schon da. Dann sagt sie ihrer Vorgesetzten ganz ruhig, dass sie in die Notaufnahme hinuntermuss, weil ihr Freund gerade ihre Tochter herbringt.

»Oh Gott, Paulina, was ist denn los? Was ist passiert?« Die wohlmeinende Nachfrage der Älteren gerät etwas schrill.

»Ich weiß es nicht« ist alles, was Paul zu sagen hat.

»Bitte sagen Sie uns unbedingt Bescheid, sobald Sie mehr wissen. Und lassen Sie sich so viel Zeit, wie Sie brauchen.« Die Stimme ihrer Vorgesetzten verklingt, während Paul den vertrauten Weg nach unten nimmt, nur geht sie schneller als sonst. Im Gehen überlegt sie, was wohl passiert sein könnte und was sie womöglich wird tun müssen. Wenn es eine besonders heftige Periode ist, kann sie Dr. Froehlich anpiepsen. Paul hat sie heute Morgen in der Cafeteria gesehen, sie ist bestimmt noch da. Ja, so was wird es wohl sein. Mehr nicht. Paul nimmt immer zwei Stufen auf einmal, ist froh, dass sie so schnell da sein kann.


»Paul, mit Emily stimmt was nicht! Ich weiß nicht, was passiert ist. Ich bring sie in die Notaufnahme.« Petes Stimme am Telefon hatte einen ungewohnten Klang, einen, den sie noch nie gehört hatte.

»Wie meinst du das? Was stimmt denn nicht?« Paul hatte sofort den Impuls, ihn zu beruhigen. Sie sind gerade erst zusammengezogen. Wahrscheinlich übertreibt er. Er kennt sich mit dreizehnjährigen Mädchen nicht aus.

»Sie ist gerade ohnmächtig geworden. Sie ist die Treppe runtergekommen und gestürzt.« Er verstummte, ein Verstummen, das seine sich jagenden Gedanken hörbar werden ließ. »Sie blutet, Paul.«

»Sie blutet? Wo denn?«, fragte Paul. »Gib sie mir mal.«

»Sie ist bewusstlos, Paul. Ich habe sie in den Pick-up getragen. Bin schon unterwegs.«

»Okay, fahr vorsichtig. Ich warte unten auf euch.«

»Sie blutet, Paul. Da unten. Richtig übel. Alles ist voll.«

Alle erdenklichen Szenarien schossen ihr durch den Kopf – eine geplatzte Zyste vielleicht. Paul stürmt durch den langen verwinkelten Flur, denkt, dass sie die Gynäkologie anpiepsen sollte, sobald sie da ist. Es wird schon nichts sein. Es kann nicht so schlimm sein, wie Pete es darstellt. Er ist so was einfach nicht gewohnt.

So ist es doch, oder?

Aber warum ist sie bewusstlos?

Und was meint er mit »Alles ist voll«?

Paul reißt sich zusammen und holt tief Luft, ehe sie durch die

Tür geht. Sie wird nicht in Panik geraten. Es ist bestimmt nichts Schlimmes. Ich muss mich einfach um mein Mädchen kümmern, denkt sie.

Sie greift nach einem Rollstuhl und schiebt ihn aus der Notaufnahme nach draußen. Das wird Em gefallen – ein Rollstuhl, wie bei einer echten Patientin.

Der Morgen ist geradezu schön. Es hat die ganze Nacht geschneit, aber jetzt hat es endlich aufgehört. Die Sonne kommt gerade heraus, und das frische Weiß glitzert im Licht. Ein Schneepflug fährt piepend die Straße entlang, aber der Schnee dämpft alle Geräusche. Paul atmet die klare, frische Luft ein. Es hat schon so viel geschneit diesen Winter.

Petes Pick-up kommt um die Ecke geschossen und bleibt mit quietschenden Reifen vor dem Eingang der Notaufnahme stehen. Mit einem weiteren tiefen Atemzug öffnet Paul die Autotür, um ihr krankes Kind zu beruhigen.

Stattdessen beißt sie sich auf die Lippen, um nicht loszuschreien.

Es ist wirklich alles voll Blut. Emilys eigentlich graue Jogginghose ist durchtränkt, der Sitz ist dunkel überkrustet, und auf der Fußmatte hat sich eine Lache gebildet. Der Kopf ihrer Tochter ist auf den Sitz gesunken. Paul fasst ihr ans Bein, und Emily stöhnt. Paul wischt ihr das verschwitzte Haar aus der Stirn. Ihre Unterlippe ist aufgeplatzt, und als Paul sie berühren will, hinterlassen ihre Finger Blutflecken auf Emilys bleicher Haut. Das Gesicht ihres Mädchens ist so weiß, dass es fast blau ist, die Lippen sind schlaff, der Atem flach.

»Em!«, ruft sie jetzt, und ihre Stimme erstirbt mit einem seltsamen Laut. »Em! Emily!«, versucht sie es noch einmal und berührt vorsichtig den schlaffen Körper.

Irgendwo hinter ihr holt Pete einen Pflegehelfer und eine Trage. Paul hört ihn etwas rufen, und jemand zieht sie weg.

»Paul, Paulina, mach Platz. Mach Platz!« Es ist ein Krankenpfleger, den sie kennt, hinter ihm steht noch einer. »Lass uns da hin, Paulina. Wir machen das schon. Wir machen das!«

Der Erste fühlt Emilys Puls. Der andere ruft: »Emily? Mach die Augen auf, Emily«, und rüttelt sanft an dem schmächtigen Mädchen.

Pete legt den Arm um Paul und zieht sie ein paar Schritte nach hinten, damit die Pfleger mehr Platz haben. Erst als sich seine starken Arme um sie schließen, er sie an sich drückt und versucht, sie zu beruhigen, merkt Paul, dass sie am ganzen Leib zittert.

Die beiden Krankenpfleger heben Emily aus dem Pick-up und legen sie auf die Trage. Paul will Pete am Arm fassen, lässt es aber, als sie sieht, dass ihre Hände rot von Blut sind. Emilys Blut. Sie will nichts anfassen. Sie hält die Hände einfach in die Winterluft. Alles ist plötzlich zu kalt.

Ihre Tochter wird in einen Behandlungsraum geschoben, dessen Tür sich hinter ihr schließt. Pete setzt sich auf einen der Stühle im Gang und zieht sanft an Paul, damit sie sich auch setzt.

»Nein«, sagt sie benommen. »Ich muss mir die Hände waschen.« Sie geht in die Toilette und lässt das kalte Wasser laufen. Unter ihren Fingernägeln sitzt Blut. Sie schrubbt sie mit der zähflüssigen rosa Seife. Der metallische Geruch des Bluts ist penetrant, aber sie schrubbt so lange, bis sie nur noch die körnige parfümierte Seife riecht. Als sie aufblickt, sieht sie, dass auch auf Kittel und Hose Blutflecken sind. Sie weiß, wo sie sich frische Sachen holen kann. Später. Jetzt ist dafür keine Zeit.

Sie geht zurück zu der geschlossenen Tür, hinter der ihre Tochter liegt, zurück zu Pete, der telefoniert – es klingt nach jemandem aus seiner Familie. Hinter ihnen eilen Krankenschwestern vorbei. Drinnen ruft jemand: »Ich brauch hier eine

Absaugung.« Paulina spürt, wie ihre Beine nachgeben, und sinkt auf einen Stuhl. Pete nimmt ihre Hand, drückt sie.

»Blutdruck 80 zu 40.«

Pete beendet sein Telefonat und schaut sie auf seine stille Art an, wartet.

»Ich sollte Lou anrufen«, denkt sie laut. »Und Mom. Mom kann Kookoo mitbringen.«

»Das kann ich doch machen«, sagt er.

Sie erwidert seinen Blick nicht. Spürt ihn aber. »Okay. Du solltest auch den Wagen umparken. Der darf da nicht so lang stehen, direkt vor dem Eingang.«

»Dann mach ich das gleich. Und rufe Lou an.« Er steht auf, dreht sich aber noch mal nach ihr um. »Soll ich jemanden holen, der sich zu dir setzt?«

Paul winkt ihn einfach fort.

»Okay, bin gleich wieder da«, sagt er mit verständnisvollem Nicken.

Als er außer Sicht ist, bricht es plötzlich aus ihr heraus. Ein Aufschrei, ein heftiges Schluchzen, fast hätte sie es noch unterdrückt. Aber es ist aus ihr heraus, ehe sie es verhindern kann. Dann ist sie wieder still. Sie wird nicht ausrasten, wüsste gar nicht, wie, selbst wenn sie es wollte. Sie wird einfach hier sitzen bleiben und darauf warten, dass man sie braucht.

Wie betäubt sitzt sie da, mit den Gedanken in dem Raum hinter ihr, sie kann nicht hineinsehen, horcht aber auf die Stichworte und spürt jede Bewegung wie ein Erdbeben, das ihren Körper durchläuft.

»Sauerstoff«, sagt Mark, der Krankenpfleger, der vorne an der Trage war.

»Zehn ccm«,antwortet eine junge Schwester, die Paul nicht kennt.

»Okay...«

Ein Krankenpfleger läuft mit zwei Blutkonserven hinein, eine Schwester kommt mit einem Ausdruck heraus, den sie offenbar einem anderen Arzt zeigen will. Niemand sieht Paul. Aber sie sieht alles. Sie sitzt lange dort, bis sie wieder normal atmet und der Schock zu einem stumpfen Schmerz wird, einer Welle der Übelkeit, gegen die sie immer wieder ankämpfen muss.

Pete kommt zurück, er riecht nach Zigaretten und der kalten Luft draußen. »Deine Mom ist unterwegs«, sagt er. »Und sie bringt deine Kookom mit. Lou hab ich nicht erwischt, aber deine Mom hat gesagt, sie gibt ihr Bescheid.« Er hält inne. »Ist schon jemand rausgekommen?«

Paul schüttelt den Kopf und spürt wieder so etwas wie Tränen in sich aufsteigen. Kalt und flüchtig rinnen sie ihr übers Gesicht, und sie wischt sie weg wie etwas Lästiges, was sie ja auch sind. Pete setzt sich und nimmt ihre Hand. Er neigt sich etwas zu ihr, wie um ihr seine Schulter zum Anlehnen anzubieten, aber sie kann nicht. Sie schaut ihn an, er wartet, aber sie kann nur den Kopf schütteln. Darf sich nicht anlehnen, nicht zusammenbrechen. Sie springt auf, versucht durchs Türfenster in den Raum hineinzuschauen, aber drinnen sind zu viele Leute, die ihr die Sicht versperren. Also setzt sie sich wieder hin, lässt Pete ihre Hand halten. Anlehnen kann sie sich trotzdem nicht.

Sie warten noch mal eine Ewigkeit. Paul denkt nicht mehr, jedenfalls keine richtigen Gedanken, da sind nur Bilder, die kommen und gehen. Emily auf ihrem ersten Fahrrad, Emilys verärgerter Blick gestern Abend, wie sehr sie da ihrer Aunty Lou glich. Nichts davon bleibt. Nur das Chaos, das in Pauls Innerem rumort. Ein Arzt, den sie nicht kennt, eilt hinein, sein Stethoskop umklammernd. Pete drückt ihre Hand noch fester. Sie muss wieder weinen. Sie will nicht weinen. Wenn sie das Weinen zulässt, wird sie nie wieder aufhören.

Bei Emilys Geburt. Das war wohl das letzte Mal, dass ihre Tochter als Patientin hier war, nicht nur, um ihre Mom bei der Arbeit zu besuchen. An jenem lang zurückliegenden Frühlingstag, als Paul noch so jung war und am ganzen Leib zitterte, um diesen Bauch herum, der angeblich ihr Baby war. Auf ihrer einen Seite ihre Mutter, die schier durchdrehte und jedes Mal um Hilfe schrie, wenn Paul wimmerte. Auch Lou war da, aber sie war ruhig, wie immer. Sie hatte im Jahr zuvor Jake zur Welt gebracht und tat so, als wäre alles okay, ganz normal, aber es war eine lange Geburt, und Paul hatte Angst. Die Schmerzen, dieser neue Mensch, der im Begriff war, auf die Welt zu kommen, ein Lebewesen, für das sie verantwortlich sein würde. Es war eine andere Angst.

In dem Raum hinter ihr wird es ruhig. Etwas legt sich, das Rumoren lässt nach. Pauls ganzer Körper ist eiskalt, Petes Hand ist das Einzige, was sie spürt. Sie atmet kaum. Noch ein langer Augenblick, dann geht die Tür hinter ihnen auf, und Paul hört von drinnen ein gleichmäßiges Piepen. Es ist immer ein beruhigendes Geräusch, aber in diesem Moment ist es das schönste Geräusch, das Paul je gehört hat.

»Paulina?« Ein Arzt im grünen OP-Kittel reicht ihr die Hand. »Ich bin Doktor Lewicky. Ich habe mich um Ihre Tochter gekümmert.«

Paul nickt und drückt seine Hand ganz leicht, während er in die Hocke geht, um auf Augenhöhe mit ihr zu sprechen.

»Ihr Zustand ist jetzt stabil. Sie hat viel Blut verloren, aber jetzt ist sie so weit okay. Sie arbeiten hier im Krankenhaus?«

»In der Geriatrie«, Paul kippt die Stimme weg. »Ich bin nur Pflegehelferin.«

»Also, ihr Blutdruck ist sehr niedrig, und wir mussten ihr eine Infusion legen. Sie schläft jetzt. Sie musste genäht werden, deshalb hat sie eine Narkose bekommen.«

»Genäht«, flüstert Paul. »Warum?«

»Ihre Tochter hatte mehrere Glassplitter in der Scheidenwand. Sie waren nicht sehr groß, deshalb nehmen wir an, dass es erst mal eine Weile leicht geblutet hat, bevor diese starke Blutung angefangen hat. Wir haben auch Anzeichen dafür gefunden, dass ihr Hymen vor sehr kurzer Zeit zerrissen ist, außerdem hat sie eine ziemlich üble Schnittwunde an der Innenseite des einen Oberschenkels. Aber ihr Zustand ist jetzt stabil. Die Blutung hat aufgehört. Es wird starke Schwellungen geben, aber alles wird ganz normal heilen. Wir haben ihr intravenös Antibiotika gegeben, für den Fall, dass es zu einer Infektion gekommen ist. Und eine Tetanusimpfung. Sie hat eine ziemlich große Platzwunde auf der Lippe und mehrere Blutergüsse, aber grundsätzlich ist sie okay. Sie wird keinen bleibenden Schaden zurückbehalten.«

Er sieht sie erwartungsvoll an. Paul spürt, dass sie kreidebleich geworden ist, und weiß nichts zu sagen, sie begreift das alles noch nicht.

»Sie wissen sicher, dass wir das melden müssen, Paulina. Fälle wie diesen, wo so offensichtlich Gewalt angewendet wurde, müssen wir der Polizei melden.« Der Arzt schaut zu Pete hinüber, dann wieder zu Paul, die einfach nur dasitzt.

Es dauert ein bisschen, dann nickt sie.

»Die Polizei sollte demnächst hier sein. Die werden eine Aussage und einige Informationen von Ihnen brauchen.« Der Arzt steht auf und sagt abschließend: »Sie können jetzt zu Ihrer Tochter reingehen. Wie gesagt, sie schläft. Es wird gerade ein Zimmer für sie vorbereitet, dann können Sie alle hochgehen.«

Paul nickt, vermag aber nicht zu ihm hochzuschauen. Sie schämt sich, ohne zu wissen, warum. Ohne zu wissen, ob für sich oder ihre Tochter. Sie will aufstehen, aber Pete muss ihr helfen. Er hält sie dicht neben sich, und sie schleppt sich auf schweren Beinen hinein, endlich hinein. Eine Schwester schaut mit dünnem Lächeln zu ihr herüber und verschließt den Behälter mit blutigen Lappen und Handschuhen.

Emily liegt mit flatternden Lidern da, eine Sauerstoffsonde führt in ihre Nase. Ihre Haut ist immer noch sehr blass, hat aber nicht mehr diesen beängstigenden Farbton. Die aufgeplatzte Lippe ist verbunden, und unter dem einen Auge sieht Paul einen Bluterguss, den sie vorhin nicht bemerkt hat. Sie studiert das Gesicht ihrer Tochter, muss jedes Detail wissen. Aus einem Beutel über Emilys Kopf tropft Blut durch einen Schlauch in ihre Armvene. Emily wirkt so zerbrechlich zwischen all diesen Apparaturen.

Paul wischt sich die lästigen Tränen ab und ergreift mit beiden Händen die schlaffe Hand ihrer Tochter. Sie drückt sie sanft, aber natürlich kommt keine Reaktion. Zitternd steht Paul da. Wie von ferne hört sie Pete tief seufzen, spürt seinen Atem im Nacken. Er steht ruhig hinter ihr, stützt sie. Nach einem Augenblick wird ihr klar, dass sie mehr nicht tun kann, nicht tun muss. Sie kann nur da stehen, mehr schlecht als recht, und festhalten, durchhalten.

Glas, hat er gesagt. Glas.


Nein, Paul und ihre Familie waren noch ein anderes Mal alle zusammen im Krankenhaus gewesen. Jake hatte sich den Arm gebrochen, er war vielleicht sieben, und sie zwängten sich alle zusammen in ein Taxi und rasten ins Krankenhaus. Der Fahrer hatte gesagt, es passten nicht alle ins Auto, eine von ihnen müsse dableiben, Mom oder Paul. Aber Cheryl quetschte sich einfach ins Auto und sagte ihm, das sei eben jetzt so. Lou konnte gar nicht hinsehen – Jakes kleiner Unterarm hing mit einem roten Huckel in der Mitte herunter, wie ein zweiter Ellbogen sah es aus. Paul musste das Heft in die Hand nehmen, sie wand ein Geschirrtuch lose um den Arm und hielt ihn ruhig, während sich alle hinten auf die Rückbank zwängten. Emily war aufmerksam und still, saß zwischen ihre Mutter und die Tür gequetscht, während das Taxi über die alten Straßen zum Krankenhaus holperte. Paul ließ den Arm ihres Neffen nicht los, hielt ihn sanft fest und lächelte Jake an, damit er wusste, dass alles gut werden würde. Und so war es auch. Allerdings hatte er sich beide Unterarmknochen gebrochen. Auf dem Röntgenbild glichen sie zwei leuchtenden Zickzacklinien, einem doppelten Z.

Paul lässt Emilys Hand nicht los, aber sie kann nicht zu ihrer Tochter hinunterlächeln, kann niemandem versichern, dass alles gut wird. Emily wacht nicht auf, aber Paul lässt ihre Hand trotzdem erst los, als die Schwestern kommen, um sie in ein normales Krankenzimmer zu bringen. Paul folgt dem Krankenbett in einen ruhigen, beige gestrichenen Raum auf einem höheren Stockwerk, Pete hinter sich. Er hat ihre Jacken über dem Arm und legt ihr im Fahrstuhl die Hand aufs Kreuz, so sanft, dass Paul sie kaum spürt.

Als Emily in ihrem neuen Bett installiert ist, nimmt Paul wieder ihren Platz an der Seite ihrer Tochter ein, hält deren schlaffe Hand, klammert sich regelrecht daran fest. Pete stellt ihr einen Stuhl hin und geht dann raus, um Kaffee zu holen. Ihre Mom kommt hektisch herein, ihre Kookom folgt ihr langsam. Cheryl lässt ihre Mutter in dem großen Plüschsessel Platz nehmen und legt dann los:

»Was ist denn das hier für ein Saftladen? Wir waren unten an der Information, und die haben uns in die Notaufnahme geschickt. Also sind wir in die Notaufnahme, aber dort hat kein Mensch gewusst, wo ihr seid.« Sie schaut auf ihre Enkelin hinunter, nimmt deren kleines Gesicht in ihre verkrümmten, rauen Hände. Sie riecht nach Alkohol und altem Zigaretten-rauch.

Paul sieht das verschmierte Make-up ihrer Mutter, das unge-kämmte Haar. Sie ist in aller Eile hergekommen. Paul findet es schrecklich, wenn sie so ist, wahrscheinlich noch betrunken, aber sie schaut einfach nur wieder zu Emily. Nur Emily ist wich-tig. Cheryl verstummt, und einen Moment lang hört Paul nur das Piepen der Geräte.

»Was in aller Welt ist passiert?«, fragt Cheryl, nimmt Emilys andere Hand und sieht sich um, schaut, ob sie irgendetwas tun, sich nützlich machen kann. Aber es gibt nichts.

»Die haben Glas gefunden«, fängt Paul an, mit allergrößter Mühe.

»Glas?« Cheryl schaut zu ihrer eigenen Mutter hinüber, die in ihrem Sessel angestrengt versucht, alles zu verstehen.

»Glas«, presst Paul hervor. »In ihr drin.«

»In ihr drin?« Cheryls Stimme geht unnormal in die Höhe, voller Schmerz.

Paul nickt bloß. Sie kann den Mund nicht mehr aufmachen – wenn sie es tut, kommen komische Geräusche heraus, kehlige Laute aus einer Tiefe, die sie eigentlich versiegelt hat.

»Wie …« Cheryl sieht sich hilflos um. »Wie ist es da hinge-kommen?«

In diesem Moment betritt Pete wieder das Zimmer, und die Frauen verstummen. Er trägt ein Tablett mit mehreren Bechern Kaffee, in der Mitte liegen Rührstäbchen und Tütchen mit Kaf-feeweißer. Sorge und Erschöpfung zeichnen sich auf seinem sonst eher gleichmütigen Gesicht ab.

Der Gedanke kommt zufällig, doch er hält sich etwas zu lang. Es ist nicht das erste Mal, dass Paul sich fragt, ob sie ihn wirklich kennt und weiß, wozu er fähig wäre, ob sie es sich überhaupt vorstellen kann.

Doch sie beobachtet, wie ihre Mutter aufsteht, ihm das Tablett abnimmt und dann die Arme um ihn legt. Er sieht so groß aus, als er und ihre kleine, kurzhaarige Mutter sich fest umarmen. Sie sprechen miteinander, aber Paul versteht sie nicht. Sie wendet sich wieder ihrer Tochter zu, dem Bluterguss unter dem Auge, der Platzwunde auf der Lippe, die unter dem Verband leicht geschwollen ist und hervorsteht wie ein kleiner Schmollmund.

# 10

## LOU

Ich wache auf, und im ersten Moment denke ich nur an das, was gut ist. All das, wofür ich dankbar bin, geht mir durch den Kopf, und einen Moment lang bin ich glücklich. Ich schaue an meine Zimmerdecke hoch. An ihre Ränder, wo der Putz geschwungene Formen bildet wie weißer Zuckerguss, der auf einer Torte verstrichen wurde, und fast muss ich lächeln. Dann wird mir bewusst, dass ich allein bin, und mir fällt wieder ein, was los ist. Ich erstarre bei dem Gedanken daran, was alles schiefgelaufen ist, um was ich mich alles kümmern muss. Die Decke ist an etlichen Stellen verfärbt, kleine Risse, die von irgendetwas braun geworden sind, einer undichten Stelle, die repariert werden muss. Die früher mal schöne, plastische Zimmerdecke zeigt ihr wahres Selbst. Wahrscheinlich stürzt das ganze Ding irgendwann auf mich herunter.

Ich bewege den Kopf und bereue jedes einzelne Glas Wein. Der Wein rumort in mir, will wieder raus. Ich brauche Schmerztabletten, Wasser und Kaffee, aber ich will den Kopf nicht von diesem Kissen heben. Ich schaffe es gerade mal, mich zur Seite zu drehen, den Blick von der maroden Decke abzuwenden. Die wird mir garantiert irgendwann auf den Kopf fallen.

Aber auf der Seite sehe ich die Tür, in der Gabe vorgestern Abend stand. An deren Holzrahmen, der rissig ist und dringend gestrichen werden muss, er klopfte. Klopfte, um rein- oder rausgelassen zu werden. Die hohlen Klänge vorher und hinterher. All die Leerstellen, wo vorher er war.

Ich wälze mich aus dem Bett. Es ist erst halb acht, aber ich bin hellwach. Ich sollte mich zwingen, noch etwas zu schlafen, aber bald wird Baby Boy aufwachen und mich brauchen, also hieve ich mich in die Senkrechte. Auch recht.

Sunny und Jake schlafen im Wohnzimmer, auf jeder Couch einer, die langen Teenagerbeine ausgestreckt. Sie liegen noch genauso da wie gestern Abend, als ich heimkam. Anscheinend sind sie einfach umgekippt und eingeschlafen. Wann sind sie bloß so lang geworden? Sie scheinen sich noch mal gestreckt zu haben seit gestern, sind lang und mager, und ihre dünnen Fußknöchel ragen unter der Decke und aus ihren weiten Hosenbeinen hervor. Jakes Mund ist leicht geöffnet, seine Oberlippe von dunklem Flaum bedeckt. Er ähnelt seinem Dad mit jedem Tag mehr. Wird allmählich zu ihm. Erinnert mich an ein paar Dinge, die ich vergessen zu haben glaubte.

Ich stupse ihn sanft an. »Hey, hey«, flüstere ich. »Es ist schon Morgen. Geht hoch in dein Zimmer.«

Die Augen meines Jungen sind dunkel, verschlafen. Er steht langsam auf, rüttelt seinen Freund wach.

»Sun. Steh auf, Sun.«

In Decken gehüllt, stolpern sie hoch. Es sind gute Jungs. Rita macht es Sundancer nicht leicht, aber er ist ein guter Junge, genau wie mein Jake. Und mein Sohn ist zudem der schönste Junge weit und breit. Wie sein Dad, James. Der vor langer Zeit abgehaueneJames. Er war wie Gabe. Hübsch wie Gabe. Schien nie zu mir zu gehören, wie Gabe. Konnte nicht aufhören, sich herumzutreiben, wie Gabe. Nur hat James mich eines Tages wirklich verlassen, aus heiterem Himmel. Endgültig. Uns von unserem Elend erlöst. Nicht wie bei Gabe und mir mit unserem endlosen qualvollen Elend. Nein, James riss das Pflaster mit einem Ruck ab. Wir waren noch so jung. Ich dachte, es wäre einfach die Kategorie Jung-und-dumm. Aber offenbar ist es die Kategorie Ich.

Ich setze mich an den Tisch, solange der Kaffee durchläuft. Trinke Wasser und schlucke kleine orangene Tabletten, um das schmerzhafte Pochen in meinem Kopf zu dämpfen. Ich ertrage es nicht lange, aufrecht zu sitzen oder zu stehen, sollte den Kopf in etwas Weiches betten. Im Morgenlicht sieht das Schnee-Fort der Jungs unter dem frisch gefallenen Schnee weich und rundlich aus. Der alte Zaun am Ende des Gartens ist am Zusammenbrechen, hier und da ist er schon umgesackt, aus Altersschwäche und weil die Jungs jahrelang darauf herumgeklettert sind und ihn malträtiert haben. Bald wird er ganz umfallen. Eines Tages wird sich noch ein weiterer Nagel verabschieden, und der Zaun wird zu Boden sinken. Wenn es im Winter passiert, wird Schnee darauffallen, und ich werde ihn bis zum Frühling vergessen.

»Mama?« Baby Boy reibt sich den Schlaf aus den Augen und tapst zwischen meine geöffneten Knie. Ich hebe ihn auf meinen Schoß, als wäre es ein bloßer Atemzug, selbst mit meinen schmerzenden Armen. Seine schwarzen Locken an meiner Wange. Wir sitzen da und wachen gemeinsam auf, ich warte darauf, dass die Schmerztabletten wirken, horche nach dem Kaffee, der zu langsam herausgurgelt. Baby Boy kuschelt sich an mich, sinkt regelrecht in mich hinein. Ich atme ihn ein.

»Krieg ich Marshmallow Loops zum Frühstück?« Darauf hat er hingearbeitet. Ich fühle mich übertölpelt, hole sie ihm aber trotzdem.

Wir machen es uns auf der Couch bequem, die noch von Jake warm ist. Baby Boy mit seiner Schüssel, aus der etwas rosa Milch schwappt, und ich mit meinem Milchkaffee in der Hand. Ich lege mich auf die Seite, mein Junge kuschelt sich in die Nische, die meine angewinkelten Beine bilden, und noch bevor die Anfangsmelodie von SpongeBob vorbei ist, bin ich eingeschlafen.

James war umwerfend. Ist es wahrscheinlich immer noch, aber wir haben ihn seit fast fünf Jahren nicht mehr gesehen. Er kam einmal zu Besuch, kurz nachdem Gabe auf der Bildfläche erschienen war. Ich war schwanger, und seine Mom hatte mich angerufen. Sie ist eine liebe, einfältige Frau, die glaubt, ihr Sohn könne über Wasser gehen und brauche einfach nur eine zweite Chance, ein guter Vater zu sein. Nur noch eine. Sie tat mir leid, und ich war rührselig von den Hormonen, also ließ ich ihn herein. Nur noch einmal. James war nervös und dünstete den vorigen Abend aus. Der neunjährige Jake umarmte ihn höflich und beantwortete Fragen, hatte aber selbst keine. Er ist eine alte Seele, mein Jake. Er hat von seinem Dad nicht viel mitbekommen, hat auch nie nach ihm gefragt, versteht die Lage einfach irgendwie. Er erinnert sich nicht an die Zeit, als wir zusammen waren, an den Tag, als sein Dad nach Hause kam, eine Tasche packte und sagte, er ziehe zu Darlene. Er sagte es so, als müsste ich wissen, wer Darlene war, aber ich wusste es nicht, erinnerte mich zunächst wirklich nicht. Er fand mich einfach nur frustrierend, wie so oft.

»Du bist so kalt, Lou, so verdammt kalt. Du gehst durch die Welt, als bräuchtest du niemanden, als könnte niemand etwas für dich tun oder etwas besser machen als du. Du bist echt zu kalt für dein eigenes Wohl«, sagte er, während er packte.

Dann fiel mir Darlene aus der Bar wieder ein. Ich war ihr ein paar Mal begegnet. Sie war laut und lustig. Was ich beides nie war.

Ich habe das nie vergessen. Kalt, sagte er. Verdammt kalt. Der Mann, der mich doch lieben sollte.

Aber an dem Tag, als er noch mal vorbeikam, zappelte James nervös herum, wirkte unreifer als das Kind, das er gezeugt und dann verlassen hatte. Seine Hände zitterten, als Gabe ihm einen Kaffee reichte. Mein neuer Mann überragte den alten, war größer und breiter, und ich fühlte mich mächtig. Aber dann hatte ich einfach nur noch Mitleid mit diesem hübschen Jungen, der zu viel trank und wie ein sehr alter Mann wirkte, obwohl er erst fünfundzwanzig war.

Einige Zeit danach erklärte mir ein viel zu vernünftiger Jake: »Mama, wenn ich mal groß bin, werde ich wie Gabe und betrinke mich nicht.« Er spielte ein Videospiel, während er das sagte, schaute nicht einmal auf. Ich war so stolz, dass mir die Tränen kamen, und ich war froh, dass er mich nicht sehen konnte, denn er hasst es, mich weinen zu sehen.

Damals glaubte ich auch noch, dass Gabe und ich es schaffen würden. Ich glaubte noch, ich hätte mich erwärmt.

»Mama, Mama!« Baby Boys Gesicht ist direkt vor meinem, Milch rinnt ihm übers Kinn. »Mama?« Er rüttelt ein kleines bisschen an mir.

»Was? Was!«, sage ich, wahrscheinlich zu grob. Mein Kopf tut immer noch weh. Er stützt sich mit dem Ellbogen auf meine Seite und guckt mich mit süßem Augenaufschlag an. »Kann ich einen Saft haben?« Er überlegt kurz. »Bitte.«

Ich nehme sein Gesicht in beide Hände und küsse seine hübsche, milchige Wange. Ich hab ihn so lieb, dass ich ihn einfach nur drücken will.

Ich gieße ihm seinen Saft in einen Plastikbecher und wärme meinen Kaffee auf. Erwäge, auf mein Handy zu schauen, sollte es eigentlich tun, aber ich will nicht. Ich habe es gestern Nacht auf der Heimfahrt im Taxi ausgeschaltet, nachdem Gabe um

Mitternacht immer noch nicht angerufen hatte und ich es leid war, dauernd das blöde Ding zu checken. Ich kämpfe gegen den Drang an nachzuschauen, um nicht wieder enttäuscht zu werden. Stattdessen schlürfe ich meinen Kaffee und schaue mir ein paar Folgen der albernen Serie an, die mein Sohn gerade guckt.

Ich glaube, ich habe seit Monaten kein freundliches Wort mehr zu Gabe gesagt. Ich habe einfach aufgegeben, war kurz angebunden, habe keine Berührung mehr ertragen, mich ihm entzogen. Mir wurde kalt, von diesem Elend und dem Winter. Gabe bemühte sich noch lang, sagte immer noch *Ich liebe dich*, sah mich immer noch an, wenn ich längst weggeschaut hatte. Ich konnte nicht einlenken. Ich konnte ihn einfach nicht mehr an mich heranlassen. Weihnachten verstrich, ohne dass ich ihm auch nur auf die Schulter geklopft hätte. Er schenkte mir einen Mixer, weil ich um einen gebeten hatte. Ich bedankte mich, aber mit einem allenfalls angedeuteten Lächeln. Ich schenkte ihm eine Gutscheinkarte.

Ich glaube, er lächelte, aber da hatte ich mich schon abgewandt.

Vor ein paar Tagen hat er gesagt, dass er wieder daheim leben will, er könne bei seiner Tante und seinem Onkel wohnen und ihnen so besser helfen. Fürs Erste. Das sagte er mehrmals. Fürs Erste. Ich nickte nur, wurde irgendwie noch steifer und wandte mich ab.

Als er im November von seiner letzten Tournee zurückgekommen war, hatte ich ihn mit einem strahlenden Lächeln und einer liebevollen, innigen Umarmung begrüßt. Er war drei Wochen weg gewesen. Es war immer so gut, wenn er weg war. Wir telefonierten jeden Abend, sagten *Ich liebe dich* in das Knistern und Rauschen der schlechten Verbindungen. Er fehlte mir immer.

Er schüttelte mich ab. »Komm mir lieber nicht zu nahe, Süße. Ich muss unbedingt unter die Dusche.«

Ich weiß noch, dass ich lachte, ich war so froh, dass er wieder da war. Es war immer so gut, wenn er heimkam. Ich nahm ihm seine Tasche ab, alles.

Er zog sich aus, und da sah ich es. Ein kleiner Knutschfleck auf dem Schlüsselbein, so klein, dass es alles Mögliche hätte sein können. Er hätte mir glaubhaft machen können, dass es irgendetwas anderes war. Aber er bedeckte ihn zu schnell, zog seinen großen Bademantel an und ging mit einem raschen Grinsen weg. Dem Gabe-Grinsen. Nur ein bisschen zu breit und gezwungen.

Ich stellte seine Tasche ab und setzte mich aufs Bett, auf unser Bett. Mir wurde so kalt, dass ich mir einen Pullover anziehen musste.

Trotzdem hab ich noch seine Wäsche gemacht.


Ich höre das Festnetztelefon klingeln, wieder und wieder. Es fährt mir in den Magen, aber ich mache mir nicht die Mühe aufzustehen. Gabe wird eh lieber eine Nachricht hinterlassen. Ich rolle mich unter der Decke zusammen, wo mir schön warm ist, und höre wieder die nervige Erkennungsmelodie des Zeichentrickfilms.

Ich weiß, dass ich irgendwas tun sollte. Ich weiß, dass dieser verrückte Schwebezustand zwischen Zusammen und Nicht-Zusammen bizarr und ungesund ist. Ich bin mir sicher, dass auch meine Jungs sich damit nicht wohlfühlen. Sie wissen bloß, dass ihr Dad, ihre Vaterfigur, ständig verschwindet und irgendwann wieder zurückkommt. Was müssen sie denken. Jake denkt bestimmt, dass Männer eben so sind. Paul und ich wussten wenigstens immer, dass unser Dad in der Wildnis war. Er hasste die Stadt und war nie da, aber wenigstens war er immer am selben Ort. Wir hätten ihn jederzeit anrufen können. Wir taten es nicht, aber wir hätten es tun können.

»Ma!«, ruft Jake aus seinem Zimmer. »Ma! Kookoo ist am Telefon.«

»Was?« Ich wache auf, war offensichtlich wieder eingenickt.

»Kookoo ist an meinem Telefon und will dich sprechen.«

»Warum hat sie denn auf deinem Telefon angerufen?« Ich tapere hinauf, die Decke wie einen Schal um mich gewickelt.

»Sie hat gesagt, sie hätte es auf deinem versucht, aber du wärst nicht rangegangen.«

Ich bin plötzlich verärgert über meine Mutter, viel zu sehr.

»Hallo?« Meine Stimme kiekst.

»Lou, du musst ins Krankenhaus kommen. Sofort. Du musst sofort kommen.«

»Okay, okay, beruhig dich, Ma. Was ist denn passiert?« Ich denke an meine Großmutter, die liebe, liebe Nokomis.

»Wir sind gerade gekommen. Ihr Zustand ist jetzt stabil, aber Paulina …« Ihre Stimme versagt. »Du musst sofort kommen, Louisa.«

»Okay, verstehe, verstehe. In die Notaufnahme?« Jake schaut mich mit schläfrigem Blick an. Ich denke an Paul, die vermutlich gerade arbeitet und sicher schon unten in der Notaufnahme bei unserer Großmutter ist.

»Ja, Kookoo und ich sind gerade gekommen.«

Ich bin plötzlich verwirrt. »Kookoo? Was? Was ist denn passiert, Ma?«

»Sie ist wohl überfallen worden. Wir wissen nicht, was passiert ist. Sie hat geblutet …«

»Geblutet? Wer? Wer ist verletzt?« Meine Stimme wird unnormal hoch. Jake sieht mich mit großen Augen an.

»Emily. Emily ist verletzt. Meine süße, süße …« Ihr versagt

wieder die Stimme. Ich höre Kookoo im Hintergrund etwas Beruhigendes sagen. Ich verstehe die Worte nicht, aber sie spricht ganz ruhig.

Emily.

Meine kleine, süße Nichte, zierlich wie eine kostbare Puppe. Emily.

»Ich komme sofort. Keine Sorge, ich komme sofort«, sage ich und beende das Gespräch. Ich schalte mein Gehirn aus. Erlaube mir nicht, etwas zu fühlen, erlaube mir nicht, zu weinen. Handele einfach.

# 11

# CHERYL

Im Krankenzimmer ist es heiß und voll. Cheryl ist erschöpft und setzt sich auf einen Plastikstuhl neben dem Plüschsessel, in dem ihre alte Mutter döst.

Sie spürt, wie sich in ihrem Innern und ringsum Hitze aufbaut. Sie zieht ihren Mantel aus, spürt die Hitze immer noch, wird panisch. Sie schwitzt. Sie merkt, wie ihr die Zigaretten und der Alkohol aus allen Poren dünsten, und fühlt sich widerlich. Widerlich und überhitzt. Sie würde sich am liebsten die Kleider vom Leib reißen und das Fenster weit aufmachen, doch stattdessen atmet sie bewusst aus, versucht ihren Atem zu verlangsamen und so leise wie möglich nach Luft zu schnappen.

Emily schläft noch, sie liegt leicht hochgelagert in ihrem Krankenbett und sieht viel zu klein aus unter der cremefarbenen Decke. Ein Infusionsständer überragt sie, durch einen dünnen Plastikschlauch tropft klare Flüssigkeit in ihren Handrücken. Eine kleine weiße Manschette sitzt auf einem ihrer Finger, der angeschlossene Apparat markiert piepend ihren Pulsschlag. Paulina hält die Hand ihrer Tochter. Ihre Augen sind glasig vom vielen Weinen. Pete hat endlich aufgehört, hin und her zu tigern, und hängt auf einem Stuhl hinter Paulina. Er sieht müde und niedergeschlagen aus. Sie sitzen alle da, als wüssten sie nicht, was sie tun sollen, als wüssten sie nicht, was ihnen da zugestoßen ist. Cheryl schaut immer wieder in das Gesicht ihrer Enkelin. Die blasse Haut ihrer Kinderwangen, die weichen, fast farblosen Lippen unter dem Verband. Zu klein. Es ist eines jener Bilder, die sie bis an ihr Lebensende nicht vergessen wird, das weiß sie – keins von der guten Sorte, sondern eins von denen, an die man sich nicht erinnern will, aber immer erinnern wird.

Louisa stürmt herein, hat ihre entschlossene Miene aufgesetzt. Ihre Älteste versucht tough zu wirken, sieht aber einfach nur müde aus. Sie sieht sich prüfend um, als suchte sie nach Anzeichen für Inkompetenz. Cheryl kennt diesen Blick. Louisa wird versuchen, alles zu richten. Sie sagt nicht viel, steuert aber mit der Effizienz der Sozialarbeiterin gleich die Krankenakte an und sucht nach Antworten. Einigermaßen zufriedengestellt hängt sie das Klemmbrett wieder ans Ende des Betts, stellt sich hinter ihre Schwester und streicht ihr über die Schultern. Paulina bemerkt es kaum.

Paulina hat kein Wort gesagt, die Hand ihrer Tochter nicht losgelassen, seit sie hierhergekommen sind, seit Pete mit den Kaffeebechern kam, die jetzt vergessen auf dem Tisch, dem Boden, dem Fensterbrett stehen; irgendwann schauten sie alle nur noch auf das Mädchen. Schauten sie an und fragten sich, wie sie es anstellen sollten, nicht verrückt zu werden. Cheryl blickt aus dem Fenster auf die benachbarten Dächer. Sie kennt das, dieses Warten. Sie zerrt am Kragen ihres Pullovers, wünscht, sie hätte sich ein T-Shirt gegriffen, und findet alles schrecklich.

Als Pete sie anrief, war Cheryl aus dem Bett gesprungen, hatte sich die nächstbesten Kleidungsstücke übergeworfen und war sofort nach unten zu ihrer Mom gelaufen. Ihre Mom war schon wach, aber noch verwirrter als sonst. Als sie im Taxi saßen, erklärte Cheryl ihr mit einfachen Worten, was los war.

Blutungen. Okay. Krankenhaus. Okay. Das Gesicht der alten Frau fiel in sich zusammen, nur dort im Taxi und nur einen Moment lang. Tränen rannen ihr über das runzlige Gesicht, in dem ungestellte Fragen zuckten. Aber als sie dann da waren, war ihre Mom ruhig, und selbst beim Anblick der kleinen Emily, die reglos wie ein Stein dalag, blieb die Miene der alten Frau gefasst. Emily, die kleine, kleine Emily, so geschunden.

Cheryl steht auf, setzt sich auf die andere Seite des Krankenbetts, nimmt die Hand ihrer Enkelin. Sie möchte sich an Emilys Schulter lehnen, möchte ihr eigenes kleines Gesicht auf die Decke legen und weinen. Aber sie hält nur ihre Hand, vorsichtig, um nicht an die Fingermanschette oder den Infusionsschlauch zu stoßen. Sie lässt Emilys schlaffe, leichte Hand einfach auf ihrer ruhen. Die Hand ist so klein, dass selbst ihre eigene dagegen groß aussieht. Cheryl fühlt sich so nutzlos, doch sie beginnt einzelne Worte zu flüstern, kleine Sätze, nur für den Fall, dass Emily sie doch hören kann. »Mein Mädchen, meine Süße, ich hab dich lieb. Wir sind alle da. Du bist in Sicherheit. Hier bist du gut aufgehoben.«

Cheryl hatte wieder vom Schneeschuhwandern in der Wildnis geträumt, in der Ferne das alte Holzhaus, Joes Haus. Diesmal war sie mit ihrer Louisa unterwegs – zumindest glaubte sie, es sei ihr Mädchen. Es war eines dieser Traumgeschöpfe, das jemand Bestimmtes ist und dann plötzlich jemand anders. Erst war es Louisa, dann ihre Schwester, dann eine Unbekannte. Vielleicht war es ja Emily. Sie haben eigentlich alle die gleiche Gestalt, bewegen sich nur unterschiedlich. Aber das verschattete Gesicht im Schnee verwandelte sich immer wieder.

Wer immer es auch sein mochte, sie stapfte schneller durch die Wildnis, als Cheryl es vermochte. Der Sonnenuntergang nahte, und die Schatten unter den Bäumen wurden länger, diese superdünnen Bäume nah der Straße. Wie hohe Stäbe ragten

sie aus dem Schnee, wurden dunkler, als die Nacht sich herab-
senkte. Louisa-dann-Rain war weit vor ihr, und Cheryl brachte
ihre Füße nicht dazu, sich zu bewegen, wie sie es sollten, sie
wurde einfach nicht schnell genug. Rain wurde zu jemand anderem, zu Emily oder ihrer Mom vielleicht, dann zum Schatten einer Person, die sie gar nicht kannte. Sie spürte die Unbekannte, deren Fremdheit. Sie wollte nach ihr rufen, wusste aber
nicht, welchen Namen sie verwenden sollte, also mühte sie sich
weiter, versuchte vorwärtszukommen, ihre Füße richtig in Bewegung zu bringen.

»Mach schon«, rief das Mädchen-Frau-Traum-Geschöpf. »Du
bist so langsam.«

»Ich komme ja«, keuchte Cheryl angestrengt. »Warte auf
mich.«

Das Geschöpf gewann immer mehr Vorsprung. Die Schatten
wurden tiefer. Die Bäume irgendwie schwärzer, höher.

»Mach schon«, rief sie.

Cheryl kämpfte mit ihren ungeschickten Füßen.

Die dunkle Gestalt verschmolz mit dem Wald vor ihr, sodass
Cheryl sie nicht mehr von den Bäumen unterscheiden konnte.

Sie erwachte in heißer Panik, und in diesem Moment klingelte das Telefon. Und dann dachte sie nicht mehr nach – sie
setzte sich in Bewegung.


Zwei Polizeibeamte betreten schließlich das volle Krankenhauszimmer. Ihre Uniformen sind proper und riechen nach
der frischen Luft draußen. Der eine ist ein älterer, bärtiger Weißer, der andere ein sehr jung aussehender Métis. Der junge Beamte betrachtet Emily lange, wie sie reglos schläft, die Augenli-
der aufeinandergepresst, als täuschte sie den Schlaf nur vor. Er
stellt sich ans Bett, neben Paul. In seiner Uniform ist er so breit,

dass Paulina neben ihm noch kleiner aussieht. Der Ältere hält sich im Hintergrund, er lehnt an der Wand.

»Hallo, Mrs Traverse«, beginnt der junge Polizist, nervös und unsicher. »Ich bin Officer Scott, und das ist Officer Christie.« Er reicht Paul seine kleine weiße Karte. »Es tut mir … uns sehr leid, was Sie hier durchmachen müssen.«

Paulina nickt, schaut auf die Karte, als würde das von ihr erwartet.

»Sind Sie alle Verwandte?« Er sieht sich um und fängt Cheryls Blick auf.

Sie erhebt sich, nimmt ihre aufrechteste Haltung ein, nickt und stellt alle Anwesenden vor, erklärt die jeweilige Verbindung zu dem blassen Mädchen, das reglos im Bett liegt, an piepende Apparate angeschlossen.

Der junge Polizist schaut sich kurz um und lässt den Blick dann auf Emily ruhen. Er zieht ein altes Spiralheft, wie man sie im Ein-Dollar-Laden bekommt, und einen zerkauten Bic-Kugelschreiber hervor. Er schreibt lange.

»Also«, beginnt er dann von Neuem. »Gibt es irgendetwas, was Sie uns erzählen können? Hat sich Emily irgendwie ungewöhnlich verhalten? Ist Ihnen irgendetwas aufgefallen?« So ein junger Kerl, er hat helle Haut und helles Haar und dunkle Sommersprossen auf der Nase, ist aber eindeutig Métis. Unter anderen Umständen würde Cheryl ihn fragen, wo er herkommt.

Paulina schaut ihn nur an, schüttelt den Kopf und wendet sich wieder ihrer Tochter zu.

»Wissen Sie, wo Ihre Tochter gestern Nacht war?« Er steht neben dem Mädchen, schaut aber Paulina an.

»Natürlich weiß ich, wo sie war.« Pauls Stimme hat plötzlich einen scharfen Unterton. »Sie wollte bei ihrer Freundin übernachten, ist dann aber doch nach Hause gekommen.« Ihre Stimme wird brüchig. »Sie ist ein anständiges Mädchen.«

Der Polizist hält kurz inne, schaut auf das Bett, als wollte er sich daraufsetzen, geht dann aber neben Paulina in die Hocke. »Das bestreitet doch niemand, Mrs Traverse. Wir wollen einfach herausfinden, was passiert ist.«

Der andere, ältere Beamte, Christie, lehnt an der Wand und lässt den Blick über die Anwesenden schweifen. Er schaut Pete an, dann Louisa, und beide erwidern seinen Blick. Trotzig.

»Haben Sie irgendeine Vorstellung, wer das getan haben könnte?«, fragt Officer Scott leise, nur an Paulina gerichtet.

Paulina schüttelt den Kopf. Auf der anderen Seite des Betts schüttelt Cheryl ebenfalls den Kopf und verschränkt die Arme, hält an sich. Sie will nicht weinen. Will nicht noch gefühliger und nutzloser werden. Sie will wie ihre Louisa sein, will ihre Lippen zu einer festen, geraden Linie formen. Keine Tränen.

»Würden Sie mir sagen, wo Sie gestern Abend waren?«, versucht es der Polizist erneut.

Paulina überlegt einen Moment. »Wir waren einen trinken, im Briar. Das ist ein Pub. Bis um zwölf, oder vielleicht war es auch eins, dann sind wir nach Hause gegangen.«

»Und Mr ...« Er blickt auf seine Notizen. »Mr Jacobs war bei Ihnen?«

Paulina nickt.

»Wann ist Ihre Tochter nach Hause gekommen?«

Paulina schluckt. Sie scheint eine trockene Kehle zu haben. Cheryl schaut sich nach Wasser um und gibt Louisa dann mit einem Nicken zu verstehen, dass sie welches holen soll. Paulina fährt fort: »Anscheinend ... vor uns. Sie hat geschlafen, also habe ich sie nicht gestört. Ich dachte ja eigentlich, sie schläft bei ihrer Freundin.«

»Wer ist diese Freundin?«

Paulina nickt, als hätte sie die Frage nicht gehört. Also springt Cheryl ein.

»Ziggy. Zegwan. Sie ist die Tochter meiner besten Freundin. Sie wohnen bei uns im Haus, in demselben Gebäude, in dem auch meine Mutter und ich wohnen. Sie ist ein anständiges Mädchen. Ich kenne ihre Mom schon seit Jahren. Es sind anständige Leute, traditionell.« Sie hat das Gefühl zu schwafeln, kann aber nicht anders.

»Können Sie mich mit ihnen in Kontakt bringen?« Ja, er ist eindeutig Métis. Sieht aus wie einer von Joes Brüdern – das gleiche Kinn, die gleichen Mandelaugen, und dann diese Sommersprossen.

»Natürlich.« Cheryl überlegt kurz und nennt dann Ritas Telefonnummer. Sie muss Rita eine Nachricht schicken. Wie hatte sie vergessen können, Rita anzurufen? Die Hitze wallt wieder in ihr auf.

»Wann haben Sie heute Morgen das Haus verlassen?«, schaltet sich der ältere Beamte ein, den Blick auf Paulina gerichtet.

»Um sechs.« Pauls Stimme klingt wackelig, unsicher. »Halb sieben. Ich musste zur Frühschicht um sieben. Em hat noch geschlafen. Emily. In ihrem Zimmer. Ich wollte sie nicht wecken.«

»Und Mr Jacobs hat berichtet, dass Ihre Tochter …« Der junge Polizist schaut wieder in sein kleines Heft. »Dass sie ohnmächtig wurde, nachdem sie morgens die Treppe heruntergekommen war. Er war in der Küche, als sie bewusstlos wurde?«

»Ja, so … Sie muss die ganze Nacht geblutet haben …« Paulinas Stimme erstirbt. Sie sieht aus wie ein verirrtes kleines Mädchen, als wäre sie hier die Dreizehnjährige. Cheryl bleibt, wo sie ist, aber ihre Hände wollen zu ihrer Tochter, sie berühren. Pete schaut der Reihe nach alle an, aber er sagt kein Wort.

»Okay, danke, Paulina«, sagt Scott mit einem dünnen Lächeln. »Das reicht erst einmal. Wir werden uns mit dieser Freundin in Verbindung setzen, und die Krankenschwestern werden uns Bescheid geben, wenn Ihre Tochter aufwacht.« Die beiden Polizisten verschwinden lautlos aus dem Zimmer.

Paulina nickt, und ihr Blick wird glasig. Sie bewegt sich mechanisch, weiß nicht, was sie tun soll. Cheryl schaut zu ihrer anderen Tochter hinüber, die es auch bemerkt. Sie hatte ein Glas Wasser geholt, stellt es nun aber beiseite, tritt wieder hinter ihre Schwester und fasst sie an den Schultern. Auf diese Berührung hin, oder vielleicht auch einfach, weil die Polizisten gegangen sind, fließen Paulinas Tränen, tropfen auf ihr Kind, das geschunden im Bett liegt. Jetzt schließlich steht Cheryl auf, ganz steif vom angespannten, verkrümmten Sitzen, geht zu ihrer Tochter und hält sie im Arm, bis Paulina sich ihr irgendwann entzieht.


Der Nachmittag schreitet im Schneckentempo voran. Cheryl ruft Rita an, statt ihr eine Textnachricht zu schicken, aber die Mailbox springt sofort an. Rita ruft ihre Nachrichten nie ab, aber Cheryl hinterlässt trotzdem eine, lauscht der knappen, geschäftsmäßigen Ansage ihrer besten Freundin und dem Piepton und sagt dann: »Reet. Ich bin's, Cher.« Klingt ihre Stimme wirklich so rau? »Ruf mich so schnell wie möglich zurück. Es ist wichtig. Völlig irrsinnig. Bitte ruf mich zurück.«

Alle im Krankenhauszimmer sind kribbelig und gleichzeitig immer noch dumpf vor Angst. Müde. Cheryl geht hinaus, um frischen Kaffee zu holen. Sie folgt der blauen Linie zur Cafeteria, zu dem nichtssagenden Geräusch herumlaufender, redender, kauender Menschen, über das Linoleum scharrender Stühle und dem Piepen einer anderen Sorte von Apparaten. Irrsinnig. Cheryl hat nur einen Gedanken im Kopf, nämlich zu ihren Mädchen zurückzukehren. Sie möchte, dass ihre Mom ihr auf diese sanfte, beruhigende Art die Hand streichelt.

Die Haut auf den Händen ihrer Mutter ist vom Alter fast transparent, aber die alte Frau kann immer noch fest zudrücken. Sie war so still die ganze Zeit, dort auf ihrem Plüschsessel.

Als Cheryl ins Krankenzimmer zurückkommt, wirkt ihre Mom ruhig, aber irgendwie verloren. Sie gibt es nie zu, wenn sie verwirrt ist. Cheryl sollte sie eigentlich nach Hause bringen. Aber wer würde sich dann um sie kümmern?

Die Sonne verschwindet hinter dem Gebäude, und es wird mit einem Mal fast dunkel im Zimmer, dabei ist es erst drei. Cheryl setzt sich wieder auf die andere Seite des Betts. Sie rückt den Stuhl ganz nah heran, sodass sie ihren Kopf wieder neben den ihrer Enkelin legen kann. Ab und zu nickt sie ein, und sie denkt an Joe. Sie sollte den Vater ihrer Mädchen, Emilys Großvater, anrufen. Sie fragt sich, ob irgendjemand daran gedacht hat, ihn zu benachrichtigen. Sie stellt sich vor, wie er wäre, wenn er es wüsste, wie er sinnlos toben würde in seinem Haus am Rand der Wildnis. Würde er in die Stadt kommen? Oder nur am Telefon tröstende Worte sagen? Ihre ältere Tochter steht immer mal wieder auf und tigert durchs Zimmer, ihre Mutter schnarcht leise, und ihre Jüngere sinkt zusehends in sich zusammen, lässt aber die Hand ihrer Tochter nicht los. Pete geht ein und aus, telefoniert, berichtet seiner Verwandtschaft, was passiert ist. Wieder und wieder hört Cheryl seine kargen Worte und versucht, das alles zu fassen. Überfallen. Weiß ich nicht. Ist noch nicht aufgewacht. Nein, kommt lieber nicht. Noch nicht. Er leitet die Nachrichten und Beileidsbekundungen an Paulina weiter, die sie kaum zu hören scheint.

»Wollt ihr nicht mal eine kleine Runde drehen?«, schlägt Cheryl vor und sieht dabei Pete an, der auf und ab geht. »Geht was essen. Die Schwester hat ja gesagt, dass es noch eine Weile dauern wird, bis sie aufwacht.«

»Ich kann jetzt nichts essen, Ma.« Paulina blickt empört auf, als wäre allein der Gedanke schon eine Beleidigung.

Getroffen zuckt Cheryl zurück.

»Dann geht einfach ein paar Schritte«, springt ihr Louisa zur Seite. »Bewegt euch ein bisschen.«

Paulina schüttelt nur den Kopf.

Louisa schaut zu Pete hinüber, der begreift.

»Komm, Paul. Wir gehen ein paar Schritte, holen den anderen noch einen Kaffee. Ich hab ja das Handy einstecken. Wenn sich was verändert, rufen die anderen uns sofort an, hm?«

Louisa und Cheryl nicken. Er hat so eine sanfte Stimme und spricht genau im richtigen Ton mit ihr, aber sie schüttelt trotzdem nur wieder den Kopf.

»Paulina. Geh«, sagt ihre Kookom von ihrem Sessel aus, ein sanfter Befehl. Niemand hat bemerkt, dass sie wach ist. Paulina schaut sie an. »Hol mir einen Tee.«

Sie will immer noch nicht, steht aber auf. Pete hilft ihr, doch sie schaut nicht hoch und sagt kein Wort.

Sobald sie draußen sind, flüstert Louisa. »Was denkst du?« Ihr Blick ist bittend. »Glaubst du, er war das?« Mit gespreizten Händen weist sie auf das Bett, das schlafende Mädchen.

»Pete? Nein. Niemals.« Cheryl spricht leise, aber scharf. Eine Sekunde lang hatte sie das auch gedacht, aber jetzt erscheint es ihr völlig abwegig. Es passt nicht. Stimmt nicht. »Was denkst du bloß? Ganz sicher nicht.« Ihr Ton ist so hart, wie sie ihn nur machen kann.

»Wirklich? Wir kennen ihn schließlich kaum. Und wer sonst?« Louisas Augen zucken hin und her. Sie ist voller Schmerz, das weiß Cheryl, voll tiefem Schmerz.

Cheryl denkt kurz nach und antwortet dann mit wohlüberlegten Worten: »Wir wissen nichts über Pete, außer dass er ein anständiger Kerl ist, der deine Schwester glücklich macht. Und ehe wir nicht irgendetwas anderes erfahren, sagen wir nichts.«

Louisa will etwas erwidern, aber Cheryl kommt ihr zuvor.

»Man muss Menschen auch mal vertrauen, Louisa. Nicht jeder ist ein Monster.«

Sie schweigen verstimmt. Cheryls Mutter summt ein altes Lied. Welches ist es? Cheryl hört nur Teile davon, denn es wird immer wieder von den Geräuschen draußen im Gang übertönt. Sie hat nicht die Energie, danach zu fragen, aber sie überlegt viel länger, welches Lied das wohl ist, als sie es unter normalen Umständen täte.

Louisa grollt noch eine Weile, aber Cheryl weigert sich, das auch nur in Betracht zu ziehen. Pete ist ein anständiger Kerl. Sie erkennt anständige Kerle. Louisa und Rita halten sie für naiv. Was die beiden schon alles gesehen haben bei ihrer Arbeit, so viel Unglück und Schmutz. Sie mussten sich eine harte Schale zulegen, einen Panzer aus Misstrauen und Vorsicht, der alles Weiche schützt. Cheryl weiß das. Rita ist schon lange so. Und auch Louisa wird allmählich so. Das war Cheryl klar, sobald Louisa sagte, dass sie Sozialarbeiterin werden wollte. Sie muss so sein. Hart. Cheryl war nie gut im Hartsein. Sie muss alles fühlen. Sie muss die Freiheit haben, schwach zu sein und sich zu irren. Sozialarbeiter dürfen sich nicht irren.

Sie betrachtet ihre kleine Emily, die nach wie vor schläft. Die Lippen des Mädchens sind noch weiß wie Papier, aber ihre Wangen bekommen allmählich etwas Farbe. Die Apparate ringsum piepen gleichmäßig, beharrlich, fast harmonisch, und Cheryl hört sie schon kaum mehr. Ja, sie sollte Joe anrufen. Er würde es wissen wollen. Er wird sagen, dass es an der Stadt liegt, der üblen Stadt, und dass sie alle bei ihm in der Wildnis hätten bleiben sollen. Cheryl wird den Impuls haben zu erwidern, dass er bei seiner Familie hätte bleiben sollen, egal wo, aber sie wird es nicht sagen. Nicht heute. Es wird eine Luftblase in ihrer Kehle sein, die sie herunterschlucken wird, denn eigentlich ist Joe ein anständiger Kerl. Er hat es nicht verdient, ihre Wut an den Kopf geknallt zu bekommen, ihre Wut, die so frisch ist wie am ersten Tag. Nein. Nicht noch einmal. Nicht jetzt. Heute wird sie sich einfach seinen Kummer anhören, seinen wirkungslosen Kummer. Und dann wird sie dafür sorgen, dass er seine Töchter anruft und etwas Beruhigendes sagt.

Cheryl legt den Kopf wieder aufs Bett, neben Emilys mit Plastik beschwerte Hand, und wartet. Sie spürt ihre Enkelin, warm und klein, und denkt an Gutes – ihre entzückende kleine Emily, dieses Geschenk, ein ruhiges, dralles Baby, ein fröhliches Kind, das gern Rosa trug und Blumen an den Kleidern. Sie döst ein, denkt an ihre Wölfe, an das friedliche Heulen, das nachts zu ihr dringt und ihr hilft, sich zu entspannen. Sie sollte ein Bild für Emily malen. Emily mit ihrem Kindergesicht, Emily, die stärker ist, als sie weiß. Cheryl wird ihre kleine Enkeltochter mit einem kräftigen Wolfspelz umgeben, schwarz mit nur wenigen grauen Einsprengseln, um sie zu beschützen.

Cheryl atmet aus und versucht ihrer Enkelin Kraft zu geben. Wölfe lehren uns Demut – sie lehren uns, dass wir alle zusammenhängen, alle Teil desselben großen Ganzen sind. Wenn einem von ihnen etwas geschieht, fühlen es alle. Cheryl atmet tief und warm aus, atmet Emilys Schmerz ein und gibt ihr alle Kraft, die sie hat.

Sie hasst Momente wie diesen. Die quälend schmerzhaften Momente. Die endlos anzudauern scheinen.

# 12

## TOMMY

Tommy folgt Christie in die laute Cafeteria. Der Alte ist »am Verhungern« und beharrt darauf, dass es Zeit ist, etwas zu essen. Tommy ist zu aufgedreht und will sich nicht setzen. Er will losziehen, Ermittlungen anstellen, etwas tun, Polizeiarbeit. Der Alte bremst ihn ständig.

»Sie wird bald aufwachen, da können wir auch gleich hierbleiben«, erklärt er Tommy. »Außerdem bin ich sterbensmüde. Ich hasse diese verdammte Schicht.« Der alte Cop schaut ihn länger an als nötig. Christie beschwert sich oft über die Spätschicht. In der Spätschicht passieren die schlimmsten Sachen, sagt er, und irgendwie kriegen sie immer wieder diese Schicht aufs Auge gedrückt.

Tommy ist nicht hungrig, aber er hat keine Wahl. Er hat die Befragung voll in den Sand gesetzt, und bei der Laune, die der Alte gerade hat, wird er das ausgiebig zu hören bekommen. Ihm bleibt nichts anderes übrig, als einen schlechten Krankenhauskaffee zu trinken und es über sich ergehen zu lassen.

»Zuerst mal stellt man keine Fragen, wenn die ganze verdammte Familie dabei ist«, legt Christie los, den Mund voller Pommes. »Das bringt überhaupt nichts. Da verteidigen sich alle und schützen ihre Angehörigen. In dieses Wespennest sticht man besser nicht, mein Freund.« Er deutet mit fettigem Zeigefinger auf Tommy.

Tommy versucht seinen Abscheu zu verbergen und eine möglichst unbewegte Miene aufzusetzen, er schlürft einfach nur seinen Kaffee und macht sich auf die nächste Attacke gefasst.

»Und Sie waren so damit beschäftigt, dieser Frau Ihre verdammte Anteilnahme zu zeigen, dass Sie nicht mal diesen Scheißkerl in der Ecke bemerkt haben, dieses Trumm von Indig, der da vor sich hin gebrütet und Sie angeglotzt hat.« Diesmal deutet Christie mit dem Cheeseburger auf ihn.

»Natürlich hab ich den bemerkt«, faucht Tommy, doch es klingt eher verzweifelt.

»Aber Sie haben nicht richtig hingeschaut. Ein ganz verschlagener Bursche war das!«

Christie beißt zweimal von seinem Burger ab und kaut verärgert.

»Ja, aber glauben Sie …«, setzt Tommy an. »Meinen Sie nicht, dass es da eine Verbindung zu gestern Nacht geben könnte?« Er bereut es, kaum dass er es ausgesprochen hat – es ist zu früh, und er hat es nicht entschieden genug gesagt.

»Gestern Nacht? Was gestern Nacht? Dieser Gangkampf-Scheiß?« Christie holt tief Luft und schluckt. »Nein. Das glaube ich nicht. Wie kommen Sie denn darauf?«

Tommy schüttelt nur den Kopf. Er wird nicht sagen, dass er einfach so ein Gefühl hat. Die Genugtuung, ihn in Klischees sprechen zu hören, wird er Christie nicht verschaffen. Er wird einfach das Maul halten, bis er Beweise hat.

»Ah, ist das wieder Ihr *In-stinkt*, oder wie?« Christie mampft seine Pommes, während er redet. »Ich scheiß auf Ihren *In-stinkt*. Bin viel zu müde für diesen Quatsch.«

Tommy hat auch nicht viel geschlafen, aber er hat nicht vor, sich zu beklagen. Er musste immer wieder an diese Frau denken – in seinen Träumen wurde sie jedes Mal zu seiner Mutter. Er träumte, es selbst gesehen zu haben, die vier dunklen Gestalten, das unter ihnen liegende Mädchen. Danach konnte er kaum noch schlafen. Hannah sprang vor zwölf aus dem Bett, sie wollte mit ihrer Schwester zu einer Art Hochzeitsmesse. In der Tür blieb sie noch mal kurz stehen, als wartete sie darauf, dass er sie fragte, warum sie auf eine Hochzeitsmesse ging. Er brachte die Frage nicht über die Lippen, also tat er so, als schliefe er schon wieder. Aber er konnte nicht schlafen. Er musste immer wieder an diesen Überfall denken.

Er ging früh ins Fitnessstudio. Er redete sich ein, dass er einen Work-out brauchte, aber tatsächlich wollte er einfach in der Nähe der Wache sein, einsatzbereit. Er ging so früh wie möglich zu seinem Streifenwagen, setzte sich hinein und hörte den Funkverkehr der Einsatzzentrale mit, während er auf Christie wartete. Zwei Fälle häuslicher Gewalt, ein paar vermisste Mädchen in der Innenstadt, eine Jugendliche, die aus einer Anstalt in St. Vital ausgebrochen und immer noch nicht wieder aufgetaucht war. Eine Messerstecherei, aber in Central.

Er ließ gerade den Motor an, als er seinen Namen hörte. Anruf aus dem Krankenhaus. Junge Indigene. Blutverlust. Anzeichen für sexuellen Übergriff. Er sah Christie über den Parkplatz auf sich zukommen, so langsam, wie nur ein Dicker gehen kann, die behandschuhten Hände um einen Kaffeebecher gewölbt. Tommy holte rasch Luft und schaltete sein Funkgerät ein. Er erschrak, als die Beifahrertür geöffnet wurde.

»Wir haben einen Einsatz. Den müssen wir übernehmen«, sagte Tommy zu schnell.

Glücklicherweise ächzte Christie nur und schlürfte von seinem To-go-Kaffee. »Ich hasse diese verdammte Schicht.«

Eine Weile fuhren sie schweigend. Christie sah sich auf dem

Laptop den Arztbericht an, bewegte beim Lesen die Lippen und tippte dann langsam etwas auf der Tastatur. Es war ein klarer Tag, aber saukalt, und es dämmerte bereits. Schon wieder Nacht.

Tommy wollte vor der Notaufnahme halten, aber Christie fauchte ihn an. »Nicht hier. Kinderabteilung, Mann.« Er schob achselzuckend den Laptop rüber und öffnete bereits die Tür, als Tommy noch nicht einmal in die Parkstellung geschaltet hatte. »Muss mal scheißen gehen. Das ist doch völlig irrsinnig. Wir treffen uns am Kaffeestand, wenn Sie das gelesen haben.«

Tommy sah zu, wie der Alte durch die Schiebetür hineinging, und öffnete dann die Datei. Sie enthielt den in emotionslosem medizinischem Jargon verfassten Arztbericht. Es dauerte einen Moment, bis er all die Zahlen und Worte miteinander in Verbindung gebracht hatte. Mädchen. 13. Stiche. 8. Noch bewusstlos.


Als er sein lausiges Cafeteria-Essen fertig gegessen hat, pult Christie mit einer umgeknickten Visitenkarte in seinen Zähnen herum. Er hat sie vom Tisch genommen, in der Mitte gefaltet, seinen großen, hässlichen Mund aufgemacht und angefangen zu pulen. Tommy geht mit schweren Schritten, als sie wieder das Schwesternzimmer ansteuern. Er spricht mit einer hübschen jungen Blondine, die sie bittet zu warten – sie deutet mit ihrer zierlichen Hand auf die Plastikstühle. Der Arzt ist noch bei dem Mädchen, es ist jetzt wach, keine Kopfverletzung. Tommy nickt der Schwester zu. Sie steht aufrecht da, blickt nach unten, lächelt nach oben, flirtet mit ihm. Er grinst nur und geht zu seinem Partner rüber. Polizeiarbeit.

»Sie beschränken sich bei Ihren Fragen auf die verdammten Fakten, ist das klar?«, sagt Christie noch einmal. Er hat erklärt,

Tommy müsse »mehr Übung kriegen«, aber tatsächlich ist er einfach zu müde, um selbst die Fragen zu stellen.

Tommy versucht alles im Kopf zu behalten. Er steht da, beobachtet die Schwestern in ihrer Kluft und überlegt sich jedes einzelne Wort und wie er es sagen soll.

Hannah wollte ursprünglich auch Krankenschwester werden – als sie sich kennenlernten, war das ihr Plan. Sie begann mit der Ausbildung, hörte aber nach einem halben Jahr wieder auf. Zu anstrengend, sagte sie. Stattdessen lernte sie dann Anwaltsgehilfin. Die Ausbildung dauerte nur ein Jahr und war Hannah zufolge überhaupt nicht anstrengend. Und es ging ihr viel besser damit. Sie konnte am Wochenende weiterhin feiern gehen, und die Bürokleidung, die sie tragen musste, gefiel ihr. Viel verdienen wird sie wahrscheinlich nie, aber zumindest wird es ihr damit gut gehen. Außerdem wird man ja ihn rasch befördern, er wird ein wichtiger Polizist sein und einen Haufen Geld verdienen. Das erzählt sie ihren gemeinsamen Freunden, wenn sie danach fragen, und auch wenn nicht. Sie hat sich das alles genau zurechtgelegt.

»Sie können jetzt reingehen.« Die junge blonde Krankenschwester lächelt ihn wieder an. Sie ist süß, aber er muss sich jetzt konzentrieren.

Er geht als Erster hinein. Der große Kerl lehnt am Fensterbrett und weicht seinem Blick aus. Die alte Großmutter, immer noch in ihrem Armsessel, sieht aus, als schliefe sie, den Kopf zur Seite geneigt, die Augen geschlossen. Die ältere Frau mit den kurzen Haaren, Cheryl, vielleicht Anfang fünfzig, Großmutter, sitzt immer noch auf der anderen Seite des Betts, ganz nah bei dem Mädchen, ihrer Enkelin. Hinter ihr steht mit verschränkten Armen die Tante. Sie ist eine gut aussehende junge Frau mit hohen Wangenknochen und glänzendem schwarzem Haar. Streng. So würde man ihren Ausdruck wohl beschreiben.

*Streng.* Tommy kennt diesen Gesichtsausdruck gut. Seine Tanten haben ihn alle, seine Mom auch, wenn sie es will, aber diese Frau ist zudem noch bildschön. Die Sorte Frau, die nicht weiß, dass sie schön ist, oder sich nicht darum schert, die immer ernst ist und sich einen Dreck dafür interessiert, was andere von ihr denken. Die Sorte Frau, vor der ihm angst und bange ist.

Er wendet den Blick von ihr ab und schaut das Mädchen an, Emily. Ihre Augen sind so braun, dass sie schon fast schwarz sind, und sie hat lange Wimpern. Sie ist hübscher, als er erwartet hat. Ihre linke Wange und Unterlippe sind geschwollen, aber insgesamt sieht sie gar nicht so schlimm aus, jetzt wo sie wieder etwas Farbe hat. Er lächelt und setzt sich ans Fußende des Betts, weit genug von ihrer Mutter entfernt, spürt aber trotzdem, wie diese sich verkrampft. Er hat ein Foto von seiner Mom als Kind, auf dem sie genauso aussieht wie dieses Mädchen. Es ist sein Lieblingsbild. Seine Mom mit geflochtenen Zöpfen, schmutzigen Jeans und Gummistiefeln. Seine Wildnis-Mama, die damals glücklich war. Sie lächelt auf dem Foto nicht, aber man sieht es ihr trotzdem an. Früher hat sie ihr Leben geliebt.

»Emily?«, spricht Tommy Emily vorsichtig an. »Hallo, Emily. Ich bin Officer Scott, und das dort ist Officer Christie. Wir sind hier, um dir zu helfen. Kannst du uns irgendwas darüber sagen, was passiert ist?«

Ein langer Seufzer, ehe das Mädchen beginnt.

»Ich …« Sie schaut zu ihrer Mutter. »Wir waren auf einer Party.«

»Wer ist *wir*?« Seine Stimme bleibt sanft, aber aus irgendeinem Grund erfasst ihn Aufregung. Er spürt Christie hinter sich, angespannt und wachsam.

»Zig und ich.« Das Mädchen wischt sich die Haare aus den Augen, im Handrücken eine Infusionsnadel, der Zeigefinger mit diesem Plastik-Pulszähler-Dings beschwert.

»Und da bist du überfallen worden? Auf der Party?« Er versucht, langsam zu sprechen.

»Nein«, sagt Emily und schaut auf ihre Bettdecke hinunter. »Danach.«

»Und wo danach, Emily?« Er kann seine eigenartige Aufregung kaum zügeln. Es ist alles so real, und er wird es in Ordnung bringen. Aber er spürt, dass die Mutter, Paulina, ihn böse ansieht.

Emily schüttelt den Kopf und schaut wieder zu ihrer Mutter hinüber.

»Vielleicht«, schaltet sich Christie jetzt mit dröhnender Stimme ein, »vielleicht sollten wir mal allein mit Emily sprechen.«

»Sie wissen zweifellos, dass das absolut rechtswidrig ist, Officer«, sagt die Tante über Tommys Kopf hinweg zu seinem Partner. »Die Mutter sollte durchweg anwesend sein.«

»Nicht, wenn wir meinen, dass Anlass zur Sorge besteht«, gibt er zu schnell zurück.

»Wenn Anlass zur Sorge bestünde, wäre bereits eine Sozialarbeiterin hier. Da dem nicht so ist, geht es nur darum, das Ganze möglichst zügig über die Bühne zu bringen. Also los.« Sie ist so aufrecht, so selbstsicher. Sie verschränkt ihre Arme, löst sie wieder voneinander. Christie grunzt bloß, wie um zu sagen, das ist die Aufregung nicht wert, und gibt Tommy ein Zeichen weiterzumachen. Aus dem Augenwinkel sieht Tommy die andere Großmutter, die wirklich alte, die so etwas wie ein Lächeln auf den Lippen hat. Auch diesen Gesichtsausdruck kennt Tommy.

Der Mann, Pete, der Freund der Mutter, verlässt das Zimmer. Die Frauen sehen ihm nach und schauen dann wieder zu Tommy hinüber. Sie warten. Er räuspert sich.

»Okay, Emily«, sagt er und vergisst alles andere. »Bitte erzähl mir alles, woran du dich erinnern kannst. Du hast gesagt, es war nicht auf der Party.«

Emily schüttelt den Kopf.

»Wann war es denn dann – auf dem Heimweg?«

Emilys kleines Gesicht erstarrt. Ihr Haar ist zerzaust, sie wischt es sich immer wieder aus den Augen. Sie ist so nervös.

»Weißt du, wer dich überfallen hat?« Er beugt sich zu ihr und versucht möglichst ermunternd dreinzuschauen.

Emily schüttelt den Kopf, hin und her, aber langsam, als hätte sie Schmerzen. Sie kneift die Augen zusammen, und Tränen rollen über ihre Wangen.

»Okay.« Seine Stimme wird lauter. »Waren es Leute von der Party? Hast du sie dort schon gesehen?«

Emily schaut bloß ihre Mutter an, die sich zu ihr hinunterbeugt, ihr das Haar aus der Stirn wischt und sie mit solcher Liebe ansieht, dass es Tommy das Herz zusammenschnürt.

»Kannst du uns irgendwelche Hinweise geben, woran man die Angreifer, äh, erkennen könnte?«, fragt er schließlich. »Tattoos, Narben, irgend so was?«

Emily schüttelt den Kopf, nein, eigentlich den ganzen Körper, und dreht sich von ihm weg. Wahrscheinlich tut ihr jede Bewegung weh, aber sie dreht sich trotzdem von ihm weg.

»Können wir eine Pause machen?« Die Mutter sieht niedergeschlagen aus. »Sie muss sich ausruhen.« Sie schaut dabei nur ihre Tochter an, mit einer Mischung aus Stolz und Kummer. Tommy kennt auch diesen Blick.

»Ich weiß, Paulina, aber das ist wirklich wichtig.« Er wählt seine Worte mit Bedacht. »Glaubst du, dass sie dich kannten, Emily? Oder sind sie dir gefolgt?«, fragt er an den kleinen Hinterkopf gewandt.

Die Tante mischt sich ein: »Sie muss sich ausruhen.«

Sie spricht mit solcher Autorität, dass Tommy im Begriff ist, aufzustehen und zu gehen. Doch da schaltet sich Christie wieder ein.

»Du musst uns etwas mehr geben, womit wir arbeiten können, Emily. Wir können dir nicht helfen, wenn du uns nicht alles erzählst, was passiert ist.« Seine Stimme trägt durchs ganze Zimmer, laut und selbstsicher, ein Mann, der es gewohnt ist, dass man ihm zuhört.

Die Mutter sitzt nur angespannt da, ergreift die Hand ihrer Tochter und ermuntert sie mit einem Nicken, weiterzusprechen. Die Tante runzelt die Stirn, doch als sie zu ihrer Nichte hinunterschaut, werden ihre strengen Gesichtszüge weich, und sie wird noch schöner. Das Mädchen dreht sich wieder um, verzieht kurz das Gesicht.

»Es war dunkel.« Sie zieht die Decke fester um sich.

»Ich weiß, es ist schwierig …«, sagt Tommy.

»Erzähl ihnen einfach, woran du dich erinnerst«, sagt ihre Mutter und hilft ihr mit der Decke, zieht sie ihr bis zum Kinn hoch. »Einfach, was du noch weißt.«

Emily schüttelt den Kopf, eine kleine, beharrlich wiederholte Bewegung. »Es war dunkel, ich konnte sie nicht sehen …«

»Sie? Waren es mehrere?«, fragt Tommy.

»Vier.« Ihr Stimmchen tropft ins Kissen. »Glaube ich.«

»Okay, vier, und was hatten sie an?« Seine Stimme kippt. Er muss schlucken, um nicht zu aufgeregt zu klingen.

»Schwarze Sachen, schwarze Jacken.« Ihre Augen öffnen und schließen sich, versuchen alles wegzublinzeln. »Es war kalt.«

»Ah, gut, Emily, gut.« Tommy kann sich ein Lächeln nicht verkneifen. »Du hast gesagt, dass es kalt war, also war es – ist das draußen passiert?«

Das Mädchen nickt. Tommy hätte fast gejauchzt, aber er bleibt ruhig und gefasst.

Christie ist weder so geduldig noch so aufgeregt wie er. »Gab es irgendwas, was auffällig an ihnen war, Narben im Gesicht, die Haarfarbe, sonst irgendwas?«

Emily schweigt einen Moment. Christie will weiterreden, da sagt sie: »Ich glaube, sie hatten alle lange Haare.« Sie spricht es aus wie eine Frage.

Das ganze Zimmer wartet.

»Und einen Zopf hab ich gesehen.«

»Okay, Emily, gut. Das ist gut.« Tommy lächelt. Er ist in Hochstimmung.

»So, reicht das jetzt erst mal?« Die Tante sieht ihn direkt an.

Er nickt, denkt kurz nach, schaut zu Christie hoch.

Der alte Cop seufzt und sagt dann leise »Ja.«

Tommy ist entschlossen, nicht selbstgefällig zu sein, nicht »Ich hab's doch gewusst« oder dergleichen zu sagen, aber ein Lächeln kann er sich draußen im Gang doch nicht verkneifen. Der Alte schaut ihn an und schüttelt den Kopf, aber Tommy lächelt.

»Gratuliere, May-tee«, sagt er. »Sie sind jetzt stolzer Besitzer eines gottverdammten Vergewaltigungsfalls.«

Tommys Lächeln verfällt, ganz langsam.

»Und der Kreis der Verdächtigen beschränkt sich auf sämtliche gottverdammten Gruppenvergewaltiger im North End.« Er lacht eins seiner alten Raucherlachen. »Wie fühlt er sich jetzt an, Ihr toller *In-stinkt*?«

Als sie den Fahrstuhl erreicht haben, schwitzt Tommy so, dass er an seinem Kragen zieht, um ihn etwas zu lockern. Er versucht, die Schultern zu straffen und aufrecht zu stehen.

Aus dem Funkgerät an Christies Schulter ertönt dessen Name, und der Alte ruft mit dem Handy die Einsatzzentrale an.

Tommy hat den obersten Hemdknopf geöffnet, trotzdem zieht er immer wieder an seinem Kragen, während er wartet, und spürt, wie sich Beklemmung auf seine Brust legt.

Hannah will heiraten. Das ist ihr neues Projekt.

»Wir sind von all unseren Freunden die Einzigen, die noch nicht verheiratet sind«, hat sie neulich abends gesagt, während sie mal wieder in einem dieser Hochglanzmagazine blätterte. »Selbst meine Schwester heiratet bald, und die ist jünger als ich.«

Er merkt, wie sie sich in Stellung bringt für ihr nächstes Projekt. Für Hannah ist das Leben einfach eine Folge von Schritten, die man unternimmt. Ganz simpel: eins nach dem anderen. Erst ist er Corporal, dann Sergeant. Erst heiraten sie, dann kaufen sie ein Haus. Dann kriegen sie ein paar Kinder. Tommy weiß, dass es üblicherweise so läuft, aber er weiß nicht, wie er das findet, ob er überhaupt eine Meinung dazu hat.

Er weiß bloß, dass der Plan da ist, vor ihm liegt. Er muss eigentlich nichts dazu tun, gar nichts. Er muss einfach nur mitmachen.

»Na toll«, brummt der Alte, als er sein Handy wieder einsteckt.

»Was?«

Christie antwortet nicht. Die Fahrstuhltür öffnet sich, und er drückt auf den Knopf zum Erdgeschoss.

»Gut, dass wir schon hier sind«, sagt der Alte mit einem hämischen Grinsen. »Wir haben noch ein Opfer hier, *In-stinkt*.« Er klopft Tommy auf die Schulter.

»Was?«, fragt Tommy noch einmal, leiser.

Aber er hat es gehört. Die Worte hängen in der Luft, während es in rascher Folge piepend die Stockwerke hinuntergeht. Noch. Ein. Opfer.

# 13

## ZEGWAN

Ziggy liegt in dem großen Bett, das Gesicht unter der Decke, zur Wand gedreht. Sie verkriecht sich. Sie weiß, dass sie bald aufstehen muss, wahrscheinlich ist es schon später Vormittag, und Rita wird jeden Moment anfangen herumzuschreien, aber sie rührt sich nicht. Noch nicht. Ihr ist voll heiß, aber sie schiebt die Decke nicht weg, sondern hält sie überm Kopf fest, in der einen Hand ihr Telefon, versucht, die sich ständig wiederholenden Gedanken zu stoppen, sich nicht zu bewegen.

Ihre Mom ist spät nach Hause gekommen. Ziggy hat nicht auf die Uhr geschaut, aber sie hörte ihre Mutter vor sich hin summen und wusste, dass sie getrunken hatte.

»Ich dachte, Emily will hier übernachten«, flüsterte ihre Mom zu ihrem Rücken hin. Mehr sagte sie nicht.

Ziggy murmelte nur irgendwas, wie im Schlaf, und versuchte, tiefer zu atmen. Ganz tief. So wie sie glaubte zu atmen, wenn sie schlief. Rita haute sich schließlich neben ihr ins Bett und fing im nächsten Moment an zu schnarchen.

Ziggy versuchte so leise wie möglich zu sein, aber sie konnte nicht aufhören zu weinen und zu zittern. Sie schaute immer wieder auf ihr Handy. Nichts. Sie redete sich ein, es gebe keinen Grund zur Sorge, aber sie glaubte sich absolut nicht.

Ihre Mutter ist wie üblich früh aufgestanden und werkelt schon seit Stunden im Haus herum. In der Küche dudelt das Radio vor sich hin, Country-Musik. Normalerweise hört Ziggy es total gern, wenn in der Küche das Radio läuft – es erinnert sie an daheim. Heute Morgen sehnt sie sich nach daheim, noch nie hat sie sich so sehr gewünscht, irgendwo zu sein, wie jetzt dort.

Sie riecht es förmlich. Das weite Feld mit dieser eiskalten, sauberen Luft. Der befeuerte Holzofen ihres Moshooms am frühen Morgen, der torfige Geruch aus dem Holzstapel draußen, das leise Knistern des Feuers. Sie waren an den Wochenenden immer sehr früh aufgestanden. Ihr Großvater mit mehreren warmen Kleiderschichten, ganz außen der rote Flanell, und ihr Dad in seiner abgewetzten Jeans und Pullover, bereit für die Arbeit. Sie stand gern mit ihnen auf, hörte ihnen zu, wenn sie sich am Tisch unterhielten. Ihr Moshoom hatte Tassen und Teller aus Blech, wie in den alten Zeiten. In Wolldecken gehüllt, saß sie bei ihrem Großvater auf dem Schoß, während er redete, sein zuckender Adamsapfel an ihrem Kopf, und ihr Dad nickte und schaute lächelnd zu ihr hinunter, wie er es früher so oft tat. Kuschelig warm war ihr damals gewesen.

Ganz anders als heute Vormittag, wo ihr rasend heiß ist und sie zugleich doch nicht aufhören kann zu zittern.

Sie muss wohl wieder eingeschlafen sein, denn sie schreckt auf, als sie das Handy ihrer Mutter klingeln hört. Diese Gitarrenklänge, die Ziggy schon so oft gehört hat, dass sie jeden angeschlagenen Akkord, jede Pause in- und auswendig kennt. Superdämlich. Normalerweise nervt Ziggy dieser Klingelton, aber heute ist sie durch ihre Angst wie betäubt. Sie schaut auf ihr Handy, immer noch nichts, nur der Songtext, den sie als Bildschirmschoner eingerichtet hat. Sie wartet.

Rita kommt rein und rüttelt an ihrem Fuß.

»Zig! Zegwan, wach auf!« Ihre Stimme giekst ganz komisch. Sie muss echt sauer sein.

Ziggy erstarrt, versucht aber leise zu stöhnen, wie im Schlaf.

»Zig! Du musst sofort aufwachen!« Ihre Mom versucht ihre Stimme normal klingen zu lassen, aber es gelingt ihr nicht.

»Was ist?« Sie dreht sich langsam unter der Decke, spürt jeden Quadratzentimeter ihres Gesichts. Oje, das wird was.

»Zig!« Ihre Mom ist jetzt richtig fuchsig und zerrt an ihrer Decke.

Der Schwung kalter Luft auf der Haut tut gut, aber das Tageslicht ist selbst bei geschlossenen Augen zu hell. Sie bedeckt schnell ihr Gesicht, ehe ihre Mutter wieder losgieksen kann.

»Gott, was ist dir denn passiert?« Ritas Stimme schlägt um. Ziggy muss gar nicht hingucken, um zu wissen, wie wütend ihre Mom ist.

Es war Ziggys Aufgabe, das Holz zu stapeln, das ihr Moshoom hackte. Es war keine einfache Arbeit, und man musste sehr kräftig sein und gut aufpassen. Vorher war es Sunnys Aufgabe gewesen, aber er wurde gefeuert, weil er nicht genug aufpasste. Danach musste er mit Dad schaufeln. Aber nicht das coole Traktor-Schaufeln, sondern richtig mit einer alten Handschaufel. Das war die Sorte Aufgabe, die einem übertragen wurde, wenn Moshoom einen gefeuert hatte.

»Du musst schauen, dass das Holzscheit fest sitzt, bevor du das nächste draufpackst. Der Stapel darf auf keinen Fall umkippen. Im Schnee wird das Holz nass und … nutzlos.« Ihr Moshoom machte immer eine Geste mit beiden Händen, wenn er *nutzlos* sagte. Das war das Schlimmste: nutzlos zu sein. Sunny war nicht nutzlos – er machte bloß zu viele Fehler. Er wollte Holz hacken, aber er war noch nicht so weit. Er musste aufpassen, sonst wurde er tatsächlich nutzlos. Ziggy würde niemals nutzlos sein. Niemals.

Sie arbeitete hart. Moshoom konnte sehr schnell Holz hacken. Seine alten Arme im roten Flanell hoben die Axt ganz hoch und ließen sie dann gerade heruntersausen, sodass jedes Stück Holz gleich beim ersten Mal komplett gespalten wurde. Ziggy musste schnell sein, damit das Holz nicht zu lang im Schnee lag, und sie wischte jedes Scheit ab, bevor sie es sorgsam auf die anderen setzte. Sie war flink mit ihren alten Lederfäustlingen. Ihre kleinen Hände umfassten das Scheit und setzten es mit der Kante nach unten zwischen die Rundungen der bereits aufgestapelten Scheite, denn so hielten sie besser, genau wie ihr Moshoom es ihr gezeigt hatte. Wenn der Stapel eine gewisse Höhe erreicht hatte, holte sie den alten Holzstuhl aus dem Schuppen und arbeitete weiter. Sie musste jetzt noch schneller sein als vorher, denn sie stieg nun bei jedem Scheit auf den Stuhl und wieder herunter.

Wenn sie schließlich fertig waren, war sie ganz außer Atem, aber ihr Moshoom klopfte ihr mit seiner Lederhand auf den Rücken und nickte ihr zu.

»Geh rein und wärm dich auf«, sagte er. »Nach dem Mittagessen machen wir den Hundezwinger sauber.«

Mit einer Handbewegung schickte er sie hinein, heiße Schokolade trinken und vom aufgewärmten Eintopf essen, aber er selbst blieb draußen. Solange es hell war, setzte ihr Moshoom sich nicht hin. Er hatte ihr mal gesagt, dass er deshalb den Winter so mochte, da ruhte er sich öfter aus.

Rita holt einen kalten nassen Waschlappen und legt ihn Ziggy aufs Gesicht, breitet eine wohltuende Dunkelheit über ihre Augen. Es hilft. Sie hält den Lappen auf ihrem Gesicht fest und fühlt ihre geschwollenen Augen, das eine dicker als das andere. Aber sie versucht noch nicht, sie zu öffnen.

Sie hört die Tastentöne von Ritas Telefon und dann gedämpft die Stimme ihres Bruders.

»Hast du schon gehört?«, fragt ihre Mom.

Sunny scheint Ja zu sagen.

»Wie geht's Jake und Baby Boy?«

Wieder Sunnys zum Quäken entstellte Stimme.

»Gut, okay, sag ihm, dass er Gabe anrufen soll. Der wird jetzt hier gebraucht. Und dann komm heim.«

Weiteres Quäken. Sunnys Stimme wird hoch, wenn er wütend ist, wie die von Rita.

»Ich brauche dich hier, Sundancer! Jetzt sofort!«

Hohes Quäken.

»Weil jemand deiner Schwester das Gesicht zu Brei gehauen hat und du mir helfen musst, sie ins Krankenhaus zu bringen, verdammt noch mal!«

Einen Moment lang scheint die Welt stillzustehen. Rita übertreibt manchmal, um zu erreichen, was sie will.

»Ich weiß, ich weiß. Okay, ich rufe ein Taxi.« Ziggy hört das Piepen, mit dem das Gespräch beendet wird, und Ritas Seufzer, tief aus dem Bauch. »Okay, Kleine, dann ziehen wir dich mal an, ja?«

Ziggy lässt den Waschlappen fallen und öffnet gequält das eine Auge. Das andere, linke, ist fast zugeschwollen, und sie will es nicht aufzwingen. Es fühlt sich an, als hätte sie einen Ballon voll Wasser auf dem Lid, und das Auge selbst ist empfindungslos, wie eine Blase. Beim rechten Auge ist es nicht so schlimm, dafür brennt es. Und alles sieht rot aus, selbst der Rücken ihrer Mom, die jetzt am Kleiderschrank steht und Ziggys Pullover durchschaut.

Ziggy ist auch im Sommer gern daheim. Sie liebt die Weizenfelder, das hohe Gras und den Wald. Aber wenn sie sich nach daheim sehnt, nach dem Leben daheim, wenn sie sich nach ihrem Dad und ihrem Moshoom sehnt, dann denkt sie an den Winter. Wo sie draußen waren, bis es dunkel wurde, was ja ziemlich früh war, und trotzdem war Ziggy immer schon so müde, wenn sie die ersten Sterne sah. Wo Sunny sie auf dem alten Holzschlitten herumzog oder sie mit dem Schlitten in den Graben hinunterfuhren, weil das der einzige Abhang weit und breit war, wenn auch kaum länger als der Schlitten selbst. Trotzdem rutschten sie ein Stück.

Sie erinnert sich, dass er sie einmal über die Straße zog und dann tief in den Wald hinein. Er sagte, es gebe dort einen Berg, und zog sie auf dem Schlitten immer weiter. Die dunklen Bäume standen dicht an dicht, und an manchen Stellen lag so wenig Schnee, dass sie die matschigen braunen Blätter auf dem Boden sah. Er zog sie den ganzen Weg bis zum Fluss. Der Berg war tatsächlich nur ein Hügel, aber immerhin drei Schlittenlängen hoch. Das Runterfahren war immer zu schnell vorbei und das Hochziehen zu anstrengend, aber sie machten es wieder und wieder, bis sie plötzlich merkten, dass es dunkel geworden war. Sie hörten die schrille Stimme ihrer Mom und sahen ein kleines Licht zwischen den Bäumen näher kommen. Rita ließ sie beide zu Fuß nach Hause gehen, forderte sie auf, dabei mit den Zehen zu wackeln, und fluchte, wenn ihr der leere Schlitten, den sie hinter sich herzog, gegen die Fersen schlug.

Als sie nach Hause kamen, sagte sie ihnen, sie sollten ihre warmen Sachen und auch die Socken ausziehen. Sie goss Wasser in den alten Eimer, den sie am Bett stehen hatten, wenn ihnen schlecht war, und Ziggy musste sich vors Feuer setzen und die Füße in das Wasser hängen. Es biss und brannte an ihren Zehen.

Erfrierungen, sagte Rita, während sie Wasser auf dem Herd erhitzte, wie sie es damals, als sie daheim lebten, eben tat.

Als ihr Moshoom und ihr Dad hereinkamen, erzählte Rita ihnen, was ihre »bösen Kinder« getan hatten, und Dad schimpfte, weil sie sich zu weit vom Haus entfernt hatten.

Moshoom mischte sich nie ein, wenn ihre Eltern ihnen die Hölle heiß machten. Er saß in seinem Sessel, denn schließlich war es draußen dunkel, und lächelte Ziggy wissend an. Er verdrehte hinter dem Rücken seines Sohns die Augen, und sie konnte nur mit Mühe ein Kichern unterdrücken.

Ob Sunny sich noch daran erinnert? Sie würde ihn das gern fragen, als sie jetzt alle zusammen auf der Rückbank eines Taxis sitzen und zum Krankenhaus fahren. Rita hat sich nicht zugetraut, selbst zu fahren, außerdem weiß sie nicht, wie lang sie dort bleiben werden. Wir nehmen besser ein Taxi, sagte sie. Vor dem Krankenhaus kriegt man eh keinen Parkplatz. Ziggy ist früher so gern Taxi gefahren, damit konnte man ihr eine Riesenfreude machen. Aber heute fühlt es sich einfach nur bescheuert an. Warum muss ihre Mutter immer überreagieren.

Sunny hat gelächelt, als er sie gesehen hat, und gesagt: »Ich hoffe, da sieht jemand anders noch schlimmer aus.«

Rita schaute ihn an, als würde er gleich Ärger kriegen, sagte aber bloß, er solle mal zumachen.

Auf einer Seite der Kinder-Notaufnahme steht ein großes hölzernes Spielgerüst in der Form eines Baums.

»Bisschen spielen gehen, Zig Zig?«, neckt Sunny sie und deutet auf das Gerüst.

Rita starrt ihn nur an. Sie ist so still, dass Ziggy denkt, das dicke Ende kommt noch. Sie warten ewig, und Rita ist die ganze Zeit supernervös. Sunny reißt entweder Witze oder versucht zu schlafen. Ziggy versucht das rechte Auge ganz langsam zu öffnen, auf das linke hält sie sich einen kühlen Waschlappen. Als sie aufs Klo gegangen ist, hat sie ihr Gesicht gesehen. Es ist rot und aufgequollen und sieht ziemlich furchterregend aus. Die eine Wange ist geschwollen, die Lippen sind aufgesprungen und bluten ein bisschen. Ihr Kinn ist auf der einen Seite wund. Sie drückt auf der Haut herum. Wahrscheinlich kriegt sie da einen Bluterguss. Ihre Finger sind immer noch taub. Erfrierungen. Auch ihre rechte Schulter tut weh. Mit der ist sie auf dem harten Schnee aufgeschlagen.

Als sie schließlich ein Bett zugewiesen bekommt, ist es schon Abend. Vor den Fenstern ist es dunkel, aber auf den Arzt müssen sie immer noch warten. Rita geht raus, um eine zu rauchen. Ziggy legt sich hin und will einfach nur schlafen. Ihr Kopf ist so schwer und dröhnt. Irgendwie tut mit fortschreitender Zeit alles immer mehr weh.

»Hey, Sun«, sagt sie.

»Ja?« Er sitzt auf dem hinteren Stuhl.

»Weißt du noch, wie wir damals zum Fluss runter sind und zu lange weggeblieben sind?«

»Als wir klein waren?«

»Ja.«

»Klar, das weiß ich noch. Mann, war Rita da stinkig!« Er lacht, wie immer.

»Nimishomis nicht. Ich glaube, er war irgendwie sogar stolz auf uns ...« Ihre Stimme verklingt.

»Kann ich mir gut vorstellen.«

»Er fehlt mir.«

»Mir auch.«


Ziggy will nicht aufwachen, aber aus irgendeinem Grund sitzt sie aufrecht im Bett, und jemand drückt gegen ihren Wangenknochen.

»Scheint nicht gebrochen zu sein«, sagt eine fremde Stimme. »Wir röntgen ihn sicherheitshalber noch, aber das sieht so weit okay aus, Mrs Sutherland.«

»Okay? Wie zum Teufel kann das okay aussehen?« Ritas Stimme wird wieder schrill.

»Aus orthopädischer Sicht, meine ich. Es sieht nicht so aus, als wäre der Knochen gebrochen.«

Ziggy will die Augen nicht aufmachen. Sie will sie zu lassen und so tun, als wäre sie wieder am Fluss und würde mit dem Schlitten den Hang hinunterfahren, nur wird die Abfahrt diesmal länger dauern. Sie wird so lange dauern wie nur irgend möglich.

Der Arzt geht offenbar weg, und Rita legt die Hand auf ihre. Die Hand ihrer Mom ist kalt, aber sie fühlt sich gut an, also ergreift Ziggy sie. Rita drückt sanft, und Ziggy denkt, dass sie vielleicht gleich weinen muss, zum ersten Mal heute.

Sie will nicht weinen.

»Würdest du uns was zu essen holen, Sunny?« Sie hört es rascheln, als Rita Geld aus ihrem Portemonnaie zieht. »Irgendwas, worauf ihr Lust habt?«

»Zig?«, fragt ihr Bruder.

»Hm«, macht sie. »Pommes? Und vielleicht was zu trinken.«

»Sonst nichts?« Die Stimme ihrer Mutter klingt ganz weich.

Ziggy versucht den Kopf zu schütteln, aber das tut im Nacken weh. Sie kneift das rechte Auge zu. Das linke ist noch zugeschwollen und fängt jetzt auch an zu jucken. Aber sie traut sich nicht hinzufassen.

»Okay. Und schick die Krankenschwester rein, wenn du gehst, ja?«, sagt Rita zu Sunny. »Die sollen dir was gegen die Schmerzen geben, ja, Herzchen?«

So nennt Rita Ziggy nicht oft. Sie ist viel tougher als Paul, Emilys Mom. Sie ist sogar tougher als Lou, Jakes Mom, wobei Jake behauptet, dass der Unterschied nur minimal ist. Aber Paul ist ein Softie. Das wissen alle.

Als Sunny gegangen ist, beugt sich Rita zu ihr.

»Schatz.« Sie spricht Ziggy ins Ohr. »Ich muss dir was sagen.«

Ziggy versucht sich ihr zuzuwenden, so gut es geht.

»Mommy?«, setzt sie an. Sie will nicht, dass Rita weiterredet. Sie will es nicht wissen.

»Es geht um Emily, Schatz.« Rita drückt ihre Hand noch fester.

»Ist sie tot?«

Rita schluckt, bevor sie antwortet. »Nein, nur sehr verletzt. Aber sie wird wieder gesund.«

Ziggy kriegt keine Luft mehr. Jedenfalls einen Moment lang.

»Die Polizei ist auf dem Weg hierher, und du musst ihnen alles sagen, was du weißt.« Rita atmet irgendwie komisch. Ziggy macht jetzt doch ein Auge auf und sieht, dass ihre Mom weint. »Du kannst es auch mir erzählen, wenn du mit denen nicht reden möchtest, aber du musst uns sagen, was passiert ist.«

Ziggy rührt sich nicht, aber sie macht das Auge wieder zu. Sie will einfach bloß den Schnee, den Luftzug, wenn sie auf den zugefrorenen Fluss hinuntersaust, den Geruch der kalten Bäume. Ziggy will einfach bloß heim.

»Zegwan! Meine Süße!« Rita schnieft, und ihre Stimme verzerrt sich ganz komisch. »Was ist passiert, mein Mädchen?«

»Wir … wir sind auf eine Party gegangen.« Ihre Stimme ist kaum lauter als ein Flüstern.

»Was für eine Party?«

»Von so 'ner …'ner Gang. Emily wollte da hin.« Ziggy fühlt sich zu nah. Sie will wieder ganz weit weg sein.

»Warum wollte Emily denn auf eine Gangparty?« Rita lässt ihre Hand nicht los.

»Sie hat nicht gewusst, dass das eine Gangparty ist. Sie ist wegen einem Jungen da hin.« Ziggy lässt die Augen geschlossen. Das hilft.

»Und was ist dann passiert?« Die Stimme ihrer Mutter klingt wie ein Seufzer.

»Seine … seine Freundin hat uns gesehen.« Die Angst. Diese Angst.

»Seine Freundin?« Ritas Stimme geht in die Höhe.

»So 'n Mädchen, ein großes Mädchen. Wir haben versucht wegzurennen.« *Ihre Beine, wie sie ihre Beine angetrieben hat.*

»Und dann?« Wieder tiefer.

»Ein anderes Mädchen hat mich erwischt. Ich bin hingefallen. Sie hat mich zusammengeschlagen, Mommy.« Jetzt schnieft auch Ziggy. Sie macht das eine Auge auf, aber ihre Mom schaut sie einfach nur an, weder wütend noch traurig.

»Und was war mit Emily? Hast du gesehen, was passiert ist?«, fragt sie bloß.

»Sie ist weggerannt.«

Rita gibt einen erstickten Laut von sich.

»Sie war vor mir. Sie konnte weglaufen, aber dann hab ich sie nicht mehr gefunden.« Die Kälte, so eine Kälte.

Von Rita kommen weitere erstickte Laute. »Mommy?« Irgendwas stimmt hier doch überhaupt nicht.

»Sie konnte nicht weglaufen, Herzchen. Jemand hat sie überfallen.«

»Die Mädchen?«

»Nein, Schatz, nein. Jemand, jemand …« Sie spricht langsam. Will das Wort nicht aussprechen. »Hat sie vergewaltigt, Herzchen. Sie ist vergewaltigt worden.«

Sie spricht es schließlich doch aus, und Ziggy muss es hören. Sie macht das eine Auge wieder auf und sieht, dass ihre Mom mit gesenktem Kopf dasitzt.

»Wie meinst du das?«

»Emily ist überfallen und vergewaltigt worden.« Rita schluckt. »Sie liegt hier im Krankenhaus, oben. Sie wird wieder gesund. Sie ist verletzt, aber es geht ihr schon wieder besser.«

Diesmal denkt Ziggy nicht, dass Rita übertreibt.

Sie ruft sich alles noch mal vor Augen. Wie dieses Mädchen, Roberta, auf ihr kniete. Ihr ins Gesicht schlug, was aber erst mal nicht so schlimm war, bis das Mädchen ihr das Gesicht dann in den harten Schnee drückte. Das tat so weh, dass sie dachte, ihr Gesicht müsste zerschnitten sein. Danach sprang das Mädchen von ihr herunter und rannte mit diesem anderen Mädchen davon.

Ziggy hörte sie alle herumschreien und dann weglaufen, aber sie konnte sich nicht rühren, lag nur da und sah zu, wie der Schnee aus dem rosa Himmel fiel.

Irgendwann stand sie schließlich doch auf und strauchelte einen Block weiter bis zu diesem großen leeren Feld, aber sie konnte Emily nirgends sehen. Sie rief sie auf dem Handy an, aber Emily ging nicht ran. Sie rief ihren Namen in die Kälte, nichts. Als sie nach Hause kam, hatte sie an Wangen, Fingern und Zehen leichte Erfrierungen. Sie schaute auf ihr Handy. Sie hatte Emily siebenunddreißig Mal angerufen, ihr immer wieder Textnachrichten geschickt, aber keine Antwort erhalten. Sie wusste nicht, was sie davon halten sollte. Aber sie sah Emily nirgends. Emily war davongekommen.

Als sie sich endlich ins Bett legte, taute ihr Gesicht langsam auf. Sie zog sich die Decke über den Kopf, bis ihr zu heiß war, bis eine ganz andere Art von Schmerzen einsetzte.

# 14

# PHOENIX

Der Rauch brennt ihr in den Augen, aber Phoenix nimmt noch einen langen Zug von ihrem Zigarettenstummel. Sie sieht zu, wie der Rauch von der Glut aufsteigt und in der trüben grauen Luft tanzt. Das Zimmer ist voll davon. Irgendwo hustet Dez. Nein, nicht irgendwo – sie ist gleich da drüben, aber das Geräusch klingt fern, hallt wider. Da drüben platzt mit grauer Sonne der Morgen auf. Nicht da drüben, direkt vor dem Fenster. Phoenix schaut zu, und der Rauch windet sich in einer Spirale zur Decke hoch und verschwindet im Dunst.

»Hey, Mitchell, was soll der Scheiß? Weitergeben!«, ruft Roberta.

Phoenix schrickt zusammen, als sie die Stimme hört, und dann ist sie nur noch sauer. Ihre friedliche Stille ist zu Ende. Wie lange hat sie angehalten?

Desirees Freund lacht hinter den grauen Wolken, hinter seinen roten Schlitzaugen, und reicht Roberta den dünnen Joint.

»Endlich, Mann.« Sie lächelt. »Fuck, guckt euch das Teil an.« Sie lacht schwerfällig, klopft die Asche am Rand des Aschenbechers ab und zieht. »Iih, du hast den ja total vollgesabbert. Fuck. Das ist nicht Dez, sondern ein Joint, Mann.«

Mitchell lacht wieder, und Dez, die schlaff auf seinem Schoß

hängt, kichert auch. Ihre Augen sind knallrot und fast zugeschwollen. Roberta saugt den Rauch so tief und lange wie möglich ein, muss fast husten, gibt einen erstickten Laut von sich,
hält den Rauch in der Lunge.

Phoenix reibt sich die Augen und versucht klar zu sehen.
Roberta reicht ihr den glimmenden Stummel. Phoenix' Hände
sind schwer. Sie kriegt das winzige Ding zu fassen, aber sie ver-
brennt sich dabei.

»Fuck.«

Alle lachen sie aus.

Sie zieht kurz und reicht den Joint dann an Cheyenne weiter, die ihn mit geübten Fingern entgegennimmt, dünnen und
schönen Fingern, die manikürt aussehen, lackiert und makellos.

»Mehr nicht, Phoen?« Mit einer Art Lachen. »Hältst wohl
nichts mehr aus, Alte?«

Wieder lachen alle.

Phoenix ignoriert sie und lehnt sich auf der Couch zurück,
lässt sich hineinsinken, fühlt sich, als wäre sie ein paar Blocks
weit gerannt. Sie schaut auf ihre Finger, die schwarz sind. Fuck.
Sie hat ganz vergessen, dass sie geschminkt ist, und jetzt ist
wahrscheinlich ihr ganzes Gesicht verschmiert. Scheiß drauf.
Sie zieht noch mal an ihrem Zigarettenstummel. Der Filter
glimmt, es ist praktisch kein Tabak mehr drin, aber sie schaut
zu, wie er orange aufglüht, als sie den letzten Rest inhaliert. Er
leuchtet. Wie eine winzige Stadt bei Nacht, erhellt aus tausend
Fenstern, ein Wohnviertel auf einem steilen schwarzen Hügel.
Phoenix fragt sich, wie das wohl wäre, Häuser auf einem Hügel.
Sie hat so was noch nie gesehen, außer im Fernsehen oder im
Kino, aber sie stellt es sich ungefähr so vor.

Sie muss wohl eingedöst sein, denn als sie die Augen wieder
aufmacht, sieht es im Zimmer anders aus. Das Licht ist anders,

es ist jetzt hell, allerdings scheint es schon wieder auf die Dämmerung zuzugehen. Desiree und ihr Typ hängen weggetreten im Sessel, Arme und Beine ineinander verschlungen, als wären sie eine einzige Person, die alles doppelt hat. Cheyenne hat sich am anderen Ende der Couch zusammengerollt, ihr zierlicher Körper bildet fast einen Kringel. Ihr Mund ist offen, aber sie sieht trotzdem noch hübsch aus. Roberta ist nirgends zu sehen.

Phoenix checkt ihr Handy. 16.30 Uhr. Keine Anrufe.

Ein Foto von ihr und Roberta ist auf dem Display, gestern am frühen Abend aufgenommen, als sie sich alle aufgebrezelt hatten, cool aussahen, gut aussahen. Roberta hatte Phoenix geschminkt. Dicke, schwarz glänzende Lidstriche, die am Ende nach oben gezogen waren, und auf den Wangen roter Glitter. Phoenix fand, dass sie aussah wie der letzte Depp, aber die anderen sagten alle, sie sehe gut aus. Auf dem Bild lachen Roberta und sie, als hätten sie nie irgendwas Schlimmes erlebt. Roberta hatte sich ihr gegenüber auch erst merkwürdig verhalten, aber dann waren sie alle zusammen im Bad gewesen und hatten sich geschminkt, und es war wie früher, damals, bevor sie im Centre gelandet war. Als hätten sie sich alle daran erinnert, dass sie zusammengehörten. Für immer.

Phoenix hat ein Scheißgefühl im Mund, also geht sie in die Küche, um etwas Wasser zu trinken. Die Arbeitsplatte hat sich schon wieder mit Flaschen, leeren Fastfood-Packungen und benutzten Gläsern gefüllt. Sie findet eins, das nicht allzu eklig aussieht, und spült es aus. Sie lässt das Wasser lange laufen, damit es schön kühl und klar ist, dann trinkt sie in großen Schlucken, bis ihre Zunge sich wieder normal anfühlt und ihr Magen voll ist.

Insgeheim mag Phoenix ruhige Momente wie diesen jetzt, wenn alle schlafen und sie die anderen atmen hört. Es ist, als würde ihr Atem den Raum erwärmen. Ihr Onkel ist in seinem

Zimmer, und seine Musik läuft leise, lange Gitarrensoli, die ihr so vertraut sind, dass sie sie gar nicht mehr richtig wahrnimmt. Sein Mitbewohner, Kyle, ist in dem anderen Zimmer. Sie hört ihn schnarchen. Er ist ein prima Kerl. Sie haben alle hier abgehangen gestern Nacht, und selbst als es heftig wurde, hat er die Ruhe bewahrt. Kyle ist okay, auch wenn er echt megamäßig schnarcht.

Wenn um sie herum Leute schlafen, guckt Phoenix sie immer gern an, es gefällt ihr, wie entspannt die Gesichter dann sind. Die meisten Leute sehen im Schlaf ganz anders aus, als wenn sie wach sind. Als sie noch klein war, hat sie oft ihren kleinen Schwestern beim Schlafen zugeguckt. Damals, als sie immer allein waren und sie die ganze Nacht auf war und Angst hatte, da hat sie sich neben Cedar-Sage gelegt und ihr stundenlang zugeguckt. Ihre jüngste Schwester Sparrow hat einfach geschlafen, goldig mit ihrem offenen Mund, aber Cedar-Sage hat im Schlaf geredet, keine echten Worte, sondern größtenteils Nonsens, aber es war lustig, ihr zuzuhören. Phoenix lag da und stellte ihr Fragen, damit sie weiterredete, und lachte, weil die Antworten nie einen Sinn ergaben. Sie machte das gern, während sie darauf wartete, dass ihre Mom heimkam, darauf wartete, dass die Sonne aufging und es nicht mehr dunkel war. Es war albern, solche Angst zu haben, aber sie war ja noch ein kleines Kind.

Jetzt scheint die Sonne auf die Hecke draußen, das Gelb schlüpft zwischen die Häuser und wird zu Orange, während es auf den kahlen Ästen liegt. Dahinter ragen die riesigen metallenen Strommasten empor. Auch auf sie fällt das Licht. Sie sehen aus, als würden sie von innen erleuchtet. Zwei sind es, dort auf der anderen Straßenseite, ein paar Häuser weiter. Zwei große, breite X, wie Roboter mit erhobenen Armen. Sie scheinen aufzupassen, wie Wachtürme oder so was.

Da drüben war das gestern, da hinter diesen Masten. Phoenix sieht es alles wieder vor sich, die Gestalten, die Geräusche. Sieht das Ganze, als würde sie nur zuschauen, so wie gestern alle sie angeschaut haben. Wie ihr Onkel sie anschaute. Wie Clayton wegschaute. Sie verschränkt die Arme vor dem Oberkörper, als wollte sie sich vor dem Wind schützen, schüttelt das alles ab, will eine Zigarette. Sie findet eine halb gerauchte mit Lippenstiftspuren am Filter. Die muss von Roberta sein. Sie zündet sich die Zigarette an, zieht kräftig.

Sie geht zur Couch zurück und setzt sich. Ihr Platz ist noch warm. Noch ein Zug an der Zigarette, und sie fühlt sich fast wieder normal.

Sie würde gern wieder ihr Handy checken, unterdrückt den Impuls jedoch. Sie will schauen, ob er ihr eine Nachricht geschickt hat, weiß es aber besser. Sie rechnet nicht damit, noch mal von Clayton zu hören, und genau genommen kann sie ihm das nicht mal verübeln.

Sie ist nicht müde, kuschelt sich aber trotzdem in die Sofaecke. Es gibt nichts zu tun, außer zu schlafen. Sie denkt an ihre Schwestern, an ihre warmen kleinen Körper, wenn sie neben ihr schliefen. Cedar-Sage fehlt ihr. Sie hätte sie gestern anrufen sollen, gleich als sie draußen war. Sie weiß, dass ihre Schwester noch bei dieser Luzia lebt. Phoenix hat die Nummer auf einem Zettel irgendwo in ihrer Tasche. Sie hätte sie anrufen sollen. Heute ist ihr nicht mehr so recht danach.

Phoenix macht die Augen zu, horcht auf all die Atemzüge und versucht wieder Wärme zu spüren.

Einmal fragte sie Cedar-Sage morgens: »Was hast du denn geträumt, weißt du das noch?«

Es war in der Wohnung in der Arlington Street, der mit dem riesigen Wohnzimmerfenster. Das Zimmer war dadurch kalt, aber hell. Phoenix mochte die Wohnung.

»Nein«, war alles, was ihre Schwester darauf antwortete, ihr kleiner Körper ganz steif. Sie versuchte schnippisch zu sein.

»Du redest im Schlaf.« Sie saßen auf der Couch und aßen Cheerios aus der Packung, weil keine Milch da war. Sparrow war auch da und sabberte wie so oft auf dem Boden herum. An ihren feuchten Wangen klebten Cheerios. Sie war wahrscheinlich noch keine zwei damals. Und Cedar-Sage war so um die fünf.

»Oh.« Cedar-Sages braune Augen sahen ganz weich und verwirrt aus, als sie zu Phoenix hochschaute.

»Es ist eher so ein Gemurmel, ich weiß auch nicht«, sagte Phoenix. »Manchmal ergibt es einen Sinn. Manchmal auch nicht. «

»Ich versuche es mir zu merken, Phoenix«, hatte sie gesagt und genickt, als nähme sie diese Aufgabe sehr ernst.

Phoenix wacht auf, als sie jemanden in der Küche hört. Bishop, ihr Onkel, sein nackter Oberkörper unbehaart und tätowiert, durchwühlt sämtliche Schubladen, schmeißt Flaschen und leere Packungen um. Sie steht auf, um ihm zu helfen, bleibt aber in der Tür stehen und wartet an den Rahmen gelehnt darauf, dass er sie darum bittet.

»Hast du 'ne Kippe, Phoen?«, fragt er, ohne sie anzusehen.

»Nee.« Sie schüttelt den Kopf und schaut nach unten.

»Fuck, ich hatte ne Schachtel hier liegen. Diese verdammten Wichser!« Er schreit fast. »Guck mal bei Kyle im Zimmer. Unterste Schublade.«

Phoenix tut wie geheißen, sie weiß, dass ihr Onkel eine Menge um die Ohren hat. Sie klopft nicht an. Das Zimmer ist dunkel, wegen der schwarzen Flagge, die vor dem Fenster hängt, die Wände sind mit Postern von alten Rappern zugepflastert, auf die Phoenix nicht steht. Kyle, immer noch schnarchend, liegt nackt unter einer dünnen Decke, rechts und links neben sich je ein mageres Mädchen. Die eine trägt das schwarze T-Shirt, das er gestern Abend anhatte. Die andere ist ebenfalls nackt, ihr Mund schlaff, ihre Nippel perfekt, klein und braun, wie alles andere an ihr auch. Kyle grunzt und bewegt sich im Schlaf. Sein dünner tätowierter Arm fällt über das nackte Mädchen. Der Sensenmann darauf grinst Phoenix an, selbst im Dunkeln.

Sie findet den Vorrat in der untersten Schublade. Eine zugeknotete Safeway-Tüte mit Dutzenden Fluppen aus dem Reservat, einige zerknickt, und vermutlich alle strohtrocken. Sie nimmt fünf gute heraus und steckt sich eine hinters Ohr.

Auf dem Weg in die Küche zündet sie zwei der Fluppen an und legt ihrem Onkel eine für später auf den Tisch, an eine einigermaßen saubere Stelle. Sie reicht ihm eine der beiden angezündeten Fluppen. Er nickt bloß, schaut sie immer noch nicht an, sitzt zusammengekauert da, die Hände aneinandergelegt, als wollte er beten. Ja, er sieht wirklich aus wie Grandpa. Er ist mager, so wie sie sich Grandpa vorstellt, kleiner als Phoenix, die nach irgendwem anders kommt, irgendeinem fetten Verwandten. Bishop nimmt ein paar tiefe Züge, bevor er den Blick über den Tisch mit den leeren Bierkartons und vollen Aschenbechern schweifen lässt.

»Fuck, hier sollte mal jemand sauber machen«, sagt er zu ihr.

»Ich sag Cheyenne, dass sie das machen soll, wenn sie aufwacht.« Phoenix setzt sich ihm gegenüber. Er sackt noch mehr in sich zusammen, brütet. Da ist was im Busch.

Sie kennt Grandpa Mac nur von einem Foto, das sie mal in Elsies Kram gefunden hat. Sie hat es eingesteckt und ihr nie zurückgegeben. Auf dem Foto sieht der alte Mann so aus wie Ship jetzt, mager, in sich zusammengesackt, brütend, allerdings sitzt Grandpa Mac da auf einem alten Auto, einem von diesen altmodischen, oben abgerundeten, das auf Hochglanz poliert ist.

Selbst auf dem verblassten Foto glänzt das Auto richtig. Und der brütende Mann sieht irgendwie trotzdem froh aus. Bishop hat schon lange nicht mehr froh ausgesehen.

»Fuck, Phoen, das ist verdammter Wahnsinn«, sagt er schließlich. »Du musst diesen Scheiß wieder hinbiegen.«

»Ich weiß«, ist ihre ganze Antwort, und sie rauchen eine Weile schweigend weiter.

*Genuine* ist quer über sein Schlüsselbein tätowiert, in diesen großen, fast eckigen Buchstaben. Über seinem Herzen ein großes Messer, von dessen blitzender Klinge Blut tropft, der Griff ist mit Sehnen umwickelt, und an seinem Ende hängt eine kleine Feder. Auf der rechten Schulter ein Totenkopf mit vollem Federschmuck, auf der linken steht in militärischer Schablonenschrift *Monias* und auf dem einen Unterarm in geschwungenen Buchstaben *Alexandra Angelique*, der Name seiner Tochter. Phoenix hat ihre kleine Cousine das letzte Mal als Baby gesehen. Inzwischen muss sie wohl etwa drei sein. Phoenix fand dieses Tattoo immer so mädchenhaft, es hebt sich total von all den anderen ab, passt gar nicht dazu.

»Wenn diese Scheißtusse redet ...«, sagt ihr Onkel und drückt seine Fluppe aus.

»Das wird sie nicht, Ship«, sagt Phoenix. »Und selbst wenn, wird es nicht auf uns zurückfallen. Die kennt uns doch gar nicht.«

»Fuck, Phoenix, die war hier im Haus!«, schreit er. Sie hört, dass ihre Freundinnen im Wohnzimmer aufwachen, keine gleichmäßigen Atemzüge mehr.

Aber Phoenix bleibt ruhig, ihre Miene ausdruckslos. »Gestern Abend waren ungefähr fünfzig Leute hier. Das fällt nicht auf uns zurück.«

Er schnappt sich die andere Zigarette und zündet sie mit zitternden Händen an. Er raucht mit tiefen, kräftigen Zügen, genau wie Phoenix und wie früher bestimmt auch ihr Grandpa. Anführer rauchen so.

»Hier gehört richtig sauber gemacht, und zwar heute noch«, sagt er. »Der ganze Scheiß muss weg, ich will keinen Joint mehr sehen, kein fremdes Gesicht, absolut gar nichts.«

Phoenix nickt.

»Dieser Scheiß-Clayton. Er ist ein Spence, oder?«

Phoenix nickt.

Auch er nickt, überlegt.

»Clayton war nicht hier, Ship. Er ist okay. Er ist echt okay, Mann. Mach dir keine Sorgen.«

»Fuck, Phoen, erzähl du mir nicht, wann ich mir Sorgen machen soll und wann nicht. Ich mach mir Sorgen, und zwar so lang, bis dieser verdammte Scheißdreck abgehakt und aus der Welt ist.«

Im Wohnzimmer hört sie die Mädels flüstern. Untersteht euch, jetzt abzuhauen, denkt Phoenix.

»Das ist der pure Wahnsinn, Phoen.« Bishop steht auf und drückt seine Kippe aus. »Bring diesen Scheiß bloß wieder in Ordnung. Und dann verpiss dich von hier. Aber wirklich. Ich mein das ernst.«

Phoenix nickt und sieht ihm nach, als er geht.

Auf seinem Rücken steht in einem geschwungenen Schriftzug quer über beide Schulterblätter *Indian*. Darunter ein nacktes Mädchen, dünn und mit langem schwarzem Haar, perfekt. Seitlich von ihr noch ein Sensenmann, unter seiner Kapuze ein höhnisches Grinsen, von der Sense tropft leuchtend rotes Blut. Er hat den Arm um das Mädchen gelegt, sein Gewand ihr Schatten, seine spitzen Finger um ihre Schulter gekrallt. Was Phoenix jetzt gerade nicht sieht, weil es seitlich unter dem Arm ihres Onkels sitzt, ist die Pistole des Sensenmanns, unter das Seil um dessen Taille geschoben.

Cedar-Sage hat ihr letztlich nie erzählt, was sie träumte. Zumindest erinnert sich Phoenix nicht, es je erfahren zu haben. Sie erinnert sich daran, wie sie aus dem großen Fenster auf die Arlington Street runterschaute, mit all den Lichtern und den orangefarbenen Bussen, die in beide Richtungen fuhren, und wie sie jedes Mal, wenn einer der Busse hielt, hoffte, ihre Mutter werde dahinter hervorkommen. Sie war damals erst acht oder so. Aber sie weiß noch, dass sie immer zu ihrer Schwester rannte, wenn die Kleine etwas träumte, was ihr Angst machte, und anfing zu schreien. Phoenix ging dann vom Fenster zu ihr, weckte sie und hielt sie im Arm, bis sie wieder einschlief. Sie war eine gute große Schwester, und sie wollte nicht, dass die kleine Cedar-Sage das Baby weckte.

Im Bad wirft Phoenix ihre Tasche auf den Boden und legt ihre Fluppe vorsichtig auf dem Trockenständer ab. Sie betrachtet sich superausgiebig im Spiegel. Ihre Schläfen sind mit schwarzer Wimperntusche verschmiert, ihre Augen wie die Maske eines Bösewichts in einem miesen Film. Das enge Shirt ist zerknittert und unter ihrem Busen hochgerutscht, die Speckrollen quellen darunter hervor. Sie zieht alles aus, auch den bescheuerten BH, und schmeißt die Sachen in die Ecke. Ihr unförmiger nackter Körper im Spiegel sieht nicht so aus, wie ein nacktes Mädchen aussehen sollte. Ihre Haut ist rot, und sie ist echt eine Tonne, aufgeschwemmt und massig. Ihre Nippel sind riesig und flach wie Pfannkuchen. Seit diesen chinesischen Nudeln gestern hat sie nichts mehr gegessen, und trotzdem ist sie noch so verdammt fett. Ihr Bauch hängt über den Bund von Dez' zu engen Jeans, also zieht sie die auch aus.

Es ist alles Dez' und Robertas Schuld. Die sind mit diesen Scheißklamotten angekommen und haben behauptet, sie sehe gut darin aus. Das hauchdünne Shirt spannte über ihren Speck-rollen, und die Rüschen versteckten gar nichts. Aber es war cool, sich schminken zu lassen, während die anderen Mädels auf dem Badewannenrand saßen und sich darüber unterhiel-ten, welche Jungs sie scharf fanden. Roberta erklärte, sie fände Ship »goldig«. Fuck, das war echt der Brüller.

»Was denn?«, quiekte Roberta. »Stimmt doch!«

Phoenix hatte gelächelt. Sie war wider Willen nervös, befan-gen, aufgeregt. Vielleicht auch hoffnungsvoll. Sie dachte nur an einen einzigen Jungen, aber darüber sagte sie kein Wort.

Roberta sah immer gut aus. Auch als sie erst mal Phoenix schminkte und selbst noch gar nicht hergerichtet war, sah sie schon gut aus. Sie hat den perfekten Körper unter ihren engen Kleidern und perfektes welliges Haar. Dez und Cheyenne sind hübsch. Glänzendes langes Haar. Dez immer mit tiefem Aus-schnitt. Cheyenne trägt das Haar superstraff nach hinten ge-kämmt und zum Zopf geflochten, bis auf zwei lange Strähnen auf beiden Seiten des Gesichts, und dazu dickes, hart kontu-riertes Make-up. Phoenix hat mit diesem ganzen Mist nie was anfangen können, hat nie verstanden, was das alles soll – bis jetzt, wo sie unbedingt einfach ein ganz normales Mädchen sein wollte.

Roberta hatte Fläschchen und Tuben herausgeholt und alles mögliche Zeug auf Phoenix' Gesicht getan, bis es sich ganz schwer anfühlte und juckte. Dann sagte sie mit ihrem perfek-ten Ultra-Schmollmund: »So! Siehst echt scharf aus, Baby.«

Phoenix schaute in den Spiegel, aber sie sah nur sich selbst. Ihre Lippen leuchteten, ihre Augen waren schwarz umrandet, ihre Wangen glitzerten, aber sie war immer noch sie selbst.

Das Shirt, das sie ihr mitgebracht hatten, fand sie scheuß-lich, mit diesen Rüschen, die über ihren riesigen Bauch fielen, also zog sie gleich ihre Kapuzenjacke drüber und machte den

Reißverschluss bis oben zu. Roberta verdrehte die Augen, sagte aber nichts.

Dann rauchten sie im Wohnzimmer zusammen einen Joint, und Phoenix trank ein Bier. Wenn irgendwer sie gefragt hätte, dann hätte sie gesagt, dass sie einfach abhing, es genoss, endlich frei zu sein, aber in Wirklichkeit wartete sie auf Clayton. Er ließ ewig auf sich warten. Immer mehr Leute kamen. Mitchell schickte Clayton eine Nachricht und behauptete, er antworte nicht. Phoenix glaubte ihm nicht, aber sie saß einfach da und trank noch ein Bier, trank schneller.

Kyle zog ein Tütchen Gras hervor, und sie kifften sich alle zu. Das letzte Mal war schon so lang her, dass sie im Nu total high war. Die Musik war laut aufgedreht, und das Haus bebte von den vielen Leuten. Als Clayton endlich auftauchte, war sie völlig hinüber. Hockte im dunklen Zimmer ihres Onkels und hörte sich alte Musik an, während Dez und Mitchell in der Ecke rumknutschten. Sie schaute vom Bildschirm hoch und sah ihn. Er überragte sie, groß und perfekt in einem leuchtenden neuen Hoodie.

»Hey.« Sie versuchte zu lächeln.

»Ah, Phoen, hey!« Er lächelte fast. »Gibt's noch was von dem Dope, das da draußen rumgeht?«

»Ja. Klar.« Sie lächelte ihn an, aber nur ein bisschen.

Sie rauchten, doch er redete kaum mit ihr. Er war nett, aber Phoenix wusste Bescheid. Sie wusste, dass er sie nicht liebte, ganz egal, wie sehr sie das zu erzwingen versuchte, und egal, wer ihr Onkel war. Sie war einfach eine fette Kuh, jetzt mehr denn je, und Clayton musste nett zu ihr sein, aber er interessierte sich einen Scheiß für sie. Sie bedeutete ihm überhaupt nichts mehr. Wenn sie es denn je getan hatte.

Jetzt im Bad wäscht sie sich erst das ganze Make-up ab, dann hebt sie eins der auf dem Boden liegenden T-Shirts von ihrem Onkel auf, nimmt sein Deo von dem unordentlichen Bord. Es riecht eh besser als dieser parfümierte Scheiß. Sie holt ihre Tasche, zieht ihre Baggy Jeans an, fährt sich mit den Fingern durchs Haar, und als sie schließlich ihre Kapuzenjacke überzieht, fühlt sie sich fast wieder normal. Sie tastet in ihrer Tasche nach den Bildern, nur sicherheitshalber.

Sie greift nach der Fluppe, zündet sie wieder an. Der Rauch steigt wabernd vor ihrem Spiegelbild in die Höhe. Sie senkt die Lider ein wenig und entspannt sich.

Genug von diesem ganzen Scheiß, denkt sie, während sie aus dem Bad tritt.

Im Keller verstaut sie ihre Tasche wieder ganz hinten, hinter den großen Kartons mit den Fernsehern. Hier werden ihre Sachen sicher sein. Für eine Weile. Sie will die Bilder jetzt nicht anschauen, denkt aber an sie: das von Grandpa Mac, das von Grandmère, als sie noch jung war, das mit ihren kleinen Schwestern, wo sogar Elsie sich von ihrer besten Seite zeigte und clean aussah und Phoenix noch jung genug war, um sie zu lieben. Aber anschauen kann sie die Bilder jetzt nicht. Wenn sie es täte, hätte sie nicht mehr die Power weiterzumachen.

Im Wohnzimmer tut Cheyenne so, als schliefe sie noch, und Dez und Mitchell unterhalten sich leise in ihrem Sessel. Bishop ist wohl wieder ins Bett gegangen. Auf dem Tisch liegt noch ein bisschen Gras, also fängt sie an, einen Joint zu bauen. Sie hat das immer gern gemacht, die kleinen Blätter von dem Zweig brechen und glatt streichen, bis ihr der Geruch in die Nase steigt. Im Centre haben sie ihr beigebracht, wie man richtig räuchert. Sie hat einiges über Heilpflanzen gelernt, was sie bewirken und wie man sie rituell abbrennt. Der Rauch reinige einen, hieß es. Als sie zum ersten Mal die Salbeiblätter zerkleinerte, musste sie daran denken, wie man Gras zerkleinert. Sie wurde ganz verlegen. Sie dachte, der Älteste wisse, woran sie dachte, und werde sie von dieser Tätigkeit ausschließen oder irgend so was. Aber das tat er nicht. Sie machte das Gleiche wie jetzt gerade, zupfte die Blättchen ab und zerdrückte sie zwischen den Fingern. Nur rollt sie die Krümel jetzt nicht zu einer kleinen Kugel, die sie dann in die Räucherschale legt, sondern sie verteilt sie auf ein Paper und rollt das Ganze zu einem gleichmäßigen Joint.

Beim Räuchern zündete sie die Salbeikugel in der Schale an und wedelte mit der Hand darüber, bis Rauch von der Medizin aufstieg. Sie liebte diesen Geruch. Sie hat viel geräuchert in den Monaten, die sie dort verbrachte.

Gereinigt fühlte sie sich allerdings nie.

Sie zündet ihren Joint an und lehnt sich zurück. Ihr wird flau im Magen, sie hat einen Wahnsinnskohldampf, aber sie ignoriert es. Dez schaut rüber, als würde sie auch gern mal ziehen, aber diesen kleinen Burschen raucht Phoenix allein. Soll sie warten, die Zicke. Mitchells Handy klingelt, und er geht ran, versucht immer noch, leise zu sein. Phoenix horcht, aber zugleich ist es ihr egal. Sie erkennt an der Art, wie Mitchell redet, dass es Clayton ist. An der Art, wie er lacht. Der Blödmann lacht echt zu viel. Aber als er das Telefonat beendet, tut Phoenix gar nichts. Noch nicht.

Sie raucht ihren Joint zu Ende und zündet sich dann eine Fluppe an. Die sind echt verdammt trocken, aber so ist es halt. Sie wird sich noch welche aus Kyles Tüte nehmen. Vielleicht wird sie Dez beauftragen, die Tüte durchzuschauen und die guten rauszusuchen. Das nackte Mädchen kommt aus Kyles Zimmer, jetzt in einem seiner T-Shirts, und guckt verdammt selbstzufrieden. Scheißnutte. Roberta versucht unbemerkt aus Ships Zimmer zu schlüpfen, aber Dez und Mitchell grinsen spöttisch, lachen sie aus. Roberta schaut bloß zu Phoenix rüber, aber Phoenix lässt sich nicht anmerken, was sie denkt. Sie zieht an ihrer Fluppe und sagt kein Wort.

Als sie schließlich so weit ist, nimmt sie Mitchells Handy vom Tisch, ohne dass es jemand bemerkt, und steht in der Küche, bevor irgendwer auch nur ein Wort hätte sagen können.

»Was gibt's, mein Bruder?« Er klingt so fröhlich. »Irgendwas vergessen?«

Phoenix nimmt noch einen tiefen Zug, bevor sie spricht. »Hier ist Phoenix«, sagt sie schließlich.

»Phoen … hey …« Er ist unsicher, hat aber keine Angst. Noch nicht. »Was gibt's?«

Sie lässt die Frage ein bisschen im Raum stehen. »Du bist gestern Abend ganz schön schnell verschwunden.«

»Ja.« Immer noch keine Angst. »Ist was dazwischengekommen. Ich musste weg. Sorry.«

Sie stößt hörbar den Rauch ihrer Fluppe aus, ganz langsam, lässt Clayton Zeit zum Nachdenken.

»Hör mal, Phoen«, fängt er an. »Es tut mir leid. Ich wollte nicht – ich wusste nicht, dass du denkst, wir sind noch …« Er stammelt wie ein kleines Kind. Sie lässt ihn einfach reden. »Tut mir leid«, sagt er noch mal.

»Ja«, sagt sie schließlich. »Was das angeht.« Sie lässt ihre Worte langsam aufeinanderfolgen. »Es ist mir letztlich scheißegal. Also, du bist ein netter Kerl und so, aber es ist mir echt scheißegal.«

Am anderen Ende ein Seufzer.

»Mein Onkel allerdings«, beginnt sie lächelnd. »Der fühlt sich ein bisschen, äh, missachtet?« Sie spricht es wie eine Frage aus und hält dann inne.

Kein Ton von ihm.

Schließlich: »Ich wollte niemanden missachten, Phoen …«

»Ich weiß, ich weiß …«

»Es ist einfach, also, ich weiß auch nicht … ich mag dich echt gern, aber …«

»Ich weiß, hey, das hab ich kapiert. Und es macht mir auch nichts, aber es wurde ja schon ein bisschen wild gestern Abend, oder?« Sie versucht, herablassend zu klingen. Nicht an diese Bilder zu denken, die sie vor ihrem inneren Auge sieht.

»Äh, ja.« Er schweigt einen Moment, scheint nachzudenken. »Ja.«

»Und dann haust du einfach so ab. Nachdem du dich so verhalten hast. Das ist einfach nicht … in Ordnung, Mann. Also, mir ist es ja egal, aber mein Onkel …« Sie nimmt wieder einen tiefen Zug von ihrer Zigarette und spürt, wie er am anderen Ende atmet. »Ich denke, es ist besser, wenn du dich hier mal 'ne Weile nicht blicken lässt.« Das klingt jetzt wirklich herablassend.

Mit leisem Stimmchen: »Okay.«

»Ich dachte einfach, ich sag dir lieber mal Bescheid, verstehst du.«

»Okay« ist wiederum seine einzige Antwort. Aber sie hört es. Jetzt hat er Angst.

Sie lächelt. »Pass auf dich auf.«

Phoenix versucht zu lachen, nur ein kleines Lachen, um ihm zu zeigen, dass es ihr wirklich scheißegal ist, dann beendet sie das Gespräch.

Sie denkt nicht weiter darüber nach, schmeißt den Rest ihrer Fluppe in das halb volle Spülbecken. Das Wasser ist trüb und eklig. Da soll sich Roberta nachher dranmachen.

Sie strafft die Schultern und wirft Mitchells Handy wieder auf den Tisch. Niemand sagt ein Wort. Roberta hat sich auf ihren Platz gesetzt, rutscht aber ein Stückchen. Cheyenne erwacht und setzt sich auf. Sie warten alle. Aber Phoenix weiß, was Sache ist. Sie wird dafür sorgen, dass die anderen hier sauber machen, und wenn ihr Onkel dann aufwacht, werden sie Pläne schmieden. Nur sie und ihr Onkel, sonst niemand. Alle anderen werden nur zuhören. Und dann werden sie sich alle zu Dez oder Roberta verpissen, und ihre Mädels werden sich um sie kümmern, wie es sich gehört. Wie sie es schon gestern Abend hätten tun sollen.

Aber zuerst wird sie dafür sorgen, dass Mitchell ihr was zu essen besorgt. Sie hat einen Scheißkohldampf. Und dann können die Mädels putzen.

Das Haus wird makellos sauber sein, als wäre hier nie etwas passiert, und man wird nichts finden.

# DRITTER TEIL

Früher dachte ich immer, Geister haderten mit ihrer Körperlosigkeit. Ich glaubte, sie hielten sich im Schatten, dem Blick lebendiger Augen entzogen, erfüllt von Liebe und Bewunderung für Körper und dem Wunsch, wieder in einen einziehen zu dürfen.

Aber ich habe meinen Körper nie vermisst. Nicht wirklich. Er war meistens einfach ein nutzloses, beschränktes Etwas mit zu vielen Bedürfnissen und nicht ansatzweise ausreichend Kraft.

Die Körper anderer Menschen jedoch vermisse ich. Das Gefühl einer anderen Haut an meiner. Die Wärme, an der allein ich schon spürte, dass jemand in meiner Nähe war. Ich vermisse dich, mein Mädchen, vermisse es, dich im Arm zu halten. Deine Wange an meiner, wenn wir im selben Bett schliefen, bis zu jener allerletzten Nacht. Ich spürte, wie du neben mir größer wurdest, bis deine Füße im Schlaf gegen meine Knie traten. Du hast immer die Hand nach mir ausgestreckt, um mich zu spüren, die Haut an deinen Fingerspitzen zarter als Schmetterlingsküsse. Ich spüre noch jetzt deinen warmen Säuglingsatem an meinem Hals, selbst in diesem kalten, kalten Winter.

Auch die Altweiberhände deiner Kookoo vermisse ich. Sie sahen schon alt aus, als sie noch jung war, runzlig und trocken von der Arbeit, die Nägel zu Stummeln heruntergekaut. Sie hielt meine Hand immer ganz fest, als wollte sie mir so zu verstehen geben, dass sie mich nie loslassen würde, so fest, dass ich die Knochen ihrer Hand spürte. Ich glaube, sie macht das so, damit wir wissen, wie sehr sie uns liebt.

Ich wusste es.

Ich habe das immer gewusst.

Wenn ich überhaupt irgendetwas wusste, dann das.

Mein Körper ist nur noch eine Erinnerung. Aber manchmal sind Erinnerungen realer als alles andere. Und obwohl ich nicht mehr da bin, erinnerst du dich an mich und liebst mich. Es gibt also eigentlich nichts, was man den Lebenden neiden müsste.

Die Toten halten nichts fest, die Lebenden schon. Die Toten haben nichts, was sie festhalten könnten. Unser Körper wird zu nichts, und wir schweben einfach nur um die Menschen herum, die uns lieben. Wir werden wieder zu nichts. Das ist alles, was wir je waren und was wir jemals sein sollten.

Für mich fühlt es sich an, als wäre ich in einem Traum. Alles bewegt sich unmerklich weiter, verändert sich unkontrollierbar, doch auch wenn es längst vorbei ist, wirkt es noch nach, wie ein dumpfes Echo, das nur langsam verklingt. Es setzt sich fort, immer weiter, und dann kommt von irgendwoher ein Winken, und es verschwimmt und nimmt eine andere Gestalt an.

Die Lebenden halten fest, die Toten täten es gern.

# 15

## STELLA

Stella steht auf, bevor die Sonne aufgeht. Sie hat tatsächlich geschlafen, wenn auch unruhig, da Adam um Mitternacht aufgewacht und Jeff nach vier heimgekommen ist. Ihre Träume waren eher Erinnerungen, an das Mädchen, den Schnee, ihre Cousinen, sich selbst. An den Winter. Ja, sie hat vom Winter geträumt, oder vielleicht hat sie einfach nur gefroren, weil sie ihn durch die alten Fenster spürte. Sie sollten neue Fenster einbauen lassen, bessere.

Sie schaltet die Kaffeemaschine ein und schaut hinaus, während der Kaffee gurgelt und spotzt. Es ist noch dunkel, keine Sterne, nur Himmel zwischen den dünnen, kahlen Bäumen, die im Wind schwanken. In der Dunkelheit sind auch die Äste schwarz. Sie schenkt sich eine Tasse ein, bevor die Kanne ganz voll ist. Sie weiß, wo die Sonne aufgehen wird, wo sich der Osten vor ihrem Fenster anschleicht. Dorthin wirft sie jetzt ab und zu einen Blick, während sie auf das fahle Licht wartet.

Ihr Baby wird hoffentlich noch eine Weile schlafen, denkt sie, als sie ins Bad humpelt. Ihr ganzer Körper schmerzt vom Winter, aber sie wäscht sich das Gesicht trotzdem mit beißend kaltem Wasser und betrachtet dann ihr Spiegelbild, während ihr die Tropfen von der kühlen Haut rinnen.

Es erinnert sie an jemanden. Sie trocknet sich das Gesicht ab, und mit einem Mal fällt ihr ein, wem sie ähnlich sieht. Sie ist jetzt älter, als ihre Mutter es je war, ein bisschen nur, ein Jahr, aber es reicht. Sie sieht älter aus, als ihre Mutter je aussah.

Jeff wäre gestern Abend fast zu Hause geblieben. Fast. Er dachte beim Essen laut darüber nach, verwarf den Gedanken dann aber wieder.

»Ich kann mich nicht allein deswegen krankmelden«, sagte er, während er sein Sandwich einsteckte. »Es ist ja nicht so, als wäre *uns* etwas zugestoßen.«

Stella versucht sich das immer wieder vor Augen zu halten. Ihr ist ja wirklich nichts passiert. Weder ihr noch jemandem aus ihrer Familie wurde etwas angetan, gar nichts.

Als Jeff gegangen war, schaltete sie sofort die Alarmanlage ein. Und als die Kinder endlich schliefen, ging sie unmittelbar ins Bett. Sie zog sich die Decke bis ans Kinn hoch und lag dann stundenlang so da, flach und grade ausgestreckt. Sie konnte nicht lesen, konnte sich nicht entspannen, und das Fernsehen nervte sie nur. Die Schlaftabletten, die Jeff ihr »sicherheitshalber« besorgt hatte, wollte sie nicht nehmen. Sie befürchtete, sie würde das Baby dann nicht mehr hören, falls es aufwachte, also lag sie einfach bloß da, und als sie den Kleinen schreien hörte, stand sie auf. Irgendwann muss sie aber doch geschlafen haben, lang genug, um sich an den Winter zu erinnern und ihn tief in sich zu spüren.

Stella trinkt ihren Kaffee im Stehen halb aus und schenkt sich noch einmal nach, ehe sie ins Wohnzimmer rübergeht. Ihr Kopf ist klar. Kein Dröhnen, kein weißes Rauschen in ihren Ohren. Auch draußen ist es klar. Das heißt, dass es ein kalter Tag wird.

Ein Korb voll frisch gewaschener Wäsche wartet auf sie. Sie legt sie, ihren Kaffee trinkend, im stillen Halbdunkel zusammen, das einzige Licht ist das aus der Küche, der Tag dämmert langsam.

Die Stufen der alten Treppe knarren. Mattie ist auf. Stella empfängt sie in der Küche, die leere Kaffeetasse in der Hand.

»Guten Morgen, mein Mädchen.« Sie lächelt zu ihr hinunter. Mattie springt in ihre Arme und lässt sich ein bisschen wiegen.

»Ich hab dich lieb, Mummy.« Die Stimme der Dreijährigen an Stellas Schulter ist gedämpft, und noch eine wunderbare Minute lang wiegen sie sich zusammen.

»Kann ich Fernsehen gucken?« Mattie richtet sich auf, jetzt ganz wach.

»Klar. Möchtest du ein Glas Milch?«

Mattie nickt nur, und Adam ruft aus seinem Bettchen, als hörte er sie beide und wollte nicht übergangen werden.

Später, als das Baby ein Schläfchen macht und Mattie ruhig in ihrem Zimmer spielt, steht Stella in der Küche am Spülbecken und lässt länger als nötig das Wasser laufen, weil es so schön warm ist und die Stille im Haus durchbricht.

Sie denkt daran, wie sie gestern Abend hier stand, als ihr Mann sich für die Arbeit bereit machte.

»Du fehlst mir, Stell«, hatte er gesagt und die Arme um sie gelegt, während sie den Abwasch machte. »Es ist schon ganz schön lang her.«

Er presste seinen Körper an ihren, aber sie zuckte zurück. Ihr ganzer Körper wurde steif wie ein Brett. Er ließ sie los und ging ohne ein weiteres Wort weg. Er wusste, was das bedeutete, und versuchte nicht, sie über diese Distanz hinweg zu erreichen. Er ließ sie einfach dort stehen, allein in ihrem starren Schweigen.

Dann klopfte es an der Tür. Sie fuhr erschrocken zusammen.

Jeff ging zur Tür. Als sie mitbekam, dass es die Polizei war, ging sie hoch, um die Wäsche zu holen und nach Mattie zu schauen. Sie wollte sich nicht noch einmal mit den Zweifeln und Abwiegelungen der Polizisten befassen müssen. Die Stimmen der Männer drangen über die Treppe zu ihr hinauf.

»Wir glauben, dass sie das Opfer bei dem Überfall vor Ihrem Haus gewesen sein könnte«, hörte sie Officer Christie sagen. »Sie hat gesagt, sie sei von der Selkirk Avenue gekommen.«

»Hören Sie, Stella hat Ihnen alles gesagt, was sie weiß. Ich glaube nicht, dass sie mehr tun kann.« Jeff klang aufgebracht.

»Ich weiß, Mr McGregor, wir dachten bloß …«, begann der junge Beamte, Officer Scott.

Stellas Schritte knarrten auf der Treppe. *Mist*, dachte sie, und war nun genötigt, die Treppe ganz hinunterzugehen und mit ihnen zu sprechen.

»Sie haben sie gefunden.« Ihre Stimme klang ganz schwach.

Scott nickte. »Ein junges Mädchen. Sie passt auf Ihre Beschreibung.« Stella stieß die Luft aus, verspürte eine Art Erleichterung. Nicht verrückt, dachte sie. Ich bin nicht verrückt.

Es war bloß schrecklich.

»Sie kam aus der Richtung Selkirk Avenue, als sie überfallen wurde.«

»Und sie ist vergewaltigt worden?«

»Ja, es gibt Anzeichen sexueller Nötigung.« Er nickte, diesmal sanfter. Es wirkte fast aufrichtig. »Mehr können wir nicht sagen.«

Stella setzte sich. »Oh Gott!«

»Erinnern Sie sich noch an irgendetwas anderes, Mrs McGregor? Ist Ihnen seit unserem letzten Gespräch noch etwas eingefallen?« Er setzte sich unaufgefordert ihr gegenüber, schaute ihr direkt in die Augen. Sein Gesicht hatte etwas Strahlendes, anders als zuvor. Er glaubte ihr jetzt, aber nur weil er musste. Stella verspürte keinen Triumph. Sie wünschte ja selbst, sie hätte sich das alles nur ausgedacht.

»Das Mädchen ist nicht sehr kooperativ«, schaltete sich von

hinten Christie ein, ohne sich jedoch zu setzen. »Sie hat gesagt, dass sie sich an kaum etwas erinnert, insofern ist alles, was Sie uns erzählen können, besser als nichts.«

Stella packte plötzlich eine gewaltige Wut, ein solcher Zorn, dass sie kein Wort über die Lippen brachte. Sie starrte bloß auf ihre Hände, wollte nicht aufblicken, tat, als dächte sie nach, während ihre Wangen glühten.

»Ich habe es Ihnen schon gesagt«, sagte sie schließlich, als sie wieder reden konnte. »Sie waren alle dunkel gekleidet. Ich konnte keine Gesichter erkennen.«

Es war still im Zimmer. Stella spürte, dass die Männer Blicke wechselten. »Na gut, Sie haben ja unsere Nummer, falls Ihnen noch etwas einfällt, Mrs McGregor.« Officer Scott lächelte sie müde an, als er aufstand. »Wie gesagt, ganz egal, wie unbedeutend es Ihnen erscheint.«

Stella nickte ihm zu, dankbar für diese kleine Geste. Sie blickte hinter sich, zu Christie, der wieder auf seine Armbanduhr schaute, und zu Jeff, der auf die Wanduhr sah.

Als die Polizisten gegangen waren, küsste Jeff sie auf die Stirn und sagte: »Na denn, wenigstens etwas.« Er hielt sie lang im Arm, dachte, das helfe ihr. Sie wehrte sich nicht.

Dann ging er hoch, um Mattie Gute Nacht zu sagen, und Stella blieb unten stehen, bebend vor Wut. Sie hätte am liebsten losgebrüllt, aber sie wusste gar nicht, womit sie anfangen sollte, welche Worte überhaupt geeignet wären. Sie dachte bloß, dass sie wegwollte, dass sie wegziehen sollten, fort von hier, egal wohin, die Flucht ergreifen. Ich will nicht hier sein, dachte sie, wälzte die Worte immer wieder im Kopf herum. Will nicht hier sein. Nicht hier.

Jeff machte sich auf den Weg zur Arbeit, mit einem unsicheren Lächeln in ihre Richtung. Er hätte wohl auch etwas gesagt, aber sie stand einfach nur da, bis der Kleine auf seinem Stuhl herumzuzappeln begann und ihre Tochter nach ihr rief. Dann ging sie an die Haustür und gab den Zahlencode ein. Erst danach ging sie zu ihren Kindern.

Sie schliefen schnell ein. Schon um acht war es wieder vollkommen still im Haus. Sie fühlte sich okay, zumindest stabil. Stabil genug, um es noch einmal zu versuchen.

Sie wählte die Nummer ihrer Kookom und stellte dann den Wasserkocher an, um sich einen Tee zu kochen. Sie dachte an all das, was sie fragen und sagen wollte, an all die normalen Dinge und lustigen Geschichten über ihre Kinder. Kookom wird trotzdem spüren, dass etwas nicht stimmt, aber die Geschichten werden ihr gefallen. Sie hat Stellas Geschichten immer gemocht.

Wieder klingelte es ewig.

Niemand ging ran.

Nachdem sie es mindestens zehn Mal hatte klingeln lassen, legte sie auf. Sie ließ den Wasserkocher sich selbst abschalten und machte alle Lichter aus.

Sie legte sich ins Bett, unter die Decke, steif und kalt wie etwas Totes, das man zu lange draußen hat liegen lassen.

Irgendwann im Laufe der Nacht schlief sie fest genug, um zu träumen, fest genug, um aufzuschrecken, als der kleine Adam nach ihr rief. Sie ging durch die Dunkelheit zu ihm, und auf der Treppe fiel es ihr wieder ein. Vor zwei langen Nächten. Genau wie jetzt.

Sie hob ihr weinendes Kind aus dem Bett, beruhigte es mit sanften Lauten, küsste sein weiches Haar, drückte den Kleinen an sich. Er war so warm. Sie schaute hinaus auf die kalte weiße Brache. Den kaum wahrnehmbaren Schatten dessen, was vom Tatort noch zu sehen ist, praktisch nichts, es ist alles unter dem Schnee verborgen. Der Wind toste vor dem Fenster, ließ die Scheiben klirren.

Nach dem Mittagsschlaf geht Stella mit den Kindern raus. Sie packt sie warm ein und lässt ihre Tochter den Kleinen in seinem Mini-Schlitten herumziehen. Beide quieken vergnügt, dort draußen im Schnee.

Da sie die Hände nun frei hat, greift Stella nach der Schaufel und beginnt sich durch die hohen weißen Schneeverwehungen auf dem Gehweg vorzuarbeiten. So nah am freien Feld sind sie ständig am Schippen, ganz egal, was der Wetterbericht sagt. Der Wind bläst den Schnee unablässig in ihren Garten, wie eine lange Hand, die versucht, sie zu begraben.

Sie schaufelt den Weg zum Schuppen hinterm Haus frei, um ihn herum und wieder nach vorn. Der Garten ist so lang, dass sie beim Schneeschippen immer ins Schwitzen gerät. Als sie fertig ist, reckt und streckt sie sich, setzt ihre Toque ab und wischt sich die Stirn. Sie lächelt den Kleinen zu, fühlt das Lächeln aber nicht. Dann schaut sie zu dem Feld hinüber, zu den Schneewehen, die sich vor ihrem Zaun auftürmen. In lang gestreckten geschwungenen Formen begrenzt der Schnee die Brache und reicht hier und da auf die Straße hinaus. An sonnigen Tagen wie heute, an denen der Schnee in tausend verschiedenen Farben glitzert, sieht das Feld so schön aus, harmlos.

In ihrem Traum war es Nacht. Sie war mit Lou und Paul auf der Bannerman Avenue unterwegs. Die Ärmel ihrer Holzfällerjacken über die Finger gezogen. Sie hatten riesige Big-Gulp-Becher in den Händen, schlürften ihre kalten Getränke, während es um sie herum schneite. Der Wind wehte ihnen die langen Haare ins Gesicht. Wie alt waren sie? Vierzehn vielleicht. Nein, dreizehn. Jedenfalls war es nach Moms Tod. Sie erinnert sich an den Schmerz in ihrer Brust, also war es danach. Es war so lange so schlimm. Das Auto kam langsam näher und hielt an, damit sie die Straße überqueren konnten, also gingen sie hinüber, eilig in der Kälte, aber zunächst noch sorglos.

»Was soll denn das?«, murmelte Lou mit Blick auf den Wagen, der sich nicht von der Stelle bewegte, sondern eine ganze Weile dort stehen blieb.

Sie gingen weiter, liefen fröstelnd nach Hause. Lou schaute noch einmal zurück.

Schließlich fuhr der Wagen los, und als er sie passierte, schaute der Fahrer zu ihnen hinaus. Stella sah eine runde Brille, eine lange Nase. Zuerst kam ihr das Gesicht wie eine Maske vor, wie eine dieser Scherzartikel-Brillen mit Augenbrauen und riesiger Nase dran, aber nein – der Mann sah wirklich so aus.

»Was hat der denn da gemacht?«, fragte Paul.

Sie wurden alle nervös. Das Auto bog nach links in die Aikins Street.

Als sie die Straße erreichten, kam wieder ein Auto, diesmal von hinten, und fuhr genauso langsam und gemächlich an ihnen vorbei. Diesmal schaute Stella nicht hin.

»War das wieder der?«, fragte sie.

Lous Miene wurde entschlossen, wie immer, wenn sie es ernst meinte. »Kommt, wir nehmen die Abkürzung durch Guys Garten.«

Sie schlüpften auf dem schmalen Streifen zwischen den Häusern hindurch. Dort war nicht geschippt, und der Schnee lag ziemlich hoch. Stella stützte sich an der rauen Hauswand ab. Sie sprangen über den niedrigen Zaun auf das ruhige Sträßchen dahinter. Aber plötzlich hielt an dessen Ende, da wo der Mann ungefähr herausgekommen sein musste, ein Auto. Sie versuchten gar nicht erst zu erkennen, wer das war. Sie rannten sofort los.

Paul schmiss ihren Becher in eine Schneewehe, und Stella fiel nach wenigen Schritten hin. Sie rutschte auf dem Eis aus, knallte mit dem Knie auf den harten Schnee und verdrehte es. Der Inhalt ihres Bechers ergoss sich über ihre Jacke, und sie fasste mit ihren bloßen Händen in den kalten Schnee. Lou zog sie wieder hoch, und mit schmerzendem Knöchel humpelte sie weiter. Sie versuchte zu rennen, auf dem Eis von der laufenden Lou gestützt. Als sie auf die Salter Street kamen, schwenkten hinter ihnen die Scheinwerfer vorbei, und sie sahen, dass es doch nicht der Typ von vorher gewesen war.

»Oh Mann, und dafür hab ich meinen Gulp weggeschmissen!«, seufzte Paul. Aber dann lächelte sie erleichtert.

»Wenigstens hast du ihn dir nicht über den Bauch gekippt!«, rief Stella, deren blau karierte Jacke ganz dunkel von der Cola war.

»Dafür riechst du jetzt gut!«, sagte Lou und lachte. Sie lachten alle drei, nervös und durchgefroren.

Wieder streifte sie das Licht zweier Scheinwerfer, genau in dem Moment, als Paul sagte: »Kommt, lasst uns heimgehen«, und ihr Ton wurde unmittelbar streng. Sie klang wie ihre Mom.

Stella zuckte beim Gehen immer wieder zusammen und stützte sich auf Lou. Sie dachte ein ums andere Mal, es ist alles okay, wir sind auf einer viel befahrenen Straße, uns passiert nichts. Der Wagen bog vor ihnen in die Atlantic Avenue, hielt sich aber Richtung Main Street. Okay, gut, dachte sie. Wir gehen in die andere Richtung.

Sie überquerten die Salter Street, und die Schmerzen in Stellas Knöchel wurden schlimmer. Lou taumelte unter ihrem Gewicht.

»Hilf mir mal, Paul«, sagte sie, und zusammen – eine Cousine an jeder Seite – halfen sie Stella auf den Bordstein hinauf.

»Tut mir leid. Das ist echt blöd«, sagte Stella.

»Wir müssen einfach nur heim«, sagte Paul in Stellas Ärmel hinein. »Kookom richtet das schon wieder.«

Noch nie waren ihnen zwei Blocks so weit vorgekommen. Ein Auto fuhr an ihnen vorbei, noch eines, dann ein drittes, und sie atmeten schließlich auf.

Paul öffnete gerade das Gartentor, als sich erneut ein Scheinwerferpaar näherte. Sie erstarrten all drei, wussten, das war er. Der Wagen war gelblichbraun, wie Stella jetzt sah, und hatte runde Scheinwerfer, und drinnen saß ein großer Weißer mit Locken und einer runden Brille. Er fuhr langsam an ihnen vorbei, schaute sie mit lüsternem Blick direkt an. Das Wort *lüstern* kannte Stella damals noch nicht, aber als sie es Jahre später zum ersten Mal hörte, wusste sie sofort, was damit gemeint war. Er guckte lüstern. Lou und Stella standen da und starrten ihn an. Lou versuchte tough auszusehen, aber Stella hatte einfach nur Angst. Paul zupfte sie beide am Ärmel. »Kommt jetzt, kommt.«

Ihre Cousinen hievten Stella die Treppe hinauf und knallten die Tür hinter sich zu.

»He, müsst ihr so mit der Tür knallen?«, rief Aunty Cher aus dem Wohnzimmer. Die Mädchen bugsierten Stella ins warme Zimmer und ließen sie auf die Couch sinken.

»Was zum Teufel hast du denn angestellt?« Aunty Cher streckte die Hand nach ihrer jungen Nichte aus.

Stella wollte sich den Schuh ausziehen, fuhr aber bei der ersten Bewegung zusammen, ein heftiger, roter Schmerz.

»Sie hat sich den Knöchel verstaucht«, erklärte Lou.

»Bist du hingefallen?«, fragte Cher und deutete mit dem Kopf auf Stellas vollgekleckerte Jacke, während sie sich hinkniete, um ihr den Schuh auszuziehen.

Stella nickte, sog aber immer wieder scharf die Luft ein, weil es so wehtat.

»Schon gut, schon gut.« Aunty Cher schnürte die Joggingschuhe vorsichtig auf, ihre warmen Finger brannten auf Stellas geröteter Haut. »Louisa, hol mal ein paar Eiswürfel.«

»Aber sie friert doch«, quengelte Lou. Trotzdem setzte sie sich in Bewegung.

»Das ist egal.« Stella entfuhr ein Schrei, als Aunty Cher ihr den Schuh vom Fuß zog. »Und setz Wasser auf!«

Stella wimmerte ein bisschen, nur leise natürlich, sie wollte nicht, dass man es hörte.

»Schon gut, mein Mädchen. Was ist denn passiert?« Aunty Cher sah Stellas Mom total ähnlich. Sie hatte genau die gleichen Augen, ihre Haut- und Haarfarbe waren allerdings anders, heller. Ihr Haar war fast rot, im Gegensatz zu Rains pechschwarzem Haar. Stella hätte am liebsten geweint, wollte aber kein Baby sein.

»So ein widerlicher Typ ist uns hinterhergefahren«, platzte Paul heraus.

Lou kam mit einem Handtuch voller Eiswürfel ins Zimmer zurück und warf ihrer Schwester einen bösen Blick zu.

»Ein alter Kerl in einem gelben Auto.« Paul war damals erst zwölf.

»Was? Was ist passiert?« Aunty Cher schaute von einem Mädchen zum anderen, ihr sanfter Blick war hart geworden. »Louisa?«

»Ach, nichts«, begann Lou.

»Das glaubst du ja wohl selbst nicht. Was war los?« Sie schaute die Mädchen weiter an.

Niemand sagte etwas. Stella wand sich, hoffte, ihr Fuß würde dadurch irgendwie weniger wehtun.

»Das war einfach so ein widerlicher alter Kerl. Er hat nichts gemacht. Er ist uns nur hinterhergefahren«, versuchte Paul die Sache wieder hinzubiegen, den Blick auf Lou gerichtet.

»Louisa?«

»Es war … wir … wir haben einfach Panik gekriegt, aber da war nichts.« Lous Stimme klang jetzt bittend.

»Das glaubst du ja wohl selbst nicht«, sagte Aunty Cher noch einmal und packte das Handtuch mit den Eiswürfeln um Stellas Knöchel. Obwohl ihre Tante so wütend war, tat sie das ganz sanft, das weiß Stella noch. Sie zog den Tisch heran und legte mit einem Lächeln Stellas Fuß hoch. Die Sorte Lächeln, mit dem sie Stella immer ansah, jedenfalls seit deren Mutter gestorben war. Dann wandte sie sich ihren Töchtern zu, und ihr Blick wurde wieder hart. »Ich ruf jetzt die Bullen an.«

»Nein, Mama, mach das nicht. Es ist doch nichts passiert.« Lou quengelte wieder und folgte ihrer Mom in die Küche. »Jetzt mach nicht so 'n Aufstand.«

Stella saß einfach da. Paul lehnte am Türrahmen, den Kopf gesenkt. Lou würde ihr später die Meinung geigen. Wenn es irgendwas gab, was Lou hasste, dann war es, wenn jemand unnötig einen Aufstand machte.

»Alles okay, Paul?« Stella schaute ihre jüngere Cousine an.

»Ja«, antwortete diese langsam. »Aber Lou ist stinksauer.«

Stella nickte bloß. Der Fernseher plärrte vor sich hin, eine dieser Schmonzetten, die ihre Aunty so liebte.

Nebenan hörten sie Aunty Chers schriller gewordene Stimme am Telefon. »Hallo? Polizei? Jemand ist meinen Mädchen gefolgt. Irgendein Perverser ist hier in unserem Viertel unterwegs.« Die Telefonschnur dehnte sich, während Aunty Cher auf und ab ging, und Lou lehnte sich mit genervtem Gesicht an die Arbeitsplatte. »Irgendein Perverser«, hatte sie gesagt.

Wenn Aunty Cher eins gut konnte, dann gewaltig Aufstand machen.


Mattie ruft. Stella steht im Wind, und das Baby, das aus seinem Schlitten gefallen ist, liegt weinend im Schnee. Der Kleine in seinem Schneeanzug strampelt mit Armen und Beinen, wie eine Schildkröte, die auf den Rücken gefallen ist. Stella unterdrückt ein Lachen.

Er hört ziemlich schnell auf zu weinen, aber sie hält ihn weiter im Arm, will ihn noch nicht loslassen.

Aunty machte wirklich einen Riesenaufstand. Sie mussten alle so lange aufbleiben, dass Kookoo sich wieder aus dem Bett hochrappelte und Tee kochte. Kookoo kochte immer Tee. Sie reichte Stella eine Tasse mit viel Milch und Zucker, so wie sie ihn am liebsten mochte, und Paul schlief an ihre Mutter gekuschelt ein, sie war ja noch ein Kind. Aber die anderen schliefen nicht. Sie warteten auf die Polizei. Als die endlich kam, schnarchte Kookoo vor sich hin, und die Titelmelodie von »The Munsters« erklang, so spät war es schon. Paul wurde aufgeweckt, und dann erzählten sie ihre Geschichte wieder und wieder. Lou erzählte das Ganze so, als hätte sie keine Angst gehabt, und jetzt hatte sie vermutlich auch keine Angst mehr.

Die Polizisten sagten Aunty Cheryl, sie sollte ihre Töchter wohl besser nicht mehr allein einkaufen gehen lassen, als wäre das die Antwort auf alles.

Als sie gingen, stand Aunty noch eine Weile an der Tür, die Hand auf dem Knauf, als wollte sie ihnen nachlaufen.

Kookoo tätschelte ihr die Schulter, und zu ihnen sagte sie: »So, jetzt aber ab ins Bett, ihr drei.«

Lou half Stella, die Treppe hinaufzuhumpeln, während ihre Aunty dort unten stehen blieb und weiter auf die Tür starrte, das Gesicht fleckig und von Tränen der Wut benetzt.


Als das Baby noch ein Schläfchen hält und Mattie mit nicht wirklich heißem Kakao und dem Fernsehen beschäftigt ist, greift Stella nach dem Telefon und versucht es erneut. Diesmal klingelt es nur zwei Mal. Sie holt tief Luft.

»Hallo?«

»Hallo, Kookoo. Hier ist Stella.«

»Hallo, mein Mädchen.« Kookoos Stimme ist weit und offen wie immer, aber auch traurig? Vielleicht.

»Wie geht's dir?« Stella spricht steif, aber mit ruhiger Stimme. Wenn sie Kookoms Stimme hört, wird sie immer emotional.

»Ach, mein Mädchen. Es geht schon, es geht. Und dir?« Kookoms Stimme klingt wie ein lauter Seufzer.

»Mir geht's gut, Kookoo. Wie fühlst du dich?« Während sie telefoniert, wischt Stella die Arbeitsfläche ab und räumt auf, um nicht in Tränen auszubrechen.

»Ach je. Alt. Wie gehabt«, sagt ihre Großmutter ganz schlicht. »Wie geht's den Kleinen?«

»Gut.« Stella unterdrückt das Beben, das sich immer wieder in ihre Stimme schleicht. »Sie sind groß geworden. Der kleine Adam sitzt schon. Ein dralles Kerlchen.« Sie hält inne. »Wir müssen dich bald mal besuchen kommen.«

»Das müsst ihr.« Ihre Kokoom macht keine Umschweife.

»Also …« Stella ist plötzlich verunsichert. »Ist alles okay? Du klingst irgendwie traurig.«

»Na ja«, erwidert Kookom. »Es ist schrecklich. Emily, Pauls Tochter. Du erinnerst dich an Emily?«

»Natürlich.«

»Sie ist überfallen worden, mein Mädchen. Vergewaltigt. Es ist schrecklich. Ganz entsetzlich.« Die alte Frau klingt so zerbrechlich, ihre Stimme bebt.

»Was?«

»Sie ist ausgegangen. Zu einer Party. Irgendwo in der Selkirk Avenue. Auf der anderen Seite von McPhillips. Und da haben Leute, schreckliche Männer, sie überfallen.«

Stella spürt, wie ihr ganzer Körper nachgibt. Ihre Beine tragen sie nicht mehr. Sie muss sich setzen, aber da ist nur der Boden. Auf den sinkt sie nun. Ihr Magen scheint erst nach ihr anzukommen.

»Oh.« Ihre Stimme klingt schwach.

»Ich weiß. Das arme Mädchen. So ein liebes Mädchen. Sie liegt noch im Krankenhaus. Sie hatte Glas in sich. Die haben sie mit einer Bierflasche vergewaltigt. Mit einer Bierflasche – kannst du dir das vorstellen? Mein armes, armes Schätzchen. Dreizehn ist sie. Dreizehn!«

Jetzt spürt Stella es. Sie zittert. Sie will aufheulen und auf irgendetwas einschlagen, sich zusammenrollen und sterben. Schließlich murmelt sie so etwas wie: »Oje!« und versucht, leise zu weinen, damit Kookoo es nicht hört.

Aber die scheint nichts zu bemerken, sie redet weiter. »Du musst kommen, Stella. Komm nach Hause, mein Mädchen. Bitte.«

Stella atmet tief ein und aus, versucht sich zu fassen. Eine plötzliche Panik erfasst sie. »Das mach ich, Kookoo. Das mach ich.«

»Ich brauch dich hier, Stella.« Jetzt weint Kookom. Sie weint sonst nie. Sie klingt so alt und klein. Sie hat noch nie um etwas gebeten.

Oben rumpelt es, und Mattie heult auf. »Oh Kookom, es tut mir leid. Mattie ist hingefallen. Sie weint, Kookoo. Ich muss zu ihr hoch. Aber ich komme. Ich komme.«

»Gut, gut, hör auf, dich zu entschuldigen.« Die Stimme der alten Frau klingt fast wieder normal. »Ruf mich noch mal an.«

»Ja. Mach ich. Ich hab dich lieb«, sagt Stella, abgelenkt.

Ihre Kookom sagt noch etwas, aber Stella legt zu schnell auf und versteht es nicht mehr. Sie schaut kurz das Telefon an, die Leerstelle, wo eben noch ihre Kookom gewesen war, aber sie muss zu Mattie hoch. Das kleine Mädchen hält sich den Kopf. Aus ihren haselnussbraunen Augen quellen Tränen, neben ihr liegt ein umgefallener kleiner Stuhl. Stella nimmt ihre Tochter in den Arm und drückt sie an sich. Sie zittern und weinen beide lange.

Als sie den Notruf angerufen hatte, legte sie den Kleinen ab. Er schrie und schrie, aber sie ging trotzdem. Sie rannte die Treppe hinunter, blieb dann aber wie erstarrt in der Küche stehen. Sie wusste, dass die Angreifer weggelaufen waren, aber womöglich kamen sie zurück, und die Frau lag dort mit nacktem Hintern, vielleicht tot, vielleicht lebendig. Vielleicht brauchte sie Hilfe. Aber Stella stand bloß da und starrte auf die Hintertür, außerstande, sie zu öffnen. Sie erinnerte sich an etwas, woran sie lange nicht mehr gedacht hatte.

Sie schlüpfte in Jeffs Arbeitsstiefel, aber Adam schrie immer noch. Sie öffnete die Tür, doch die Alarmanlage hielt sie auf. Sie schrillte und schrillte, und Stella kriegte den Zahlencode nicht hin, ihre Finger zitterten über den Tasten, so viele Tasten.

»Mama.« Mattie war aufgewacht.

»Alles okay, mein Schatz«, gelang es ihr zu sagen. »Geh wieder ins Bett. Ich komme gleich.«

»Adam schreit.«

»Ich weiß, Schatz. Lass ihn einfach schreien. Ich muss … ich komme gleich.« Sie öffnete die Tür und hielt wieder inne. Die Frau setzte sich gerade auf, allein. Emily setzte sich im Schnee auf und zog ihre Hose wieder an. Aber Stella beobachtete sie nur, beobachtete Emily durch die von der Kälte beschlagene Glasscheibe der Vortür. Das Mädchen wurde von den Straßenlampen beleuchtet, während es sich, mehrmals sichtlich zusammenzuckend, die Hose anzog und das Gesicht zum Himmel wandte. Ringsum schneite es lautlos.

Stella blieb stehen, den kalten Türgriff in ihrer zitternden Hand.

»Mama!« Mattie war aufgebracht. Adam wurde immer hysterischer, sie ließ ihn sonst nie schreien. »Mama!«

»Okay, ist ja gut.« Sie schüttelte den Kopf. Wusste, dass sie etwas tun sollte, wusste nicht, was. Was konnte sie tun?

Sie sah die Frau, das Mädchen, Emily, sah, wie sie aufstand, ganz langsam, humpelnd einen Schritt ging. Einen Moment lang war ihr Gesicht inmitten der tanzenden Schneeflocken beleuchtet, und Stella wollte aufschreien.

Aber sie tat es nicht. Sie stand einfach nur da.

Beide Kinder weinten jetzt, laut, untröstlich. Ihre Stimmen zerrten an Stella wie Hände. Das stumme Telefon immer noch in ihrer Hand. Bald ist die Polizei da, hatte sie gedacht. Die Polizei wird ihr helfen, der Frau, dem Mädchen. Emily.

Sie schlüpfte wieder aus Jeffs Stiefeln und rannte die knarrende Treppe hinauf zu ihren schreienden Kindern.

# 16

## LOU

Das Haus ist dunkel, als ich zurückkomme, bis auf das blaugrüne Leuchten von Jakes Videospiel. Es piept, und aus seinem Kopfhörer dringen Befehle. Er zuckt zu dem Geschehen auf dem Bildschirm mit den Schultern, sagt aber nichts.

»Hey.« Meine Stimme klingt so fern.

»Hey.« Sein Kopf zuckt nach hinten, in meine Richtung.

»Ist Baby Boy gut eingeschlafen?« Ich lasse mich auf die Couch fallen, noch in der Jacke, und erwäge, an Ort und Stelle einzuschlafen. Gerade eben war ich noch gar nicht so müde.

»Mhm.« Seine üblichen einsilbigen Antworten, aber in seiner Stimme höre ich etwas Neues. Einen anderen Unterton.

Ich nicke, obwohl er mich nicht sehen kann, bleibe noch einen Moment sitzen und schaue ihm beim Spielen zu. Die gedämpften Stimmen aus seinem Kopfhörer klingen fordernd.

Der vergangene Tag legt sich schwer auf meine Seele – er rollt heran wie eine große Welle und zieht sich dann wieder zurück. Was kann ich noch tun? Emily hat ein Beruhigungsmittel bekommen und wird wahrscheinlich bis morgen früh schlafen. Paul ist auf einer Liege zwischen Emily und Pete sicher aufgehoben. Mom hat Kookoo nach Hause gefahren. Ziggy wurde entlassen, nachdem man ihre Gesichtswunden genäht hatte.

Ich bin mit Rita und den Kindern im Taxi heimgefahren. Rita war wirklich außer sich, und ich wollte sicherstellen, dass die drei gut nach Hause kommen. Während der Fahrt war es gespenstisch still. Ich saß vorn neben dem Fahrer, drehte mich aber immer wieder um und schaute, ob ich irgendwas tun könnte. Irgendwie helfen. Ziggys kleines Gesicht war weiß verbunden. Ihr Blick von den Medikamenten verschleiert. Sie saß schlaff da, an ihre Mutter gelehnt, die sie einfach nur festhielt und nach vorn schaute. Sunny sagte kein Wort. Er starrte aus dem Seitenfenster. Sein junges Gesicht schien gealtert zu sein.

Wir sind alle auf die eine oder andere Weise beschädigt worden.

»Hast du was gegessen?«, rufe ich meinem Sohn über den großen Abgrund hinweg zu.

Er bewegt den Kopf zur Seite, wohl die Andeutung eines Kopfschüttelns, und das Licht trifft auf seine Augen, die blutunterlaufen und entzündet sind. Leuchtend rote Flecken um seine schönen Augen. Sein Gesicht blass in seinem Schmerz. Ich sehe es nur eine Sekunde lang, aber dann ist es überall. Im ganzen Zimmer.

Ich rutsche hinter ihn und lege, immer noch in der Jacke, die Arme um meinen mageren, großen Jungen, halte ihn fest. Presse das Gesicht zwischen seine knochigen Schulterblätter und halte ihn, während er versucht, so leise wie möglich zu weinen. Seine Hände sind schlaff. Sein Spiel piept vor sich hin.


Irgendwann rücken wir dann unmerklich auseinander, auf die beiden Sofas. Ich decke ihn mit ein paar dünnen Decken zu, darf sie um seine Füße feststecken. Er lässt einen Film laufen, dann einen anderen. Ich döse auf dem anderen Sofa. Die Klänge und Figuren verschmelzen, und wir versuchen zu schlafen. Ich denke an die blassen Lippen meiner Nichte, an ihre Haut wie Papier. An den bebenden Körper meiner Schwester, um ihre Tochter geschmiegt, die Arme sanft um sie geschlossen. Das Gesicht meiner Mutter, gerötet, nass, in sich gekehrt. Meine Großmutter, meine Kookom, war zu still. Morgen müssen wir alle darauf achten, dass es ihr gut geht.

Ich schlafe ein und wache mit einem anderen Gedanken im Kopf wieder auf. Dieser Hausbesuch, den ich letzten Freitag gemacht habe – war das wirklich erst letzten Freitag? Die alte Dame, Luzia, die uns während des Gesprächs immer wieder Tee nachschenkte. Ihre Pflegekinder saßen unwillig mit am Tisch. Zwei hat sie. Eine von ihnen, Destiny, hat eine Akte, die sich wie ein Polizeibericht liest. Sie ist die Sorte Kind, die immer wieder Prügel einstecken muss und trotzdem der Welt das Kinn entgegenreckt, auch auf die Gefahr, weitere Schläge einzukassieren. Und dann die andere, Cedar-Sage, gleiche Erfahrungen, gleiches Leid, aber sie saß da wie eine Schildkröte, in sich zusammengekrümmt, in Erwartung der nächsten Attacke. Das sind die zwei Arten, durchs Leben zu gehen, denke ich. Ich habe immer versucht, wie Destiny zu sein, mit erhobenem Kopf vorwärts zu gehen. Ich weiß nicht, ob mir das immer gelungen ist, aber ich bin jederzeit bereit zu kämpfen. Paul war immer eher schildkrötenartig. Sie scheint von uns beiden die besser Geschützte zu sein. Zumindest war das früher so.

Ich stehe auf, bevor Baby Boy aufwacht, und beschließe, ein richtiges Frühstück zu machen. Ich lege die Baconstreifen auf das Blech im Ofen und backe einen Haufen Pancakes, mehr als sonst, um Pete und Paul welche mitzubringen, und vielleicht auch Emily, wenn ihr danach ist. Sie hat meine Pancakes immer gemocht. Der Akt der Essenzubereitung gibt einem irgendwie das Gefühl, etwas Nützliches zu tun, auch wenn man tatsächlich nichts tun kann. Ich schicke Paul eine Nachricht, dass ich komme, sobald ich meinen Kindern Essen gemacht habe.

Jake setzt sich auf und nimmt einen Teller, aber wir stochern beide nur in unserem Essen herum. Baby Boy isst ein bisschen was und legt sich dann bäuchlings auf den Boden, das klebrige Kinn in eine Handfläche gestützt, so wie neulich. So wie immer.

Ich schaue wider Willen immer wieder zu meinem älteren Sohn hinüber. Ich weiß, dass er reden, mir etwas sagen will. Sein Gesicht ist eine Maske. Er versucht tough zu sein. Ich darf ihn nur von der Seite anschauen. Mit dem Rücken gegen die Armlehne des Sofas gelehnt, darf ich mich dem Fernseher zuwenden oder aus dem Fenster schauen, aber ich darf nicht meinen Jugendlichen ansehen und nicht als Erste etwas sagen. So funktioniert das. Wenn ich als Erste etwas sage, ruiniere ich es. Ich muss darauf warten, dass er anfängt. Ich stochere in meinem Essen herum und gebe vor, fernzusehen oder aus dem Fenster zu schauen. Mein Blick streift ihn, aber nur, wenn er es nicht sehen kann.

Schließlich sagt er: »Ich glaube, ich weiß, wo die hingegangen sind.«

»Ah.« Nur ein kurzer Laut. Das Morgenlicht ist grau und ohne jede Wärme.

»Da in der Gegend wohnt Bishop, so 'n Typ, bei dem immer alle feiern.« Er stellt den Teller ab und verschränkt die Arme vor der Brust.

»Wer sind ›alle‹?« Ich schaue auf mein Essen hinunter, stochere weiter.

»Seine Leute.« Er zuckt mit seinen schmalen Schultern.

Ich hinterfrage das nicht. Er lässt absichtlich bestimmte Dinge weg. »Warst du da auch schon mal?«, frage ich bloß.

»Nee. Sun und ich stehen nicht auf diesen Mist. Da geht's ziemlich heftig ab.« Wieder erscheinen rote Flecken auf seinem Gesicht. Er zieht seine schwarze Kapuze über den Kopf und lehnt sich zurück.

Ich warte einen Moment. »Und wie sind Emily und Ziggy da gelandet?«

»Ich nehm mal an, irgendjemand hat ihnen davon erzählt. Oder sie sind einfach hingegangen.« Er würde nicht reden, wenn er es nicht wollte, aber es darf nicht emotional werden.

Aber dann kommt mir ein Gedanke. »Glaubst du, sie haben das geplant, wie so 'ne Art Aufnahmeritual oder so?«

»Bei Mädchen gibt es kein Aufnahmeritual, Mom.« Ein traurig-spöttisches Grinsen. Auch an seinem Kinn sehe ich sein dunkles Haar. Mein Junge ist schon fast ein Mann.

»Sondern? Was passiert mit den Mädchen?« Ich stelle meinen Teller mit den kalten, zerrupften Pancakes auf den Boden. Die feuchten Krümel saugen den braunen Sirup auf, der schon am Erhärten ist.

»Die werden, na ja, einge-s-e-x-t, verstehst du? So halt.« Dazu eine lockere Handbewegung, als spräche er hier nicht von einer traumatisierenden Erfahrung. Er buchstabiert das Wort, damit Baby Boy nicht mitbekommt, dass sein Bruder gerade das Schlimmste sagt, was er nur sagen könnte.

Ich muss schlucken. »Glaubst du, es war so was?«

»Ich weiß nicht. Also, es passt nicht so richtig.« Seine Hände verschwinden unter die Kapuze, reiben sein müdes Fast-schon-Männergesicht. Er richtet sich auf, sieht mich direkt an. Wie ein Erwachsener. »Also, ich kenne Mädchen, die das machen oder gemacht haben, aber die wollten das, verstehst du? Dazu wird niemand gezwungen.«

»Aha.«

»So läuft das eben. So oder gar nicht.« Er hält inne. »Zumindest hab ich es so gehört. Und ich kann mir nicht vorstellen, dass Em und Zig für so was zu haben sind. Die kennen sich eh nicht so richtig aus. Also, gar nicht.«

Wir schweigen länger.

»Du hast recht«, sage ich dann, obwohl ich so viele Fragen hätte. »Es klingt wirklich nicht nach etwas, was Emily und Ziggy tun würden.«

Er zuckt nur mit den Achseln.

»Fragt sich bloß, was sie dann da gemacht haben.«

Erneutes Achselzucken, und ich merke, dass der magische Moment vorbei ist. Mein Junge steht auf und stellt seinen Teller ins Spülbecken, ohne dass ich ihn erst darum bitten muss. Er geht mit hoch erhobenem Kopf, genau wie ich. Reckt der Welt das Kinn entgegen, wie ich.

Ich betrachte ihn voll Stolz. Zunächst. Dann schlägt der Stolz in Angst um.

Zum ersten Mal seit Stunden denke ich an Gabe, will, dass er heimkommt, sich um die Jungs kümmert und mir hilft, sie davon zu überzeugen, dass alles wieder gut wird. Ich überlege, ob ich Jake vorschlagen soll, Gabe anzurufen, damit der auf seine Gabe-Art mit ihm redet und ihm den Rücken stärkt. Aber ich bremse mich, sage es nicht. Gabe hat noch kein einziges Mal angerufen. Am Donnerstag ist er gefahren, jetzt ist Sonntag, und er hat noch kein einziges Mal angerufen.


Das Krankenhauszimmer ist voll, als wir kommen. Ich konnte Jake nicht noch einen Tag vertrösten, und Baby Boy tut allen gut. Er landet gleich auf Kookoms Schoß. Jake begrüßt seine Großmütter und geht dann direkt zu Emily, der man das Bett in Sitzposition gestellt hat. Heute Morgen hat sie schon etwas mehr Farbe. Er erzählt ihr etwas ganz nah an ihrem Ohr, und

Emily lächelt. Paul rückt ein Stückchen vom Bett weg, zum ersten Mal an diesem Tag, so scheint es. Ich richte Kookoo auf einem Styroporteller etwas zu essen, schneide ihr alles in kleine Stücke, so wie ich es auch für Baby Boy mache. Aus reiner Freundlichkeit isst sie ein bisschen, teilt mit ihm. Meine Mom und Paul essen nichts, und ich dränge sie auch nicht.

»Wo ist Pete?«, frage ich meine Familie.

Mom lässt den Blick schweifen. »Saubermachen.«

»Aha«, mehr sage ich nicht, denn meine Mom ist wie mein Sohn, ich werde abwarten müssen.

»Ich geh mir mal einen Kaffee holen. Will sonst noch jemand einen?« Paul reckt sich und steckt ihr Portemonnaie ein.

»Das kann ich doch machen«, sage ich.

»Nein, ich muss mich mal ein bisschen bewegen.« Sie schaut zu Emily hinüber, die nur ihren Cousin ansieht. Der Mund meiner Schwester zeigt kein Lächeln mehr, er ist zu einer dünnen Linie geworden.

Als sie gegangen ist, zieht Mom mich in den Flur hinaus. Auch dort höre ich noch, wie Kookom Baby ein altes Lied vorsingt. Es wirkt auch auf mich beruhigend.

»Sie ist ein totales Wrack!« Mom lässt sich nicht beruhigen. »Deine Schwester ist fix und fertig!«

Meine Mutter hat schon immer gern das Offensichtliche ausgesprochen. »Natürlich, Ma. Wie sollte sie denn sonst sein? Du wärst auch fix und fertig. Du *bist* fix und fertig.«

»Also, ich wäre jedenfalls nicht so nett zu diesem Scheiß-Möchtegern-Arzt, das kann ich dir sagen.«

»Was ist denn passiert?«

»Die wollen sie entlassen. Emily. Nach allem, was passiert ist, soll sie heute entlassen werden. Oder vielleicht auch morgen, haben sie gesagt. Vielleicht. Die wollen sie jetzt schon wieder loswerden, das ist doch wirklich nicht zu fassen!«

»Na ja, die müssen so schnell machen, Ma. Wenn der Arzt sagt, dass sie nach Hause kann, dann wird das schon okay sein.« Ich möchte sie anfassen, ihr die Hand auf den Arm legen, aber meine fix und fertige Mutter würde nur zurückzucken, und das würde uns beide kränken.

»Das glaube ich einfach nicht. Die wollen uns rausschmeißen.«

»Warum sollten sie das, Ma?« Ich verschränke meine Arme nun stattdessen vor der Brust.

»Weil die so sind. Denen sind wir egal.«

Ich schaue sie lange an, meine arme Mom, die so viel durchgemacht hat. Wie hart muss das alles für sie sein. »Jetzt warten wir mal ab, was der Arzt sagt, ja?«

Sie schnaubt, blickt den Flur entlang. Von überallher dieses Piepen, diese Geräusche. Auch der Geruch nistet sich in allem ein.

Meine Kookoo stimmt ein anderes Lied an. Ich denke an meine Tante, an die Art und Weise, wie sie gestorben ist. Was meine Mom und meine Großmutter jetzt wohl denken. Hier im Krankenhaus, in demselben Krankenhaus, das ihr Mädchen, ihr anderes Mädchen, entlassen will.

»Die haben sie nicht mal behandelt. Haben sie einfach auf die Straße gesetzt. Nicht mal geguckt haben sie, die haben einfach gedacht, wieder so 'ne Betrunkene, sie war ihnen völlig egal«, stößt meine Mutter leise hervor. Sie spricht über ihre Schwester, fühlt die Trauer um ihre Schwester und den Schmerz ihrer Enkelin zugleich.

»Ich weiß, Ma, ich weiß.« Ich sehe es vor mir, den mageren Körper meiner Aunty und ihr schönes Gesicht, schmutzig und mitgenommen. Am Ende sah sie immer so abgekämpft aus, als wäre dieser eine gebrochene Ausdruck in ihr Gesicht gemeißelt worden. »Aber um Emily haben sie sich gekümmert. Kümmern sie sich.«

»Ich weiß, ich weiß.« Sie nickt mehrmals. Sie weiß es und weiß es zugleich auch nicht.

Jetzt lege ich ihr doch die Hand auf den Arm, und sie lässt es zu. Ich weiß, dass ihr das Krankenhaus und diese vertraute Angst schon lange im Kopf herumgehen.

Paul kommt mit einem Tablett voll Kaffeebecher wieder. Sie weiß von uns allen, wie wir unseren Kaffee jeweils gern trinken, und kriegt es immer richtig hin. Ich gehe zu Emily hinüber und schaue sie lang an. Sie lächelt zu mir hoch, ein entschuldigendes Lächeln, bei dem ich gleich wieder losheulen könnte. Jake begleitet Mom, die unsere Kookom heimbringt und nach Rita schauen will. Ziggy hat gut geschlafen und scheint sich besser zu fühlen. Bei allen soll jetzt die Heilung im Gang sein.

Der Arzt kommt herein und will noch eine Untersuchung auf Infektionen machen, aber er sagt, dass Emily höchstwahrscheinlich morgen nach Hause kann. Und dass sich alles gut entwickelt. Heilt. Pete kommt zurück, er hat seinen Pick-up sauber gemacht. Mom hatte ihm mehrere Decken mitgebracht, die er über das Sitzpolster breiten soll, weil die Blutflecken nicht rausgegangen sind. Die alten Decken nennt Mom sie, fadenscheinige Relikte von verstorbenen und vergessenen Verwandten.

Ich sitze herum und warte darauf, irgendetwas tun zu können. Ich habe meinen Kleinen auf dem Schoß und lese ihm aus alten, abgegriffenen Geschichtenbüchern vor. Irgendwann gähnt Baby Boy, und Pete sagt, dass er uns nach Hause fahren kann. Ich ziehe Baby gerade seinen Schneeanzug an, als Pauls Handy klingelt. Sie geht in den Flur hinaus, um den Anruf entgegenzunehmen. Pete blickt nicht auf. Er schaut auf seine gefalteten Hände hinunter – sie sind schwielig und sauber, aber die Falten in der trockenen Haut sind von seiner Arbeit verfärbt. Seine Nägel sind abgestoßene Stummel.

Paul kommt verärgert wieder herein. »Die Polizei ist auf dem Weg hierher.« Ihre Stimme zittert leicht, und uns alle erfasst neuerlich Anspannung. Pete schiebt sein Kinn ein bisschen vor. Eine winzige Geste nur, aber ich bemerke sie.

Ich wickele Baby Boy den Schal wieder ab.

»Ich kann dableiben«, sage ich, ohne auch nur zu fragen.

# 17

# PAUL

Der Wind hebt den Schnee in die Luft und rüttelt am Fenster. Paul setzt sich neben ihre Tochter, als die beiden Polizeibeamten hereinkommen. Sie beugt sich über Emily, betrachtet sie einen Augenblick, um sich zu vergewissern, dass ihr Mädchen gut aufgehoben ist und es ihm so gut geht wie möglich. Alles an Emily ist so klein. Das Bett ist auf Sitzposition gestellt, aber ihre Schultern hängen tief im Kissen. Ihr Gesicht sieht winzig aus, und die Wunden wirken irgendwie noch größer. Der Bluterguss unter ihrem Auge ist dunkler geworden, und die Platzwunde auf ihrer Lippe unter dem Verband ist geschwollen. Paul fühlt sich nutzlos und ausgesetzt. Sie kann das Blut immer noch riechen. Der dumpfe metallische Geruch legt sich jedes Mal über alles, wenn sie sich die Nase abwischt, und ihre Nase ist ganz wund und rot vom Wischen. Ihr Körper ist steif vom vielen Sitzen, aber sie setzt sich trotzdem wieder hin, zwischen die uniformierten Männer und ihre Tochter.

»Also, noch mal von vorn.« Scott blättert in seinem kleinen Heft und zieht sich einen Stuhl neben das Bett. »Du bist also mit deiner Freundin Zegwan zu dieser Hausparty in der Selkirk Avenue gegangen, richtig?«

Emily sieht verblüfft aus, nickt aber, den Blick gesenkt.

Paul greift nach der Hand ihrer Tochter und hält sie so zart, wie es nur geht. Lou, jetzt im Sessel, sagt kein Wort. Baby Boy sitzt auf ihrem Schoß und spielt ein Spiel auf ihrem Handy, mit abgedrehtem Ton. Pete ist immer noch nicht zurück. Er ist nicht hochgekommen. Er hat gesagt, er wolle was zu essen besorgen, mehr Essen, das sie nicht essen werden.

»Und ein Schulkamerad hat dich auf die Party eingeladen?«, fragt Scott. Christie lehnt einfach nur an der Wand und beobachtet alles. Emily hält die Hand ihrer Mutter nicht richtig, sie lässt es bloß zu, dass Paul ihre hält.

»Emily?«, hakt der Polizist nach.

»Ja«, sagt Emily schließlich. »Schon.«

»Erinnerst du dich an die Adresse?«

Emily schüttelt den Kopf, langsam, gequält, und flüstert: »Nein.«

Scott seufzt, scheint ihr nicht zu glauben. »Okay, also«, versucht er es wieder, »du warst jedenfalls auf dem Weg nach Hause, von irgendwo in der Selkirk Avenue aus?«

Emily nickt.

»Und du bist hinterrücks überfallen worden?«

Ein weiteres, zaghafteres Nicken, wie ein Echo des ersten. »Du hast nicht gewusst, dass sie kommen?«

Emily schüttelt langsam den Kopf. Paul weiß, dass irgendwas nicht stimmt, sie spürt, wie die Anspannung in ihren Schultern zunimmt. Ihre Tochter sinkt noch tiefer ins Kissen. Sie verschweigt etwas.

»Aber, Emily …« Der junge Polizist beugt sich vor, die verschränkten Arme auf dem Bett, zu nah an Emilys Beinen. »Warum bist du über dieses Feld gegangen? Da liegt der Schnee doch kniehoch.«

Paul merkt nicht, was sich anbahnt, bis Emilys Augen ganz groß werden und sie sich von ihnen allen abwendet. Paul lässt ihre Hand nicht los und spürt, wie ihre Tochter anfängt zu weinen, obwohl sie versucht, ihr geschundenes Gesicht zu verbergen. Sie weiß, dass Emily vor diesen Fremden nicht die Fassung verlieren will. Und sie weiß auch, dass ihr Mädchen jetzt nicht mehr anders kann. Sie sind momentan alle so, stehen neben sich, Schatten ihrer selbst.

Paul schaut auf Emilys Hand, dann auf ihren Hinterkopf. Solche Angst. Sie verschweigt etwas. Paul begreift nichts mehr, kein Was oder Warum. Aber sie weiß, dass das alles letztlich keine Rolle spielt. Das Einzige, was zählt, ist ihr kleines Mädchen und die gewaltige Last seines Schmerzes. Doch Paul spürt wieder ihre Hilflosigkeit, dieses große Unbekannte, das auf ihr lastet und sie zu erdrücken droht.

Am Rand des Zimmers bewegt Lou sich bedächtig. Sie setzt Baby Boy auf den Sessel und kommt ans Bett. Pete ist immer noch nicht da. Er hat darauf gedrängt, dass sie einen Anwalt einschalten, um sicherzustellen, dass die Polizei alles Nötige unternimmt.

»Wir müssen vorsichtig sein, Paul«, hat er gestern Nacht in der Dunkelheit von Emilys Krankenzimmer gesagt, als sie auf der unbequemen Liege lagen, die der Krankenpfleger für Paul aufgestellt hatte. »Die werden sich auf alles stürzen, was ihr sagt. Das kann ganz schnell unschön werden.«

»Aber es geht um Emily! Emily!«, sagte Paul mit tränenerstickter Stimme. »Mir ist scheißegal, was die machen, Hauptsache, sie leidet nicht noch mehr. Und was ist, wenn diese Kerle wiederkommen? Wenn sie ihr noch mal wehtun?«

Dann weinte sie hemmungslos, und unbeholfene Schluchzer entfuhren ihr, obwohl sie sich so bemühte, leise zu sein. Sie hatte das Gefühl, in seine Brust zu schreien, während sie sich an ihn presste. Er hatte eigentlich nicht vorgehabt zu bleiben, blieb dann aber doch, so lange er konnte.

»Sei einfach vorsichtig, Paul. Wirklich vorsichtig.« Seine sanfte Stimme, während ihre Schluchzer verebbten und sie wieder auf die Atemzüge ihrer schlafenden Tochter und das Piepen der Apparate horchte.

Sie hielt sich lange an ihm fest. Ihr Schatten-Selbst zweifelte ihn immer noch an, fragte sich immer noch, warum sie so vorsichtig sein sollte, aber sie hielt ihn lange. All das Was und Warum wirbelte in ihrem Kopf herum, nichts ergab mehr einen Sinn.

»Ich wollte zu Ziggy, zu meiner Freundin Ziggy«, antwortet Emily den Polizisten fast trotzig, nachdem sie sich schließlich wieder umgedreht hat.

»Über das Feld?« Die dunklen Augenbrauen des Jüngeren heben sich. Nicht einmal Paul glaubt Emily das.

Emily nickt verzagt. Paul spürt, wie Panik in ihr aufsteigt.

»Okay, fangen wir noch mal von vorne an«, sagt der Polizist und schaut in sein Notizheft. »Du bist auf diese Party gegangen, um dich mit einem Jungen namens Clayton zu treffen, ist das richtig?« Er betont den Namen, Clayton, als hätte er eine besondere Bedeutung.

Paul ist überrascht, als sie den Namen hört. Davon wusste sie bisher nichts. Clayton. Ohne in irgendeiner Weise vertraut zu sein, hallt der Name in ihrem Kopf wider. Clayton. Sie scheinen sich im Kreis zu bewegen und bei jeder Runde etwas Neues aufzugreifen, das aber alles nur noch unklarer macht. Emily schaut den Beamten mit großen Augen an, auch sie ist überrascht.

»Weißt du Claytons Nachnamen, Emily?«

Emily schüttelt heftig den Kopf und schaut hilfesuchend zu ihrer Mom hinüber.

»Aber ihr geht in dieselbe Schule, oder?«, fasst der junge Polizist nach.

»Er hat nichts getan!«, ruft Emily, zu laut.

Lou legt ihrer Nichte die Hand auf die Schulter. Sie sieht aus, als wollte sie etwas sagen, ihr Sozialarbeiterinnengesicht ist hart und konzentriert, aber sie bleibt stumm.

»Du musst einfach nur diese Informationen bestätigen, Emily. Geht ihr in dieselbe Schule?« Auch Scotts Stimme ist lauter geworden.

»Er weiß nicht mal was davon!« Emily zittert. Paul spürt es. Die Hand ihrer Tochter wird kalt, ehe sie sie Paul entzieht. Lou, die auf der anderen Seite des Betts steht, schaut Paul mit diesem festen Blick an, der ihr etwas zu verstehen geben soll, aber Paul weicht dem Blick aus.

Sie spürt, wie sie wieder ganz starr wird. Ein Junge. Was für ein Junge?

»Wir wollen einfach nur mit ihm sprechen, Emily, man weiß nie …«

»Aber er hat nichts …« Emily beendet ihren Satz nicht.

Paul denkt es bloß. Ein Junge. Ein gemeiner Junge, ein grausamer Junge. Das ergibt einen Sinn. Grausame Jungen hat sie schon erlebt.

»Meinen Sie mit Clayton den Sohn von Jesse Spence?« Ohne weiter nachzudenken, ist es Paul einfach herausgerutscht.

Emily schüttelt den Kopf jetzt noch schneller und schaut ihre Mom mit bittendem Blick an. Sie verschweigt etwas. Lou gibt einen Laut von sich, und Paul weiß, was er bedeutet, aber sie hört ihn nur am Rande, ihre Gedanken rasen.

Der junge Polizist beugt sich zu ihr. »Kennen Sie den Jungen, Paulina?«

»Ich glaub schon.« Pauls Worte sind wie eine langsam entstehende Fußspur, und sie möchte sie am liebsten gleich wieder zurücknehmen. »Vielleicht. Ich weiß nicht.«

»Sie haben *Jesse* gesagt. Wer ist Jesse?« Christie, der Ältere, schaltet sich ein. Auch seine Aufmerksamkeit ist jetzt geweckt.

»Ich weiß nicht mal, ob er wirklich so heißt«, rudert Paul so schnell wie möglich zurück. »Ich bin mir nicht sicher. Der Junge, an den ich denke, ist erst fünfzehn. Wenn überhaupt.«

»*Spence* haben Sie gesagt, richtig?«, fragt er noch mal nach.

»Wenn das der Junge ist, den ich vor Augen habe. Ich weiß nicht.« Die Worte fallen ihr aus dem Mund, und sie versucht, sie mit weiteren Worten zu überdecken. »Vielleicht auch Sinclair, ich weiß nicht.«

Die Beamten sehen zufrieden aus. Paul verstummt, presst die Lippen zusammen. Sie blickt auf. Ihre Schwester und ihre Tochter starren sie beide an.

Der junge Polizist erhebt sich. Auf dem Gesicht des alten erscheint ein selbstgefälliger Ausdruck. Sie sagen dies und das, aber Paul hört ihre Worte nur halb. Melden uns. Sprechen bald.

Was hab ich bloß getan?, denkt sie.

Sie setzt sich wieder und fängt den Blick ihrer Schwester auf. Lou sieht wieder so aus, als wollte sie etwas sagen, aber dann überlegt sie es sich anders.

Was hab ich bloß getan?


Paul hatte Pete im Briar Club kennengelernt, vor etwas mehr als zwei Jahren. Sie hatte ihn hereinkommen sehen, einen großen Mann im weißen T-Shirt, dann aber die Augen gesenkt, um seinem Blick auszuweichen. Lou saß neben ihr, und Rita tanzte zu alten Country-Songs. Ihre schlanken Beine federten zur Musik, kannten jeden Schritt. Paul hätte auch gern so getanzt, tat es aber nie. Saß nur an der Bar und nippte an ihrem zweiten Whisky-Cola. Sie mochte diesen Drink eigentlich gar nicht, nur die Coolness, die er suggerierte.

»Darf ich dir noch einen ausgeben?« Er stand neben ihr, aber sie wagte nur einen kurzen Blick auf ihn. Er hatte eine tiefe

Stimme, wirkte sanft und scheu. Und schaute sie auch nicht richtig an.

Aber sie nickte mit all der Pseudo-Coolness, die sie sich angetrunken hatte, und sein Gesicht wurde weicher, sein Lächeln ein bisschen schief. Er roch so gut. Endlich blickte sie ganz zu ihm auf, vergaß aber zu lächeln.

Er entspannte sich etwas, stützte sich auf den Tresen. Die nackten Unterarme ausgestreckt, lang und kräftig. Er stellte ihr ein paar unaufdringliche Fragen, und schließlich musste sie gar nicht mehr daran denken zu lächeln.

Sie wusste, dass sie sich hüten sollte, ihm zu trauen, aber sie traute ihm, fast vom ersten Moment an.


»Ich hätte nichts sagen sollen«, wiederholt Paul, als sie in ihr immer noch mit Kisten vollgepacktes Schlafzimmer tritt. Pete hat sie nach Hause gefahren, damit sie duschen und sich frische, bequeme Sachen anziehen kann. Lou ist bei Emily geblieben, die so tat, als wäre sie wieder eingeschlafen. Ihre zarten Wimpern nass, der verbundene Mund zur Flunsch verzogen. Auf dem Nachttisch die ungeöffneten Papiertüten mit Essen.

Pete sitzt auf dem Bett, lässt Paul nicht aus den Augen. Sie zieht sich immer noch sehr rasch um, wenn er im Zimmer ist. »Mach dir keine Gedanken. Wahrscheinlich werden sie ihn einfach nur befragen. Er ist noch ein Junge. Wenn er nichts weiß, lassen sie ihn wahrscheinlich gleich wieder gehen.«

Sie versucht, ihm zu glauben, tut es aber nicht.

»Und wenn nicht? Wenn Em recht hat und er wirklich nichts getan hat? Ich kenne seine Mom schon ewig.« Sie stößt ihr schlechtes Gewissen hervor. Was hab ich bloß getan?

»Das heißt nicht automatisch, dass er ein anständiger Kerl ist.«

Pete hat die Hände im Schoß gefaltet, und als Paul sich jetzt neben ihn setzt, löst er seine Hände voneinander, um ihre zu ergreifen. Sie lässt es zu, ohne aber seine Hand zu umfassen.

»Ich glaube nicht, dass er zu so was imstande wäre.« Sie versucht überzeugt zu klingen. Ist sie es?

Sie erinnert sich an das Mädchen, Jesse, mit ihren Holzfällerhemden und Baggy Jeans. Sie sah irgendwie gemein aus, war aber eigentlich gar nicht so schlimm, nur tougher als Paul, sogar tougher als Lou.

Sie wussten nicht viel über Jesse, doch sie waren jahrelang in derselben Klasse gewesen und hatten sich danach nie ganz aus den Augen verloren. So wussten sie immerhin, dass sie jetzt Künstlerin war. Vor ein paar Jahren hatte sie das Wandgemälde in der High School gemalt. Die vier Farben in einem weichen Kreis: Rot, Schwarz, Gelb, Weiß. In einer Ecke ein Braunbär, rundlich, mit sanftem Blick. Sie konnte unmöglich einen Sohn großgezogen haben, der so etwas tun würde.

Oder?

Als sie vor dem Krankenhaus anhalten, ist der Himmel violett und die Luft klar. Die Kälte nimmt zu. Sie sagt Pete Gute Nacht, als stünden sie noch am Anfang ihrer Beziehung.

»Ich ruf dich morgen früh an.« Ihre Hand liegt auf dem Türknauf, es drängt sie, wieder bei ihrem Mädchen zu sein.

Er beugt sich vor, küsst sie auf den Scheitel. »Ich liebe dich, mein Schatz. Das wird schon alles wieder.«

Sie glaubt ihm nicht, aber es ist schön zu hören.

Oben im Krankenzimmer schläft Emily noch. Baby Boy auch. Lou sitzt in dem großen Sessel und wiegt ihr Kind sanft.

»Fühlst du dich besser?«, fragt ihre Schwester, ohne sie anzusehen.

Paul antwortet mit einem Laut, der zustimmend klingt, es aber nicht wirklich ist.

»Kann ich noch irgendwas tun, bevor ich gehe?« Zum zweiten Mal an diesem Tag greift Lou nach dem Schneeanzug für ihren Sohn.

»Pete steht unten, in der Ladezone.«

»Ja, okay.« Lou steht auf.

»Ich weiß, dass du glaubst, er wäre das gewesen.« Paul versucht mit fester Stimme zu sprechen. Sie weiß nicht, warum sie das sagt, dann aber doch.

»Ich glaube gar nichts, Paul.« Lou blickt nicht auf, sie zieht ihrem schlafenden Kleinen behutsam seinen Schneeanzug an.

»Nee, das ist schon okay. Es war auch mein erster Gedanke.« Dann ein Laut wie ein Lachen, was es aber nicht ist.

»Na, dann sind wir beide gleich verkorkst.« Ein übertriebenes Flüstern über den Kopf des schlafenden Kleinen hinweg.

»Aber er war es nicht.« Pauls Stimme zittert, doch sie weiß, dass es stimmt.

»Nein, ich weiß. Ich glaube auch nicht, dass er es war.«

»Das war jemand anders.« Pauls Worte tasten sich vorsichtig durchs Zimmer.

»Und wir werden die Täter finden und dafür sorgen, dass sie ins Gefängnis kommen und so was nie wieder machen.« Lou schaut sie jetzt direkt an, mit diesem ernsten Blick, den Paul so gut kennt.

Sie nickt.

Lou küsst ihre Schwester auf den Scheitel, genau dahin, wo auch Pete sie geküsst hatte, und geht, ihren großen Baby Boy im Arm.

Paul kuschelt sich neben ihre Tochter, vorsichtig, um sie nicht zu stören. Die schmalen Beine unter der Decke sind warm.

Nach Emilys Geburt ging Paul mit ihr nach Hause und hatte keine Ahnung, was sie tun sollte. Ihre Kookom zeigte ihr, wie sie die Kleine in eine Decke wickeln sollte, erst die eine Seite, dann unten, dann die andere Seite, ganz fest.

»Als wäre sie noch in dir«, flüsterte sie, während die nagelneue Emily behaglich schlief. Paul macht das immer noch, wickelt ihr Mädchen fest ein, reibt ihr die Füße, damit ihr noch wärmer wird.

»Mom?« Emilys Stimme im Dunkeln ist leise und schläfrig.

»Ja, Kleines.« Paul wischt sich das Gesicht ab, dann stopft sie die Decke um ihr Mädchen wieder fest.

»Er hat echt nichts getan, Mommy. Clayton hat nichts getan.« Ihre Stimme geht in die Höhe.

»Ich weiß. Ich weiß«, sagt Paul, aber dann denkt sie kurz nach. »Bist du dir … bist du dir vollkommen sicher?«

»Er hat nichts getan, absolut nichts!« Emily fängt an, den Kopf zu schütteln, hört aber gleich wieder auf.

»Okay, okay. Ich …«, fängt Paul an.

»Nein, Mom, nein! Mom, das war nicht …« Emilys Stimme zittert kurz, wird aber wieder fest.

Paul weiß nicht mehr, was sie glauben soll. *Hör auf deinen Bauch*, würde ihre Mom jetzt sagen. Das ist Cheryls Antwort auf alles, hör auf deinen Bauch.

Ihr Mädchen dreht sich weg.

»Emily?« Paul streckt im Dunkeln die Hand nach ihr aus. »Dann sag es mir, Emily. Sag mir, wer es war, wer das getan hat.«

Emily weint bloß, so leise sie kann. Paul weiß nicht, was ihr Bauch sagt. Sie vergisst fast zu atmen.

»Bitte, sag es mir!« Auch Paul schluchzt jetzt, würde am liebsten schreien, hat das Gefühl, es unbedingt wissen zu müssen. Als wäre es das Allerschlimmste, es nicht zu wissen. »Wer hat das getan, Schätzchen?«

Emily weint, aber ihre Stimme bleibt fest. »Nicht er, Mom. Er war es nicht. Er hat nicht ... er hat nichts getan.«

In Pauls Kopf geht alles durcheinander. Zweifel. Verdacht. Liebe.

Ruhig. Sicher. Okay.

»Okay, okay. Ich ...«

»Er hat nichts getan. Bitte tu nichts, was ihn in Schwierigkeiten bringt.« Emilys leise Stimme, abgewandt.

»Ist gut, Emily, aber wer war es? Wer?« Jetzt leiser, bittend.

Emily zittert nur. Verschweigt so vieles.

Aber Paul weiß, dass Emily es nicht sagen kann. Noch nicht. Und sie denkt auch, dass sie es vielleicht nicht hören kann. Noch nicht. Es spielt noch keine Rolle. Die Details, die ganze Geschichte, was passiert ist. Was passiert ist, wissen sie ohnehin beide nur zu gut. Es ist das große dunkle Etwas, das ständig im Zimmer schwebt. Sie müssen es nicht sehen, um darum zu wissen, um zu wissen, dass sie es nicht anschauen wollen.

Und dann erinnert sich Paul wieder, dass ihr das Was oder Warum letztlich egal ist. Das Einzige, was zählt, ist ihr Mädchen und sein großer, bebender Schmerz.

»Ich bring das wieder in Ordnung«, sagt Paul. Sie seufzt. »Ich ruf die Polizei an. Ich werde dafür sorgen, dass er keinen Ärger kriegt.«

Sie muss es noch nicht wissen. Sie muss sich vorerst nur aufrecht halten und ihr Mädchen stützen, trösten, vor weiterem Leid bewahren. Kann nur aus dem Fenster in den dunklen Himmel schauen und ihre Tochter halten, solange sie und ihr geschundener Körper es zulassen.

Das ist es, was sie jetzt zu tun hat. Nicht zu viel nachdenken, nicht durchdrehen, sich einfach um ihr Mädchen kümmern.

Als Pete ihr schließlich sagte, dass er sie liebte, weinte er. Das Licht in ihrem alten Wohnzimmer war gedämpft, und sie hatten gerade zusammen eine extragroße Pizza gegessen, da beugte er sich zu ihr und zog ihren Kopf an seine Schulter.

»Ich liebe dich, Paul. Ich liebe dich aus tiefstem Herzen. Und ich weiß, dass du mir nicht traust. Ich weiß, dass du viel durchgemacht hast und keinen Grund hast, mir zu trauen. Aber ich verspreche dir, dass ich dir nie wehtun werde. Ich werde immer für dich da sein, egal, was passiert.«

Sie waren schon seit Monaten zusammen. Seit Monaten hielt sie ihn auf Armeslänge, und er blieb nur über Nacht, wenn Emily nicht da war. Monatelang ließ er Paul den Ton angeben und die Regeln bestimmen, ohne sich zu beklagen, mit seinem scheuen Lächeln und seinen liebevollen Umarmungen.

»Ich liebe dich auch«, flüsterte sie in seinen guten Geruch hinein.

Sie wusste, dass es stimmte. Sie atmete ihn ein und wusste, dass sie ihm nicht trauen wollte.

Aber sie traute ihm, fast rückhaltlos.

# 18

# STELLA

Stella würde den Weg auch mit verbundenen Augen finden, die Burrows Avenue entlang bis zur Salter Street, dann weiter bis zur Church Avenue, an der Schule und der Kreuzung vorbei, voilà. Und obwohl sie denkt, dass sie eigentlich nicht hinwill und dass es ewig dauern wird, dauert es keine halbe Stunde, bis sie die Kinder warm eingepackt hat und unterwegs ist.

Sie kommt an der Powers Street vorbei und denkt an Elsie. Sie hat ewig nicht mehr an Elsie gedacht, aber wenn sie an der Power Street vorbeikommt, muss sie immer an sie denken. Sie hatte Elsies Geschichte ganz vergessen, muss sie zu ihrer Liste von »Vergangenheiten wie ihrer« hinzufügen, noch so eine Geschichte, die sie nicht selbst erlebt hat, aber bewahrt, in Erinnerung behält. Da drüben war das.

Sie hält vor dem hohen Backsteinhaus, in dem Kookoo schon seit ihrer Jugend wohnt, und zwitschert ihren Kindern ein munteres »Wir sind da« zu.

Das Gebäude ist immer noch sehr schön, auch wenn es ihr seit dem letzten Besuch irgendwie ein bisschen heruntergekommener erscheint. Es ist ein altes Haus mit nur vier Stockwerken, die aber höher sind als bei neueren Gebäuden. Auch liegt das Erdgeschoss erhöht, sodass Kookoo in ihrer Souterrainwohnung große Fenster und recht viel Licht hat. Ihre Kookom ist in diese kleine Wohnung gezogen, als Lou und Paul endgültig ausgezogen waren und Aunty Cher für eine Weile in den Norden ging. Stella hatte immer mal wieder bei Kookoo gewohnt – immer dann, wenn sie es sich nicht leisten konnte, woanders zu wohnen. Auch Aunty kam immer mal wieder nach Hause, aber nie zur selben Zeit wie Stella. Als sie dann ganz zurückkam, bezog sie eine eigene Wohnung. Stella sieht eins der Fenster, gleich neben dem großen, bogenförmigen Hauseingang, sieht drinnen eine riesige, schräg stehende Leinwand. Sie hat gehört, dass Cher auch ihrer besten Freundin Rita eine Wohnung hier im Haus besorgt hat, weiß aber nicht, welche. Kookoos Wohnung geht nach hinten raus, auf das kleine Sträßchen. Ihrer Kookom macht das nichts aus. »Immerhin ist es Osten«, sagt sie. Kookoo hat ein Faible für Sonnenaufgänge.

Mit Mattie im Schlepptau und Adam im Arm klopft Stella an Kookoos Tür, geht dann aber einfach rein. Eine ältere Frau mit kurzem Haar steht da, den Rücken Stella zugewandt.

»Oh, Entschuldigung«, sagt Stella rasch, zu höflich.

»Stelly!« Ihre Aunty dreht sich zu ihr um. Ihr Haar ist sehr kurz und an den Schläfen grau meliert. Stella hat sie noch nie mit diesen Haaren gesehen, es sieht umwerfend aus. Die Wangen wirken eckiger, die Haut ist gealtert. Sie hat mehr Fältchen um die vom Weinen verquollenen Augen.

»Aunty!«, entfährt es Stella.

»Hallo, meine Schätzchen!« Aunty Chers trauriges Gesicht wird von ihrem Lächeln erhellt, als sie Stella und Adam an sich drückt. Dann tritt sie einen Schritt zurück und mustert Stella von Kopf bis Fuß, so wie Kookoo das auch immer tut. »Wie geht es dir?«

»Ach, na ja.« Stella schaut nach unten. Aunty ist Kookoo

noch ähnlicher geworden, seit Stella sie das letzte Mal gesehen hat, sie sieht aus wie eine kantige Version der weicheren Kookoo. Allerdings gilt das auch für Stella. Es ist, als würden sie alle nach und nach zu Kookoo. Nein, sie sehen sich einfach alle ähnlich: Cheryl, Rain, Stella, Paul, Lou und sogar Emily. Auch die Jüngste sieht ihnen allen ähnlich.

Mattie kommt von hinten heran.

»Ja hallo!« Auntys Stimme nimmt einen muntereren Ton an. »Du erinnerst dich wahrscheinlich gar nicht an mich. Ich bin deine Aunty Cheryl.«

Ihre Tante kniet sich hin und schüttelt Mattie mit gespielter Förmlichkeit die Hand. Die Kleine kichert und versteckt sich wieder hinter Stella. Cheryl steht ächzend auf. Stella will schon fragen, ob alles in Ordnung ist, doch Cher kommt ihr zuvor.

»Ich werde alt, meine Liebe.« Cheryl stöhnt theatralisch und lacht dann.

»Es tut mir so leid, Aunty«, sagt Stella, eine Entschuldigung, die so vieles abdeckt.

»Schon gut, Stelly, schon gut. Sie kommt wieder auf die Beine.«

»Aber ich …« Nein, sie kann es ihr nicht sagen. Wie könnte sie es ihr sagen? Die Tochter ihrer eigenen Cousine. Ihre eigene Familie. Stella kann es nicht sagen. Sie kann nur den Kopf schütteln und ein weiteres Mal gegen die Tränen ankämpfen.

Aunty Cher nimmt Adam auf den Arm. »Was bist du für ein Süßer!«, gurrt sie und geht mit ihm ins Wohnzimmer. »Kommt rein, Mädels.«

Kookoos Wohnzimmer sieht immer gleich aus, ist genauso eingerichtet wie damals in dem großen alten Haus. Die Möbel sind genauso angeordnet, nur sind sie älter und etwas abgenutzter. In der Ecke neben dem Fenster die Blumenampel aus Makramee. Das Sofa steht an der hinteren Wand, zu nah am

Boden. Beim Umzug hatte es irgendwie ein Bein verloren, also bat Kookoo sie, die anderen Beine auch abzunehmen, damit es nicht wackelte. Kookoo sitzt in ihrem alten Schaukelstuhl mit dem zerschlissenen Samtbezug.

»Mein Mädchen! Wie geht es dir? Wie schön, dich zu sehen.« Kookoos Gesicht strahlt pure Freude aus. Sie steht nicht auf. Wahrscheinlich ist sie sehr müde.

Stella beugt sich zu ihr hinunter, um sie zu umarmen. Mattie lässt ihre Hand nicht los.

»Mattie. Das ist Kookoo«, sagt Stella.

Die alte Frau lächelt, aber selbst ihr Lächeln wirkt irgendwie welk, alle Farbe scheint aus ihrer Haut gewichen.

Ihre Tante schält das Baby aus seinem Schneeanzug. Adam muckt ein bisschen herum, aber dann reicht sie ihn Kookoo.

»Hallo, mein Kleiner!« Die Alte schenkt ihm ein zahnloses Lächeln. Hat wohl wieder ihre Zähne verlegt, denkt Stella. Kookoo mag ihr Gebiss nicht, sie lässt es immer irgendwo liegen, am Bett oder im Bad.

Ihr Baby ist verunsichert, schaut aber zu seiner Kookom hoch. Vielleicht fängt er gleich an zu schreien, vielleicht auch nicht. Stella zieht Mattie den Mantel aus, ist aber bereit, wenn nötig, sofort einzugreifen.

»Ich bin so froh, dass du gekommen bist.« Kookoos trübe graue Augen blicken zu Stella hoch, allsehend.

Stella schaut rasch weg. »Ich koch uns einen Tee.«

»Ja, mach das, mein Mädchen. Ich muss unbedingt mal unter die Dusche«, schaltet sich Aunty Cher ein, die schon auf dem Weg zur Tür ist.

»Natürlich, natürlich.« Stella findet, dass sie zu förmlich klingt, merkt es aber zu spät.

»Ich komm nachher wieder.« Sie schaut Stella an, zu lange, zu müde.

»Gut, okay.« Stella versucht zu lächeln.

Mattie folgt ihr in die Küche, an ihr Hosenbein geklammert. Alles ist, wo es immer war. Gabel und Löffel an der Wand, alt und groß, staubverkrustet. Der Wasserkocher ist neu, aber die Teekanne ist noch dieselbe, die Stella ihr vor – wie vielen? – Jahren zu Weihnachten geschenkt hat. Die Küchenschränke müssten mal gestrichen werden, sind aber einigermaßen sauber.

Stella verspürt plötzlich eine schmerzliche Sehnsucht nach dem alten Haus in der Atlantic Avenue. Sie hat dieses Haus geliebt. Auch die Küche dort war genauso eingerichtet. Gabel und Löffel über dem Herd, die Besteckschublade zur Linken, die Geschirrtücher zur Rechten, denn für Kookoo musste alles seine Ordnung haben. Das Haus war immer perfekt aufgeräumt, bis auf das Zimmer von Stella und ihrer Mom. Ihr Doppelbett war nie gemacht, die Decken lagen verknäuelt auf der Matratze, ihre Kleider auf dem Boden oder in einem Wäschekorb, der ständig überquoll, denn bei Rain hatte nichts eine Ordnung. Stellas hübsche Lady-Lampe stand auf dem hölzernen Nachttisch. Die Lampe war eigentlich eher eine Puppe, ein bisschen eleganter als die typische Barbie, mit feinem blondem, zum Dutt aufgestecktem Haar und einem langen Stab am Rücken. Ihr Hut und Kleid waren rosa, und unter dem passenden Sonnenschirm verbarg sich eine kleine Glühbirne. Stella hatte immer diese hübsche Dame betrachtet, wenn ihre Mom ihr Geschichten erzählte. Diejenigen, die sie aussprach und auswendig kannte, und diejenigen, die nur im Raum schwebten und ohne Bilder waren. Nachdem ihre Mom gestorben war, schaute Stella die Dame weiterhin an und versuchte sich an jede einzelne Geschichte zu erinnern. Irgendwann, als sie zu alt für Puppenlampen geworden war, verschenkte sie sie dann.

Ihr großes Doppelbett damals war ideal für Übernachtungspartys. Ihre Mutter schlug ihr immer wieder vor, doch eine zu veranstalten, sie würde dann auf der Couch schlafen, aber Stella war dafür zu schüchtern, sie lud nur eine einzige Freundin ein, die aber ziemlich häufig. Elsie. Die kleine Elsie Stranger. Lange Zeit waren sie unzertrennlich.

»Ich hab dich vermisst, meine Stella«, sagt Kookoo zu ihr, während sie das Baby in sanften Schlaf wiegt.

Stella reicht ihr eine Tasse Tee mit zu viel Zucker, so wie sie ihn gern trinkt. »Ich dich auch, Kookoo. Wie fühlst du dich?«

»Ach, gut, gut. Nur alt«, sagt Kookoo und schaut zu dem Baby hinunter, das ganz gebannt ist von dieser magischen alten Frau, die ihm noch ein schimmerndes zahnloses Lächen schenkt.

Das Gesicht ihrer Kookom ist gealtert, seit Stella sie das letzte Mal gesehen hat. Stella kann kaum an sich halten. Sie weiß, dass Kookoo spürt, dass etwas im Argen liegt, aber keine von beiden sagt etwas.

»Du wirkst müde, mein Mädchen«, mehr sagt Kookoo nicht. Bei diesen Worten fühlt Stella sich wieder ganz elend. Wenn hier jemand müde aussieht, dann Kookoo.

»Wie geht es Paul und ihrer Tochter?«, gelingt es Stella zu fragen.

»Den Umständen entsprechend gut. Und dir?«

»Ich bin müde, einfach müde.« So müde.

»Du solltest deine Cousine anrufen. Wenn sie wieder zu Hause ist. Sie wird sich freuen, von dir zu hören, das weiß ich.« Kookoo denkt immer, alle Leute würden sich freuen, von Stella zu hören.

Stella nickt nur, und heiße Tränen steigen ihr in die Augen. Sie ist sich sicher, dass kein Mensch sich freuen würde, von ihr zu hören, schon gar nicht jetzt.

Sie reden über nichts. Sie reden über alles. Adams Augen fallen langsam zu, während Kookoo ihn in ihren noch ausreichend kräftigen Armen wiegt. Mattie sitzt neben Stella und wird auch immer stiller. Sie sind alle so müde.

Letzte Nacht ist Adam wieder genau um Mitternacht aufgewacht – sie musste ihn eine gute Stunde lang stillen und beruhigen. Das Baby an der Brust, saß Stella da und hatte keine andere Wahl als auf das leere Feld, die Brache, hinauszuschauen und sich wider Willen zu erinnern. Es kam alles wieder, wie ein Echo. Schwarze Gestalten auf dem weißen Schnee. Wie können sich Schatten so bewegen?

Mattie will eine alte DVD anschauen. Stella geht rüber, um sie einzulegen, und zuckt zusammen, als sie den mit Marker auf die Schachtel geschriebenen Namen sieht: *Emily Traverse*. Sie setzt das Gerät rasch in Gang und überlegt, worüber sie sonst noch reden könnten.

Sie lehnt sich auf dem niedrigen Sofa zurück, das ein bisschen nach Moder und sehr nach zu Hause riecht.

»Hast du je darüber nachgedacht, umzuziehen, Kookoo? In ein Altenheim oder so?« Sie fragt das nicht zum ersten Mal, denkt aber, sie könnte es doch noch mal probieren.

Kookoo lacht nur. »Wieso soll ich denn von hier weg? Ich wohne schon mein Leben lang hier in der Gegend.«

Das tut sie, länger, als sich irgendwer entsinnen kann. Stella hat früher immer gesagt, sie würde mit Kookoo abhauen, wenn Kookoo mitkäme – weit, weit weg von hier.

»Ich fliege mit dir nach Australien, Kookoo!«, sagte sie oft.

»Da ist es zu heiß.«

»Und was ist mit Italien? Da soll es sehr schön sein.«

»Zu viele Menschen.«

»Oder Asien? Indien, irgendwo in den Bergen, wo es still ist.«

»Und was würden wir da essen?«

»Indisches Essen, das ist lecker.«

»Nee, dieses Curry-Zeug hab ich nie gemocht. Und auch

diese Sorte Reis kann ich nicht leiden. Der stimmt einfach nicht.«

Stella war mal in Mexiko gewesen, während ihres Studiums. Sie hatte Unmengen von Fotos, vom Strand, von den Inseln, von Ruinen und Skulpturen gemacht. Sie verknipste einen kompletten Film mit Bildern von den Wellen, wollte das Schäumen der Gischt auf dem Sand festhalten. Keines der Bilder gelang, aber hinterher zeigte sie Kookom alle und erklärte ihr, was sie beabsichtigt hatte.

»Klingt anstrengend«, war der einzige Kommentar ihrer Großmutter.

Womit sie nicht unrecht hatte.

Kookoo hält das Baby und summt ein Lied ohne Titel, das Stella so vertraut ist wie ihr eigener Herzschlag. Ihr Kopf fühlt sich so schwer an. Es ist das Normalste auf der Welt, hier zu liegen und Mattie zuzuschauen, die im Schneidersitz auf dem Boden sitzt und mit den tanzenden Katzen mitwippt. Adam schläft inzwischen fest, aber Kookoo macht keine Anstalten, ihn hinzulegen.

»Erst wenn du da bist, ist es hier wirklich wie zu Hause.« Kookoos Stimme wirkt beruhigend.

Stella weiß nicht, ob sie mit ihr oder mit dem Baby spricht. Dem Baby, das Kookoo gerade erst kennengelernt hat und doch längst kennen sollte.

»Es tut mir leid, Kookoo.« Stella könnte so leicht anfangen zu weinen, sich in ihre Tränen fallen lassen und nie wieder aufstehen.

»Es ist gut, mein Mädchen. Es ist gut.« Ihre Antwort auf alles.

Sie schweigen lange, das Plärren des Fernsehers, das warme Zimmer. Ihre Kookom beginnt ein anderes leises Schlaflied zu summen, und Stella lässt sich noch etwas tiefer in die Kissen sinken.

Elsie war so schön. Blaue Augen, was so selten war, und ein schwarzer Lockenschopf, den sie ihren Métis-Afro nannte. Stella fand ihn toll, doch ihre beste Freundin beneidete Stella um ihr glattes Haar, und sobald sie alt genug war, packte sie alle möglichen Gels und Cremes auf ihre Locken, um sie irgendwie glatt zu kriegen. Stella hätte das nie gemacht, wenn sie solche Haare gehabt hätte.

Sie waren seit der vierten Klasse beste Freundinnen, seit Stella an Elsies Schule gekommen war, weil Kookoo sie nach dem Tod ihrer Mutter die Schule hatte wechseln lassen, und auch während der Junior High School waren sie immer zusammen. Elsie war der besondere Mensch in ihrem Leben. Paul und Lou hatten immer einander, und Stella fühlte sich von diesem Schwesternverhältnis seit eh und je ausgeschlossen. Sie hatte niemanden – bis Elsie kam. Elsie lebte auch bei ihren Großeltern. Sie hatten ein Haus auf der anderen Seite der Redwood Bridge, und damit Elsie an ihrer Schule bleiben konnte, brachte ihr Grandpa Mac sie jeden Tag mit seinem alten goldenen Wagen hin, einem von diesen langen, eckigen Autos. Wie eine Limousine sah es aus, fand Stella. Grandpa Mac war so nett. Wenn er meinte, dass es zu kalt war, fuhr er Stella heim, und wenn sie zu Elsie ging, war er immer gerade dabei, ein ordentliches Essen zuzubereiten, immer Fleisch, Koteletts oder Braten oder so etwas. Auch ihre Grandmère war freundlich, auch wenn Elsie immer sagte, sie sei streng.

Grandpa Mac starb, als sie in der Sechsten waren. Elsie erzählte das nicht mal Stella, ihrer besten Freundin, sie kam einfach nur eine Woche lang nicht in die Schule. Stella versuchte sie anzurufen, aber es ging nie jemand ran. Eines Morgens kam Elsie dann wieder. Stella sah sie von der Main Street herüberlaufen.

»Wo ist denn deine Limousine?«, rief sie ihr zu. Ihre beste Freundin schien ihr so fern.

Elsie zuckte nur mit den Achseln, als wäre es ein ganz normaler Tag.

Erst ein paar Wochen später, als Stella bei Elsie übernachtete, erfuhr sie es.

»Wo ist denn Grandpa Mac?« Sie schaute sich im Haus um, das nicht nach Essen roch.

»Der ist gestorben.« Elsie sah nicht einmal traurig aus.

Schon da hätte Stella merken müssen, wie seltsam Elsie war. Wie leicht man in dieser Familie Bindungen kappte.

Als Lou und Paul in die Stadt zurückzogen, war zwischen Elsie und Stella wieder alles normal, und sie wurden zum Vierergespann. Elsie hatte keine Schwestern, nur kleine Brüder, die bei ihrer Mom und deren neuem Mann in der Nähe des Kildonan Park wohnten. Auch über die sagte sie nie etwas.

Sie kamen öfter dort vorbei, im Sommer während der Junior High, wenn sie zum Park liefen, um dort schwimmen zu gehen. Einmal deutete Elsie auf eins der Häuser und sagte: »Da drüben wohnt meine Mom.« Ein Haus, an dem sie schon Dutzende Male vorbeigelaufen waren. Es sah aus, als müsste dort mal geputzt werden, und in dem zugewachsenen Garten stand ein Motorrad.

»Siehst du die manchmal?«, fragte Lou, denn sie kannte Elsie nicht so gut wie Stella.

»Sie besucht mich ab und zu«, sagte Elsie mit abgewandtem Blick. »Irgendwann zieht sie wieder zu mir.«

Stella wechselte das Thema, denn sie wusste, dass Elsie das von ihr erwartete.

Die Party in der Powers Street war beim »anderen Mike«. Sie nannten ihn den »anderen Mike«, um ihn von Mike Bruyere zu unterscheiden. Stella wusste nicht, warum sie nicht auch bei diesem Mike einfach den Nachnamen dazusagten, aber er hieß immer nur »der andere Mike«. Und bei ihm fanden in der Neunten die Partys statt. Man konnte da alles kriegen, Mädchen zahlten fünf Dollar und konnten dann so viel trinken und rauchen, wie sie wollten. Wenn Aunty Cher ihnen dreien freitags je zehn Dollar gab, warfen sie ihr Geld zusammen. Elsie hatte nie Geld, aber sie konnten ihr die fünf Dollar auslegen und hatten dann immer noch genug übrig, um sich eine Packung Zigaretten zu teilen.

An diesem Abend hatten sie vor, bei Elsie zu übernachten, damit sie mehr trinken konnten. Ihre Grandmère schlief immer schon früh ein, deshalb war es der beste Ort zum Übernachten. Selbst Paul war an diesem Abend high, und sie war normalerweise die Vernünftige. Lous Freund, James, war auch da. Sie waren alle ziemlich breit. Elsie spielte in der Küche mit dem anderen Mike und ein paar Typen, die sie nicht kannten, Karten. Sie versuchte schon seit Wochen, den anderen Mike auf sich aufmerksam zu machen, und so war Stella überrascht, aber durchaus erfreut, als sie sah, dass die beiden nach oben gingen. Dass die anderen Typen ihnen folgten, bemerkte sie nicht.

Stella hätte nicht sagen können, wie lange sie da oben waren. Im Rückblick betrachtet, muss es eine ganze Weile gewesen sein, aber keinem der Mädchen fiel etwas auf. Bis dann irgendein zugekiffter Trottel zu James ging und sagte: »He Alter, du musst da mal hoch. Da macht eine die Beine breit.« Er rannte lachend davon.

Stella überlief es eiskalt, und sie schaute zu Lou, die sehr ernst aussah. Zwei Kerle kamen lachend die Treppe herunter. Lou stand entschlossen auf, und Stella folgte ihr, plötzlich voller Angst, plötzlich nüchtern. Es dauerte ewig, die Treppe hinaufzusteigen, und während sie hochgingen, kam ihnen noch ein anderer Typ entgegen. Die Schlafzimmertür war offen. Das Bett stand an der gegenüberliegenden Wand, sodass sie zuerst Elsie sahen. Elsies schöne Locken, die ihr von einer großen Hand seitlich ins Gesicht gepresst wurden. Mit jedem Schritt sahen sie mehr. Sie lag auf dem Bauch. Irgendein Kerl auf ihr. Seine Hand drückte ihren Kopf runter. Der andere Mike stand mit einem Kumpel da, sie lachten und unterhielten sich, als wäre sonst nichts los. Der Kumpel hatte die Hand auf der Gürtelschnalle. Er schwankte, so besoffen war er.

Stella war wie erstarrt. Es war Lou, die etwas unternahm.

»Was soll der Scheiß? Geh da runter! Geh von ihr runter!« Sie versuchte ihn wegzustoßen.

»Jetzt beruhig dich mal, Alte«, sagte der andere Mike mit erhobener Hand. »Beruhig dich. Sie hat gesagt …«

»Geh da runter, Mann!« Lou beruhigte sich kein bisschen, und der Typ war betrunken genug, um sich wegschubsen zu lassen, gegen die Wand. Sein halb steifer Penis baumelte leicht. Es war der erste Penis, den Stella je sah.

»Hau ab!«, brüllte Lou und griff nach einer Decke, um Elsies nackten Hintern zu verhüllen.

Jetzt endlich erwachte Stella aus ihrer Erstarrung. »Elsie! Elsie!«, schrie sie, aber ihre beste Freundin rührte sich nicht.

»Sie wollte es. Hat sie gesagt«, sagte der andere Mike lachend. »Hat sie selbst gesagt.« Sein Lachen klang wie aus einem Zeichentrickfilm, und es schien nachzuhallen.

»Haut ab, ihr Scheißkerle, raus hier!«, brüllte Lou, die schützend vor Elsie stand.

Stella schaute nur auf Elsies Gesicht, das noch ins Kissen gepresst war, der Mund offen, das Haar feucht.

»Fuck, Mike, was'n jetzt los?«, hörte Stella einen von den Kerls sagen, als Lou auf sie zu rannte und sie aus dem Zimmer drängte. »Raus, ihr Scheißkerle, raus!« Ihre Cousine brüllte immer weiter.

»Fuck, die meint's ernst«, hörte Stella den anderen Mike noch

sagen, ehe die Tür hinter seinem meckernden Gelächter zuknallte.

»Elsie, ist alles okay?« Lou versuchte Elsie hochzuziehen.
»Elsie?«

Lou stützte sie, aber Elsie war ganz schlaff, als wäre sie ohnmächtig, doch ihre Augen waren offen.

Stella fing an zu weinen. »Was ist mit ihr?«

»Weiß ich nicht!« Lou schrie immer noch, während sie versuchte, Elsie umzudrehen.

»Atmet sie? Ist sie tot?« Stella begann zu hyperventilieren.

»Ja, sie atmet. Sie atmet.«

»Warum bewegt sie sich nicht?«

»Hol James. Und Paul.«

Das würde Stella hinkriegen, sie rannte die Treppe hinunter.
Die anderen beiden kamen ihr bereits entgegen. Stella zog an
Pauls Ärmel, damit sie schneller machte.

James und Lou zogen Elsie wieder richtig an, und nun setzte
sie sich auf. Paul stand neben Stella und weinte hilflos.

»Fuck, Elsie, was war denn das? Was ist passiert?«, fragte Lou,
während sie ihr die Schuhe zuband.

Elsie sagte nichts, sie starrte nur ins Leere. Ihre Augen sahen
tot aus.

»Kannst du aufstehen? Steh auf, Elsie.«

Sie legte tatsächlich etwas Gewicht in ihre Schritte und ging
los, von Lou und James gestützt. »Okay, los. Wir bringen dich
nach Hause.«

»Sollten wir sie nicht ins Krankenhaus bringen?«, meldete
sich Paul von hinten.

»Ich weiß nicht. Elsie?« Lous Stimme war jetzt sanfter, aber
Elsie antwortete immer noch nicht.

Als sie die Treppe herunterkamen, schaute niemand auf,
alle waren schon wieder am Feiern, als wäre nichts gewesen.

Jemand versuchte Stella einen Joint zu reichen, aber sie schob ihn weg. Der Weg zur Haustür war endlos lang.

Sobald sie draußen waren, ging Elsie ohne Hilfe weiter. Stella lief neben ihr her und versuchte sie zum Sprechen zu bringen, doch vergebens. Sie presste die Lippen aufeinander und zog ihre Jacke fester um sich. Auf dem restlichem Weg sagte niemand mehr ein Wort, obwohl sie Elsie bis vors Haus begleiteten.

»Sollen wir dableiben?«, fragte Stella sie, aber Elsie ging einfach weiter. Sie drehte sich noch einmal kurz um und schüttelte den Kopf. Stella wollte ihr trotzdem folgen, aber Paul hielt sie am Arm fest. Sie schauten alle zu, wie Elsie sich die paar Stufen hinaufschleppte und dann die alte Tür hinter sich schloss.

Paul zog an Stellas Ärmel und hakte sich für den Heimweg bei ihr unter. James und Lou gingen vor ihnen. James hatte den Arm um Lous zitternde Schultern gelegt.

Es war eines der wenigen Male, wo Stella Lou weinen sah.

Sie wacht plötzlich auf, es ist dunkel, das Zimmer leer, und der Bildschirm des Fernsehers zeigt nur leuchtendes Blau.

Sie hört Kookoo in der Küche leise reden.

Mattie antwortet.

Im Schrank klappert etwas.

Stella steht auf, um nachzuschauen. Adam schläft inmitten von Kissen auf dem Teppich.

»Ah, du bist wach. Gut, gut.« Kookoo trägt gebückt und mit beiden alten Händen ihre alte gusseiserne Pfanne. Mattie kuschelt sich kurz an Stella, ehe sie wieder ihre Position als Helferin einnimmt.

»Komm, lass mich das machen, Kookoo.« Stella geht durch die kleine Küche zu Kookoo, um ihr die Pfanne aus den angestrengten Händen zu nehmen.

»Oh, geht schon, geht schon. Ich wollte deinem Mädchen einen Käsetoast machen«, sagt sie, lässt sich die Pfanne aber abnehmen.

»Das kann ich doch machen, Kookoo. Komm, setz dich.« Stella tätschelt ihr den Rücken.

»Jetzt übertreib mal nicht«, sagt Kookoo auf dem Weg zu ihrem Sessel. »Ich mach das schließlich jeden Tag.«

Stella bestreicht das Brot mit Butter, legt es in die Grillpfanne und wartet. Sie hat letztlich nie herausgefunden, was damals mit Elsie passiert ist, sie sah ihre beste Freundin nie wieder. Wenn sie dort anrief, ging entweder niemand ran, oder es war Grandmères leise Stimme.

»Nein, *m'petite*«, sagte sie zu Stella. »Elsie geht es heute nicht gut.«

Elsie ging es lange nicht gut. Und dann war sie weg. Ein fremder Mann, der eines Tages ans Telefon ging, sagte, sie sei zu Verwandten gezogen. Stella fand nie heraus, wer er war. Oder warum das Ganze überhaupt passiert war. Es blieben große Leerstellen, wo all die Antworten hätten sein sollen.

Ein paar Monate später hörte sie, dass Elsie in einem dieser Heime für schwangere Mädchen war und ein Kind bekommen würde. Und ein paar Jahre später sah jemand sie in einem Park auf der anderen Seite der Brücke mit einem Kleinkind. Stella hörte nie wieder von ihr, von ihrer besten Freundin. Der Mensch, der ihr alles bedeutet hatte, meldete sich nie bei ihr. Stella hielt sich fern, erst aus Respekt, dann aus Gewohnheit.

Stella greift nach dem Pfannenwender und sieht sich noch einmal in Kookoos Küche um, und jetzt fällt ihr auf, dass es hier nicht so sauber ist wie sonst: Auf der Arbeitsplatte steht ein Stapel Töpfe, wahrscheinlich damit Kookoo sich nicht nach ihnen bücken muss, und das Spülbecken ist voller Geschirr mit angetrockneten Essensresten. Stella macht sich an die Arbeit.

Sie ist nicht so dumm, erst zu fragen – lässt einfach Wasser ein, um das Geschirr schon mal einzuweichen, und wischt derweil die Arbeitsfläche ab.

Mattie packt die Käsescheiben sorgfältig aus und reicht sie ihr eine nach der anderen.

»Willst du auch einen, Kookoo?«, fragt Stella, als sie Mattie ihren Teller hinstellt.

Die alte Frau schreckt aus dem Schlaf.

»Na gut, komm, Kookoo.« Sie stupst sie sanft an. »Kookoo-ookoo?« Sie benutzt ihren alten Kosenamen, und ihre Großmutter blickt lächelnd zu ihr hoch und lässt sich aufhelfen.

»Geht schon. Geht schon«, sagt sie dann und schlägt sanft Stellas Hände weg.

Sie gehen in ihr dunkles Schlafzimmer, und Stella schaltet das Licht ein. Auf dem alten Sessel und dem Toilettentisch liegen Kleider, einige müssen offensichtlich dringend gewaschen werden. Eine graue Staubschicht überzieht den Beistelltisch, sodass Kookoos geliebter Schmuck schmutzig aussieht.

Stella zerreißt es das Herz. Sie kann nicht glauben, dass es so weit gekommen ist. Kurz flackert Ärger über Aunty Cher in ihr auf, die sich nicht ordentlich um Kookoo gekümmert hat, aber nein, schon meldet sich ihr schlechtes Gewissen. Nur noch schlechtes Gewissen. Es ist ihre Schuld.

»Dann legen wir dich mal schlafen«, sagte sie, als hätte sie nichts bemerkt.

»Ich mach morgen sauber«, sagt Kookoo, denn sie weiß es natürlich.

»Ich helfe dir«, sagt Stella.

»Dann bist du morgen hier. Bleibst du denn?« Das Gesicht der alten Frau leuchtet auf wie das eines Kindes, wie das von Mattie, hoffnungsvoll.

»Ja, Kookoo. Wir bleiben.« Stella zieht ihr die Strickjacke von den Schultern und hält ihre Großmutter einen Moment lang, einen kostbaren Moment, bevor sie sie ins Bett legt, so wie sie es mit ihren Kindern tun würde.

Adam wacht auf, als sie auf dem Weg zur Küche an ihm vorbeigeht. Sie setzt sich hin, um ihn zu stillen, und sieht sich währenddessen im Wohnzimmer um. Eine dicke Staubschicht liegt auf allem, aber an der Wand lehnt ein alter Laufstall. Sie muss ihn nur aufstellen.

Sie weiß, dass sie nicht weg will, und geht in Gedanken durch, was sie alles tun muss, die einzelnen Schritte. Sie muss Jeff anrufen, um das alles zu organisieren.

Sie lässt ihren Mann nicht mehr als Hallo sagen.

»Jeff, ich bin bei Kookoo, und wir bleiben hier.«


Sie hat Elsie einmal auf der Straße gesehen. Es war in der Innenstadt, im Gedränge, aber sie wusste sofort, wen sie da vor sich hatte. Sie erkannte Elsie an ihrem Gang, ihr Gesicht sah älter aus, als es hätte aussehen sollen. Stella ging ganz nah an ihr vorbei, damit ihre Blicke sich treffen konnten. Elsie sah sie, zeigte aber kein Wiedererkennen, ihre Augen waren so leer wie in jener Nacht.

Immer noch tot.

# 19

# ZEGWAN

Seit sie nach Hause gekommen ist, hat Ziggy nur auf der Couch gelegen. Es war superspät, als sie endlich in die Wohnung kamen, aber Rita bettete sie auf die Couch wie ein krankes Kind. Sie schob ihr behutsam ein paar Kissen in den Rücken, sodass sie den Kopf weich lagern konnte, und holte Ziggys Lieblingsdecke aus ihrem Zimmer. Aber dabei schaute ihre Mutter sie nie direkt an. Sie war ganz still und verzog das Gesicht, als würde sie gleich anfangen zu weinen, und das machte Ziggy mehr Angst, als wenn ihre Mom wütend gewesen wäre.

»Dein Dad kommt gleich morgen früh«, teilte ihre Mom ihr mit.

»Nimishomis auch?« Ziggy wusste, dass sie wie ein kleines Kind klang, obwohl sie es nicht wollte.

»Ja. Gleich morgen früh, noch bevor du aufstehst«, sagte Rita mit einer Art Lächeln, das aber kein richtiges war. »Brauchst du noch irgendwas? Oder willst du einfach nur schlafen?«

»Kann ich ein bisschen fernsehen? Nur kurz.« Ziggy bettete den Kopf vorsichtig in die Kissen, versuchte die richtige Lage zu finden, damit sie ihn erst mal nicht mehr bewegen musste. Ihre Mutter zog eine Grimasse, reichte ihr aber die Fernbedienung und ging in die Küche, um heiße Schokolade zu machen.

Sunny hatte sich die Kopfhörer aufgesetzt und war in sein Zimmer verschwunden. Er hatte sich stundenlang mit Jake Nachrichten geschrieben. Wie immer. Ziggy hätte gern gehabt, dass er mit ihr fernsah, aber er sagte, er wolle noch weggehen. Sie checkte ihr Handy – keine Nachrichten.

»Ich geh mal eine rauchen«, sagte ihre Mom und reichte ihr eine Tasse Kakao, der zu heiß zum Trinken war.

Sie blieb eine ganze Weile weg. Quarzte wahrscheinlich wie eine Alte da draußen in der Kälte, auf der Treppe vor dem Haus. Ziggy saß in ihre Kissen gelehnt, irgendwie einsam.

Es war ein einsamer Tag gewesen, diese Stille und all das Warten. Warten auf die Ärzte, auf die Polizei, auf die Erlaubnis, zu Emily hochzugehen, die dann nicht einmal mit ihr redete. Als Ziggy endlich zu ihr hochdurfte, lag ihre beste Freundin mit zusammengekniffenen Augen da, als gäbe sie nur vor zu schlafen. Cheryl hatte gesagt, sie müsse schlafen, damit sie bald heimkönne. Cheryl hatte so was Übertriebenes an sich, wie Rita, nur anders herum, alles ist ein bisschen süßlicher, ein bisschen mehr Kindersprache, als es Ziggy lieb ist. Cheryl meint es gut. Alle sahen so müde und verheult aus. Alle versicherten ihr, Emily sei jetzt über den Berg. Aber Ziggy hätte sich besser gefühlt, wenn sie selbst mit ihrer Freundin hätte reden können. Um ihr zu sagen, wie leid es ihr tat, dass sie sie verloren hatte. Aber Emily wachte nicht auf.

Ziggy liegt allein da und zappt herum. Sie freut sich auf ihren Dad und Moshoom. In ihrer Gesellschaft wird sie sich besser fühlen. Wird dieses ängstliche Gefühl vergessen, diese Scham.

Ziggy hat ihren Dad über einen Monat nicht mehr gesehen. Normalerweise kommt er jedes zweite Wochenende, um sie beide nach Hause zu holen, in das alte Haus mit dem Holzofen. Aber Sunny versucht seit Kurzem, sich da rauszuziehen.

Vor ein paar Wochen war er einfach nicht da, als ihr Dad kam. Dad versuchte ihn anzurufen, aber sie fuhren dann schließlich ohne ihn. Es war ein langweiliges Wochenende, und Dad war die ganze Zeit launisch. Als sie wieder zurückkamen, tat Sunny völlig gleichgültig. Sie hätte erwartet, dass er traurig sein würde, weil er das Wochenende zu Hause verpasst hatte, aber er sagte nie etwas dazu, und Rita auch nicht. Und dann hatte Dad das letzte Wochenende ausfallen lassen. Er behauptete, er müsse arbeiten, aber Ziggy wusste, dass er nur versuchte, auch gleichgültig zu tun.

Rita kommt vom Rauchen wieder herein und fläzt sich ans andere Ende der Couch, bereit zu helfen, sobald Ziggy wimmert. Es tut so weh. Besonders wenn sie einschläft und träumt, dass sie Angst hat und wegrennen will. Sie zuckt, als könnte sie tatsächlich etwas tun, als versuchte ihr Gehirn sich an einem Remake des Geschehens mit anderem Ende. Ein Traum nach dem Prinzip von »1000 Gefahren – Du entscheidest selbst!«, wieder und wieder. Und wenn sie aufwacht, ist immer Rita da, Hand auf der Stirn oder Hand auf dem Knöchel, wie ein seltsamer Tanz im Dunkeln.

»Aaniin!« Die Stimme ihres Dad erfüllt das ganze Wohnzimmer. »Wie geht es meinem Mädchen?«

Rita ist noch im Morgenmantel und bindet ihn etwas fester, um sich ganz zu bedecken.

Ihr Moshoom steht hinter ihrem Dad, der direkt zu Ziggy geht und sich vor sie kniet, während ihr Großvater Rita mit einer kräftigen Umarmung begrüßt. Als sie das Gesicht ihres Dad so nah vor sich hat, muss sie weinen. Er hat sie mit seiner lauten Stimme geweckt, und jetzt ist er hier. Er riecht frisch geduscht, nach starkem Kaffee und seinem alten Pick-up. Die

Fahrt auf dem Highway ist lang. Er muss sehr früh aufgestanden sein.

»Ach, mein Mädchen!« Seine braunen Augen sind so sanft, als würde er auch gleich anfangen zu weinen, aber er fasst sich. »Ich hoffe, da sieht jemand noch schlimmer aus als du!« Er lacht. Wenn ihr Dad lacht, will das ganze Zimmer mitlachen.

Er hebt die beiden Tüten auf, die er neben der Tür abgestellt hat, und reicht sie Rita. »Wir waren unterwegs einkaufen.«

»Danke.« Rita nickt, höflich und verlegen. Sie zieht sich mit der freien Hand das zerzauste Haar glatt.

Jetzt kommt ihr Moshoom herüber und hält Ziggy lang im Arm. Er riecht nach der Schwitzhütte. So riecht er immer, als wäre er ständig von Wacholder umgeben.

»Hast du Schmerzen, meine Enkelin?«, fragt er in ihrer Sprache.

»Nur ein bisschen«, antwortet sie auf Englisch. Sie geniert sich, in ihrer Sprache mit ihm zu reden. Er würde merken, dass sie es nicht mehr richtig kann, sie verlernt die Sprache immer mehr. Ihre Zunge kann die Wörter nicht mehr so formen wie früher. Sie kommen plump und ungeschlacht heraus.

Ihr Moshoom nickt, weiß Bescheid, er bleibt auf dem Boden sitzen und hält ihre Hand.

Sie beobachten Ziggys Eltern, die weit auseinander stehen. Rita hat die Tüten in der Hand, und ihr Dad hat beide Hände tief in den Hosentaschen vergraben. Früher haben sie sich so geliebt. Ziggy erinnert sich, dass Rita oft lachend bei ihm auf dem Schoß saß, die Arme um seinen Hals geschlungen. Jetzt kann Ziggy sich das bei Rita überhaupt nicht mehr vorstellen.

»Dann mach ich mich wohl mal ans Kochen«, sagt Rita nervös. Auf dem Weg in die Küche dreht sie sich noch mal um und fragt: »Wollt ihr einen Kaffee?«

»Ich helf dir.« Ihr Dad lächelt Ziggy noch mal an und geht dann auch.

Ihr Moshoom wendet sich wieder ihr zu. Sie sieht jetzt, dass er geweint hat. Er hat dagesessen, ihre Hand gehalten und geweint. »Es macht mich so traurig, dass das passiert ist, meine Enkelin.«

»Mich auch«, sagt sie, wieder auf Englisch, aber gedacht hat sie es zuerst in ihrer Sprache.

Er bleibt neben ihr sitzen, lässt ihre Hand nicht los. Sie hört, wie Sunny aufsteht und seinen Vater begrüßt. Sie scheinen einander nicht böse zu sein. So ist das, wenn etwas Schlimmes passiert – alles andere ist kein Problem mehr.

Sie sitzen alle den ganzen Tag herum, unterhalten sich und versuchen zu lachen. Dad hat Bacon und Eier mitgebracht, und sie schlagen sich den Bauch voll. Ziggy isst, so viel sie kann, aber ihr Kiefer tut bei jeder Bewegung weh. Rita, geduscht und mit gekämmten Haaren, wirkt jetzt etwas entspannter. Selbst Sunny zeigt sich von seiner besten Seite.

Eine Weile hilft es. Es hilft, ihre Verwandten reden zu hören, sie von zu Hause erzählen zu hören, sagen, dass man sie dort vermisst. Dann kommen die Schmerzen wieder, und Rita geht noch mal Medikamente holen. Und dann kommt die Scham wieder, und ihr Moshoom drückt ihre Hand ein bisschen fester, als wüsste er, dass ihr das hilft.

Aber es geht nicht weg, jedenfalls nicht ganz.


Am Nachmittag wird es still, Rita und Moshoom unterhalten sich leise in der Küche, und Sunny geht hoch. Ziggy liegt da und hat ihren Dad ganz für sich. Er sitzt am anderen Ende der Couch, und sie gucken halbherzig irgendeine Sendung. Er lacht an den richtigen Stellen, aber nicht so herzhaft wie am Morgen.

Er schaut immer wieder zu ihr herüber, mit einer Miene, die sie kennt. Genauso hat er oft geguckt, als sie im Begriff waren, wieder in die Stadt zu ziehen. Ziggy weiß, was jetzt kommt.

»Alles okay, mein Mädchen?«, beginnt er schließlich.

»Ja«, sagt sie. »Schon.«

»Das war ziemlich erschreckend, hm?«

»Schon.«

»Deine Mom ist völlig durch den Wind.«

»Ja.« Sie überlegt kurz. »Aber die ist tough.«

»Stimmt, das ist sie.« Er hält kurz inne. »Aber du bist ihr Kind. Es ist schwieriger, wenn es um das eigene Kind geht.«

Ziggy setzt zu einem Achselzucken an, aber es tut so weh, dass sie zusammenfährt.

»Es tut sehr weh, hm?« Er berührt ihren Verband ganz leicht und zupft dann die Decke wieder zurecht.

»Schon.« Sie ist so müde, und sie will nicht darüber reden. Oder daran denken.

»Du machst dir bestimmt Sorgen um deine Freundin.«

»Ja.«

»Das wird schon wieder. Deine Mom hat uns davon erzählt. Emily geht's bald wieder gut. Sie muss halt erst wieder gesund werden.«

Ohne den Kopf zu bewegen, wischt sich Ziggy die Träne weg, die aus ihrem unversehrten Auge kullert. Sie will nicht mehr weinen. Das verletzte Auge fängt jetzt an zu brennen. Sie will an schöne Dinge denken und vergessen, dass das alles passiert ist. Sie will sich mit Emily unterhalten und sie wieder endlos über Jungs reden hören. Oder sich einfach nur mit ihr unterhalten.

»Ich hab dich lieb, mein Mädchen.« Ihr Dad streichelt ihr das Knie. Das machen ihre Eltern beide. Als hätten sie es voneinander gelernt.

»Ich weiß.« Sie hält inne, überlegt, wo ihr Handy ist. »Es ist einfach – also, ich schäme mich irgendwie.« Sie hat es gesagt, ohne nachzudenken, aber sie weiß, dass es schon die ganze Zeit da war.

»Du schämst dich? Warum denn das?« Seine Stimme bleibt tief, ernst.

»Ich weiß nicht.« Ein Rückzieher.

»Doch, du weißt es – warum schämst du dich?« Er drängt sie, wie nur er es kann.

»Na ja, also«, sagt sie langsam. »Ich konnte nichts tun. Ich hab nichts getan.«

Ihr Dad beugt sich über sie, diese Träne wischt *er* ihr weg, und dann schaut er ihr auf seine typische Art direkt in die Augen. »Was hättest du denn tun können?«

»Ich weiß nicht«, sagt sie leise und versucht, nicht mit den Schultern zu zucken.

Er wendet den Blick nicht von ihr ab. Warum schauen einen Eltern immer besonders gründlich an, wenn sie ernst sind? »Ich weiß, wie es sich anfühlt, wenn man sich schämt. Es ist ein schreckliches Gefühl. Aber du hast keinen Grund, dich zu schämen. Du hättest nichts tun können.«

»Ich weiß«, sagt Ziggy schließlich, obwohl sie es nicht glaubt.

»Emily braucht jetzt ihre Freundin – sei einfach ihre Freundin. Sei für sie da, so wirst du auch deine Scham los. Und denk immer daran, dass du nichts hättest tun können.«

Er nickt und richtet sich auf. Als wäre er fertig mit seinem väterlichen Rat. Aber er schaut nur hinaus, aus dem Fenster, tatsächlich aber viel weiter.

»Können wir sie noch mal besuchen? Können wir Emily besuchen gehen?«

»Fragen wir mal deine Mom.« Das sagt er immer, Rita hat stets das letzte Wort.

»Wie wär's, wenn wir morgen früh zu ihr gehen, gleich nach dem Frühstück?«, schlägt Rita vor, als sie wieder ins Zimmer kommt, das Gesicht immer noch so komisch verzogen, und jetzt auch noch rot und fleckig. Sie hat in der Küche lange mit Ziggys Moshoom geredet. »Wenn du dich noch ein bisschen erholt hast. Bei Emily geht alles seinen Gang. Sie ist so weit okay. Wir gehen morgen zu ihr.«

Ziggy möchte einfach mit ihrer Freundin reden. »Mom? Wo ist eigentlich mein Handy?«

Emily hat ihr keine Nachricht geschickt, nichts. Ihre letzte Nachricht ist die von Freitag, 18.47 Uhr, bevor Ziggy sie abholte und sie zu dieser bescheuerten Party gegangen sind. Voll bescheuert.

Als es dunkel wird, rüsten sich ihr Dad und ihr Moshoom für die Heimfahrt. Rita sagt, dass sie die beiden noch kurz zu ihrem Pick-up begleitet, und kommt dann ewig nicht zurück. Ziggy sitzt wieder allein auf der Couch. Irgendwann kommt ihr Bruder aus seinem Zimmer, telefonierend.

»Ja, alles klar«, sagt er. »Wir kommen. Wir sind etwa in einer halben Stunde da.... Okay ... Okay.«

Ziggy ist neugierig, fragt aber nicht nach, sondern wartet, bis Sun seine Textnachricht fertig getippt hat und aufblickt.

»Wie geht's, Zig Zig?« Manchmal tut seine Zuwendung so gut – als würden sämtliche coolen Kids auf einmal sie grüßen.

»Ganz okay, und dir?« Sie vergräbt die Arme unter der Decke, versucht aber, den Kopf nicht zu bewegen.

»Pff.« Er ist wieder mit seinem Handy zugange. »Wo ist denn Rita?«

»Rauchen. Vielleicht ist sie auch zu Aunty Cher, wer weiß.«

»Die kommt schon wieder. Die ist einfach voll gestresst.«

»Ich weiß echt nicht, warum. Mir geht's doch gut.«

Er schaut sie direkt an. Mit ernster Großer-Bruder-Miene.

»Du hast von Gangmitgliedern eins in die Fresse gekriegt, nachdem du auf einer Gangparty warst. Es würde mich nicht wundern, wenn die beiden Rita gerade zu überreden versuchen, uns wieder ins Reservat zu schicken.« Er deutete mit dem Kinn aus dem Fenster.

»Das bringen die doch nicht. Glaubst du echt?« Ziggy stellt es sich vor, wieder richtig daheim zu wohnen. Die Wildnis, die tiefe Dunkelheit der Nacht.

»Ich würde ihnen das absolut zutrauen. Sie sind ja nicht gerade Fans des Stadtlebens, stimmt's?« Er guckt ein letztes Mal auf sein Handy, setzt sich zu Ziggy, klopft ihr mit der Faust aufs Knie, aber sanft.

»Meinst du wirklich, die holen uns zurück?« Ziggy erinnert sich kaum daran, wie es war, dort in die Schule zu gehen, oder wie die High School dort überhaupt aussieht. Wo würde sie hingehen?

»Kann schon sein. Daddy tut doch alles für seine kleine Ziggy Poo.« Er kneift sie sanft in die unversehrte Wange. Eigentlich tut er sogar nur so, aber sie zuckt zusammen, will ausweichen und stöhnt vor Schmerzen.

»Sorry«, sagt Sun, und sein Gesicht verzieht sich genau wie das von Rita.

»Schon gut.« Ziggy bringt sich wieder in die richtige Lage. Wenn sie ihre unversehrte Seite ein bisschen ins Kissen drückt, fühlt sich alles ganz ruhig und fast gut an. Aber offenbar lässt die Wirkung des Schmerzmittels nach.

Rita kommt wieder herein, die Kapuze auf dem Kopf. »Es ist elend kalt da draußen, meine Schätzchen.«

»Du warst ja ewig weg«, sagt Ziggy, und obwohl sie es nicht will, klingt sie wieder wie ein kleines Kind.

»Tut mir leid.« Rita schlüpft zitternd aus ihrem Mantel, reibt die Hände aneinander und fühlt Ziggy dann die Stirn. Ihre

Hand stinkt nach Zigaretten. »Brauchst du irgendwas, mein Mädchen?«

Ziggy will den Kopf schütteln, bremst sich aber gerade noch, ehe ihr Gesicht wieder anfängt zu pochen. »Es tut weh«, sagt sie stattdessen.

»Ich weiß, ich weiß.« Ihr Mom reibt jetzt Ziggys Hände. »Vielleicht solltest du noch eine Schmerztablette nehmen. Ich schau mal nach.«

Beim Aufstehen wirft Rita Sun einen komischen Blick zu.

»Was war denn das?«, fragt Ziggy ihn unwillkürlich.

»Nichts. Sie macht sich halt Sorgen.« Sun schaut wieder auf sein Handy.

»Wo gehst du eigentlich hin?«, fragt Ziggy, um das Thema zu wechseln.

»Weg. Mit Jake.«

»Es ist eiskalt draußen. Wo wollt ihr denn hin?«

»Fuck! Nirgends!« Ziggy weiß nicht, ob er wirklich sauer ist oder ob das nur sarkastisch war, jedenfalls steht er jetzt auf. »Ich spring schnell noch unter die Dusche.«

Rita kommt mit zwei großen Tabletten und einem Glas Wasser zurück. Es fällt Ziggy immer noch schwer, sie zu schlucken. Dann wartet sie darauf, dass die Wirkung einsetzt.

Sie schaut wieder auf ihr Handy. Immer noch nichts. Ihre letzte Nachricht von Emily ist immer noch die vom Freitag.

»Bring mir dein rotes Top mit«, hatte sie geschrieben. Sie hatte sich so gefreut. War so aufgeregt.

So verdammt bescheuert.

Warum zum Teufel hat Ziggy sich nur darauf eingelassen? Sie weiß doch eigentlich Bescheid. Sun hatte ihr alles erklärt, und sie hätte es besser wissen müssen. Sun hat es ihr erklärt, als sie und Emily in die Siebte kamen und an die große Schule wechselten, denn dort mussten sie Bescheid wissen.

»Also, grob gesagt, gibt es zur Zeit zwei Gangs«, erläuterte er sehr ernst. »Die Roten und die Schwarzen, halt also einfach nach diesen beiden Farben Ausschau. Man soll an der Schule eigentlich keine Farben tragen, aber da kann man sich immer drum rummogeln. Schwarze Mütze, roter Pullover, solche Sachen. Und Stirnbänder natürlich, aber die stecken meistens in der Hosentasche oder in der Tasche der Kapuzenjacke, sie sind also die meiste Zeit nicht zu sehen. Verstehst du?«

»Und die schwarzen Kapuzenjacken, das sind dann alles Leute von der schwarzen Gang?«

»Quatsch, Mann, das sind einfach schwarze Kapuzenjacken«, sagte er mit einem Tonfall, als wäre sie ein totaler Schwachkopf. »So eine hat doch jeder.« Er zog den Reißverschluss seiner eigenen schwarzen Kapuzenjacke zu.

»Ich denke, die von der roten Gang haben rote Kapuzenjacken an – warum ist das bei den Schwarzen dann nicht so?«

»Fuck, Mann, du blickst echt gar nichts. Rote Hoodies – ja. Schwarze Hoodies – nein. Das ist keine Kleiderordnung mit Uniformen wie an einer Privatschule.«

»Es wäre aber logischer so.« Ziggy verbarg ein Lächeln.

»Es ist nicht logisch, genau darum geht's ja. Logos gibt es übrigens auch.«

»Ich find das echt bekloppt, Mann. Ich will einfach nur in die Schule gehen.« Sie hatten schon alles für die neue Schule besorgt. Rita hatte einen Stapel kaum benutzter Ordner von der Arbeit mitgebracht, aber Ziggys Stifte waren alle neu. Sie hatte sogar einen neuen Rucksack.

»Das ist aber wichtig.« Sun ließ nicht locker. »Du musst aufpassen, wenigstens ein bisschen, damit du dich aus heiklen Situationen rausziehen kannst.«

»Als würde ich je in heikle Situationen geraten«, antwortete Ziggy mit ihrem schönsten spöttischen Grinsen.

»Stimmt, du bist natürlich voll der Streber, aber trotzdem.«
Er klopfte ihr mit der Faust aufs Knie, so wie er es immer tat.
»Es ist voll bescheuert, aber pass trotzdem auf, ja?«

»Und was ist mit dir? Musst du nicht aufpassen?«

»Ich? Doch. Bei Typen ist es anders. Aber wir müssen auch aufpassen.«

»Und zu welcher Gang gehörst du?«

»Pffff. Vergiss es. Das ist kompliziert.«

Das sagt Rita auch immer, wenn sie irgendwas nicht erklären will. *Das ist kompliziert.* Es war kompliziert, als sie in die Stadt zogen, kompliziert, als sie diesen stinkenden Freddie bei ihnen einziehen ließ, kompliziert, als er ging.

Emily dachte, Jake und Sun wären zu clever, um sich auf diesen Scheiß einzulassen. Aber Em war dermaßen naiv, die war ja in diese Gangparty reinspaziert, ohne überhaupt zu wissen, dass es eine war. Vielleicht hat sie gedacht, Rot wäre einfach Claytons Lieblingsfarbe.

Aber jetzt weiß Ziggy nicht, was sie tun soll oder was als Nächstes passiert. Was machen sie jetzt in der Schule? Gehören sie jetzt der Gang an? Oder müssen sie sich raushalten?

Es ist kompliziert.

»Wie wär's mit Pizza zum Abendessen?« Rita kommt mit dem Telefon in der Hand herein.

»Klar«, sagt Ziggy, denn sie weiß, dass Rita sauer wird, wenn sie nichts isst.

Sunny kommt in frischen Kleidern und mit nassem Haar herein.

»Was willst du auf deiner Pizza haben?«, fragt seine Mom ihn.

»Nichts.«

»Wo gehst du hin?« Ihre Stimme klingt wieder besorgt.

»Ich geh halt weg.«

»Den Teufel wirst du tun. Nicht heute Abend, mein Freund.«
Rita kann sehr schnell wütend werden. Ziggy sitzt einfach da
und versucht, ihren Kopf nicht zu bewegen.

»Jetzt beruhig dich mal, Ma«, sagt er und verdreht die Augen,
als ginge es hier nur um eine Lappalie.

»Scheiße noch mal, deiner Schwester haben sie gerade das
Gesicht kaputt gehauen, und ihre Freundin ist überfallen worden! Wo zum Teufel musst du ausgerechnet heute Abend hin?«

Er schaut sie wortlos an, dreht sich um und geht seine Jacke
holen.

»Nein, Sunny, nein!« Rita läuft ihm nach, zieht an seinem Ja-
ckenärmel. »Mach keine Dummheiten, Sunny. Lass das sein!«

»Wir gehen einfach nur weg!«, schreit er, und seine Stimme
überschlägt sich. Ab und zu passiert ihm das noch, und normalerweise lacht Ziggy darüber.

»Sunny? Sun?« Rita will, dass er sie ansieht.

»Ich mach keine Dummheiten, Ma.«

»Das glaube ich dir nicht.«

»Glaub, was du willst«, sagt er, öffnet die Tür und schubst
Rita weg, aber nicht grob. Das würde er nie tun.

Rita bleibt einen Moment reglos stehen. Ziggy will sie fragen
und zugleich auch nicht.

»Mom?«

»Einen Augenblick, Schätzchen.«

Rita ist bereits am Telefonieren. »Hallo, ich bin's. Seid ihr
schon weit? … Könnt ihr noch mal umdrehen? Sundancer ist
gerade weggegangen … ich habe keine Ahnung, wohin. Könnt
ihr versuchen, ihn zu finden? Er ist eben erst gegangen … Ich
hab keine Ahnung. Fahrt mal Richtung Selkirk Avenue oder
so … Weiß ich nicht … Das weiß ich nicht! … Ja, ich weiß! …
Okay, tschüss.«

Einen Moment lang steht sie da und starrt auf ihr Handy.

»Mom?« Jetzt überschlägt sich auch Ziggys Stimme.

»Was ist denn, mein Mädchen?« Sie klingt meilenweit entfernt.

»Was ist eigentlich los?«

Rita setzt sich auf die Couch, ohne den Blick von ihrem Handy zu wenden, sie tippt eine Nachricht, zweifellos an Sunny. »Ich mach mir einfach ... Ich mach mir Sorgen um deinen Bruder. Ich hab Angst, dass er Dummheiten macht.«

»Was denn?«

»Dass er diesen Kerlen nachstellt, die das getan haben.«

»Das waren Mädchen, die mich verprügelt haben«, sagt sie und verkriecht sich noch tiefer unter der Decke.

»Du weißt schon, was ich meine.« Und Ziggy weiß es, sagt es aber nicht. Rita meint die Leute, die Emily überfallen und vergewaltigt haben.

»Das macht Sunny nicht. Der findet das alles scheiße. Also, der findet das daneben«, korrigiert sie sich.

»Ich weiß, Schätzchen. Ich weiß, dass er das sagt, aber ...« Ritas Gesicht verzieht sich wieder auf diese beunruhigende Weise.

»Nee, wirklich. Jake und er halten sich da raus. Mit diesen Gangs wollen sie nichts zu tun haben. Die beiden spielen nur Videospiele.«

»Ich weiß, Ziggy«, sagt Rita mit dieser Du-bist-noch-ein-Kind-Miene.

»Das stimmt echt, Mom. Die machen keinen Unsinn. Wir alle nicht.« Sie hebt den Kopf ganz langsam und vorsichtig vom Kissen und streckt den Arm nach ihrer Mutter aus.

Rita, nach wie vor besorgt, ergreift die Hand ihrer Tochter und streichelt sie, wie sie es so oft tut.

»Gibt's trotzdem Pizza?« Ziggy lässt sich wieder in die Kissen sinken, ihr Kopf ist so schwer.

»Ja.« Rita hat das Telefon noch in der Hand. »Ja, klar. Aber erst ruf ich noch Lou an.«

»Okay.« Ziggy überlegt kurz. »Das war Dad, oder? Er kommt zurück.«

»Ja, Schätzchen. Er wird Sunny finden. Keine Sorge.« Sie lächelt ihre Tochter an. Das Lächeln ist zu süßlich, aber es tut Ziggy trotzdem gut.

Sie traut sich nicht, ihrer Mutter zu sagen, dass sie es gesehen hat – das schwarze Halstuch, das aus der Tasche von Sunnys Kapuzenjacke gerutscht ist, als er Rita wegschubste. Sie hat es gesehen und weiß, was das war. Sie ist schließlich nicht bescheuert.

Aber sie hat sich keine Sorgen gemacht. Jedenfalls bis zu dem Moment, wo ihre Mutter ihr sagte, sie solle sich nicht sorgen.

# 20

# TOMMY

Tommy geht im Kopf noch mal seine Notizen durch, während er die Main Street Richtung Norden entlangfährt. In seiner Erinnerung verschmelzen die Gesichter all dieser Frauen zu einem, sie sind sich so ähnlich. Das Mädchen, die arme Emily, klein und geschunden in ihrem Krankenhausbett. Dann ihre Tante mit diesen unheimlichen Augen, die so genau hinschauten. Schließlich die Zeugin, die so erleichtert war, dass man sie nicht mehr für verrückt hielt. Sie sehen alle gleich aus – das gleiche lange, glatte Haar, dunkel und glänzend, und die gleichen Mandelaugen, fast jedenfalls.

Er ist todmüde. Musste wieder früher anfangen, Christie früher in Gang bringen. Immer wieder dieselbe Leier. Er hofft, dass sein Partner seinen Eifer insgeheim bewundert, dass dieser letztlich ein positives Licht auf ihn wirft. Er hat seine Notizen sorgfältig zusammengefasst und dann noch einmal abgeschrieben. Nachher treffen sie sich mit dem Sergeant, und Tommy will, dass der Bericht tadellos aussieht, die Zahlen alle korrekt übertragen, die Notizen sauber und detailliert. Er hatte noch nie etwas so Wichtiges zu bearbeiten. Bisher haben sich seine Berichte auf das Nötigste beschränkt, aber dieser Fall ist anders. Alles muss stimmen.

Er will heute Abend noch ein weiteres Verhör durchführen – es gibt da noch ein Haus, das er sich genauer ansehen will. Christie glaubt, es gehe nur darum, diese Möglichkeit auszuschließen, aber Tommy hat so ein Gefühl. So erklärt er es Hannah beim Abendessen und versucht dabei, weniger verzweifelt zu klingen, als er es ist.

»Ich weiß, dass es die richtige Adresse ist. Es muss jetzt einfach nur einer etwas Falsches sagen, ein Einziger reicht.« Er zerteilt entschlossen sein Fleisch. Eigentlich hat er keinen großen Hunger, aber Hannah mag Sonntagsessen, auch wenn sie früher als sonst essen müssen, weil er danach Dienst hat.

»Tja, aber das ist nicht sehr wahrscheinlich, oder? Ich meine, die reden doch nicht gern mit der Polizei?« Hannah isst wie ein Vögelchen, kaut langsam, als schmeckte ihr eigenes Essen ihr nicht. Sonntags macht sie immer Schmorbraten oder gebratenes Huhn.

»Man muss nur auf die richtige Weise die richtigen Fragen stellen, meine Süße.« Er redet sich gern ein, dass sie ihn für tough hält, aber sie schaut ihn nur mitleidig an.

»Das sind Gangster, Tommy. Sadisten, denen ist das alles scheißegal. Die haben garantiert kein Mitleid mit irgendeinem Mädchen. Das ist ja nicht wie im Fernsehen. Das sind Mörder, Vergewaltiger und Drogendealer.«

Tommy wünscht, er könnte sie seinerseits mitleidig anschauen, aber er wird sich hüten, das zu tun. Sie würde es merken und explodieren. Sie bemerkt diese Blicke immer, also guckt er nur noch in Gedanken so.

»Denen sind andere Menschen doch egal. Das sind Schläger und Kriminelle. Mit denen kann man doch nicht *vernünftig reden*.« Sie spricht es aus, als wäre das eine völlig groteske Idee.

Tommy möchte, dass sie nicht recht hat. Er möchte ihr das Gegenteil beweisen. Ihre Haltung nervt ihn, auch wenn er nicht genau sagen kann, warum. Sie hat festgefügte Meinungen über Menschen und Orte, die sie überhaupt nicht kennt. Er hat ihr schon viel zu viel von diesem Fall erzählt und ermahnt sie jetzt noch einmal, das alles für sich zu behalten.

»Ja, natürlich, Tom, meine Güte.« Sie nimmt beide Teller vom Tisch. Seine Gabel schwebt in der Luft – eigentlich wollte er gerade noch einen Bissen nehmen. »Meine Freunde wissen doch sowieso alle, in was für einer abgefuckten Stadt wir leben. Das werde ich ihnen bestimmt nicht noch extra aufs Brot schmieren.«

Er musste ihr davon erzählen – musste die Fakten aussprechen, um sie noch mal drehen und wenden zu können. Sie ergaben einfach keinen Sinn. Nichts ergab Sinn. Aber jetzt, wo er es ihr erzählt hat, hätte er es stattdessen lieber seiner Mutter erzählt. Das hatte er eigentlich auch vorgehabt. Marie kennt sich mit diesen Dingen irgendwie besser aus. Sie meint nicht bloß, sich auszukennen, weil sie die *Sun* liest, sondern weiß wirklich Bescheid.

»Das sind einfach verrückte Verbrecher, Schatz. Die sind brutal, Punkt. Die wollen anderen Leuten wehtun, weil sie glauben, sie hätten es so schwer.« Sie sagt das, als würde es irgendetwas erklären. »Können wir jetzt bitte über etwas anderes reden?«

Hannah möchte, dass das Leben einfach ist, und hat nicht das Bedürfnis zu verstehen. Sie will, dass er alle verhaftet und nicht weiter darüber nachdenkt. Sie will schöne Sonntagsessen und angenehme Unterhaltungen, mehr nicht.

Tommy hält bei Christie vor dem Haus, und der Alte steigt mit einem Seufzer ein, er stinkt nach Gebratenem. Sein Bauch hängt ihm über den Gürtel und verdeckt ihn vorne ganz. Der könnte zu Fuß keinen Täter einholen, selbst wenn sein Leben auf dem Spiel stünde. Tommy schwört sich, nach der Schicht noch ins Fitnessstudio zu gehen. Und wieder die Kohlehydrate zu reduzieren.

»Also, wie ist die Adresse?« Christie hustet. Sogar seine Stimme klingt vollgefressen.

»Zwölfhundertirgendwas Selkirk. Könnten Sie noch mal nachschauen?« Tommy weiß die Adresse, hat sie sich eingeprägt, versucht aber weniger eifrig zu wirken. Keiner soll denken, er sei von diesem Fall besessen. Nach diesem letzten geplanten Verhör sollen sie Bericht erstatten, und es ist wahrscheinlich, dass der Sergeant dann die Anweisung gibt, den Fall abzuhaken. Womöglich ist das seine letzte Chance, bevor er sich wieder darauf beschränken muss, dreitägige Partys zu beenden und was sonst üblicherweise sonntagnachts so anfällt.

Das Haus sieht heruntergekommen aus. Das bläuliche Licht eines Fernsehers dringt durch die Laken, mit denen die Fenster verhängt sind. Eines davon hat ein Zickzackmuster, das wohl einmal braun war, jetzt aber von der Sonne zu einem Gelbton gebleicht ist. In dem kleinen, von einer struppigen Hecke eingefassten Garten liegen Bierflaschen und Zigarettenkippen herum. Das Geländer der Türtreppe liegt kaputt auf dem Boden – anscheinend erst seit Kurzem, denn es ist noch nicht vom Schnee verdeckt. Die Treppe selbst ist völlig vereist, zusammengebackener, festgetretener Schnee mit Einbuchtungen an den Trittstellen.

Christie klopft an. Diesmal wird er die Führung übernehmen. Hat er gesagt. Tommy hat ihm nicht gesagt, dass er froh darüber ist.

Die Tür geht einen Spaltbreit auf, und das Gesicht einer jungen Frau erscheint. Die Holztür ist ramponiert, die Scheibe darin kaputt, das zerbrochene Glas wird von x-förmig aufgeklebtem Gaffertape zusammengehalten.

»'n Abend, können wir reinkommen?«, poltert Christie mit der knarzigen Stimme des altgedienten Polizisten. Auf ihre Weise wirkt sie durchaus.

Die junge Frau nickt, und hinter ihr ist jetzt eine andere Stimme zu hören.

»Wer ist da?« Ein Mann, ein junger Mann.

»Die Bullen«, sagt sie beiläufig.

Sie öffnet die Tür ganz, und drinnen sitzt ein Indigener, als hätte er nur auf sie gewartet. Sein kariertes Hemd ist bis oben zugeknöpft, und in seinem Mundwinkel hängt eine Zigarette. Die Beleuchtung ist schummrig, das Haus riecht nach Pine-Sol-Reinigungsmittel. Außerdem hängt der Geruch von Räucherwerk in der Luft. Der Mann greift nach der Fernbedienung und schaltet den Ton aus, aber die Bilder tanzen weiter über den Bildschirm. Irgendeine Realityshow, die Tommy nicht kennt.

»Tag«, sagt der junge Kerl, steht aber nicht auf. Sein Lächeln ist starr und irgendwie unheimlich.

»Sind Sie der Besitzer dieses Hauses? Oder der Mieter?« Christie schaut den Mann an und lässt den Blick dann durchs Zimmer schweifen.

Auch Tommy sieht sich um, Couch und Sessel, die nicht zusammenpassen, keine Bilder an den Wänden. Zwei Mädchen sitzen auf der langen Couch, die Dünne, die ihnen aufgemacht hat und sich jetzt eine Zigarette anzündet, und eine Pummelige, die vorgebeugt dasitzt, die Kapuze ihres Hoodies über dem Haar. Sie sieht jung und irgendwie verängstigt aus. Verloren. Er sieht das nicht zum ersten Mal – Kinder, die Angst vor der Polizei haben. Er lächelt sie verhalten an, aber sie schaut weg.

»Mieter.« Der Typ lächelt immer noch. »Was gibt's für ein Problem?«

»Vorgestern Nacht wurde nicht weit von hier ein Mädchen überfallen, und wir versuchen herauszufinden, ob irgendjemand etwas gehört oder gesehen hat.« Tommy lässt die Mädchen nicht aus den Augen, aber keine der beiden zeigt eine

Reaktion. Die Dünne, eindeutig älter als die andere, pafft vor sich hin.

»Also, ich nicht. Es war ein ziemlich ruhiges Wochenende. Nur meine Freundin und ihre kleine Schwester waren hier.« Sein Lächeln und seine Augen bleiben reglos, aber sein Arm macht eine ausholende Geste, die beide Mädchen auf der Couch einschließt. Die Dünne lächelt. Die Pummelige blickt nach unten.

»Können Sie sich ausweisen, Sir?« Aus Christies Funkgerät zirpt es, vermutlich statisches Rauschen.

Der Typ wühlt in seiner Hosentasche und zieht eine Plastikkarte heraus. Christie nimmt sie entgegen und reicht sie Tommy. Es ist eine abgelaufene Statuskarte, die alte Sorte mit Automatenfoto. Michael Hutchinson. Dog-Creek-Reservat. Tommy notiert sich alles.

»Und wie steht's mit den jungen Damen?«

Die Dünne klopft die Asche ihrer Zigarette ab und greift nach ihrer Handtasche. Die Pummelige schüttelt den Kopf. Sie ist noch jung, sehr jung, also fragt Christie sie nur nach ihrem Namen.

»Roberta. Roberta Settee.« Sie nimmt sich auch eine Zigarette und zündet sie an. Sie bewegt sich langsam, als wäre sie zu dick oder zu voll gefressen, wie Christie. Wobei nirgends etwas Essbares zu sehen ist.

Roberta sagt, dass sie in der Pritchard Avenue wohnt, und nennt die Hausnummer.

Das andere Mädchen ist eine gewisse Angie Dumas, wohnhaft in der Machray Avenue.

»Okay. Danke. Dürfen wir uns ein bisschen umsehen?« Christie scheint von der bemerkenswerten Kooperationsbereitschaft unbeeindruckt. Er fasst nach.

»Bitte«, sagt der Typ, immer noch lächelnd. Aber sein Blick wandert jetzt zum Bildschirm.

Tommy geht seinem Partner hinterher, registriert alles. Die Küche ist sauber, nur der Boden ist fleckig. In einem Zimmer schläft auf einem Bett ein vielleicht dreijähriges Kind. Im anderen Zimmer ist niemand. In beiden hängt die gleiche Sorte Poster und Flaggen an der Wand. Junge Männer. Sogar das Bad ist sauber. Der Keller ist vollkommen leer, nicht mal eine Kiste, nur ein paar alte Decken, nass von den Pfützen im rissigen Steinfußboden.

Christie schaut seinen Partner an. Tommy kann nicht erkennen, was er denkt.

»Danke, Sir«, sagt er, als er wieder an der Tür steht. »Meine Damen. Wir melden uns, wenn es irgendwelche neuen Entwicklungen gibt.«

Tommy geht hinaus, vorsichtig auf den vereisten Stufen.

»Mann, was für eine Zeitverschwendung«, knurrt Christie, als sie wieder im Auto sitzen.

Tommy zieht den Laptop heran und beginnt zu tippen. »Was halten Sie von der Sache?«

»Das ist entweder der reinlichste gottverdammte Indig, den ich je gesehen habe, oder er verbirgt etwas.«

»Zu dieser Adresse liegt ein Haufen Beschwerden wegen Ruhestörung vor«, sagt Tommy.

»Wem gehört das Haus?«

Tommy schaut in sein Notizbuch. »Einer namenlosen Firma, hier steht nur die Registernummer.«

»Hm. Haben Sie in Erfahrung gebracht, wem sie gehört?«

»Nein, ich ...«, setzt Tommy an.

»Das würde mich interessieren.« Christie kaut auf seiner Unterlippe. Er denkt nach. Tommy weiß, dass jetzt auch sein Interesse geweckt ist. Es fühlt sich an wie ein Sieg. »Und wer ist dieser Hutchinson?«

»Michael Hutchinson. Davon gibt's viele. Angefangen mit

dem Hockeyspieler. Ein paar finde ich hier, aber das ist alles eher belanglos.«

»Und die Mädchen?«

»Zu Roberta finde ich nichts. Ah, Angie Dumas wurde 2010 festgenommen, wegen Besitzes von Hehlerware ... wurde aber wieder freigelassen. Gehört zum persönlichen Umfeld eines gewissen Alex Monias.«

»Den Namen kenne ich. Schauen Sie den mal nach.«

Tommy tippt und starrt konzentriert auf den Bildschirm. Dessen grelles Licht lässt alles vor seinen müden Augen verschwimmen. »Es gibt vier. Alex M. Monias ist wegen Trunkenheit am Steuer angeklagt, aber nee, der ist zu alt. Alex D. Monias hat einen geringfügigen Verkehrsverstoß begangen. Hier, dieser hat vor einer Weile wegen schwerer Körperverletzung drei Jahre gekriegt, wurde vorzeitig entlassen. Persönliches Umfeld ... Straßenname Bishop ...«

»Der ist es. Den kenne ich. Es ist ungefähr zehn Jahre her, dass der eingefahren ist.«

»Genau. 2009 ist er rausgekommen.«

»Und seither?«

»Geringfügige Sachen – letztes Jahr Verdacht auf Waffenbesitz, ist noch anhängig. Besitz von Hehlerware. Dasselbe Festnahmedatum wie bei diesem Mädchen. Hat dann wieder eine Weile gesessen.« Er blickt auf. »Dann ist das der Monias aus ihrem Vorstrafenregister.«

»Sie sind ein Genie, May-tee. Rufen Sie mal ein Foto von ihm auf.«

Tommy tut wie geheißen, weiß aber schon vorher, was er zu sehen bekommen wird. Er weiß, wie Alex Monias aussieht.

»Fuck!«

»War zu erwarten.« Christie ist irgendwie wieder zum müden, altgedienten Polizisten geworden.

»Was machen wir jetzt?«

»Nichts.« Christie gähnt. »Wir erstatten jetzt erst mal Bericht, und dann sehen wir weiter. Es wäre jedenfalls dumm, uns jetzt auf ihn zu stürzen. Wir wissen nicht mehr, als dass er ein Gangster ist, der nicht will, dass wir das wissen.«

Tommy überlegt, wie er dagegenhalten könnte. Was er noch tun, welche Fragen er noch stellen könnte. Aber ihm fällt nichts ein, er muss mitziehen und derweil weiter überlegen.

»Also, wir wissen, dass sie auf einer Gangparty war. Das wissen wir.« Christie macht seine eigene Liste. »Und wir wissen, dass der Bursche gelogen hat, aber wir wissen nicht, ob er irgendwas mit dem … dem Überfall zu tun hatte. Darauf weist bisher nichts hin.«

»Nein, in seiner Vorgeschichte gibt es dafür keine Anhaltspunkte.« Tommy schaut sich die Akte noch einmal an, geht die Einträge immer wieder durch in der Hoffnung, irgendein Wort werde herausstechen.

»Und keine Indizien beim Opfer.« Tommy ruft sich diese Liste wieder vor Augen. Die blauen Flecken an Hand- und Fußgelenken wiesen darauf hin, dass das Mädchen möglicherweise von mehreren Leuten festgehalten wurde. Blutergüsse in der linken Gesichtshälfte, wo man sie vermutlich geschlagen hatte. Auch dem anderen Opfer war ins Gesicht geschlagen worden, sogar noch schlimmer. Aber das waren Mädchen gewesen. Hatte Zegwan gesagt – sie hatte gesagt, es seien Mädchen gewesen. Emily hatte gar nichts darüber gesagt, wer es gewesen war. Nur vier Gruppenvergewaltiger. Mit langen Haaren.

# 21

# PHOENIX

»Fuck, Phoen, du musst hier weg!«, schreit Bishop aus der Küche herüber.

Phoenix sitzt immer noch auf der Couch. Sie hat sich nicht vom Fleck gerührt, nachdem die Bullen gegangen sind, hat sich nur eine Zigarette angezündet und einen langen Zug getan. Das war knapp. Zu knapp. Ihr Onkel weiß, wie er mit den Kerlen umgehen muss, aber er ist gar nicht gut drauf. Sobald die draußen waren, hat er angefangen, durch die Wohnung zu tigern, und zwar wutschnaubend. Wie eine dieser Zeichentrickfiguren, denen es aus den Ohren qualmt. Angie ist aufgestanden, um mit ihm zu reden, aber nicht mal sie konnte ihn beruhigen.

»Du musst hier weg, Phoen. Verpiss dich!« Er brüllt richtig.

Im Schlafzimmer fängt die kleine Alexandra an zu weinen. Angie scheint hin- und hergerissen, sie will ihren Typen beruhigen, aber ihr Baby schreit. Bishop stößt sie weg, also geht sie das Baby holen und macht schon auf dem Weg *Schschsch*, als würde das irgendwie helfen.

»Ich kann dich hier nicht gebrauchen«, sagt er etwas ruhiger. Er zieht scharrend einen Stuhl über den Boden und setzt sich. Es ist nicht seine Schuld, sondern ihre. Das weiß Phoenix. Es ist allein ihre Schuld.

Sie weiß, dass sie gehen muss.

Sie raucht ihre Zigarette fertig und steht auf. Schon den ganzen Tag hat sie Schmerzen, und ihr ist übel, sie muss also wirklich langsam machen. Sie geht in Kyles Zimmer, zieht dort, ohne das Licht einzuschalten, ihre Tasche vom obersten Schrankbrett, wo sie sie hingepackt hat, als sie den Keller ausgeräumt haben. Sie tastet nach den Sachen, die drin sein sollten. Die Fotos auf diesem dicken, altmodischen Papier, ein T-Shirt, eine Hose, die ihr nicht mehr passt. Sie zieht noch einen Pullover aus dem Wäschekorb, wo die Mädels all die schmutzigen Klamotten reingeschmissen haben, die auf dem Boden herumlagen, schlüpft hinein und zieht dann ihre Kapuzenjacke darüber. Zusammen mit ihrer Jacke sollte das warm genug sein, denkt sie. Es schneit schon wieder, was wohl heißt, dass es nicht ganz so kalt ist. Auch ein Paar Socken steckt sie noch ein. Kann nichts schaden.

Als sie wieder runterkommt, sitzt Angie mit Ship auf der Couch. Er hat sich noch nicht beruhigt, und sie streichelt seinen Arm. Phoenix hat Angie immer gemocht. Als sie noch jünger waren, hat Angie sie immer richtig gut behandelt. Wenn Phoenix zu Besuch kam, besorgte Angie oft Slurpees und Fast Food, besonders als sie mit Alexandra schwanger und ständig am Essen war. Heute würde man das nicht vermuten, weil sie wieder so dünn ist, aber sie hat früher echt viel gegessen. Phoenix isst eh ständig.

Jetzt sagt sie zu keinem von beiden etwas, schaut sie nicht mal an, sondern geht direkt zur Tür, sucht ihre Schuhe aus dem Haufen dort heraus und zieht den Reißverschluss ihrer Jacke zu. Alles fühlt sich enger an, das sind wohl die vielen Schichten, aber der ganze Körper ist bedeckt, es sollte also okay sein.

»Okay, also tschüss dann.« Sie schaut zu ihnen rüber, als wär es ein ganz normaler Tag. Wie immer.

Angie lächelt, aber ihre Augen sind traurig. Ship wirft ihr nur einen Blick von der Seite zu, ohne sich ganz zu ihr zu drehen. Sie meint, ihn nicken zu sehen. Es wäre gut, wenn er genickt hätte. Es wäre respektvoll.

Draußen will sie schon nach dem Geländer greifen, da fällt ihr ein, dass es abgebrochen ist, fast hätte sie auf dem Eis das Gleichgewicht verloren. Aber sie ist eine verdammte Expertin, wenn's darum geht, auf Eis zu laufen. Es schneit leicht, die Flocken wirbeln im Wind. Es ist kälter, als sie erwartet hat. Die Nacht ist nicht richtig dunkel, zur einen Seite hin sieht man die Sterne, und der Mond ist fast voll. Ob er zunimmt oder abnimmt, weiß sie nicht, sie hat zwar mal in der Schule gelernt, woran man das erkennt, vergisst es aber immer wieder. Durch das Gebüsch, um den Garten herum, und dann Richtung McPhillips. Sie weiß, was sie zu tun hat. Kennt Coffeeshops, in denen sie sitzen kann. Ein oder zwei von den guten Hauseingängen gibt es sicher auch noch. Es ist schon eine Weile her, seit sie die ganze Nacht draußen war, und im Winter ist es auch saublöd, aber sie kann das, ruht sich aus, wenn es gerade geht, läuft, wenn sie sich warm halten muss. Pappe hält den Wind ab – mehr braucht sie nicht. Sie rückt sich die Tasche auf dem Rücken zurecht, schwer ist sie nicht, sie ist ja fast leer, aber sie enthält alles, was Phoenix wichtig ist.

The Windmill ist ein alter, heruntergekommener Coffeeshop, an dessen orangefarbenen Wänden verstaubte Bilder hängen. Sie setzt sich in die hinterste Sitznische und streckt die Beine aus. Sie will so lang bleiben, wie es nur geht, also bestellt sie einen Hamburger mit Pommes. In Läden wie diesem wird man nicht so schnell rausgeschmissen, wenn man eine richtige Mahlzeit bestellt hat. Die Bedienung ist eine alte Weiße mit leuchtend rotem Lippenstift. Phoenix soll gleich bezahlen, aber damit hat sie kein Problem. Man darf sich hier kostenlos

Kaffee nachschenken, und sie macht es sich mit einer Zeitung bequem, liest jeden einzelnen Artikel, einfach nur, um sich die Zeit zu vertreiben.

Sie isst ihren Burger viel zu schnell und hat danach immer noch Hunger, obwohl ihr Teller leer ist. Die Alte schaut finster zu ihr herunter und fragt, ob sie einen Nachtisch will. Eher nicht, denkt Phoenix und schüttelt den Kopf. Sie hat sich einen Zwanziger aus Kyles Versteck genommen, mehr nicht, sie ist keine Diebin. Aber mit dem muss sie jetzt durch die Nacht kommen.

»Aber ich hätte gern noch ein bisschen Kaffee.«

Die Bedienung guckt wieder nur finster. Ihr Gesicht ist so runzlig, dass selbst der rote Lippenstift faltig aussieht.

Phoenix liest die Comics zwei Mal, weil die am Ende der Zeitung stehen und sie danach nichts mehr zu tun hat. Nach einem weiteren Kaffee ist sie nicht mehr so hungrig, aber sie hat einen gewaltigen Gieper auf eine Zigarette. Sie überlegt noch mal, wo sie vielleicht hinkönnte, aber sie weiß, dass sie nirgends erwünscht ist. Dez' Mom lässt sie nicht mal in die Nähe ihres Hauses, bei Roberta ist es nicht anders, und Clayton ist für sie gestorben. Cheyenne ist umgezogen und hat es nicht mal für nötig befunden, ihr zu sagen, wohin. Sie hätte nachfragen sollen, aber zu dem Zeitpunkt dachte sie noch, ihr Onkel würde einlenken. Das war, bevor er ausrastete und Kyle angewiesen hat, den ganzen Kram zusammenzupacken und mit dem Pick-up wegzuschaffen.

»Scheiße, Phoen, ich sag's dir, wenn die Bullen kommen!«

Wenigstens hielt er Wort. Wenn er wütend ist, sieht er aus wie Grandpa. Nicht ihr Urgroßvater, Grandpa Mac, sondern sein Dad, ihr Grandpa Sasha. Er war nicht Phoenix' echter Grandpa, den echten kennt sie gar nicht. Und diesen, Sasha, hat sie nur bösartig in Erinnerung.

»Genug jetzt. Wir schließen«, raunzt die Bedienung. Sie nimmt Phoenix' halb volle Tasse.

»Ich dachte, Sie haben durchgehend geöffnet«, sagt Phoenix. Die Alte schüttelt den Kopf. »Wir machen jetzt um neun zu. Es lohnt sich nicht, hier die ganze Nacht aufzuhaben. Da kommen nur Leute, die sich aufwärmen wollen und sich endlos Kaffee nachschenken.«

Phoenix spürt, dass sie wütend wird, guckt die Bedienung aber nur abfällig an. »Ich geh noch mal aufs Klo.« Sie schiebt sich vorsichtig aus der Sitzbank. Das Aufstehen tut weh. Sie muss sich fast übergeben, kann sich aber gerade noch beherrschen und geht innerlich grinsend zu dem alten Toilettenraum. Es wäre doch der Brüller gewesen, wenn sie der Alten auf ihre beschissenen Weißen-Schuhe gekotzt hätte.

Sie geht pinkeln und sortiert sich dann neu. Sie braucht nur das zusätzliche T-Shirt, und das kann sie anziehen. Die Hose passt ihr eh nicht mehr, also lässt sie die mit der leeren Tasche hier liegen, für die nächste arme Sau, die hier vorbeikommt. Die Bilder nimmt sie natürlich heraus. An den Rändern sind sie schon etwas abgegriffen, und die Farben sind verblichen, aber sie sind noch okay.

Das von Grandpa Mac und dem Auto. Es kommt ihr vor, als hätte sie Grandpa Mac gekannt. Hat sie nicht, aber Elsie hat ihn geliebt. Hat immer wieder von ihm erzählt, um ihn geweint. Daher kennt Phoenix ihn so gut. Als wäre er noch am Leben, wo er doch längst tot war.

Es gibt auch ein Bild von ihr und ihren Schwestern, Cedar-Sage und Sparrow. Sie ist darauf ungefähr zehn und hat einen unmöglichen Haarschnitt. Sparrow ist noch ein Kleinkind mit Rattenschwänzchen, und Cedar ist ungefähr sechs. Die lange weiße Backsteinmauer hinter ihnen – das war das große Haus, das in der Sozialsiedlung. Legoland nannten sie die. Von all den Häusern, in denen sie gewohnt haben, nachdem sie aus dem braunen Haus, dem von Grandmère, ausgezogen waren, mochte sie dieses am liebsten. Das Legoland-Haus war groß und sauber, und sie hatten einen großen Park vor der Tür. Als sie dort wohnten, lernte Sparrow laufen und sprechen, und eine Weile war alles gut. So sieht es auf dem Bild auch aus. Gut. Phoenix' Gesicht ist noch jung und ihr Haar so komisch krisselig, aber sie selbst sieht fröhlich aus, oder zumindest so, als versuchte sie fröhlich zu sein. Auch Cedar lächelt breit. Sparrow ist noch nicht mal drei, sie schaut nicht in die Kamera, ist abgelenkt von all den Geschenken, die sie bekommen hat. Man würde nie ahnen, wie abgefuckt alles war, wenn man dieses Bild anschaut.

Das andere Bild wurde am selben Tag gemacht und zeigt Elsie. Phoenix hat es aufgenommen. Elsie bückt sich lachend, ist noch nicht bereit, fotografiert zu werden. Sie ist dabei, das Einpackpapier aufzuheben, das über den ganzen Boden verstreut liegt. Sie bekamen so viele Geschenke in dem Jahr. Es war fast, als hätte Elsie gewusst, dass es ihr letztes glückliches Weihnachten sein würde. Phoenix mag dieses Bild von Elsie. Es wirkt so echt, genau so sah sie aus, wenn mal alles gut lief. Fast tut sie Phoenix leid, ihre Mama, aber sie reißt sich zusammen und schiebt das Foto hinter die anderen.

Das letzte Bild zeigt Grandmère als junge Frau. Es ist ein Schwarz-Weiß-Bild, sie trägt altmodische Kleidung, hat sich fein gemacht, steht an einer Straßenecke. Sie sieht richtig vornehm aus, als wäre sie eine wichtige Person. Aber Phoenix weiß, dass sie das nicht war. Sie war ein Halbblut und durfte damals die Hälfte der Läden nicht einmal betreten. Aber trotzdem machte sie sich schick, wenn sie in die Stadt ging. Phoenix weiß das, weil Grandmère ihr oft von früher erzählt hat. Phoenix hat diese alten Geschichten geliebt, obwohl sie alle traurig endeten.

Aber es war schön, bei Grandmère zu sitzen, die kaum noch etwas sah, weil sie so alt war. Doch reden konnte sie noch, und sie erzählte die alten Geschichten wieder und wieder. Phoenix verwahrt sie alle, soweit sie sich daran erinnern kann, verwahrt sie sicher in ihrem Innern. Früher hat sie diese Geschichten als gute Geheimnisse betrachtet, die nur sie kannte. Als Kind dachte sie, wenn sie mehr gute als schlechte Geheimnisse wüsste, wäre alles gut. Jetzt, wo sie älter ist, weiß sie, dass das alles Quatsch ist, trotzdem hat sie ihre guten Geheimnisse immer gern nah bei sich. Sie steckt die Fotos sorgsam in die Innentasche ihrer Jacke und packt sich wieder warm ein. Als sie in den Coffeeshop zurückkommt, ist aus der finsteren Miene der Bedienung ein bitterböser Blick geworden, aber Phoenix sagt kein Wort, sondern reckt nur trotzig das Kinn und marschiert einfach hinaus.

Sie weiß, wo sie als Nächstes hinwill, läuft mit erhobenem Kopf zielstrebig die Selkirk Avenue entlang.

Sie hatten nur ein Weihnachten im Legoland-Haus. Noch bevor der Schnee geschmolzen war, wurden die Mädchen weggeholt. Und auch das war Phoenix' Schuld. Sie war in der weiten Strickjacke ihrer Mutter zur Schule gegangen, und da waren ihr die Ärmel von den Schultern gerutscht. Sie hätte diese Jacke nicht anziehen sollen. Sie wusste, dass sie Druckstellen an den Armen hatte. So lang wie Finger. Nicht, dass sie sich einen Dreck um Sparrows Vater geschert hätte. Dieser Scheißkerl konnte sie mal. Aber sie wusste, dass alle ihrer Mama die Schuld geben würden. Elsie war damals richtig gut drauf, aber als die Mädchen wegmussten, ging es bergab mit ihr. Cedar-Sage und Sparrow kamen in ein Heim, aber für Phoenix war dort kein Platz, und sie landete mit anderen älteren Kindern in einem Hotel. In der ersten Nacht weinte sie. Heute würde sie das nicht mehr tun, aber damals war sie noch ein Kind. Sie versuchte es zu verbergen und weinte in ihre Decke. Aber eins der älteren Mädchen bemerkte es, lachte und sagte: »Sei kein Baby. Es bringt überhaupt nichts zu heulen. Keiner kommt und holt dich.« Danach weinte Phoenix nicht mehr. Ihre Schwestern und ihre Mama vermisste sie trotzdem. Aber sie war froh, von Sparrows Vater weg zu sein.

Es ist scheißkalt, aber sie kommt damit klar. Irgendwie hat sie sich in den letzten paar Tagen daran gewöhnt. Je mehr man draußen in der Kälte ist, desto mehr gewöhnt man sich daran. Sie geht die Main Street entlang, biegt in die Redwood Avenue ein und läuft über die Brücke. Es fühlt sich so normal an, dass es fast schon gut ist. Sie stellt sich vor, sie wäre auf dem Weg nach Hause, Grandmère und Elsie würden sie dort erwarten, und selbst Grandma Margret wäre nett zu ihr. Und Alex – Alex würde mit seinem Fahrrad da sein und eine Runde mit ihr fahren, obwohl es Winter ist. Sie geht die Straße entlang und denkt, dass das große braune Haus jeden Moment kommen muss, aber es kommt nicht. Und als sie gerade denkt, dass sie es wohl falsch in Erinnerung hat, sieht sie die schiefe Veranda und das vorstehende Fenster. Das alte Haus. Es sieht älter aus, ist aber immer noch braun. Die Vorhänge sind zugezogen, aber im ersten Stock sieht man das bläuliche Licht eines Fernsehers durchscheinen. Auf der Veranda stehen zwei große rote Sessel, die bequem aussehen, so als könnte man sie zusammenschieben und darauf schlafen. Nur im Sommer natürlich. Der Bürgersteig ist geräumt, nur die paar Flocken, die gerade fallen, liegen auf den Betonplatten. Phoenix möchte immer noch so tun, als würde sie hier wohnen, als hätte sie immer hier gewohnt und käme jetzt nach langer Abwesenheit wieder nach Hause. Fast glaubt sie es. Wenn es nicht so kalt wäre, würde sie es wirklich glauben.

Sie geht um das Haus herum, biegt in das Sträßchen dahinter, aber der Garten sieht völlig anders aus, als sie ihn in Erinnerung hat. Eine große neue Garage steht da, wo früher die alte war. Die war eher ein Schuppen, mit einer Doppeltür aus Holz, hinter der Alex' Fahrrad und der alte Rasenmäher standen, den nie jemand benutzt hat. Drinnen war es immer dunkel und roch nach Holz und Öl, und es gab Schubladen voller Werkzeug, das auch nie jemand benutzt hat. Als sie noch klein war, behauptete Alex, Grandpa Mac sei noch da drin, er spuke in dem Schuppen herum, deshalb ging sie nie ganz rein.

Aber jetzt ist der Schuppen weg.

Sie weiß nicht mehr, wie lang sie dort wohnte, erinnert sich an kein anderes Haus, bevor Elsie und sie dort auszogen. Damals war Elsie mit Sparrow schwanger. Grandmère war gestorben, und Grandma Margret wollte umziehen, wollte »diese verdammte Bruchbude« verkaufen. Daran erinnert Phoenix sich noch. Elsie war stinksauer. Sie wollte nicht umziehen. Aber es half nichts. Ohne ihre Eltern konnten sie sich das Haus nicht leisten, es hätte nicht einmal gereicht, wenn Sparrows Vater mit eingezogen wäre. Also zogen sie um. Aus einem großen Haus in eine kleine Wohnung, und Sparrows Vater zog dann trotzdem mit ein. Sie kehrten nie wieder zu dem alten Haus zurück. Phoenix hat es seit damals nicht mehr gesehen.

Sie dreht um und geht zurück, läuft in den Radfurchen des Sträßchens. Der Fluss unter der Brücke ist breit und weiß und eben. Sie überlegt, wie es sich wohl anfühlen würde, auf das schneebedeckte Eis zu springen, wie sehr es wehtun würde. Wahrscheinlich würde sie einfach sterben. Aber zuerst würde es wehtun. Komischer Gedanke. Ihr ist immer noch leicht übel, außerdem ist sie jetzt traurig und friert. Sie zieht sich die Mütze ganz über die Ohren, aber sie schmerzen immer noch. Als sie zur Drogerie kommt, schlüpft sie hinein und treibt sich eine Weile bei den Vitaminpräparaten herum. Sobald ihr einigermaßen warm ist, schlüpft sie wieder hinaus, läuft um die Kathedrale herum und die Mountain Avenue hinauf. In der McPhillips Street kennt sie einen Doughnut Shop, der garantiert vierundzwanzig Stunden aufhat.

Grandmère wurde im französischen Teil der Stadt geboren und hat erst als Erwachsene angefangen Englisch zu sprechen. Ihr *père* war Mitglied der Union Nationale Saint-Joseph und sehr stolz auf das, was er war, selbst zu Zeiten, als es gefährlich war, sich als Métis zu erkennen zu geben. Obwohl sie in der Stadt aufwuchsen, fingen Grandmère und ihre Brüder am Fluss mit Schlingenfallen Kaninchen. Selbst erblindet konnte Grandmère noch Schlingenfallen bauen. Sie brachte es Alex bei, und der stellte im St. John's Park welche auf. Einmal hätten Phoenix und Alex fast ein Kaninchen gefangen – sein langes Bein hatte sich in der Schlinge verfangen, aber es konnte sich freizappeln. Insgeheim war Phoenix froh darüber gewesen, denn sie wollte kein Kaninchen umbringen. Verdammt, sie war noch ein kleines Kind damals.

Auch Grandpa Mac war Métis, aber zur Hälfte war er Ojibwa, und er sprach Englisch. Als sie ihn kennenlernte, begann Grandmère dann auch, diese Sprache zu sprechen. Grandpa Mac arbeitete hart und kaufte dieses Haus von seinem eigenen Geld. Grandmère war sehr stolz auf ihn und liebte ihr Haus so sehr, dass sie nie wegziehen wollte. Es sollte für ihre Kinder da sein, bis hin zu Phoenix. Sie hatten nur Söhne, bis schließlich Grandma Margret kam, sie war das letzte Kind. Alle freuten sich und liebten sie sehr. Grandma Margret bekam dann Elsie, und Elsie wurde Grandpa Macs Liebling. Und Elsie bekam Phoenix, die wiederum Grandmères Liebling wurde. Das ist Phoenix' deutlichste Erinnerung, wie Grandmère das sagte – obwohl sie so viele Kinder und Enkelkinder hatte, war Phoenix ihr Liebling. Sie erinnert sich nicht an alle Geschichten, nur an ihre Gefühle und die Bilder in ihrem Kopf. Grand-mère auf ihrem Sessel. Grandmère, die zu ihr herunterlächelt. Grandmères alte Augen, grau vom Alter und ihrer Blindheit. Grandmère in der Stadt, in ihrem feinen, altmodischen Kleid. Phoenix weiß, dass es noch mehr Fotos gibt. Grandmère hat ihr früher haufenweise Bilder gezeigt, aber seit sie aus diesem Haus ausgezogen sind, hat Phoenix keine mehr gesehen. Wahrscheinlich hat Grandma Margret sie, oder besser gesagt, hatte sie, bevor auch sie starb.

Sie hat noch genug Geld, um sich einen Doughnut und einen Kaffee zu bestellen. Kostenloses Nachschenken gibt es hier nicht, also nimmt sie sich ein Glas Wasser und nippt daran, und dabei liest sie einen dieser Coffee Time Newsletter. Sie findet einen Bleistiftstummel, die Sorte, die bei den Lottoannahmestellen herumliegen, und fängt an, auf den freien Stellen herumzukritzeln. Nichts Besonderes, einen Vogel, ein bärtiges, wütendes Gesicht, ihren Namen als coolen Tag. Wenn es nicht schon so spät wäre, könnte sie Cedar anrufen. Sie muss zusehen, dass sie das morgen hinkriegt. Sie sollte ihrer kleinen Schwester von ihrer Grandmère erzählen. Cedar würde das gern hören. Sie ist klug und mag gute Geschichten.

Als sie auf der Wanduhr sieht, dass es nach zwei ist, denkt Phoenix, dass genug Zeit verstrichen ist, und macht sich wieder auf den Weg. Auf der McPhillips Street bläst ein scharfer Wind, also biegt sie in eine Seitenstraße. So ist der Weg zwar länger, aber wenigstens halten die Gebäude den Wind ab. Sie kommt an der Brache vorbei, schaut aber nicht hin. Sie sieht die hohen Roboter und spürt den Wind, der hier wieder stärker und kälter ist, aber genauer schaut sie nicht hin. Das braucht sie auch gar nicht. Sie erinnert sich an jede Sekunde.

Das Haus ihres Onkels ist still und vollkommen dunkel. Der Fernseher ist aus, und nichts regt sich. Sie hat gewusst, dass er heute jedes Aufsehen vermeiden und allen sagen würde, dass sie wegbleiben sollten. Sie betritt das Haus von hinten, öffnet die Tür lautlos. In der Küche ist es still. Im Halbdunkel sieht sie leere Verpackungen und einen Bierkarton. Sieht aus, als hätten sie gut gegessen und ein paar Bier getrunken. Gut so. Ihr Onkel wird die ganze Nacht schlafen.

Sie schlüpft durch die Kellertür, macht das Licht aber nicht an. Sie weiß, dass der Keller leer ist und nur die alten Decken auf dem Boden liegen, die nass sind. Aber das ist okay, in ihren diversen Lagen Kleidung ist ihr warm genug, und oben auf dem Treppenabsatz hat sie genug Platz. Ihr ist immer noch übel, aber nicht mehr so schlimm. Sie muss pinkeln, aber das ignoriert sie. Es riecht hier fast so wie in dem alten Schuppen. Alt und gruselig. Aber Phoenix' Angst hält sich in Grenzen. Vor solchen Sachen hat sie schon lang keine Angst mehr.

Mit dem Rücken zur Tür rollt sie sich zusammen und versucht zu schlafen. Denkt an das alte braune Haus und tut so, als hätte sie die ganze Zeit dort gelebt, so wie es hätte sein sollen.

# VIERTER TEIL

Es ist nur ein Traum, meine Stella. Es ist etwas, was ich nicht kenne, jedenfalls nicht richtig, und nicht verstehe.

Und ich denke, das ist in Ordnung. Ich denke, es war nie vorgesehen, dass wir alles wissen. Es war nie davon die Rede, dass wir alles wissen sollen. Es hieß bloß, wir müssten es nehmen, wie es kommt, stimmt's?

Ich habe nie ein weißes Licht gesehen. Es ist nie jemand in einem langen Mantel oder Cape erschienen und hat mir gesagt, wo ich jetzt hingehen oder was ich tun soll. Ich bin einfach da. Es ist wie ein Traum und zugleich wie immer. Denn ich bin da, wo ich immer war, bei all den baufälligen Häusern und den Strommasten, den zu großen Bäumen und traurigen Frauen. In dem alten Haus in der Atlantic Avenue mit dem breiten, nicht gemachten Bett und der Küche, die immer nach fünf verschiedenen Essen gleichzeitig riecht. Ich bin bei dir, mein Mädchen. Ich war da, als du in den Armen meiner Mutter lagst, auf dem alten Plüschsessel, als ihr beide euch gegenseitig in den Schlaf gewiegt habt. Ich war da.

Lange habe ich gewartet. Gewartet auf ein Licht oder darauf, dass jemand kommt und mir zeigt, wo es langgeht und was ich tun soll.

Ich habe in dem alten Haus gewartet, noch lange, nachdem ihr alle schon weg wart. Dann bin ich durch die Straßen gewandert, durch den Schnee, in der Hoffnung, euch zu finden, als wärt ihr die Verlorenen und nicht ich.

Als ich dich hörte, immer noch von solchem Schmerz und solcher Trauer erfüllt, wollte ich nur bei dir sein. Brauchte es immer noch, von dir gebraucht zu werden. Ich bin der Lufthauch, der leichte Wind, der dich umweht. Ich bin das Wissen, dass du nie wirklich allein bist. In dir liegt all meine Stärke und nichts von meiner Schwäche. Du bist der Traum, den mein Leben geschaffen hat. Mehr und Besseres kann ich nicht für dich tun.

Ein Geschichtenerzähler hat mir mal gesagt, unsere Sprachen hätten nie einen Sinn für Zeit gehabt, Vergangenheit, Gegenwart und Zukunft fänden dort alle gleichzeitig statt. Ich glaube, auf diese Weise erlebe ich jetzt: alles zugleich. Und ich glaube, das ist auch der Grund, warum du mich nicht gehen lässt: weil ich noch geschehe.

Keine von uns lässt los, jedenfalls nicht richtig. Es hat uns nie jemand beigebracht, wie man das tut. Oder warum.

Aber du bist so stark. Stärker als ich es je war. Ich habe keinen Zweifel daran, dass du alles durchstehen wirst. Du musst es einfach nehmen, wie es kommt.

Und es wird kommen.

# 22

# CHERYL

Cheryl klopft an, öffnet die Tür dann aber selbst, bevor Rita kommt. Sie weiß, dass ihre Freundin wach ist – durch den Türspalt kann sie den Kaffee riechen. Trotzdem wird Rita der gekaufte Kaffee, den Cheryl auf einem Papptablett mitbringt, willkommen sein.

»Hey«, ruft Rita leise durch den dunklen Flur. Cheryl sieht Ziggy auf der Couch schlafen, das kleine Gesicht verbunden und komisch zur Seite gedreht.

»Hey«, erwidert Cheryl, und ihre Stimme kippt ganz unerwartet. Sie zieht die Schuhe aus und geht in die Küche, wo das fahle, von den Wolken gedämpfte Morgenlicht durch die schmutzige Fensterscheibe zu dringen versucht. Sie stellt das Tablett auf den Tisch. Nimmt von ihrem Kaffee, dem schwarzen, den Deckel ab, um ihn abkühlen zu lassen, und lässt den mit der doppelten Portion Zucker und Sahne für ihre Freundin stehen.

»Oh, danke.« Rita kommt von hinten, den Blick auf den vertrauten Becher gerichtet. »Deswegen bist du meine beste Freundin.« Sie versucht zu lachen, aber ihr Gesicht ist angespannt. Gepeinigt.

Cheryl lächelt schwach.

Sie umarmen sich fest, seufzen jede in die Schulter der anderen. Cheryl denkt, dass sie auf der Stelle zusammenbrechen könnte, ja wie schön es wäre, einfach zusammenzubrechen, wenn das ginge.

»Wie geht es Ziggy?«, fragt sie an die Schulter ihrer Freundin.

»Die schläft. Hat Schmerzmittel genommen.« Rita weint nicht. Sie ist geübt darin, sich keine Verwundbarkeit zu erlauben. Vielleicht zittert ihre Stimme, versagt auch mal ungewollt, aber ihre Augen bleiben trocken.

Cheryl streicht ihrer Freundin über den Rücken, ehe sie sich von ihr löst. Sie weiß, dass sie nichts tun kann, dass es nichts gibt, was sie sagen könnte. Sie kann bloß da sein. Und nicht zusammenbrechen. Rita seufzt und tritt einen Schritt zurück.

»Die Männer sind weg?«, fragt Cheryl und setzt sich an den Tisch.

»Ja, sie sind gestern Abend nach dem Essen gefahren. Mussten wieder los.« Rita zieht einen Stuhl unter dem Tisch hervor und lässt sich daraufplumpsen.

»Na ja, immerhin sind sie gekommen, um ihr Mädchen zu besuchen.« Cheryl lächelt. Es fühlt sich gezwungen und zugleich aufrichtig an. Sie denkt an ihren Joe. An seine besänftigenden Worte am Telefon. Er hat gesagt, dass er kommen will.

Rita zuckt nur mit den Achseln.

Cheryl probiert ihren Kaffee, nimmt einen vorsichtigen Schluck. Sie weiß, dass Rita nichts mehr sagen wird, jedenfalls nicht zu ihrem Ex und dessen Dad, sie kann sich also nur durch Ritas Themenwechsel vortasten.

»Sind alle gut nach Hause gekommen?«, fragt Rita nach kurzem Schweigen. Cheryl kennt diesen Sozialarbeiterreflex bei Rita: nach den anderen zu fragen, sich zu vergewissern, dass alle wohlbehalten und gut aufgehoben sind. Cheryl macht das auch, aber nur mit ihren Töchtern und deren Kindern.

»Ja, alle sind gut aufgehoben. Emily gehe ich nachher besuchen. Mom ist unten.« Cheryl bläst in ihren Pappbecher. »Stella ist da.«

»Stella! Mann, das wird aber auch Zeit. Hat sie davon gehört oder wie?« Ritas Stirn furcht sich. Ihre Augen sind fast schwarz.

»Ich nehm's mal an. Sie sieht ziemlich fertig aus, depressiv, vielleicht postpartal. Ihre Kinder sind goldig. Sie sieht Rain dermaßen ähnlich, echt unglaublich.« Im Vergleich zum letzten Mal, als Cheryl sie gesehen hat, sieht Stella viel älter aus und ähnelt ihrer Mutter noch viel mehr. Das gleiche verbrauchte Gesicht, nur hatte Rain strahlendere Augen.

»Es lässt sich nun mal schwer leugnen, wer man ist.« Rita ist so hart.

»Sei nicht so garstig. Jetzt ist sie ja da.« Cheryl schlürft ihren Kaffee und versucht, ihren eigenen Worten zu glauben. Ihre liebe junge Nichte, immer noch so schön, immer noch so traurig, schleppt das alles immer noch mit sich herum. Ist gebeugt unter dieser Last.

»Sie hätte schon die ganze Zeit da sein sollen.« Für Rita ist immer alles so eindeutig.

Cheryl kann nichts dagegen einwenden. Rita hat genauso recht, wie sie unrecht hat. Cheryl überlegt, wozu Rita sonst noch eine Meinung haben könnte. Rita ist gern wütend. Es lenkt sie ab.

»Ich hab übrigens Joe angerufen.« Cheryl lehnt sich zurück und lässt den Blick durch die blitzsaubere Küche schweifen – vermutlich hat Rita heute Nacht kein Auge zugetan.

»Und was treibt er, dieser nutzlose Mistkerl?« Rita zieht ihre Zigaretten aus ihrer Handtasche.

»Nichts Neues.« Cheryl stellt ihren Kaffeebecher ab und reibt sich die schmerzenden Hände. »Er will Paulina heute Vormittag anrufen. Will kommen, sobald er mit der Arbeit, die er gerade macht, fertig ist, jedenfalls hat er das gesagt.«

»Ja, klar.« Rita zieht verärgert die Augenbrauen hoch, aber selbst ihr Ärger ist müde. »Das glaube ich erst, wenn ich's sehe.«

»Ja, so ist es wohl.« Cheryls Stimme klingt weit weg, und sie will nichts mehr dazu sagen. Rita weiß besser als irgendwer sonst, wie es Cheryl mit Joe geht. Mit seiner Ankündigung zu kommen.

Ihre Freundin zieht ein spöttisches Gesicht.

»Mom?«, ruft Ziggy durch den Flur.

Sofort verändert sich Ritas Miene, und sie springt auf, um nach dem Rechten zu sehen. Cheryl bleibt noch einen Moment sitzen und denkt an Joes nutzlose Worte. An seine leise, besänftigende Stimme, die sie in die Wildnis zieht, in seine Arme, in das modrige alte Holzhaus. Er wird kommen, wenn er kann. Wenn es ihm passt.

Sie öffnet ein Fenster, zündet sich eine Zigarette an und schaut in die schneebedeckten Baumwipfel. Sie denkt an die Wildnis. An das Haus dort. Die abgenutzten Decken über den abgenutzten Möbeln, die Schneeschuhe an der Wand, neben einigen ihrer frühen Gemälde, damals malte sie noch Bäume, keine Menschen.

Als sie dort hinzogen, in einem anderen, früheren Leben, da lebte Rain noch, und alle konnten für sich selbst sorgen. Cheryl wollte dort wirklich hin. Sie floh mit ihrem verrückten Mann in die Wildnis, nur mit ihren Kleinen und einem Traum im Gepäck. Sie wollte ihre Töchter in der ländlichen Ruhe aufziehen, ein anderes Leben führen. Einen Winter lang war es wunderbar. Sie malte die Bäume, versuchte ihre dürre Knorrigkeit so gut wie möglich zu erfassen. Sie liebte die dunklen Nächte.

Aber lange hielt sie es nicht aus. Mit Rain wurde es immer schlimmer, sie verschwand oft wochenlang und kam immer überdrehter zurück. Cheryl begann das zweimalige kurze Klingeln ihres Wählscheibentelefons zu fürchten, immer ihre Mom, aufgeregt und allein. Ihre Stimme schien in jenem Winter enorm zu altern. Als der Frühling kam, fuhren sie in die Stadt zurück – Cheryl wollte, dass die Mädchen den Sommer bei ihrer Cousine verbrachten, und erklärte Joe, es sei nur vorübergehend, sie würden wiederkommen, wenn es ihrer Schwester besser gehe. Er nickte, als glaubte er ihr.

In Wirklichkeit wollte sie in die Stadt zurück. Sie vermisste sie mittlerweile, vermisste den Lärm und die Abgase. Die gut erreichbaren Lebensmittelläden, die ab und zu geräumten Gehwege. Sie sehnte sich nach dem baufälligen alten Haus ihrer Mom in der Atlantic Avenue, nach dem Wurstgeruch im ganzen Viertel. Das war ihre Heimat. Die Wildnis war Joes Heimat. Sie wussten das beide, und obwohl sie jahrelang hin- und herfuhren, war keiner von beiden bereit, den Ort seiner Herkunft zu verlassen. Im Prinzip begannen sie einfach, sich gegenseitig zu besuchen. Sie wusste, dass sie bei ihrer Mom sein sollte, besonders nachdem ihre Schwester nicht mehr da war. Sie wusste, dass sie nicht in der Wildnis bleiben konnte. Er fand Frauen aus der Stadt, die ihm sein modriges Bett warm hielten, allerdings blieb keine von ihnen länger. Cheryl behalf sich auf verschiedene Weise, in erster Linie mit Whisky.

»Das hätte alles deins sein können«, sagte er einmal, als sie zu Besuch kam. Als sie mit den Mädchen und deren damals neuen Babys zu ihm gefahren war. Er sagte das mit Liebe in den Augen und einer übertriebenen, ausholenden Handbewegung, die alles einschloss, die verrottenden Schuppen und die von den Hunden vollgeschissene Wiese.

Damals lachte sie, aber sie denkt oft daran. Sein ruhiges, wohltuendes Land, seine Augen, bittend und abweisend zugleich. Auch Joe erlaubte sich keine Verwundbarkeit.

Es ist fünf Jahre her, dass sie das letzte Mal bei ihm war, ihn das letzte Mal der Wildnis und welcher Frau auch immer überließ. Aber dieser Ort, sein Ort, scheint sie stets zu begleiten.

Rita setzt sich schwerfällig, trinkt von ihrem Kaffee.

»Wie geht's ihr?«, fragt Cheryl.

»Gut. Also, sie hat Schmerzen, aber sie ist okay.«

»Kein bleibender Schaden.«

»Kein bleibender Schaden.« Sie wiederholen es wie ein Mantra der Erleichterung, als wäre das tatsächlich denkbar.

»Und wie geht es deiner Mom, jetzt, wo Stella da ist?«, wechselt Rita das Thema.

»Sie ist froh, aber sie verhält sich irgendwie komisch. Sie baut ab, Reet. Sie wird immer verwirrter, wird irgendwie – ich weiß auch nicht.«

»Alt.«

»Ja. Ich weiß nicht – meinst du, ich sollte zu ihr ziehen? Oder ihr vielleicht eine Pflegerin besorgen? In ein Heim geht sie nicht, das weiß ich.«

»Nein, ganz sicher nicht«, sagt Rita. Sie schaltet den Deckenventilator ein, damit sie sich ihre Zigarette anzünden kann. »Und dann das jetzt alles. Das hat sie bestimmt ganz schön gebeutelt, oder?«

»Man weiß es nicht mal richtig. Sie ist fix und fertig, wie wir alle, aber zugleich ist sie anders«, sagt Cheryl. »Sie ist nicht immer ganz da. Und dann plötzlich doch wieder. Ich weiß nicht. Es ist schwierig.«

Rita nickt, sagt aber nichts.

Gestern Abend im Krankenhaus wollte ihre Mom plötzlich heim.

»Cheryl, bitte, können wir jetzt gehen? Bitte.« Sie wisperte es nur, und ihre alten Augen blickten ganz weinerlich. Sie sah aus wie ein kleines Kind.

Und als Cheryl sie dann in ihre Souterrainwohnung brachte, wollte ihre Mom nicht, dass sie ging.

»Ich dachte, du wolltest zu Hause sein«, sagte Cheryl. »Ich gehe nur kurz hoch.« Sie dachte an die neue Flasche in ihrer Handtasche und den stillen Trost ihrer eigenen, leeren Küche.

Die alte Dame schüttelte bloß den Kopf, ohne aufzublicken, und sagte, sie habe ein schlechtes Gefühl. »Ein schlechtes Gefühl«, wiederholte sie, und ihre Augen füllten sich wieder.

Cheryl seufzte und tätschelte die schönen alten Hände ihrer Mutter. Woran dachte sie wohl? An Rain natürlich. Jene andere Tragödie in ihrer Familie. Die Sorte Tragödie, die man nie vergisst. Ein Kind ist niemals ganz tot.

»Das wird schon alles wieder«, sagte sie. »Alle sind jetzt sicher aufgehoben. Wenn du möchtest, bleibe ich hier. Das mach ich gern.«

Cheryl ging in die Küche, um ihnen Tee zu kochen. In ihren eigenen gab sie einen kräftigen Schuss Whisky und trank sicherheitshalber gleich noch ein paar Schlucke direkt aus der Flasche. Sie schaltete den Fernseher ein und legte eine alte Decke um die Beine ihrer Mom. Ihre Mom blickte wissend zu ihr auf, aber Cheryl ignorierte sie und schaltete zu einer ihrer albernen Lieblingssendungen um. Als Cheryl ihr den Tee reichte, tätschelte ihre Mutter ihr die Hand, als wäre sie diejenige, die hier Trost spendete, und vielleicht war es ja auch so.

Cheryl sah zu, wie ihre Mutter in ihrem Schaukelstuhl schaukelte, und schlief schließlich auf der Couch ein. Sie hatte sich ausgestreckt, den Geruch des vertrauten Zuhauses in der Nase, und zum ersten Mal, seit sie von der Sache mit Emily erfahren hatte, konnte sie schlafen.

Sie erwachte, weil es an die Tür klopfte. Sie erinnert sich vage, im Schlaf das Klingeln des Telefons gehört zu haben. Als sie aufwachte, war ihre Mom munter und lächelte froh.

»Das ist Stella«, sagte sie. Cheryl stand verschlafen auf und öffnete die Tür.

In Ritas Küche zündet sich Cheryl noch eine an und schluckt den Kloß in ihrem Hals herunter. Ihre vom Winter schmerzenden Finger, in denen sie die x-te Zigarette hält, sind noch vom Radiergummi verschmiert. Draußen auf der Main Street fahren die Autos wie sonst auch, als wäre nichts geschehen. Die beiden Freundinnen schweigen. Rita schaut in den dunklen Flur, horcht nach ihrem anderen Kind, das womöglich bald aufstehen wird. Dem anderen, um das sie sich ständig Sorgen macht. Cheryl denkt an ihre Mom und dass sie gleich noch mal nach ihr schauen sollte.

»Lou geht's gut. Wegen der musst du nicht zurück«, hatte Joe an jenem letzten Tag vor fünf Jahren zu ihr gesagt. Er war gerade aus dem Ort nach Hause gekommen und roch nach Bier und Zigaretten, denn so reagierte er, wenn es schwierig wurde. Sie hatte einen Entschluss gefasst, und ihre gepackte Tasche lag bereits im Kofferraum ihres alten Autos, denn so reagierte sie.

»Aber dieser Gabe ist nie zu Hause«, sagte sie zu Joe. »Was zum Teufel soll sie tun, wenn das Baby kommt?« Es war der Tiefpunkt des Winters, die Zeit, wenn der Frühling eigentlich kommen sollte, aber nicht kommt. Cheryl wurde um diese Zeit immer ruhelos. Sehnte sich nach der Stadt. Joe wusste das und sagte es ihr auch jedes Mal.

»Sie wird das Gleiche tun, was sie auch bei Jake getan hat: für ihn sorgen. Zurechtkommen. Paul ist da und wird ihr helfen. Sie kriegt das hin, Cher.«

»Du hast keine Ahnung, wie sehr sie bei Jake zu kämpfen hatte«, sagte sie bitter. »James war nie da. Und jetzt Gabe – wer weiß denn, ob er da sein wird? Das ist alles viel zu schnell gegangen. Wir kennen ihn ja nicht einmal richtig.«

»Du magst Gabe doch. Er ist ein anständiger Kerl.« Joe seufzte, schlug sich auf den Oberschenkel, er hatte sichtlich genug. Gab es auf. »Du suchst doch nur einen Vorwand, um heimzufahren.«

»Ich will mich einfach um sie kümmern, das ist alles.« Die Hände um Verständnis heischend zu ihm ausgestreckt.

Seine Stimme kam leise und zischend. »Du bist diejenige, um die sich dringend jemand kümmern müsste, Cher. Gesteh dir das wenigstens ein, verdammt noch mal.« Sie hasste es, wenn er so wurde, wenn sie wusste, dass sie gewonnen hatte. Oder verloren.

»Was zum Teufel soll das denn heißen?« Es war ein hässlicher Aufschrei.

»Das soll heißen, dass du Hilfe brauchst. Du musst trocken werden und dein Leben endlich in den Griff kriegen!« Er knallte es ihr an den Kopf, dreißig Jahre Vorwurf in den Augen.

»Da bist du ja genau der Richtige, um mir das zu sagen.« Sie tigerte im Zimmer umher, gestikulierte, um ihre Worte zu unterstreichen. »Ich weiß, was *in den Ort fahren* bedeutet. Ich weiß, dass du immer in dieser beschissenen Bar bist.« Sie hatte einen Kater. Sie war an dem Tag nicht in Bestform. Wie an den meisten Tagen.

»Wenn du meinst. Mach, was du willst, Cher. Das machst du ja sowieso immer.« Er nahm seine alte Arbeitsjacke vom Haken. »Aber dann bleib diesmal ganz dort, ja? Hör auf, hierherzukommen, wenn du bloß mal einen billigen Kurzurlaub brauchst. Bleib einfach da, wo du hingehörst.« Er riss die Tür auf, und die Kälte, die hereindrang, traf sie wie eine Ohrfeige.

Er ging hinaus, zum Gebell seiner Hunde, und drehte sich nicht mehr um.

Sie weiß noch, dass sie sich vornahm, ihn anzurufen, sobald sie in der Stadt war, bei ihrer Mom. Sie würde anrufen, und alles würde besser werden, wenn sie erst mal zu Hause war.

Aber es wurde nicht besser. Es ging einfach weiter. Sie redeten immer weniger miteinander. Irgendwann hatte er eine andere Frau. Sie redeten noch weniger. Ihr altbekannter, lebenslanger, erschöpfter Kreislauf.

Als sie ihm von Emily erzählte, wurde seine Stimme brüchig. Er werde so bald wie möglich kommen, sagte er vage. Bin gerade mit was beschäftigt. Kann nicht weg. Ist aber fast fertig. Er klang alt. Seine Frau sei nicht mehr da, erwähnte er fast beiläufig. Ein plötzliches, schmerzliches Verlangen durchfuhr Cheryl, und mit einem Mal wollte sie nur noch in diesem geliebten Holzhaus sein, wollte der ganzen Realität hier entkommen. Er sagte nicht, wann er kommen wollte, nur dass.

Cheryl wollte ihm glauben, also glaubte sie ihm.


»Und wie geht's deinem Mädchen?«, fragt Rita schließlich. Cheryl weiß, dass sie Paulina meint.

»Sie ist außer sich, völlig außer sich«, sagt Cheryl nach einem kurzen Moment. »Wie könnte es auch anders sein?«

Rita nickt. »Und ihr Mädchen?«

»Ich weiß nicht, ob es Em je wieder richtig gut gehen wird.«

»Gilt das nicht für uns alle?«, fragt Rita und stößt die Luft zwischen den Zähnen aus.

Sie schweigen wieder. Ihre Kaffeebecher sind fast leer. Cheryl schaut aus dem Fenster, in den aufklarenden Himmel. Es wird ein schöner Tag. Der Vollmond zeichnet sich noch blass ab, gelb und durchlässig. Wie ein Schatten.

»Ich glaube, ich werd demnächst mal in die Schwitzhütte gehen. Ich fahr mit den Kindern heim«, sagt Rita entschlossen.

»Gute Idee. Das sollte ich mit meinen auch machen. Wir brauchen alle Heilung.« Cheryl spricht langsam, ihre Worte sind Schritte zu irgendetwas hin. Irgendwohin. »Reinigung.«

Rita nickt. »Das heißt dann aber auch, ein reineres Leben führen. Damit aufhören, zum Beispiel«, sagt sie und deutet mit dem Kopf auf den vollen Aschenbecher.

»Oh ja, ich weiß. Wir werden einfach zu alt dafür.« Cheryl spürt es, während sie es ausspricht. Sie will darüber lachen, doch es gelingt ihr nicht.

Dann verstummen sie endgültig. Die Sonne scheint Cheryl jetzt ins Gesicht, und Koffein und Nikotin zirkulieren in ihrem Körper, was nicht dazu beiträgt, ihre Schmerzen zu lindern.

Cheryl schließt die Augen in der hellen Wärme und versucht sie einzuatmen. Es ist einer jener Momente, die sie irgendwie gleichzeitig vergessen und in Erinnerung behalten will.


Als Rain noch lebte und gerade alles gut für sie lief, nahm sie Cheryl mal zu einem Geschichtenerzähler mit. Es war Januar, und er hatte ein paar Veranstaltungen in der Stadtbücherei. Er erzählte eine Geschichte über Werwölfe: »Unsere Werwölfe sind Frauen. Junge, schöne Frauen, die sich in Wölfe verwandeln können und dann die Jugend junger Männer fressen, damit sie ewig leben können.«

»Stell dir das mal vor«, hatte Rain auf dem Heimweg gesagt, lachend und mit leuchtenden Augen. Sie hatte Wolfsgeschichten immer geliebt, und diese wurde zu ihrer Lieblingsgeschichte. »Männer fressen. Klingt gut.«

Cheryl hatte nur gegrunzt, während sie fröstelnd durch die leere Straße gingen.

»Ich wünschte, ich könnte mich in einen Wolf verwandeln. Mit einem Wolf legt sich keiner an.« Rain lachte und hielt das Gesicht in den fallenden Schnee. Sie war glücklich, es ging ihr richtig gut. Sie liefen mitten auf der Atlantic Avenue, jede in einer Reifenspur unter den winterkahlen Bäumen. Rain tanzte immer wieder ein paar Schritte, und ihre Mukluks trafen lautlos auf den gefrorenen Boden. Sie war so trittsicher. Nie rutschte sie aus. Cheryl, in ihren alten Schal eingemummelt, stapfte in ihren alten Sorel-Schuhen neben ihr her und passte bei jedem Schritt auf. *Mit einem Wolf legt sich keiner an.* Es war nur eine beiläufige Bemerkung im Wirbel eines Winterspaziergangs, doch sie kam Cher in Rains schlechten Zeiten immer wieder in den Sinn. Ihre Schwester war ihrem Körper ausgeliefert, war anfällig für Alkohol und Drogen und immer wieder irgendeinen Mann. Rain hätte einen guten echten Wolf abgegeben.

Hätten sie das nicht alle?

# 23

## STELLA

Stella öffnet die Augen und weiß nicht, ob sie geschlafen hat oder nur in Erinnerungen versunken war. Sie riecht den modrigwarmen Geruch der Couch, auf der sie liegt, und hört ihre Kokoom in der Küche hantieren. Es ist so, wie es immer war, Morgen für Morgen, als sie noch klein war – Kookoo in der Küche, schon lange vor Sonnenaufgang aufgestanden, der Kaffee am Durchlaufen und die Ofentür offen, um das Haus zu heizen. Stella hat früher immer erst mal eine Weile dagelegen und gelauscht, und wenn sie Kookoo in der Küche hörte, wusste sie, dass es bald warm sein würde.

Sie fühlt sich zu Hause in diesem Zimmer, es ist voll stummer Erinnerungen, voller Echos. Sie huschen ihr durch den Kopf, der Reihe nach. Hier sind ihre Erinnerungen behaust, wie die Bilder an der Wand. Stella muss sie nicht anschauen. Aber natürlich tut sie es. Und erinnert sich. An all das hier Geschehene, das sie zu vergessen versucht, und an all das, was dort gerade geschehen ist und was sie niemals vergessen kann.

Stella erinnert sich nur bruchstückhaft an die Zeiten, in denen sie und ihre Mom nicht bei Kookoo wohnten. Zeiten in kalten Wohnungen, wo sie morgens nicht vom Lächeln ihrer

Großmutter und dem Duft frischen Kaffees empfangen wurde. Stella war so froh, als sie und ihre Mom ein letztes Mal in jenes große alte Haus zurückzogen. Sie wusste, dass sie nie mehr von hier würde weggehen müssen, obwohl ihre Mom sagte, es sei nur vorübergehend.

»Ich komm schon wieder auf die Beine«, hatte sie gesagt. Stella kann sich nicht daran erinnern, dass Rain je wirklich auf die Beine gekommen wäre.

Stella hat ein ganzes Leben gelebt, seit ihre Mom gestorben ist. Sie hat die High School abgeschlossen, an der Uni studiert, ist gereist, hatte gute Jobs, hat einen netten Kerl geheiratet und geplant ihre Kinder bekommen – lauter Dinge, von denen sie nicht erwartet hatte, sie so hinzukriegen. Sie wurde zu einer Sorte Frau, die sie bis dahin gar nicht gekannt hatte. Und doch ist sie jetzt wieder hier, genau dasselbe Mädchen, sogar auf genau derselben Couch, und über ihr an der Wand dieselben Bilder. Klein, frierend, verängstigt, allein, untergebracht innerhalb desselben, fünf Blöcke umfassenden Karrees, in dem sie den größten Teil ihres Lebens verbracht hat. Als Stella auszog, um bei Freunden nah der Uni zu wohnen, gab Kookoo das große Haus in der Atlantic Avenue schließlich auf. Aunty Cher zog wieder zu Joe in den Norden, Lou wohnte mit ihrem Freund und dem gemeinsamen Baby zusammen, und Paul zog für eine Weile zu ihnen. Kookoo sah keinen Sinn darin, das große Haus zu behalten. Sie zog vier Blocks weiter in das Gebäude in der Church Avenue. Das Gebäude, an dem sie jahrelang vorbeigegangen war und das sie immer so schön gefunden hatte. Lou und Paul blieben in der Nähe. Nur Stella legte eine lange Busfahrt mit Umsteigen zwischen sich und die anderen. Und sie wäre gern noch weiter weggezogen. Sie wollte es, aber irgendwie kam es nie dazu.

»Hey, Kookoo.« Stella wickelt sich fest in ihre Strickjacke und stellt sich neben die offene Ofentür. Das Heizelement darin glüht orange, wie ein echtes Feuer.

»Guten Morgen. Deine Kleinen sind wackere Schläfer, da hast du Glück.« Kookoo gießt sich eine Tasse dampfenden Tee ein und hält dabei den Finger über die Tülle, damit nicht zu viel herauskommt. Stella winkt sie an den Tisch und rührt den Zucker für sie ein.

»Heute Nacht war er mal wach, aber nicht lange.« Auch das Baby hat besser geschlafen als in der letzten Zeit. Sie alle. »Wie fühlst du dich?«

»Gut, gut. Heute wird es wärmer, glaube ich.«

»Meinst du?« Stella schaut aus dem Fenster in die Dunkelheit hinaus, sieht aber nur das menschenleere Sträßchen hinter dem Haus. Sie kann nichts erkennen, außer dass es nicht mehr schneit.

»Ja, ich glaube schon. Es war so kalt diesen Winter. Wir brauchen mal eine Pause.« Ihre Kookom bläst in ihren Tee. »Heute wird es wärmer. Ich glaube, wir haben das Schlimmste hinter uns.«

Stella setzt sich mit angezogenen Knien auf den Stuhl und schaut ihrer Kookoo zu, so wie früher immer. Kookoo redet über das Wetter, als würde sie sich besser damit auskennen als sonst irgendjemand. Und sie hat immer recht. Stella kann es nicht fassen, wie sehr sie das alles vermisst hat. Am liebsten würde sie gleich wieder in Tränen ausbrechen. Aber dafür ist es ein viel zu schöner Morgen.

»Es tut mir so leid, Kookoo«, sagt sie in den Morgen hinein.

»Jetzt bist du ja da.« Die Ältere schaut weg, in die Ferne.

»Heute mach ich für dich sauber.« Stella schluckt ihre Nutzlosigkeit herunter. »Auch die Schränke und das alles.«

»Willst du etwa sagen, dass es hier schmutzig ist?« Kookoo lächelt.

Stella braucht einen Moment, um zu begreifen, dass sie scherzt, und dann erwidert sie das Lächeln. Wegen wie vieler Dinge kann Stella ein schlechtes Gewissen haben?

Sie schweigen eine lange, wohltuende Weile.

Den ganzen Tag putzt und schläft sie abwechselnd. Später schlummert Adam in seinem Laufställchen, und das Wohnzimmer ist vom Abend eingehüllt. Sie hört Kookoo in der Küche sanft mit Mattie sprechen. »Nicht so viel mit dem Teig herumspielen, nur so viel wie nötig.« Kookoo, die Plastik-Mehlschaufel in der Hand, sitzt Mattie gegenüber, deren Ellenbogen weiß bemehlt sind, an ihren Händen haftet klebriger beigefarbener Teig. Kookoo streut noch etwas Mehl darüber. »So, jetzt schön kneten.«

»Mommy, ich mache Fladenbrot.«

»Ja, schau mal an!« Stella ist plötzlich so glücklich, so froh, dass sie hier ist.

Sie wäscht sich die Hände und hilft Mattie beim Kneten. Dann drücken sie den Teig in die alte gläserne Backform, die Kookoo schon seit ewigen Zeiten hat.

»Jetzt stech ein paar Löcher rein, damit die Luft durchkann«, sagt sie zu ihrer Tochter und reicht ihr eine Gabel.

»Warum?«

»Damit er schön durchbäckt.«

»Ah!« Voller Freude sieht sie ihrer kleinen Tochter dabei zu, wie sie mit der Gabel ein Muster in den Teig sticht.

Sie schieben die Backform in den Ofen, und Kookoo holt eine Dose Suppe heraus und macht sich daran, sie zu öffnen.

»Das kann ich doch machen, Kookoo«, sagt Stella, aber ihre Großmutter scheucht sie weg, also hilft sie Mattie, ihre Hände wieder sauber zu kriegen. Dann sieht sie zu, wie Kookoo den

Topf vom Feuer nimmt, die Milch hineingibt und den jetzt schwereren Topf mühsam wieder auf den Herd hebt.

»So, jetzt setzt du dich aber.« Stella übernimmt. Kookoo ist müde genug, um das Gefühl zu haben, dass sie etwas getan hat.

»Danke, mein Mädchen.« Kookoo setzt sich auf den Stuhl, und Mattie spaziert davon, um sich noch eine DVD anzuschauen, nachdem sie versprochen hat, leise zu sein und ihren Bruder nicht zu wecken.

Stella gießt Tee ein und richtet Kookoo ihren so, wie sie ihn am liebsten mag.

»Ich bin froh, dass du hier bist, meine Stella«, sagt ihre Kookom und schaut ins Leere.

Stella betrachtet sie lange, Kookoos alte Augen, die trüb sind, aber lächeln. »Ich auch, Kookoo.«

Später liegt Stella auf der Couch und stillt ihr Baby, döst im Halbdunkel des Wohnzimmers immer wieder ein. In der Dunkelheit hinter ihren geschlossenen Lidern sieht sie sie wieder, die undeutlichen schwarzen Gestalten vor dem weißen Schnee der Brache. Adam weint und weint. Und sie schreit, schreit. Emily. Emily schreit da unten im Schnee, diese anderen Gestalten auf ihr. Stella kann sie hören. Nein, das stimmt nicht. Sie hat nichts gehört.

Sie schreckt aus dem Schlaf. Auch Adam schreckt auf, döst aber gleich wieder ein und trinkt im Schlaf, seine kleinen Lippen bewegen sich mit jedem zarten Atemzug. Mattie sitzt auf dem Teppich, spielt und guckt dabei fern, ihre Haare sind fast getrocknet und ringeln sich wieder. Ihre Kookom schaukelt in ihrem Stuhl. Stella kann nicht erkennen, ob die Augen hinter der Brille offen oder geschlossen sind. Sie drückt ihr Baby an sich und schaut es eine Weile an, hat ganz vergessen, dass sie hier, wenn sie aufblickt, nicht aus diesem verdammten Fenster schauen muss.

Als sie schließlich den Kopf hebt, sieht sie ihre Familie. Ihre Fotos hängen an der Wand, hinter Kookoms Schaukelstuhl. Die kleine Emily mit Rattenschwänzchen, Lou und Paul, bevor sie ihre Kinder bekamen, Wange an Wange und lächelnd, ihre Mom und Aunty, auch etwa in diesem Alter, die Gesichter von dicken, ledernen Stirnbändern begrenzt, und Stella, mit schüchternem Lächeln und einem Schleier aus langem Haar. Und dann noch ein weiteres Bild von ihrer Mom, dieses von ihr allein. Ein Glamourfoto aus den Achtzigern, auf dem sie geschminkt und aufgetakelt ist, eine frische Dauerwelle im Haar, das Lächeln ein bisschen zu gewollt. Kookom hat dieses Bild nie sonderlich gemocht – es war einfach nur die letzte gute Aufnahme, die sie bekam.

Ihre Kookom lässt in der Küche Spülwasser einlaufen.

»Komm, lass mich das machen«, sagt Stella.

»Oh, danke, mein Mädchen«, sagt Kookoo und schlurft aus der Küche. Wenig später ruft sie aus dem Schlafzimmer. »Rain. Rain! Hast du meine Jacke gesehen? Die blaue mit den Blumen?«

Stella erschrickt und läuft mit einem Geschirrtuch in den nassen Händen hinüber. »Kookoo?« Adam wird unruhig, gleich wird er losbrüllen.

»Meine blaue Jacke. Die Blumen. Es ist warm.« Die alte Frau steht vor ihrem Kleiderschrank und sieht traurig und verloren aus.

»Ich weiß nicht, Kookoo.« Stella wischt sich die Hände an ihren Jeans ab und streckt sie dann nach ihr aus.

Im Wohnzimmer brüllt Adam.

Das Gesicht der alten Frau fällt in sich zusammen. »Geh zu deinem Mädchen, kümmere dich nicht um mich.«

Sie schaut niedergeschlagen nach unten.

Stella weiß nicht, was sie tun soll, also geht sie zu ihrem Baby. Sie wiegt es und öffnet ihre Bluse, um es zu stillen, und dann schaut sie zurück zur offenen Schlafzimmertür. Es ist nicht das erste Mal, dass Kookoo sie beim Namen ihrer Mutter nennt. Früher hat sie die Namen ständig durcheinandergebracht, besonders Lou, Paul und Stella, oder sie verband gleich alle Namen miteinander: »Cher-Rain-Lou-Paul-Stella!«

»Ich bin Stella, Kookoo«, sagte sie dann immer.

»Ach, egal«, erwiderte Kookoo daraufhin lachend, in irgendeine Tätigkeit vertieft.

Rains Name verschwand nie aus dieser Aufzählung, auch nicht nach ihrem Tod. Dann aber folgte, wenn er ungebeten erklang, statt eines Lachens ein fast greifbares Schweigen.

Aber diese Verwirrung jetzt kommt Stella anders vor.

Einen Moment später tritt ihre Großmutter in einer Jacke aus dem Schlafzimmer. Aber es ist nicht die blaue mit den Blumen, sondern eine schwarze aus Wolle.


Ihre Mutter war so vieles. Sie war schön, und sie tanzte gern. Sie war gescheit, sehr sogar, schlagfertig und großmäulig. Das sagten alle: »Mann, diese Rain hat ein ganz schönes Mundwerk.« Das hatte Stella immer gewusst, aber sie wusste noch etwas anderes. Ihre Mutter war auch sehr, sehr lustig. Niemand konnte Stella so zum Lachen bringen wie ihre Mom. Auch Kookoo musste immer über Rain lächeln. Selbst wenn Kookoo versuchte, böse auf sie zu sein, brachte Rain sie zum Lächeln. Rain verbesserte zum Beispiel Gutenachtgeschichten. Sie las sie mit unterschiedlichen Stimmen und veränderte oft das Ende. Sie und Stella lagen häufig nebeneinander auf dem Bett, das Comic-Bilderbuch zwischen sich, die Lady-Lampe eingeschaltet, als ginge der Dame unter ihrem Sonnenschirm gerade ein Licht auf. Dornröschen war ihre Lieblingsgeschichte. Die böse Fee Malefiz machte Stella zwar Angst, so ein flaues Gefühl im

Magen, aber weggucken wollte sie trotzdem nicht. Rain ließ die gehörnte Königin immer mit einer komischen Stimme sprechen, und die Geschichte endete jedes Mal anders.

»Und wenn sie nicht gestorben sind, dann leben sie noch heute … Dornröschen schickte den Prinzen nämlich zum Teufel, denn sie hatte ein schönes Zuhause in der Wildnis und wollte dort Hunde züchten und in Frieden leben. Sie wollte keine blöden, kratzenden Ballkleider und Hüfthalter tragen. ›Hast du je einen Hüfthalter getragen?‹, fragte sie den Prinzen. Der schüttelte den Kopf, denn er war ziemlich dumm und hatte keinen einzigen eigenen Gedanken in seinem hübschen Köpfchen. ›Tja‹, sagte Dornröschen spöttisch, ›das ist kein Vergnügen.‹ Sie drohte ihm mit dem Zeigefinger, wandte sich zu ihren Feen-Auntys um und sagte: ›Auf geht's, Mädels. Wir verschwinden.‹ Gesagt, getan – sie liefen die ganze Strecke bis zu ihrem kleinen Haus. Es war ein weiter Weg, aber das war ihnen egal, denn nur in der Wildnis kann man frei atmen, und nach der langen Zeit im Schloss waren sie sehr froh, nach Hause zu kommen. Ende der Geschichte.«

»Aber hat sie denn nicht geheiratet, Mama?«, fragte Stella, denn sie wusste schon damals, dass am Ende eigentlich immer eine Hochzeit stehen sollte.

»Nee. Also, sie hat immer mal wieder einen Freund gehabt, Holzfäller oder so, aber irgendwie hat sie nie den Richtigen gefunden.«

»War sie denn nicht einsam?«

»Warum sollte sie einsam sein? Sie hatte doch ihre Auntys und eine Menge Hunde.«

»Was für Hunde denn?«

»Die Sorte, die aussehen wie Wölfe. Groß. Und grau. Und einen großen schwarzen hatte sie auch. Den nannte sie König, denn er war besser als dieser blöde, langweilige Prinz.«

Stella lachte immer. Manchmal heiratete Dornröschen zum Schluss auch, manchmal hatte sie ein kluges Töchterchen oder eine Schwester und Nichten, aber immer war Dornröschen zum Schluss glücklich. Und wenn sie nicht gestorben war, lebte sie noch heute.

Stella macht sauber, und Kookoo sitzt dabei und erzählt ihr den ganzen Tratsch, der ihr entgangen ist. Wer mit wem durchgebrannt ist, was sich im Viertel alles zugetragen hat, seit sie nicht mehr zu Besuch kommt. Es hat eine Serie von Einbrüchen gegeben, eingeschlagene Scheiben, und mit den Gangs ist es wirklich schlimm. Die Fakten vermischen sich in Kookoos Kopf und kommen alle auf einmal heraus.

»Würdest du nicht manchmal gern woandershin ziehen, Kookoo?«, fragt Stella nach einer Weile. »Weg von hier, ganz woandershin?«

»Wohin denn? Hier bin ich zu Hause. Ich bin da drüben aufgewachsen.« Sie deutet mit dem Kinn Richtung Fluss – um die nächste Straßenecke und einen Block weiter. »Und du bist da drüben aufgewachsen.« Sie deutet in die entgegengesetzte Richtung. »Ich lebe schon immer hier.«

»Ich weiß, aber es ist keine gute Gegend, Kookoo. Vielleicht sollten wir wirklich woanders hinziehen.« Sie sagt »wir«, weil sie denkt, so könnte es überzeugender wirken. Wenn Stella den Anfang machen würde, dann würde die alte Frau vielleicht bereitwillig folgen.

»Gut oder schlecht – eine Wohngegend ist einfach eine Wohngegend.«

Stella schüttelt den Kopf. »Das stimmt nicht. Es gibt vieles, was in einer guten Wohngegend einfach nicht passiert.«

Kookoo lacht, aber nicht unfreundlich. »Dort läuft es einfach anders, meine Stella. Es läuft anders oder wird versteckt. Es sieht anders aus, aber schlimme Dinge passieren überall.«

»Meine Kookom.« Sie schaut ihre Großmutter an, ernst und unverwandt. »In guten Wohngegenden werden keine Mädchen überfallen.«

Ihre Kookom erwidert den Blick, sieht Stella genauso fest, nein, noch fester an, selbst mit ihren fast blinden Augen. »Meine Stella, es werden überall Mädchen überfallen.«

Einen Moment lang sitzen sie wortlos da. Stella denkt nach. Kookoo trinkt ihren Tee.

»Mom fehlt mir«, sagt Stella, denn es stimmt. Jeden Tag aufs Neue.

»Mir auch, mein Mädchen. Mir auch.« Kookoo seufzt. Sie streckt die Hand nach der von Stella aus. Stella legt den Lappen weg und ergreift die Hand ihrer Kookom. Sie ist weich und runzlig, wie der Fladenbrotteig.


Ihre Kookom war immer da, auch wenn Rain nicht da war. Rain verschwand immer wieder – Stella wusste nie, wohin. »Zu einer Freundin«, sagte ihr Kookoo, und sie begriff. Ihre Mom musste manchmal fort sein, aber sie kam jedes Mal wieder nach Hause.

Ihre besten Zeiten erlebten sie bei Onkel Joe. Rain war sehr gern dort oben. Sie liebte die Bäume und die Weite. Stella gefiel es nicht, dass es dort nachts so dunkel wurde, aber immerhin konnte sie dadurch die vielen Sterne sehen. Sie schlief bei ihren Cousinen im Bett, mal bei Lou, mal bei Paul. Sie blieben bis spät in die Nacht wach und unterhielten sich, so lange sie wollten, denn ihre Eltern konnten sie auf der anderen Seite des Hauses nicht hören. Oft gingen sie im Wald wandern. Sie pflückten Beeren, und die Mädchen waren ganz leise, während ihre Mütter tratschten. Einmal zeigte Aunty Cheryl auf eine Stelle, wo das Gras platt gedrückt war.

»Da hat bestimmt ein Bär geschlafen«, sagte sie.

Stella war tief beeindruckt. Ein echter Bär.

»Kommt, wir legen uns da hin, so wie der Bär!«, sagte Rain lachend.

Und das taten sie dann auch, allesamt. Das Gras war warm von der Sonne, aber Stella glaubte, es sei noch von dem Bären so warm. Sie aßen reichlich Beeren aus ihren verfärbten Händen, und Rain fing mit dem Spiel an – Stellas Lieblingsspiel –, wo man die Wolken anguckt und sich ausmalt, was sie alles sein könnten.

»Die da drüben sieht aus wie ein Zug.« Ihre Mom zeigte mit dem Kinn auf eine große eckige Wolke.

»Und das da ist eine Blume.« Paul deutete mit einem lila Finger auf ein knolliges weißes Gebilde.

»Nein, stimmt gar nicht!«, schrie Lou zu laut. »Das ist ein Gebäude, das gerade in Zeitlupe explodiert.«

Stella mochte das Spiel, denn wenn man richtig hinguckte, konnte man tatsächlich sehen, was die anderen sahen.

Stella wollte nie weg, wenn sie dort waren. Und auch ihre Mom war dort immer glücklich. Eine Weile. Aber sie blieben nie lang genug. Rain wollte immer bald wieder zurück, als zöge sie irgendetwas wieder in die Stadt. Stella verstand das damals nicht – wenn sie dann da waren, tat Rain nie groß etwas, sie ging einfach bloß aus. Als Erwachsene lernte sie, dass ihre Mom süchtig gewesen war und glaubte, nur das zu brauchen, was diesen Sog auf sie ausübte. Doch als Kind wusste Stella bloß, dass ihre Mom etwas brauchte, das sie ihr nicht geben konnte.

Stella stützt gerade den Wäschekorb in ihre Hüfte, als sie ihre Aunty hereinkommen hört.

»Hallo?«, ruft Cheryl. »Oh, hallo, du schönes Baby.«

Adam liegt auf der Decke neben seiner Schwester, die sich auf dem Bauch ausgestreckt hat. Sie reicht ihm Spielsachen, die er ergreift und dann fallen lässt, wieder und wieder.

»Hallo.« Die Kleine blickt schüchtern auf, spielt dann aber weiter.

»Wo ist denn deine Kookoo?« Cheryl sieht aus, als wäre sie gerade erst aufgestanden, und riecht nach Kaffee und Zigaretten. Sie trägt eine Jogginghose und ein altes Hemd voller Farbkleckser.

»Hat sich ein bisschen hingelegt.«

Stella drückt die Wäsche im Korb ein bisschen herunter und stellt ihn neben die Tür. »Sie hat gesagt, sie ist müde.«

»Oh – wie geht's ihr denn?«, fragt Cheryl mit leiserer Stimme.

Stella hört, dass Kookoo aufsteht, hört die Federn der Matratze quietschen.

»Komm und hilf mir, mein Mädchen«, ruft sie, es gilt Cheryl.

»Was ist denn, Ma? Bist du krank?«

»Nein, nein, nur alt«, sagt sie, während sie zu ihrem Stuhl geht. »Erzähl, wie geht es meiner Emily heute?«

»Ganz okay, sie kommt langsam wieder zu Kräften.« Cheryl setzt sich aufs Sofa, hinter ihr an der Wand die Bilder ihrer Enkel. Emily und Jake auf Schulfotos. Eine professionelle Aufnahme von dem Jüngsten, Gabriel. Die Bilder von Stellas Kindern sind kleiner und schon älter: Mattie als Baby und ein kleines, ausgeschnittenes Bild von Adam, vor Monaten aufgenommen.

»Es kann gut sein, dass sie morgen nach Hause darf, wenn es ihr weiterhin besser geht. Möchtest du sie heute besuchen?«

»Später. Vielleicht nach dem Mittagessen.« Stellas Großmutter schaut lächelnd zu Mattie hinunter.

»Kookoo.« Mattie spricht den Namen ganz langsam aus. »Kannst du mir das vorlesen?« Sie hält eines ihrer Bilderbücher in die Höhe.

»Ach je, mit meinen Augen.« Sie schaut zur Seite. »Frag doch mal deine Kookoo.«

Cheryl sieht Stella an. Einen Augenblick lang weiß keine, was sie tun soll.

»Ja, Mattie, soll dir deine Aunty Cheryl etwas vorlesen?«, fragt Aunty Cher dann.

Das Mädchen ist verwirrt, geht aber zu der fremden Frau, die breit lächelt und die Arme öffnet.

Stella macht sich wieder an die Arbeit. Mattie sinkt mit jeder Buchseite etwas tiefer in den Schoß ihrer Tante.

»Ist sie wieder eingeschlafen?«, fragt Stella flüsternd etwa eine Stunde später. Kookoo sitzt reglos in ihrem Schaukelstuhl. Stella vergewissert sich, dass sie noch atmet. »Ist sie immer so?«

»Sie wird schnell müde.« Cheryl winkt ab. »Im Großen und Ganzen ist sie gesund. Eine leichte Angina, aber der Arzt meint, es sei kein Grund zur Sorge. Der graue Star ist ziemlich weit fortgeschritten, aber eine Operation wäre jetzt noch schlimmer.«

»Sollten wir … sollten wir versuchen, sie irgendwo unterzubringen?«, setzt Stella an, aber sie weiß die Antwort selbst, kaum dass sie es ausgesprochen hat. Auf dem Boden wird Adam jetzt unruhig.

»Darauf würde sie sich nie einlassen.« Cheryl deckt ihre Mutter zu und streicht ihr das graue Haar aus dem Gesicht, so wie sie es auch bei einem Kind täte.

»Dann vielleicht eine Pflegerin.« Stella legt ihr Baby wieder an die Brust.

»Ein paarmal in der Woche kommt jemand vorbei und hilft ihr beim Baden. Von mir will sie sich nicht helfen lassen.«

Auch Cheryl sieht müde aus.

»Malst du noch, Aunty?« fragt Stella und deutet mit dem Kopf auf Chers Hemd.

»Ach«, schnaubt Cheryl. »Viel zu wenig.«

Sie schweigen einen Moment. Nur Adams leises Schmatzen ist zu hören.

»Du siehst deiner Mom unglaublich ähnlich«, sagt ihre Tante schließlich. Stella wusste, dass sie das sagen würde. Sie schaut auf ihr Baby hinunter, um Cheryls Blick auszuweichen. »Ich bin jetzt älter, hm? Als sie es je war.«

»Ich weiß.« Cheryl hängt schlaff auf dem Sofa, als gäbe sie sich geschlagen. Aber Aunty würde sich nie geschlagen geben.

»Ich habe wieder über sie nachgedacht, jetzt, wo ich hier bin. Sie kommt und geht, nicht?«

»Sie ist immer hier, Stelly.« Aunty Chers Blick schweift in die Ferne. »Sie sollte noch hier sein.«

Stella nickt, ist irgendwie froh beim Gedanken an ihre Mom. Ihre tanzende Mom.

»Na dann, ich sollte mich mal für den Besuch im Krankenhaus fertig machen.«

Stellas gutes Gefühl verschwindet schlagartig. Es ist still im Zimmer, bis auf die muntere Musik von Matties Fernsehsendung. Stellas Kopf ist jetzt klar.

»Ist alles okay, Stelly?« Ihre Tante streichelt ihren Arm.

»Aunty, ich muss dir was erzählen.« Stella sagt es rasch, ehe sie es sich noch anders überlegt. Und es klingt wie ein Seufzer. »Aunty, ich muss dir sagen, dass es mir leidtut. Es tut mir unendlich leid. Es quält mich jeden Tag, und es tut mir unendlich leid.« Es kommt schneller heraus, als Stella denken kann. Ehe sie sich's versieht, weint sie.

»Schsch, was ist denn? Ist ja gut, Stell. Was sollte dir denn leidtun?« Aunty Cher setzt sich neben sie.

»Das war ich. Ich hab es gesehen. Ich hab es gesehen und nichts getan. Ich hatte zu viel Angst. Ich hatte solche Angst.« Ihre Stimme stockt bei jedem Wort. Die Tränen rollen ihr übers Gesicht.

»Was erzählst du denn …«

»Ich hab gedacht, die gehen auf mich los oder stellen mir nach, mir oder meinen Kindern. Mein Baby hat geschrien, und dann ist Mattie aufgewacht, und sie hatten beide solche Angst. Und ich hatte Angst, dass die wiederkommen. Ich hab überhaupt nicht nachgedacht. Gar nicht. Ich wusste nicht, dass es Emily war. Ich hab das nicht gewusst. Und es tut mir so leid.«

»Wie? Was?«

»Ich habe nichts getan.« Ihre Stimme ist zu laut, ein Aufheulen. Dann versagt ihre Stimme, und Stella schaut zu Kookoo hinüber, aber die rührt sich nicht. Mattie guckt aus dem Augenwinkel verstohlen zu ihr herüber.

»Wovon redest du?« Aunty Cher wendet den Blick nicht von ihr ab.

»Von Emily. Was Emily passiert ist. Ich hab es gesehen. Es war bei uns vorm Haus. Ich habe es gesehen und nichts getan, außer die Polizei anzurufen.«

Ihre Tante schweigt, es ist der längste Moment, den Stella je erlebt hat. Sie kann ihre Tante nicht ansehen. Mattie kommt zu ihr herüber und kuschelt sich an ihre Beine. Adam schläft ein.

Schließlich seufzt Aunty Cher. »Oh, Stelly. Wie denn? Was?«

»Ich hätte mehr tun sollen«, haucht Stella. Sie spricht stockend weiter. »Ich hätte rausgehen sollen, ich hätte schreien und brüllen und denen nachlaufen sollen. Ich hätte rausrennen und sie ins Haus holen sollen, wo sie in Sicherheit gewesen wäre, aber ich hab sie einfach gehen lassen.«

»Oh, Stelly«, sagt ihre Tante noch einmal. »Ich wusste ja nicht mal … Ich wusste nicht mal, dass du dort in der Gegend wohnst.«

Stella nickt und nickt. Mattie patscht gegen ihr Bein. Stella zieht ihre Tochter an sich, um ihr zu zeigen, dass alles in Ordnung ist. Sie hatte Kookoo von dem Haus, in dem sie jetzt leben, erzählt, aber nicht, wo es liegt, hatte ihr nur vage versprochen, sie eines Tages dorthin mitzunehmen. Das war, als sie das letzte Mal miteinander gesprochen hatten. Kurz nach Adams Geburt. Wie konnte das das letzte Mal gewesen sein?

Stella würde am liebsten das Gesicht an Chers farbverschmierter Schulter vergraben und einschlafen. Sie glaubt, dass sie auf der Stelle einschlafen könnte.

»Aber du hast die Polizei gerufen. Das ist doch auch etwas.« Es sind kleine, aber starke Worte.

»Aber nicht genug.«

Ihre Tante seufzt erneut. »Was erwartest du denn? Es ist in Ordnung, dass du Angst hattest. Es ist in Ordnung, dass du nicht wusstest, was du tun sollst. Wer hätte das in so einer Situation schon gewusst?«

»Aber ich hab nur an mich selbst gedacht. Und an meine Kinder. Ich habe nicht an Pauls Kind gedacht. Ich hätte sie ja nicht einmal erkannt. Wenn ich gewusst hätte, dass das Pauls Tochter war ....«

»Ich weiß, ich weiß. Solche Dinge ... passieren. Ich meine, es erscheint unwirklich, aber so was gibt es. Woher hättest du es denn wissen sollen?« Ihre Stimme klingt unsicher, doch sie tätschelt Stellas Schulter, unbeholfen, aber liebevoll.

»Ich werde das ewig bereuen.«

»Ja, auch so was gibt es.«

Jetzt weint Stella nur noch. Und ihre Tante zieht sie an sich. Cher riecht wie ihre Mutter – nach Zigaretten und frisch gewaschenen Haaren. Stella kann gar nicht mehr aufhören zu weinen.

Ihre Tante flüstert: »Es ist gut, Stella. Du hast dein Bestes getan, Stelly. Du hast dein Bestes getan.« Sie streicht ihr mit einer kreisförmigen Bewegung über den Rücken, genau wie ihre Kookoo, genau wie früher ihre Mutter. Wo haben sie das gelernt?

Sie schläft nicht ein, aber sie weint sich aus. Ganz und gar. Zwischen ihrer Tante und ihren Kindern.

Kookoo in ihrem Schaukelstuhl durchbricht die Stille mit einem tiefen Schnarcher.

Aunty Cher lacht. »Sie ist so froh, dass du hier bist, Stelly.« Ihr Gesicht wird ernst. Stella fragt sich, wann ihre Tante so alt geworden ist. »Ich bin auch sehr froh, dass du hier bist.«

»Danke. Vielen Dank, Aunty.« Sie schluckt.

»Bleib ein bisschen, ja? Sorg für sie, und lass sie für dich sorgen.« Cheryl nimmt Stella Hand, umklammert sie regelrecht, eine ganze Weile.

»Okay«, sagt Stella mit erstickter Stimme.

»Stelly?«

»Ja?«

»Ich weiß, dass du dein Bestes getan hast.« Ihre Augen sind dunkelbraun, voller Tiefe und absolut ehrlich.

»Okay.« Stella kann sie nicht lange ansehen.

»Ich hab dich lieb. Und das wird immer so bleiben.«

Das war alles, was sie brauchte. In diesem Moment bedeutete ihr das alles.

»Ich habe dich auch lieb, Aunty. Es tut mir so leid, dass das alles passiert ist.« Sie umfasst die alte Hand ihrer Tante mit beiden Händen. Chers Alte-Frauen-Hand, wie die von Stellas Mom, wie die ihrer Kookom.

»Mir auch, Stelly, mir auch.«

Ihre Mom musste »mal bisschen weggehen«. Ihre Worte. An mehr erinnert sich Stella nicht. Es war ein ganz normaler Tag – Winter, kalt. Normal. Als Stella vom Fernseher aufblickte, sah sie, wie ihre Mom die Zigaretten vom Kaffeetisch und einen Zwanziger aus Kookoos Versteck nahm und dann die Treppe hochging, um sich zurechtzumachen. Es war nicht ungewöhnlich, an sich erst mal nicht. Nur war diesmal niemand sonst zu Hause. Stella sagte nichts, sondern guckte einfach weiter fern, denn ihre Mom hatte das mit ihrer wilden Stimme gesagt, die zugleich aussagte, dass Stella nichts erwidern, sondern einfach still sein sollte. Im Stillsein war Stella schon damals gut.

»Sei schön brav«, sagte ihre Mom an der Tür. Das Haar zur Hochfrisur aufgetürmt, glitzerndes Make-up. Aber den Blickkontakt vermied sie. Genau in diesem Moment endete die Lachkonserve, das aufgenommene Gelächter eines Publikums und die quengelnden Stimmen der Sitcom. Stella hörte, wie die Haustür zuknallte. Ein Schwung kalter Luft traf ihren kleinen Körper und war im nächsten Moment verpufft.

Kookoo kam Stunden später von der Arbeit zurück. »Wo ist denn deine Mom?«

»Die musste weg.« Stella hatte alle Lichter im Haus angemacht und sich mit Junkfood auf dem Sofa eingeigelt. Das Telefon sicherheitshalber gleich nebendran auf dem Kaffeetisch.

Kookoo murmelte irgendwas vor sich hin, aber sie schimpfte nicht mit Stella, weil sie Cheetos zum Abendessen gegessen und Strom verschwendet hatte. Sie rief Aunty Cher an, die mit ihren Mädchen unterwegs war, aber mit dem nächsten Bus nach Hause kam. Als sie kamen, wusste Stella, dass irgendwas nicht stimmte. Ihre Mom ging ständig weg, aber dieses Mal war irgendwas anders, etwas Schmerzendes lag in der Luft.

Ein paar Tage später wurden Stella und ihre Cousinen aus

der Schule nach Hause geschickt. Ihr und Lous Name wurden durch die Lautsprecheranlage durchgesagt.

»Miss Perlmutter?«

»Ja?« Ihre Lehrerin in der Vierten sprach in einem singenden Tonfall. Stella erinnert sich an dieses Singen, das besonders ausgeprägt war, wenn ihre Lehrerin durch die Lautsprecheranlage gerufen wurde.

»Würden Sie bitte Stella und Louisa Traverse nach Hause schicken? Sie sollen sofort nach Hause kommen.«

»Ist gut«, antwortete Miss Perlmutter. Sie wandte sich ihnen beiden zu. »Ich hoffe, bei euch daheim ist alles in Ordnung.« Sie schwatzte mit den Mädchen, während sie ihnen mit den Rucksäcken half, und verabschiedete sie mit einem Lächeln an der Garderobe. Im Flur sammelten sie dann noch Paul auf.

»Was wohl passiert ist?«, sagte Paul, naiv wie immer. »Hoffentlich ist nichts mit Kookoo!«

Lou und Stella sahen sich nur an, denn es gab nichts dazu zu sagen.

Man sagte ihr bloß, dass ihre Mom gestorben sei. Genau so. »Es tut mir so leid, Stelly, aber deine Mom ist gestorben.« Gestorben.

Mehr sagten sie nicht.

Erst aus einem Zeitungsartikel erfuhr Stella, was passiert war. Man hatte die Leiche ihrer Mutter hinter einem Müllcontainer gefunden. Ihre Hose war heruntergelassen. Auf einem grobkörnigen Schwarz-Weiß-Bild sah man einen großen, eckigen Container vor einer hohen Backsteinmauer, und davor auf dem Betonboden etwas Verhülltes. Es sah aus wie eine Decke, runtergefallen und liegen gelassen. Sie zeigte Kookoo den Artikel, deutete wortlos darauf.

»Ach, Stelly – komm, gib mir das mal.« Sie faltete das Blatt zusammen. Ihr Gesicht war von ihrem eigenen Kummer verquollen, trotzdem kniete sie sich jetzt hin und erklärte Stella: »Deine Mom war in einer Bar. Du weißt ja, wie gern sie getanzt hat. Na ja, sie war allein dort und hat mit dem falschen Mann getanzt. Und der war gemein zu ihr, Stella.« Das war das Wort, das sie benutzte: *gemein.*

Was tatsächlich passiert war, erfuhr sie dann nach und nach, bruchstückweise, wenn sie mucksmäuschenstill den Unterhaltungen der Erwachsenen zuhörte, besonders wenn diese traurig waren und tranken. Ihre Mom hatte in der Bar große Reden geschwungen. Sie hatte nun mal ein loses Mundwerk. Anscheinend hatte sie den falschen Leuten die falschen Ansichten kundgetan. Irgendein Weißer machte sie dann an, und sie gingen zusammen zu seinem Pick-up. Die Polizei fand später Blutspuren in der Fahrerkabine und kam zu dem Schluss, dass er sie da drinnen halb tot geprügelt hatte, ohne auch nur den Parkplatz zu verlassen. Niemand sah das, und niemand sah, wie sie sich fast bewusstlos zum Krankenhaus schleppte. Dort wurde sie dann, blutend und betrunken, von einer Krankenschwester gesehen. Die Schwester sagte Stellas Mom bloß, sie solle warten. So stand es in der Akte. Sie war also immerhin so lange dort, dass man eine Akte anlegte. Aber im Krankenhaus dachte man einfach, sie sei betrunken, habe sich am Kopf verletzt und könne warten. Doch sie wartete nicht. Obwohl es so kalt war, obwohl sie schon halb erfroren gewesen sein muss. Man nahm später an, dass sie keine Lust mehr hatte zu warten, beschloss nach Hause zu gehen, und sich unterwegs in diesem Gässchen zum Pinkeln hinhockte. Dort verlor sie dann endgültig das Bewusstsein. Und erfror. Mehr brauchte es nicht. Winter. Sie hatte kurz zuvor Sex gehabt, doch es gab keine Anzeichen dafür, dass er nicht einvernehmlich gewesen wäre. Und das sagte auch der Mann, als sie ihn fassten – er sagte, der Sex sei einvernehmlich gewesen und sie sei eine Irre. Er habe sie geschlagen, aber es tue ihm leid. Sie war vorbestraft und er nicht. Er erhielt nur eine Bewährungsstrafe. Wenn sie nicht getrunken hätte, wäre sie nicht gestorben. Wenn es nicht Winter gewesen wäre, wenn sie gewartet hätte, wenn sie nicht so dumm gewesen wäre. Die Kopfverletzung war letztlich nur ein Teil des Ganzen.

Stella erfuhr sämtliche Fakten. Sie sammelte sie wie kleine Trümmerstücke und fügte sie zusammen, als könnte daraus etwas Intaktes entstehen. Sie bat ihre Tante, ihr alles zu erzählen, aber Cheryl erzählte ihr nur einen Teil. Sie bat ihre Kookom, ihr mehr zu erzählen, und Kookoo erzählte ihr etwas mehr. Sie brachte in Erfahrung, was sie nur konnte, bis sie alles beisammenhatte, Puzzleteil für Puzzleteil. Die Bar. Das Krankenhaus. Die Straße. Das Gässchen. Es war kein Abend in der Bar mehr, sondern eine Folge von Ereignissen. Ihre Mom war keine Person mehr, sondern eine Geschichte. Und letztlich war es dann alles egal. Als Stella alles wusste, merkte sie, dass die Einzelheiten gar nicht so wichtig waren – das Entscheidende war, was das alles bedeutete. Es bedeutete, dass ihre Mom selbst schuld war. Es war alles ihre Schuld. Ihre Mom war tot, und sie war selbst daran schuld.

Das war lange Zeit das Einzige, was wirklich eine Rolle spielte.


Nicht lange nachdem ihre Tante gegangen ist, verschwindet die Sonne vor dem Fenster, und die Wände hüllen sich in graues Licht. Stella sitzt im Dunkeln, vollkommen erschöpft. Kookoo hält wieder ein Schläfchen in ihrem Bett, und Mattie liegt an sie gekuschelt neben ihr. Das Baby strampelt und gluckst im Laufstall, braucht Stella aber nicht. Stella hat jahrelang im Schweigen verharrt. Sie ist von ihrer Familie weggegangen, ist mit einem Mann zusammengezogen, der keine Fragen stellte, und war stumm, so lange sie es nur konnte. Sie dachte, so könne sie heilen, aber tatsächlich war es nur eine Ruhepause, ein Stillhalten, bevor die eigentliche Arbeit begann. Ein Warten auf die richtigen Worte.

Stella schmiegt sich an das weiche Sofa mit seinem beruhigenden Geruch, vollkommenes, unvollkommenes Zuhause, und schläft zum Gurren ihres Kindes und sanften Schnarchen ihrer Kookom unter dem Porträtfoto ihrer Mutter ein. Zum ersten Mal hat sie das Gefühl, genau da zu sein, wo sie hingehört.

In dieser Nacht träumt Stella vom Winter. Sie ist auf der Brache und geht einen perfekten langen, weißen Weg Richtung Norden. Es lässt sich gut darauf gehen, ihre Füße sind trittsicher, und der Weg ist eben. Die Masten und Häuser verschwimmen im Nebel. Sie fühlt sich allein, aber wie immer, wenn sie allein ist, ist sie es nicht ganz. Ihre Mutter ist da, ist in der Nähe und wacht. Stella riecht sie im Wind, spürt sie, zusammengerollt, neben sich im Bett. Die Arme ihrer Mutter sind immer knapp außer Reichweite.

In ihrem Traum ist die Brache ein Stück Land wie jedes andere, einfach eine weite schneebedeckte Fläche. Der Himmel ist klar, die Sterne funkeln, und der Vollmond leuchtet hell. Sie kann all die Mulden und Furchen sehen, und das Licht, das der Schnee reflektiert, wirkt irgendwie warm wie Feuer. Ein Winterwind geht, mächtig und tosend. Sie hört nichts anderes als ihn, aber sie friert nicht. Stella geht weiter und weiß, dass sie auf diesem Weg ganz bis in den Norden kommen kann. Sie kann den Weg weitergehen bis ans Ende der Stadt, wo sie den Himmel und den Schnee sich erstrecken sehen wird, voll und leer. Und so geht ihr Traum-Ich in diese Richtung, weiter und weiter, und blickt nicht zurück.

# 24

# LOU

Ich mache den Abwasch für Paul. Viel ist es nicht, aber das Geschirr ist zu lange stehen geblieben. Es gibt mir etwas zu tun, während ich darauf warte, dass sie aus der Dusche kommt. Über ihrem Spülbecken befindet sich ein breites Fenster, und ich sehe das Sonnenlicht, das schräg in den kleinen Garten fällt, auf den Schnee, der unberührt ist bis auf einen grob frei geschippten Pfad zur Garage. Ich stelle mir vor, dass Pete jeden Morgen dort entlangstapft, um zur Arbeit zu fahren, ganz der rechtschaffene Mann.

Bevor das alles passiert ist, vielleicht vor sechs Wochen, bin ich bei Paul in der alten Wohnung vorbeigegangen, um mit ihnen einen Film anzugucken. Baby Boy war müde und quengelig, und ich hab ihn auf den Schoß genommen. Er hat sich bald beruhigt, aber ich habe ihn nicht wieder abgesetzt. Em und Ziggy waren in Ems Zimmer – man hat sie durch die Tür quieken hören. Ich habe meinen Kleinen gehalten und den beiden zugehört. Pete saß am anderen Ende des Sofas. Er wirkt immer etwas scheu, ist der ruhige, bärige Typ, die Hände nie ganz sauber. Ich hatte nicht das Gefühl, ihn wirklich zu kennen. Paul war in der Küche, Popcorn machen, also haben Pete und ich etwas mühsam Small Talk gehalten. Ich hatte keine Ahnung, wo Gabe war, bei einem Auftritt oder einfach einen trinken, irgend so was. Der Witz ist, als Paul hereinkam, in Jogginghose und einem alten Hemd, die riesige Schüssel in der Hand, schaute Pete sie an wie das Schönste, was er in seinem Leben je gesehen hat. Sein Gesicht erhellte sich im wahrsten Sinne des Wortes. Ich weiß noch, dass ich dachte: Ah, so ist dieser Ausdruck gemeint. Er strahlte so, dass ich fast in Tränen ausgebrochen wäre. Nicht für meine Schwester, auch wenn ich mich natürlich für sie freute, sondern hauptsächlich – beschämenderweise – aus Selbstmitleid.

Ein guter Mann.

Daran erinnere ich mich, während ich den Abwasch mache und dann Tee für unterwegs koche. Paul kommt herunter und setzt sich an den Tisch, die Arme vor sich ausgestreckt, ihr Kopf hängt herunter wie an einem kaputten Scharnier. Ich könnte heulen, aber stattdessen reiße ich mich zusammen und versuche ihr zu helfen.

Sie ist nervös. Bebt am ganzen Körper. Die Polizei kommt nachher noch mal ins Krankenhaus, weil Paul nicht an sich halten konnte und ihren Fehler wiedergutmachen wollte. Gestern am späten Abend, als sie nicht schlafen konnte und dauernd an Clayton Spence denken musste, hat sie den einen Polizisten angerufen. Jetzt wird es weitere Fragen geben, viele weitere Fragen. Pete war bei Emily, er wollte eigentlich zur Arbeit gehen, sagte dann aber, dass er noch eine Stunde oder so bleiben könne. Lang genug, damit Paul nach Hause fahren konnte. Niemand ist wirklich in diesem Haus gewesen, seit es passiert ist. Über dem glückerfüllten neuen Zuhause meiner Schwester liegt jetzt ein Schleier der Traurigkeit, als wäre jemand gestorben. Alles ist still und überschattet.

»Ist alles okay?«, frage ich, was natürlich eine dumme Frage ist.

»Ich will einfach, dass das alles endlich vorbei ist. Ich will wieder nach vorne schauen.« Sie seufzt, hebt den Kopf aber nicht.

Ich nicke bloß, die Tage ziehen sich so endlos, und doch scheint der Freitag schon ewig her zu sein. Ich stehe hinter ihr und massiere ihr die Schultern. »Das wird schon alles wieder, Paul.«

»Das soll man nicht sagen«, faucht sie mich an.

»Was?«

»Das hast du mir selbst mal gesagt.« Immer noch mit hängendem Kopf, doch ihre Worte klingen verärgert, wenn auch erschöpft. »Als du noch studiert hast. Damals hast du gesagt, Sozialarbeiter sollen den Leuten nicht sagen, dass alles wieder gut wird, denn das ist ein Versprechen, und man kann so etwas nicht versprechen, weil man es nicht weiß.«

Sie hat eine solche Wut in sich, dass ich lieber nichts dazu sage. Ihr nur noch etwas länger die Schultern massiere.

Emily sitzt im Bett, an das hochgestellte Kopfteil gelehnt, und sieht aus, als wäre sie überall lieber als hier. Auf ihrer einen Seite sitzt Mom, auf der anderen Paul. Unserer Kookom geht es nicht so gut, sie ist zu Hause, wie Mom mir mit einem langen Blick mitteilt. Ich weiß, dass sie mit etwas hinterm Berg hält. Sie wird es mir später erzählen, wenn die Polizisten wieder gegangen sind und alles sich etwas beruhigt hat. Pete ist schließlich zur Arbeit gegangen, wobei er aussah, als wollte er es eigentlich nicht. Ich stehe einfach nur da, meinen To-go-Becher Tee in der Hand. Ich bin unnütz, aber ich will nirgendwo anders sein.

Die Polizisten kommen herein, sie sehen genauso müde und verärgert aus wie wir. Der junge schaut sich um, so wie Hunde herumschnuppern, um mögliche Gefahren zu erkennen. Der alte setzt sich in den Sessel, ohne vorher zu fragen, und seufzt, als wäre auch er überall lieber als hier.

»Es tut mir leid, dass wir schon wieder damit anfangen müssen, Emily.« Der Jüngere versucht nett zu klingen, aber es kommt wie eine Warnung rüber. »Wir wollen genauso sehr wie du, dass das endlich vorbei ist.« Scott heißt er, daran erinnere ich mich. Und der andere Christie.

Da keiner etwas sagt, redet er weiter. »Also, deine Mom hat mich angerufen und gesagt, dass es nicht Clayton war. Du hattest ja gesagt, dass er nichts damit zu tun hatte? Und das glaube ich auch. Wir haben mit ihm gesprochen. Er zählt nicht zu den Verdächtigen. Okay?« In seinen Augen steht zu viel Anteilnahme, als bemühe er sich zu sehr.

Emily nickt, blickt aber nicht auf. Pauls Gesicht ist voller Schmerz.

Ich schaue aus dem Fenster und versuche meinen Ärger herunterzuschlucken. Was der sich anmaßt. Dieser verdammt herablassende Ton. Das Sonnenlicht ist hell und kräftig, aber nicht warm. Tief durchatmen, heißt es doch immer. Dieser junge Polizist hat keine Ahnung. Tief durchatmen.

»Wie wäre es, wenn wir das Ganze noch mal der Reihe nach durchgehen?«, schlägt er vor. In seiner Stimme liegt eine eigentümliche Erregung, als wüsste er etwas, was wir nicht wissen.

»Nein!« Emilys Stimme klingt wackelig. »Ich kann nicht.«

»Was kannst du nicht, Emily?«

»Ich kann nicht.« Sie schüttelt den Kopf und fährt sofort zusammen, anscheinend tut selbst diese kleine Bewegung schon weh. Ihre Hand zuckt nervös, es hängt immer noch ein Plastikschlauch daran, durch den langsam eine Flüssigkeit in sie hineintropft.

»Wenn du vielleicht einfach …«, setzt er an, aber ich schneide ihm das Wort ab.

»Hören Sie«, sage ich mit meiner besten Sozialarbeiterinnenstimme, »vielleicht können Sie nachvollziehen, dass Emily in einer sehr verwundbaren Position ist. Wir wissen nicht, wer diese Leute waren, aber wenn Emily für ihre Festnahme verantwortlich ist und sich herausstellt, dass sie Beziehungen haben oder einer Gang angehören …«

»Aber wenn sie absichtlich unsere Ermittlungen behindert …«

»Sie ist dreizehn, und ihr ist gerade etwas Undenkbares, Entsetzliches zugestoßen. Sie tut nichts *absichtlich*.« Ich stoße das Wort hervor.

»Okay, okay«, schaltet sich der Ältere ein. »Wir wollen doch nur, dass der Schuldige in Gewahrsam kommt. Vielleicht hören Sie ihn erst einmal zu Ende an.«

»Wen?« Ich schaue zu diesem Scott rüber. »Sie? Was haben Sie denn herausgefunden?«

Er sieht Emily an. »Emily, wir haben herausgefunden, dass das Haus, wo du auf der Party warst, einem Gangleader gehört, wusstest du das?«

Emily schaut ihn nur wortlos an.

»Ich weiß, dass du Angst hast, Emily.« Womöglich ist er sogar aufrichtig, aber er trägt einfach ein bisschen zu dick auf. Sein verzweifeltes Bemühen erfüllt das Zimmer.

»Natürlich hat sie Angst«, sage ich ein bisschen zu laut. »Wie sollte sie denn keine Angst haben? *Gangleader*! Wissen Sie überhaupt, was das bedeutet? Für uns? Für sie, wenn sie auch nur ein Wort sagt?«

»Ms … Louisa«, er wendet er sich mir zu, und der Zorn in seiner Miene ist verblüffend. Ma hat recht, er könnte ein Métis sein. Er sieht so aus, besonders wenn er so leidenschaftlich bei der Sache ist wie jetzt gerade.

»Nein!« Es ist mir unwillkürlich herausgerutscht. »Das muss aufhören. Sie muss heilen. Sie dürfen ihr nicht so zusetzen.«

»Wir führen hier Ermittlungen durch.« Seine Wangen röten sich, und die Sommersprossen wirken dunkler.

»Dann führen Sie Ihre Ermittlungen durch. Fahren Sie zu diesem Haus, befragen Sie die Leute dort, tun Sie Ihre Arbeit, denn wenn irgendwie der Eindruck entsteht, dass sie etwas gesagt hat ...« Ich verstumme. Will gar nicht daran denken.

»Wir können sie schützen ...«, setzt der Alte an.

»Nein, das können Sie nicht. Sie dürfen das nicht mal sagen. Sie haben keine Ahnung, wie man sie beschützen kann.«

»Na ja, vielleicht könnte die Familie ja überlegen, woanders hinzuziehen ...« Wieder der Jüngere.

»Was? Wieso denn? Die sind gerade erst umgezogen. Sie haben ein Zuhause. Wie können Sie so etwas vorschlagen?« Er schweigt, also rede ich weiter. »Warum sollten sie weglaufen, als hätten sie sich etwas zuschulden kommen lassen?«

»Es gibt Möglichkeiten ...« Aber nicht einmal er glaubt seinen Worten.

»Würden Sie denn umziehen? Wenn in Ihrer Familie so etwas passiert wäre und jemand Ihnen vorschlagen würde, wegzulaufen und sich zu verstecken, würden Sie das tun?« Ich starre ihn an, sein perfektes dunkles Haar, die gepflegten Fingernägel, den herablassenden Blick. Sogar seine Sommersprossen machen mich wütend. »Würden Sie das tun?«

»Nein. Nein, ich glaube nicht.« Es sind die ersten wahren Worte, die er sagt, seit er gekommen ist.

»Warum sollte Emilys Familie es dann tun?« Etwas ruhiger, aber ich lehne mich nicht zurück.

»Aber ich würde kämpfen.« Er deutet herablassend mit dem Zeigefinger auf mich.

»Das tun wir auch. Das hier ist Kämpfen.« Ich mache eine ausholende Geste, die alles hier einschließt, meine Mutter, meine Schwester, meine Nichte. Diese toughen Frauen.

»Okay, so kommen wir nicht weiter«, wirft der Ältere jetzt ein und wendet sich dann an Paul. »Ms Traverse, wenn Ihnen oder Ihrer Tochter noch irgendetwas einfällt, lassen Sie es uns wissen. Wir werden die Sache in jedem Fall diskret behandeln und sie nicht in Gefahr bringen. Diese Leute können einem schon Angst machen. Wir wollen ihnen das Handwerk legen, das ist alles.«

»Gut, danke«, sagt Paul leise.

Emily nickt schließlich.

Als sie gegangen sind, atmet Mom tief und laut durch, ein Versuch, die Atmosphäre zu reinigen. »Na dann, möchte jemand einen Kaffee?« Sie versucht sich nützlich zu machen.

»Ich geh welchen holen«, sage ich, denn ich muss dringend ein paar Schritte tun.

»Nein, nein, ich geh schon, bleib ruhig sitzen.« Moms Art, sich nützlich zu machen, ist immer etwas nervig.

»Das ist okay, es macht mir nichts aus.« Ich versuche, es nicht so hart klingen zu lassen, wie es mir eigentlich über die Lippen kommen will.

»Ich kann aber …«

»Mensch, Mom«, mischt sich jetzt Paul ein. »Jetzt lass sie halt gehen. Nicht, dass sie wieder sauer wird.«

Wir lachen alle. Sogar Emily. Und mit einem Mal ist die Atmosphäre im Zimmer tatsächlich gereinigt, zumindest für den Moment.


»Mama, wann kommt Daddy wieder?«, fragt Baby in der Badewanne. Sein Haar ist voller Shampoo, und seine Wangen glänzen nass.

Ich bin kurz nach Hause gegangen, denn Baby hasst es, von seinem Bruder gebadet zu werden. Jake sitzt auf dem Klo und hebt kaum den Blick von seinem Handy.

»Schön aufschäumen, Baby, das Shampoo soll in die Haare, nicht nur obendrauf.« Mir ist immer noch kalt von draußen, aber ich bin froh, zu Hause zu sein, auch wenn ich immer noch ans Krankenhaus denke. Ich werde nur so lang hierbleiben, bis ich dem Kleinen zu essen gegeben habe. Jake möchte ein bisschen weggehen, mal aus dem Haus.

»Mom?«, drängelt mein Kleiner, ungeduldig, aber arglos. Ich schaue in seine aufgerissenen Augen, und mir wird schlagartig bewusst: Er fragt nach seinem Dad, sein Dad ist schon wieder weg. Das hatte ich ganz vergessen. Nein, nicht vergessen. Nur versucht zu vergessen.

»Also …«, beginne ich langsam. »Er ist für eine Weile heimgefahren, Baby.«

»Dann fahren wir hin und holen ihn.« Vierjährige haben für alles eine Lösung.

»Hm.« Ich versuche, nicht mit den Gedanken abzuschweifen, an mein Kind und seine Bedürfnisse zu denken. »Ich möchte im Moment eigentlich bei Aunty Paul bleiben, außerdem haben wir gar kein Auto, Baby.«

»Aber Pete hat ein Auto. Ein richtig großes.« Er lässt sich tiefer ins Wasser gleiten, und ich fahre durch sein dichtes Haar. Er hält die Luft an, obwohl das Wasser gar nicht tief genug ist, um sein Gesicht zu bedecken.

Ich warte, bis er wieder hochkommt. »Pete und Aunty haben im Moment ziemlich viel damit zu tun, sich um Emily zu kümmern. Sie ist doch krank, weißt du?«

»Ah.« Er denkt darüber nach. »Können wir Emily besuchen?«

»Ja, morgen gehen wir wieder hin.« Mein Lächeln ist dünn, nicht echt.

»Gut.« Seines ist von so viel Liebe, solchem Vertrauen erfüllt. Ich halte ihm das ausgebreitete Handtuch hin.

»Maaa? Wo ist mein schwarzes Hoodie?«, ruft Jake.

»Äh, das habe ich gerade gewaschen«, rufe ich zurück. Ich tätschele Baby Boys sauberen Kopf, sein weiches Haar, und rubbele ihn trocken. Er lässt mich gewähren.

»Es ist nicht in meinem Zimmer«, schreit Jake durch den Flur. »Wo hast du es hin?«

»Beruhig dich«, sage ich. Ich reiche Baby Boy seine Kleider und stehe auf. »Irgendwo wird es schon sein.«

Rita war so besorgt gestern Abend. Sie war sich sicher, dass die Jungs irgendwelche Dummheiten im Schilde führten, also hat sie ihnen Dan, ihren Ex, hinterhergeschickt. Ich hatte keine Befürchtungen in diese Richtung, aber ich habe Rita in ihrer Panik beobachtet. Wir gehen alle unterschiedlich mit Schwierigkeiten um, nicht wahr? Ich habe einfach bei ihr gesessen, ohne sie mit beruhigenden Worten zu bevormunden, aber ich wusste, dass alles okay sein würde. Ich kann mir nicht vorstellen, dass die Jungs so dumm sein würden.

Dan und sein Dad fanden die Jungs dann in einem Minimarkt, anscheinend mit nichts Besonderem beschäftigt, aber sie gingen trotzdem einen Kaffee mit ihnen trinken. Als Jake nach Hause kam, habe ich ihn gefragt, worüber sie sich unterhalten hätten, aber er sagte bloß: »Männerkram.«

Ich möchte ihm trauen. Ich traue ihm.

Jake steht an seiner Zimmertür und guckt den Stapel Kleider durch. Sein Gesicht ist verheult, aber ich sage nichts dazu. Ich darf ihn jetzt nicht in Verlegenheit bringen. Er sieht ganz aufgelöst aus. Manchmal sehe ich nur den kleinen Jungen in ihm, der am ersten Tag nicht in den Kindergarten wollte. Er braucht eigentlich eine Umarmung, aber ich glaube nicht, dass er die im Moment zulassen würde.

»Mensch, Junge, da drüben ist es doch.« Ich deute auf den Wäschekorb voll frisch gewaschener Kleider. Sein heiß geliebtes neues Hoodie steckt unter seinen alten Jeans.

»Oh«, sagt er.

Ich lache.

»Die Sachen räumst du ein, wenn du nach Hause kommst, ja?« Ich schaue ihn kritisch an, aber auch wieder nicht zu kritisch.

»Klar!«, sagt er, während er sich das Sweatshirt anzieht und vor dem Spiegel seine Haare zurechtwuschelt, bevor er seine Mütze wieder aufsetzt.

»In zwei Stunden bist du zurück, okay? Ich möchte heute Abend noch mal ins Krankenhaus. Und pass auf dich auf. Pass bitte auf dich auf.« Ich zupfe an seiner Kapuze und schaue ihn an, so lange er es zulässt. Als er sich abwendet, um zu gehen, ziehe ich ihn doch an mich. Er erwidert meine Umarmung nicht, aber er lehnt sich an mich und lässt mich machen. Ich gehe zu Baby Boy zurück, der sich selbstständig angezogen hat und jetzt im Bad auf dem Hocker vor dem Spiegel steht und so tut, als würde er sich die Frisur richten, dabei ist er gar nicht groß genug, um sein Spiegelbild zu sehen.

»Du siehst toll aus, mein Junge«, sage ich, und er strahlt. »Hunger?«

In der Küche schalte ich den Ofengrill an, um Käsetoast zu machen, und höre Jake an der Tür. »Vergiss deine Handschuhe nicht!«, rufe ich.

Er stöhnt laut.

»Bitte!«

»Okay.« Ich sehe zu, wie er die Füße in seine Schuhe schiebt. Er braucht bald ein neues Paar Sneakers. Ich habe es aufgegeben, ihn dazu bringen zu wollen, Stiefel zu tragen.

»Hey!«, erinnere ich ihn. Er stöhnt erneut, kommt aber noch mal zurück und gibt mir ein Küsschen auf die Wange. »Bis nachher!«

»Sei brav. Und komm nicht zu spät!«

»Hey!« Baby Boy neigt den Kopf und will auch ein Küsschen.

»Schon gut!«, sagt Jake lachend an der Tür und ist weg, ehe ich auch nur Tschüss sagen kann.

Ich weiß, dass er nur zu Sunny rübergeht. Ich weiß, dass Rita dort ist und dass alles okay ist. Ich weiß, dass ich ihm traue und dass er nicht dumm ist. Trotzdem habe ich Angst. Mein Junge, der dem Leben die Stirn bietet, die ganze Welt herausfordert. Es macht mir schon Angst.

Mom kommt herein, sie ist müde und gestresst. Die letzten Tage haben sie sehr mitgenommen. Sie setzt sich an den Tisch und fragt, ob ich einen Tee für sie habe. »Klar, Ma.« Ich schalte den Wasserkocher an und setze mich auch.

Ihre Lippen sind zu einer dünnen Linie zusammengepresst. Sie verschwinden fast, wenn sie so ist – wenn sie etwas sagen will, zugleich aber auch nicht.

Ich seufze nur und schaue wie sie aus dem Fenster. Der Schnee ist von meinen Jungs platt getrampelt, ihre Fußspuren füllen sich allmählich wieder mit neuem Schnee. Letztes Wochenende hat Jake mit seinem Bruder ein kleines Fort gebaut. Ich sehe die rundliche Silhouette im Halbdunkel. Baby Boy wollte unbedingt ein Schneefort bauen. In der Kindertagesstätte hatten sie eins gebaut, und jetzt wollte er in seinem eigenen Garten auch eins. Eigentlich hatte Gabe versprochen, es mit ihm zu bauen, aber er ist nie dazu gekommen.

Nach einem ausgedehnten Moment entscheidet Mom schließlich, worüber sie reden will, und fragt: »Gabe kommt also nicht nach Hause?«

»Er kommt nicht nach Hause, Ma. Er ist zu Hause.« Ich überkreuze die Arme vor dem Oberkörper, wappne mich gegen sie.

Ich weiß, dass meine Körpersprache defensiv wirkt. Ich habe das schon tausend Mal erlebt.

»Er ist ein anständiger Kerl. Du bist einfach nur zu stolz, ihn um Hilfe zu bitten.«

»Nein, Ma, ich brauche ihn einfach nicht.« Ich schaue wieder aus dem Fenster. Der Himmel verfärbt sich, das Orange des Sonnenuntergangs beginnt sich zu zeigen. »Und er will gebraucht werden. Seine Familie braucht ihn gerade.«

Ich sehe immer noch ihre Hände, ausgestreckt, fast bittend. Ich kann ihr nicht ins Gesicht sehen, höre aber, was sie sagt: »Es ist nicht schön, ganz allein zu sein. Glaub mir, mein Mädchen.« Ich schaue länger aus dem Fenster als nötig. Im letzten Sonnenlicht glitzert der Schnee, ein letztes kleines Fleckchen im Garten, und ich sehe zu, wie das Licht tanzt, bevor mir alles vor den Augen verschwimmt. Meine Jungs waren stundenlang da draußen zugange. Sie bauten eine halbrunde Schneemauer, gerade so hoch, dass sie bis zu Babys Knien reichte, und dahinter bückten sie sich dann, formten Schneebälle und warfen sie aufs Haus. Ich bin höllisch erschrocken, als die ersten gegen die Scheibe knallten. Ich habe die beiden mit einem finsteren Blick durch die Scheibe bedacht, aber sie lachten nur.

»Es spielt keine Rolle, ob er ein anständiger Kerl ist«, sage ich, als ich glaube, mit einigermaßen fester Stimme sprechen zu können. »Er ist hier nicht glücklich, oder? Er ist immer weg, unterwegs, auf Tour oder mit irgendwem am Feiern, egal, mit wem, jedenfalls ist er nicht hier.«

»Aber er kommt jedes Mal wieder.« Es ist ihr einziges Argument.

»Ich will mehr als jemanden, der wiederkommt.« Ich wische mir rasch übers Gesicht und kreuze dann die Arme erneut vor meinem Oberkörper.

»Ich möchte einfach nur, dass du dir ganz sicher bist, mein

Mädchen«, sagt sie langsam, mit abgewandtem Blick. »Nicht dass du es irgendwann bereust.«

»Ich glaube, ich bereue eher, dass ich das so lange mitgemacht habe.« Ich kann sie ansehen, als ich das sage, aber nur, weil ich weiß, dass sie wegschaut. «Diesen Zustand, meine ich. Ich hätte schon viel früher etwas unternehmen sollen.«

Sie nickt. »Du musst alles versuchen«, sagt sie, den Blick nach draußen ins schwindende Licht gerichtet. »Wirklich. Für die Jungs, und auch für euch beide. Dein Dad und ich, wir haben … also … ich jedenfalls habe es sehr lange bereut.«

Ich nicke, weiß, dass sie recht hat. Ich setze mich wieder, und sie schweigt. So kann ich ein bisschen darüber nachdenken. Verfolgen, wie die Sonne hinter den Häusern auf der anderen Seite des Sträßchens verschwindet, wie es langsam dunkel wird.

»Ich weiß, dass du schon länger nicht mehr glücklich bist«, sagt sie. Ich glaube, sie gibt sich geschlagen. Ihre Worte sind ein Geschenk.

»Schon lange.« Ich nicke. »Wahrscheinlich ist es wirklich besser so – ich muss das glauben, denn wir können eindeutig nicht so weitermachen wie bisher.«

»Ja, das verstehe ich schon, aber … Pass einfach auf dich auf. Es ist ziemlich einsam hier auf meiner Seite.« Sie streckt mir die Hand hin.

Ich ergreife sie. »Hier auch, Ma.«

Ich machte den Jungs heißen Kakao, als sie schließlich hereinkamen, Hände und Wangen rot von der Winterkälte, die Küche von ihrem Gelächter erfüllt. Dann legte ich ihnen Decken um die Schultern und machte ihnen Tomatensuppe.

Gabe war noch nicht mal aufgestanden.

»Aber das spielt momentan keine Rolle, oder?« Ich wische mir das Gesicht ab und straffe die Schultern. »Jetzt müssen wir Emily helfen, und Paul.«

»Ja.« Sie erschauert, spricht aber in dem Tonfall, den wir alle annehmen, wenn Tatkraft gefordert ist. »Und Pete … dem müssen wir zeigen, was zu tun ist.«

»Mhmm.« Meine Lippen bilden eine gerade Linie.

»Glaubst du es jetzt eigentlich?«, fragt sie, während sie ihren Tee umrührt. »Dass er es nicht war? Er war es nämlich nicht. Er ist ein …«

»Ja, ich weiß, ein … ein anständiger Kerl. Ich weiß, dass es etwas anderes war, jemand anders. Aber an dieser Stelle setze ich bei solchen Sachen immer zuerst an. Das ist immer der erste Schritt. Bei meiner Arbeit ist jeder verdächtig. Es geht einzig und allein um das Kind.«

»Ja, aber dieses Mal setz bitte woanders an, nicht bei ihm.« Sie streckt ihren krummen Zeigefinger aus. «Der könnte den beiden Mädels kein Haar krümmen. Niemals. Also hör auf zu denken, mit ihm würde irgendwas nicht stimmen, und lass mir wenigstens einen gut aussehenden Schwiegersohn.« Sie lächelt.

Ich erwidere ihr Lächeln. »Okay, Mom.« Es geht einzig und allein um das Kind. Das Komische ist ja, dass jeder irgendwann mal ein Kind war. Und manchmal sind selbst Erwachsene noch Kinder.

»Ich muss dir was erzählen, Louisa.« Ihre Miene verhärtet sich.

Ich seufze, atme tief durch, wappne mich wieder.

»Deine Cousine Stella ist bei deiner Kookom. Deshalb war sie heute nicht im Krankenhaus. Stella ist wieder da.«

»Oh, das ist gut.« Meine Cousine, die ich sicher vier Jahre nicht mehr gesehen habe. »Das ist gut. Hat sie gehört, was passiert ist?«

Jetzt atmet Mom tief durch. »Sie hat es gesehen.«

»Was?«

»Sie hat den Überfall gesehen, hat gesehen, wie es passiert ist.

Es war mehr oder weniger bei ihr vor der Haustür. Sie war diejenige, die die Polizei gerufen hat.«

»Was? Das ist ja völlig irrsinnig. Wo denn?«

»Anscheinend wohnen sie genau da, wo es passiert ist, und sie hat es gesehen.« Sie hält kurz inne. »Sie wusste natürlich nicht, dass es Emily war.«

»Das verstehe ich nicht.«

»Was gibt es da zu verstehen? Sie hat gesehen, wie ihre eigene Nichte überfallen wurde, und wusste es nicht. Ich hab ihr gesagt, dass sie sich deswegen keine Gedanken machen soll, aber ich – ich stand unter Schock, glaube ich. Tue ich immer noch. Ist das nicht völlig verrückt? Ich weiß gar nicht, was ich dazu noch sagen soll.«

»Okay, Moment.« Ich fuchtele mit den Händen. »Überlegen wir mal kurz. Sie war zu Hause – wann ist sie da denn hingezogen? Aber egal. Und sie hat gesagt, sie hat … alles gesehen?«

»So hat sie es erzählt. Sie hat die Polizei gerufen.« Sie denkt nach. »Wie … wie kann es sein, dass sie Emily nicht erkannt hat? Ich kapier das nicht.«

»Doch, das leuchtet mir schon ein. Als sie Emily das letzte Mal gesehen hat, war Emily was … vielleicht acht? Oder neun?« Ich kann gar nicht darüber nachdenken, muss es beiseiteschieben. »Das leuchtet mir schon ein.«

»Das ist alles so schwer zu fassen. Alles.«

»Ja, Ma, das stimmt. Aber stell dir mal vor, es wäre gleich da drüben passiert.« Ich zeige mit dem Kinn nach draußen. »Stell dir mal vor, du siehst so etwas. Ich bin froh, dass sie die Polizei gerufen hat. Das ist doch immerhin etwas. Das war das Richtige.«

Mom nickt nur immer wieder, als könnte sie nicht anders.

»Es ist okay, Ma.«

»Es ist mir einfach zu viel. Zu viel.« Sie lässt den Kopf hängen, ihr Rücken ist gebeugt, und sie zittert.

»Ich weiß, Ma, ich weiß.« Ich nehme ihre Hand, lasse sie weinen. Ich habe noch tausend andere Fragen, aber ich bringe es nicht über mich, sie ihr zu stellen. Sie sind jetzt auch nicht so wichtig. Nicht wirklich.


Emily schläft, als ich wieder ins Krankenhaus komme. Paul hat sich in dem großen Sessel ausgestreckt und stellt den Fernseher leiser, als ich eintrete.

»Wo ist denn Pete?«

»Der ist über Nacht nach Hause gefahren. Hier gibt's ja nicht viel für ihn zu tun.« Sie starrt weiter auf den blaugrünen Bildschirm, als hoffte sie auf irgendetwas.

»Mhm, ist wohl so. Irgendwelche Neuigkeiten?«

»Die Ärzte haben gesagt, sie spricht gut auf das Antibiotikum an, keine Infektion.«

»Bleibt es dabei, dass sie morgen nach Hause kann?«

Ich setze mich, schaue mit ihr zu dem stummen Fernseher hoch und lasse sie schweigen, so lange sie es braucht.

»Gabe kommt also nicht nach Hause?« Sie klingt bitter. Paul ist normalerweise nie bitter, aber jetzt hat sie so viel Wut in sich.

»Wer? Gabe? Nein, Paul. Gabe ist daheim.«

»Hast du ihn nicht angerufen? Ihn gebeten zurückzukommen?«

»Nein. Er muss nicht zurückkommen. Jedenfalls nicht wegen mir.«

»Das heißt, das war's?«

»Ja.« Mehr gibt es nicht zu sagen.

»Fuck, und an sein Kind verschwendet er keinen Gedanken?«

Ich sehe sie lange an. Sie hat die Stirn gerunzelt, und ihr

schmales Gesicht wird von den vorbeiflimmernden Bildern erleuchtet. So suchen wir Ablenkung.

Die Nachrichten werden gesendet, schnell aufeinanderfolgende Bilder von Polizeiwagen, Leuten, die etwas sagen, ihre Namen unten eingeblendet.

»Ich glaube, Pete geht bald«, sagt Paul nach einer Weile. »Das ist einfach alles zu viel. Also, ich würde gehen.« Sie spricht mit ruhiger Stimme, aber ihr Blick ist bittend.

»Nein, das würdest du nicht. Und er wird es auch nicht. So ein Mensch ist er nicht.«

Sie schnaubt. »Haben wir das nicht schon öfter verkündet?«

Ich schüttele den Kopf, bin mir sicher. Versuche mir sicher zu sein. »Nein, Pete liebt dich. Wirklich.«

Sie schüttelt auch den Kopf, aber auf eine andere Art. »Die können alle gehen, Lou. Manchmal gehen sie sogar, ohne dass irgendwas passiert, und gerade passiert so viel. Ich brauche ihn. Und Emily braucht mich. Ich … ich weiß, dass er gehen wird.«

Ich drücke wieder ihre Hand. »Du willst dich nicht auf ihn verlassen, aber das kannst du. Es ist schwierig, aber du kannst es wirklich. Er ist ein anständiger Kerl.«

Sie schüttelt den Kopf, aber ich merke, dass meine Worte bei ihr ankommen.

»Er schaut dich so liebevoll an«, sage ich.

»Fuck, was soll das denn heißen?«, faucht sie mich an.

»Es liegt so viel Liebe in seinem Blick, wenn er dich ansieht.«

Das überzeugt sie nicht. »Pff. So hat Gabe dich früher auch angeschaut. Das hat nichts zu bedeuten.«

»Aber bei euch ist es anders.« Ich versuche, meine Betroffenheit nicht zu zeigen.

»Nein, das ist es nicht«, ruft sie, »du weißt auch nicht mehr als ich.«

»Doch«, sage ich. »Pete ist anders. Das weiß ich.« Ich halte kurz inne. »Er sieht dich länger an. Gabe hat mich immer nur ganz kurz angeschaut. Es war schön, aber immer zu schnell vorbei. Pete dagegen sieht dich richtig lang an. Er wendet sich nicht ab. Er wird nicht gehen.«

»Nicht, dass das irgendwas beweisen würde.« Sie wischt sich die Nase mit dem Ärmel ab. Ich habe sie beruhigt, zumindest ein bisschen. Sie schaut wieder zum Fernseher hoch. »Wir leben in einer verrückten Welt, Lou. Einer verrückten und völlig kaputten Welt, und ich traue inzwischen jedem alles zu.«

»Du vertraust mir, du vertraust Emily und Kookoo.« Ich richte mich auf und füge lächelnd hinzu: »Du vertraust sogar Mom, obwohl sie verrückt ist.«

»Ihr seid meine Familie.«

»Tja, vielleicht ist Pete jetzt auch deine Familie.« Ich nicke und versuche so überzeugend wie möglich dreinzuschauen.

Wir schweigen für die Dauer eines langen Atemzugs.

»Wir sind doch am Arsch«, platzt Paul dann heraus. »So was von am Arsch, allesamt.« Sie deutet auf den Fernseher. Wieder ein Leck in einer Pipeline, wieder verdunkelt eine teerige schwarze Pampe einen Fluss. Ein Wissenschaftler hält ein Reagenzglas ins Wasser, nimmt eine Probe und schaut mit gerunzelter Stirn in die Kamera. »Voll am Arsch.«

Ich schaue sie an, meine kleine Schwester, und könnte heulen. Paul ist immer so optimistisch, immer die Erste, die sagt, dass alles wieder gut wird. Aber diesmal nicht.

»Ja, wir sind am Arsch, aber nicht am Ende.« Ich versuche, sie mit meinem Lächeln zu erreichen.

»Was soll denn das nun heißen?«

»Es soll heißen, dass alles wieder gut wird, Paul«, sage ich schließlich und reiche ihr über das Krankenhausbett und

Emilys zugedeckte Füße hinweg die Hand. Sie nimmt sie, drückt sie nur schwach, hält sie aber.

»Das soll man nicht sagen, Mann.« Ihre Stimme ist jetzt etwas ruhiger.

»Ich kann sagen, was ich will, klar? Im Moment bin ich keine Sozialarbeiterin, sondern deine Schwester, und deine Schwester sagt, dass alles wieder gut wird.« Ich spüre ihren Schmerz so sehr. Allerdings nicht ganz. Man kann den Schmerz eines anderen Menschen nie ganz spüren, nicht einmal den der eigenen Schwester.

Sie starrt wieder auf den Bildschirm. Eine von Menschen wimmelnde Straße, Transparente im Gedränge, die blonde Nachrichtensprecherin erklärt, worum es geht, aber wir hören es nicht.

»Ich hoffe es«, sagt sie schließlich.

»Also, dann weiß ich es jetzt, und du wirst es später wissen.« Ich schaue, ob sie mich überhaupt gehört hat.

»Okay.« Es ist kein Lächeln, mit dem sie das sagt, sondern etwas viel Kleineres, aber es ist da.

»Okay.« Ich drücke ihre Hand. Schaue aus dem Fenster und sehe nichts als den dunklen Winterhimmel.

»Okay.« Pauls Stimme verklingt, und die Bilder im Fernsehen nehmen kein Ende.

# 25

# TOMMY

»Phoenix Anne Stranger…«

Scott stellt sein Funkgerät wieder leise, reibt sich die Augen und versucht sich zu konzentrieren. Er muss ins Bett. Er muss Hannah eine Nachricht schicken, dass er noch arbeitet. Nein, eigentlich muss er nur eine Nacht lang mal richtig schlafen.

Christie schaut stur geradeaus, während sie fahren. Tommy merkt, dass er verärgert ist und diese Geschichte endlich hinter sich bringen will. Tommy scheucht ihn seit Tagen herum. Der Sergeant war keine Hilfe. Er hat keinen Anhaltspunkt dafür gesehen, dass dieser Monias mit der Vergewaltigung zu tun haben könnte. Die namenlose Firma, so stellte sich heraus, war auf Angie Dumas eingetragen, Monias' magere Freundin, und da bei ihr niemand zu Hause war, schlug Christie vor, zu der Schwester zu fahren.

»Wie hieß sie noch gleich? Settler?«

»Settee«, sagte Tommy und schlug die Adresse in seinen Notizen nach. Pritchard Avenue.

Dorthin sind sie jetzt unterwegs. Aber allmählich fühlt es sich an, als drehten sie sich im Kreis.

Nach ihrem Gespräch mit dem Sergeant war der Sonntagabend in der vorhersehbaren Form über die Northside hereingebrochen. Müde betrunkene Menschen fielen aus müden betrunkenen Häusern. Es gab nur zwei Fälle häuslicher Gewalt, als wären alle zu müde, um ernsthaft aneinanderzugeraten. Als täten sie nur so als ob, ohne innere Beteiligung. Tommy hatte einem korpulenten Mann Handschellen angelegt und ihn in den Streifenwagen bugsiert, während die Frau teilnahmslos an der Tür stand.

Er fröstelt, sehnt sich nach einem Kaffee. Wenn er nicht bald etwas findet, müssen sie den Fall ungelöst abhaken, und dann werden all die Worte zu Zahlen. Aus Emily wird Fall 002-121869, Akte geschlossen. Er denkt an das andere Mädchen. Zegwan. Das bedeutet Frühling. Sein Sprachlehrer fällt ihm wieder ein. Er hatte immer den Ansatz eines süffisanten Lächelns auf den Lippen, wenn Tommy mit schwerfälliger Zunge versuchte, die seltsamen Wörter auszusprechen.

»Zeeg-wahn.«

»Nicht so übertrieben aussprechen«, sagte der Alte dann und schob sich den perfekten langen Zopf auf den Rücken.

»Zeg-wihn.«

»Schon besser.«

Ben. So hatte er geheißen. Ben.

Ben, und wie weiter?

»Was ist denn mit dem anderen Mädchen? Sollen wir vielleicht mit der noch mal sprechen?« Tommy hat immer noch die Vorstellung, dass er nur die richtige Frage stellen muss, und dann wird sich alles entwirren, wie wenn man einen Strickpullover aufribbelt.

»Das Sutherland-Mädchen? Ich glaube nicht, dass die noch mehr weiß.« Christie reibt sich die geröteten Augen. »Die ist von ein paar Mädchen zusammengeschlagen worden, und das war's.«

Tommy denkt an das kleine, verbundene Gesicht. Es

schmerzte, sie anzusehen. Die Mutter an ihrer Seite, nicht bereit, sie allein zu lassen. All diese Frauen, die sich gegenseitig stützen.

Also werden sie jetzt die Schwester befragen, dieses jämmerliche pummelige Wesen. Vielleicht sagt sie ja etwas, wenn die anderen beiden nicht dabei sind. Vielleicht fällt Tommy die richtige Frage ein.

Das zweistöckige Haus sieht ganz passabel aus. Mit verwitterter weißer Holzverkleidung und grünen Zierleisten ragt es inmitten schmutziger Schneehaufen empor. Ein alter Challenger steht in der Einfahrt, er ist mit einer Plane abgedeckt, aber Tommy kann die Stoßstange sehen.

»Das ist ein schöner Wagen«, sagt er, während sie zum Haus gehen.

Sein Dad hatte früher auch einen Challenger. Mitternachtsblau. Tommy hat Fotos davon gesehen. Sein rothaariger Dad sieht richtig glücklich aus, wie er da neben dem Wagen steht, seinem ganzen Stolz. Sein blaues Biest nannte er ihn. Er erzählte Tommy, er habe ihn verkaufen müssen, als Tommy zur Welt kam, da er damals keine Arbeit gefunden habe und Marie wegen des Babys habe aufhören müssen zu arbeiten. Tatsächlich hatte Marie das nie von ihm verlangt, aber er gab trotzdem ihr die Schuld.

Der Aluminiumrahmen der Vortür ist verbeult, sie ist offenbar schon lange in Gebrauch. Tommy klopft an die schmutzige Scheibe, und ein dünner Teenager erscheint.

»Ist deine Mutter zu Hause?«, fragt Tommy in seinem besten Polizistenton. Er weiß, dass Christie diesmal ihm die Führung überlassen wird. Er ist am Zug, da muss er gar nicht nachfragen.

Eine ältere Frau im rosa Hausmantel kommt die Treppe herunter. Mit ihrem zurückgekämmten Haar und verschmierten Make-up sieht sie aus, als wäre sie gerade aufgewacht, dabei ist es mitten am Nachmittag, und Montag. Eigentlich sollte der Teenager da ja in der Schule sein.

»Ja?«, fragt die Frau, und der Teenager verschwindet.

»Guten Tag.« Er macht eine Kunstpause. »Wir suchen eine gewisse Roberta Settee. Wir wollten …«

»Was hast du denn jetzt schon wieder für einen Mist verzapft?«, ruft die Frau ins Nebenzimmer.

»Ma'am?«, fragt Tommy.

»Kommen Sie rein, kommen Sie«, sagt sie und dreht sich wieder zur Seite. »Teufel noch mal, Robbie, ich hab dich gefragt, was du jetzt schon wieder angestellt hast!«

»Nichts«, greint das Mädchen im Nachbarzimmer.

Tommy betritt den schlichten Raum. Nichts Ungewöhnliches: Couch, Sessel, überdimensionierter Fernseher, großes Fenster und an der Wand ein Druck, der einen Adler zeigt. *Migizi.*

Das junge Mädchen fläzt sich im Sessel.

»Die Polizei wird dich ja nicht ohne Grund suchen.« Die Mutter wirkt vernünftig, sie schreit und flucht zwar, klingt aber nicht bösartig. »Bitte.« Sie setzt sich und zündet sich eine Zigarette an, bietet sogar Tommy eine an, aber der winkt ab. Christie steht hinter ihm. Tommy spürt, dass er sich aufmerksam umsieht.

»Entschuldigung«, sagt Tommy. »Wir suchen Roberta. Settee.«

»Ja, da ist sie.« Die Mutter streckt beide Arme in Richtung des dünnen Mädchens, das auf seine Hände schaut, die Fingerknöchel sind wund und gerötet.

Tommy sieht sich nach Christie um, der ebenfalls aufgemerkt hat.

»Du bist Roberta Settee.«

Sie nickt.

»Was hat sie denn getan?«

»Tut mir leid, Ma'am.« Er überlegt kurz und beschließt dann, es durchzuziehen. »Gestern haben wir eine junge Dame getroffen, die behauptet hat, sie sei Roberta Settee, und uns diese Adresse hier genannt hat.«

Die Mutter scheint nicht überrascht. Sie stößt den Zigarettenrauch aus und fragt: »Wie hat sie ausgesehen?«

Tommy überlegt, wie er sie am besten beschreiben könnte. »Eine Indigene, untersetzt, ungefähr im gleichen Alter.«

»Wer ist das denn?«, fragt sie ihre Tochter. »Sag es mir, Robbie, sonst…«

Tommy versucht es mit einem anderen Ansatz. »Roberta? Kannst du uns sagen, wo du am Freitagabend warst?«

Sie rutscht noch tiefer in den Sessel, als wollte sie sich zu einer Kugel zusammenrollen.

»Sie war mit ein paar Freundinnen weg. Ich weiß, wie sie heißen. Cheyenne und Desiree, stimmt's?«

»Mom!«, ruft sie.

»Ja, wenn du nicht redest, dann halt ich. Ich bin diesen verdammten Mist echt leid. Dass du dich immer wieder mit denen einlässt und dich in Schwierigkeiten bringst. Jetzt benutzen sie auch noch deinen Namen… Wer ist dieses untersetzte Mädchen? Wer ist es diesmal?«

Das Mädchen krümmt sich nur noch mehr zusammen.

»Doch nicht etwa Phoenix? Ist sie rausgekommen?« Die Stimme der Mutter wird schrill und laut. »Ist diese miese Irre rausgekommen?«

»Wer ist das, Ma'am?« Tommy versucht, das Heft wieder in die Hand zu nehmen.

»Robbie?« Die Mutter wendet den Blick nicht von ihrer Tochter ab.

Die nickt schließlich kaum wahrnehmbar.

»Nach der müssen Sie suchen. Phoenix. Mit Nachnamen Stranger. Die ist verrückt und gewalttätig. Mehr als verrückt. Egal, was da passiert ist, das war garantiert sie.«

Tommy notiert den Namen. Phoenix Stranger. Wo hat er den Namen schon mal gehört? »Warum sagen Sie das, Ma'am?«

Sie drückt ihre Zigarette aus. »Weil sie verrückt ist. Sie ist – unzurechnungsfähig. Alle wissen das, es sagt bloß keiner was, weil sie diesen Onkel hat.«

»Welchen Onkel?«

»Alex. Bishop oder wie immer er sich nennt.« Sie löst den Blick nicht von ihrer Tochter. »Verflucht noch mal, ich hab dir gesagt, dass du dich nicht mit denen einlassen sollst, wie oft hab ich dir das gesagt!« Sie klingt eher traurig als wütend.

Tommy schaut zu Christie hinüber, der nicht seine übliche finstere Miene zur Schau trägt. Er wirkt geradezu erfreut. Tommy lässt den Alten den letzten Nagel in den Sarg treiben. »Wie hast du dir denn diese wunden Fingerknöchel geholt, Roberta?«

Im Auto gibt Tommy den Namen in den Laptop ein, und sofort erscheint die Meldung. Er liest vor. »Phoenix Anne Stranger ist am Freitagvormittag aus dem Migizi Centre im Süden von St. Vital verschwunden und seither nicht mehr gesehen worden ... gehört zum persönlichen Umfeld von Alexander David Monias ... Das ist sie.« Tommy denkt an das pummelige Mädchen, wie sie die Arme um sich gelegt hatte, als wollte sie ihren dicken Bauch verbergen, die ausgefransten Ärmel der alten schwarzen Kapuzenjacke über ihre Finger gezogen.

Christie bedeutet ihm, dass er weitermachen soll.

»Hat einen – Fuck, die ist mit einem Baseballschläger auf einen losgegangen. Hat ihm Kiefer und Arm gebrochen. Zeugen zufolge ging das ziemlich brutal zu.«

»Klingt so, als hätten wir sie.«

»Echt? Wir suchen doch einen Vergewaltiger.«

»Tun wir das?« Christie hört auf, auf seiner Lippe herumzukauen. »Sie wurde mit einer Flasche misshandelt. Wissen wir denn, dass das Männer waren?«

»Das muss so sein.« Tommy denkt darüber nach. Das muss so sein.

»Tja, May-tee«, sagt Christie. »Ich sag's ja nur ungern, aber da haben Sie wirklich gute Arbeit geleistet. Sie haben solide ermittelt. Gut gemacht. Jetzt müssen wir nur noch dieses verrückte Weibsbild finden.«

Tommy legt den Gang ein und lenkt den Streifenwagen auf die Powers Street.

»Könnten Sie vielleicht aufhören, mich so zu nennen?«, sagt er endlich.

»Wie? Einen guten Polizisten?« Christie lacht sein kehliges Lachen.

»Nein. May-tee. Bitte«, sagt Tommy und denkt zugleich, dass er nichts hätte sagen sollen.

»Aber Sie sind doch Métis, oder?«

»Ja, das bin ich, ich weiß. Aber deshalb müssen Sie mich nicht so nennen. Ich nenne Sie ja auch nicht Whitey oder so.«

»Das können Sie von mir aus gern tun, mir ist das egal.« Der Alte seufzt laut, als wäre das alles eine große Last. »Beruhigen Sie sich, Junge, kein Grund, sich ins Hemd zu machen. Ich muss Sie nicht May-tee nennen, wenn Ihnen das nicht gefällt.«

Tommy nickt leicht, sagt aber nichts.

Christie wartet einen Moment und sagt dann: »Sie wissen doch, dass das nichts zu bedeuten hat. Ich denke ja nicht, Sie wären wie diese Indigs da draußen oder so. Überhaupt nicht. Sie sind anders. Ich meine, nicht völlig anders, aber doch ein ganzes Stück. Sie sind ein prima Kerl. Und allmählich werden Sie sogar ein guter Polizist. Spitznamen bedeuten hier gar nichts.«

Tommy hört das nicht zum ersten Mal, diese oder ähnliche Worte – Komplimente, versetzt mit Beleidigungen, versetzt mit ... noch irgendwas. Er sagt nichts. Was soll er sagen? Er fährt einfach weiter.

Das Haus in der Selkirk Avenue sieht leer aus, als sie daran vorbeifahren. Sie sind auf dem Weg zur Wache, um einen Haftbefehl zu beantragen. Mit dem werden sie wiederkommen. Die unentwegt durchlaufenden Meldungen sind jetzt um eine Zeile erweitert: »Gesucht zur Vernehmung im Zusammenhang mit einem kürzlich erfolgten Überfall ...«

Das ergibt doch alles keinen Sinn.

»Fahren Sie heim«, sagt Christie. »Sie haben gute Arbeit geleistet.«

Aber es fühlt sich nicht gut an. Er könnte nach Hause fahren. Ein bisschen fernsehen und eine Nacht mal richtig schlafen, die ganze Nacht neben Hannah liegen. Er will nichts lieber als schlafen. Aber es fühlt sich nicht richtig an.

Um fünf hält er vor dem alten Mietshaus. Er weiß, dass sie zu Hause ist. Im Hausgang riecht es nach Kartoffeln, alle sind am Essenmachen. Seine Mutter kocht wahrscheinlich nicht. Sie bereitet nur noch selten aufwendige Mahlzeiten zu. Sie muss das nicht mehr tun.

»Mein Junge.« Sie schließt ihn in die Arme. »Ich habe gerade an dich gedacht. Hast du Hunger? Ich mache mir gerade eine Tomatensuppe warm.«

Tommy nickt, denn er weiß, dass sie ein Nein nicht gelten lassen wird, auch wenn es nur um eine Dosensuppe geht. Sie schließt den Wasserkocher an, und Tommy lässt sich auf einen Stuhl sinken.

Maries Wohnung ist wie ein Zuhause für ihn, obwohl er nie

auch nur eine Nacht hier verbracht hat. Im Bad riecht es nach Noxzema-Reinigungscreme, in der Küche nach Tee. Alles riecht nach ihr, und sie bedeutet für ihn Zuhause.

»Du siehst müde aus, mein Junge. Also, du siehst richtig schick aus in deiner Uniform, aber müde. Kommst du von der Arbeit, oder fängst du erst an?« Sie zupft seinen Kragen zurecht.

»Ich bin fertig«, sagt er. »Hab das ganze Wochenende gearbeitet.«

»Verstehe«, sagt sie wissend. Sie lässt sich in ihrem Sessel nieder. »Also, erzähl.«

Er erzählt ihr alles, mehr als zuvor Hannah. Er erzählt ihr all die Einzelheiten, die sie verstehen wird: die Mutter, die auf ihre Tochter hinunterschaut, das pummelige Mädchen, das nicht aufblickte, das junge Mädchen, klein und geschunden in seinem Krankenhausbett. Er kann Marie auch all das Unaussprechliche sagen. Nichts schockiert sie. Sie nickt nur, fährt sich mit der Hand über das krisselige Haar und lässt ihn sich aussprechen. Bis er irgendwann verstummt und sie einen Moment lang schweigend dasitzen. Sie steht auf, um die Teebeutel mit heißem Wasser zu übergießen und die Klümpchen aus der Suppe zu rühren.

»Das ist wirklich verrückt.« Sie nickt, aber anders als Hannah. Marie weiß, wie verrückt das alles wirklich ist. »Du willst nicht, dass es dieses Mädchen war, hm?«

»Wie kann ein Mädchen so was tun, Ma? Das ist doch irrsinnig. Es kann doch nicht sein, dass ein Mädchen so was tut.« Er versucht es wie eine Aussage klingen zu lassen, aber es ist eigentlich eine Frage.

Marie holt Schüsseln, Tassen und Löffel aus dem Schrank und deckt den Tisch. Erst als sie essen, sagt sie wieder etwas.

Sie bricht sich ein Stück Fladenbrot ab, kaut langsam. Ohne Butter – Marie isst ihr Brot gern trocken.

»Als ich ein Mädchen war, gab es ein älteres Mädchen, zwei Klassen über mir. Vor der hatte ich eine Heidenangst. Ich bin ihr immer aus dem Weg gegangen. Sie war dünn, aber richtig gemein, weißt du?«

Sie spricht so langsam, wie sie kaut. Marie war immer eine geduldige Frau.

»Die anderen Mädchen haben erzählt, dieses Mädchen hätte sie öfter hinter der Schule auf den Boden gedrückt und ihnen dann die Finger unten reingesteckt. Also, hier unten. Und dann hat sie gelacht und sie wieder gehen lassen.«

»Meine Güte.« Tommy beobachtet seine Mom, die Zähe. Er muss die Frage nicht stellen.

»Mir hat sie nie etwas angetan. Ich hab immer einen großen Bogen um sie gemacht. Die anderen auch. Kinder reden, weißt du. Alle Menschen reden.« Sie bläst in ihren Tee, bis sie ein Schlückchen trinken kann.

»Warum? Ich meine, warum hat sie das getan?«

»Es geht um Macht. Bei Vergewaltigung geht es immer um Macht. Sie wollte Macht.«

»Aber warum – warum hat sie die anderen Mädchen nicht einfach verprügelt? Wenn es nur um Macht ging?«

»Wahrscheinlich war sie selbst missbraucht worden. Kinder, die missbraucht werden, kriegen einen Knacks ab. Man kann das nicht logisch erklären. Deshalb nennen wir so ein Verhalten ja auch verrückt.«

»Du glaubst also, ein Mädchen könnte das getan haben? Dieses Mädchen könnte das getan haben?«

»Ich habe schon Verrückteres gehört.«

Tommy wäscht das Geschirr ab, während Marie ihnen dampfend heißen Tee nachschenkt und sich wieder hinsetzt. Sie isst noch ein Stück Fladenbrot, während Tommy den alten Topf schrubbt. Sie hat ihm früh beigebracht, im Haushalt zu helfen, mochte sein Dad sich auch über ihn lustig machen, weil er sich mit solchem »Hausfrauenkram« abgab. Tommy beklagte sich nie darüber, dass er helfen sollte. Seine Mom zu unterstützen war für ihn ganz normal.

»Warum hast du Dad eigentlich geheiratet?«

»Was ist denn das für eine Frage? Weil ich ihn geliebt habe, du Dummerchen.« Sie sieht ihn verschmitzt an. »Du weißt doch, dass ich schwanger war, versuch's erst gar nicht.«

»Aber er war so ein mieser Kerl. Warum bist du bei ihm geblieben?« Er weiß, dass sie ihn heiraten musste. Damals musste man den Mann in so einer Situation heiraten, das hatte sie schon tausendmal gesagt. *Damals*, sagte sie mit einem Seufzer.

»Dein Dad war kompliziert, ja. Und er war gemein, aber er war auch ein guter Mensch, jedenfalls wollte er es sein.«

»Er war ein rassistisches Arschloch.« Er merkt, dass er sich ziemlich drastisch ausdrückt, und entschuldigt sich mit einem Blick. »Jedenfalls war er häufiger gemein als ein guter Mensch.«

»Daran war der Alkohol schuld.« Sie sagt das ganz sachlich.

»Warum bist du nicht gegangen?« Er kennt die Antwort, aber wie ein Kind vor dem Schlafengehen will er sie ein weiteres Mal hören.

»Weil er manchmal auch nüchtern war.« Ganz einfach.

Tommy erinnert sich an seinen Dad in dessen letzten Tagen, als Tom senior nur noch ein abgemagerter Mann ohne jeden Kampfgeist war. Als er krank war und langsam starb. Ja, da hatte er selbst Tommy leidgetan. Zwischendurch.

»Weißt du, wie Christie mich heute genannt hat?«, fragt er dann, denn er weiß, dass sie immer nur eine gewisse Zeit über seinen Dad reden können. »Anders hat er mich genannt. Verstehst du das? Wirst du auch manchmal als anders bezeichnet? So im Sinne von, du bist anders als ich, aber du bist auch anders als diese Indianer?«

»Bei mir denken die Weißen meistens, dass ich genauso bin wie diese Indianer.«

»Ich weiß, aber behandeln sie dich nicht irgendwie so, als wärst du die große Ausnahme?«

Sie nickt langsam. »Die Ausnahme von was, würde ich gern wissen.«

»Es scheint, als wäre ich anders, und das bin ich ja auch, ich bin ein Halbblut. Und ich werde immer ein Halbblut sein, von beiden Seiten nur die Hälfte. Und anders als beide.« Er wäscht den zweiten Löffel ab und lässt das Spülwasser ablaufen.

»Wer behauptet das? Es ist ja … Leute, die so was behaupten, haben keine Ahnung. Die verstehen gar nichts.« Er trocknet sich die Hände ab, krempelt die Ärmel wieder herunter und setzt sich hin, Marie gegenüber. Sie sieht schon wieder älter aus. Irgendwie scheint sie jedes Mal, wenn er sie sieht, gealtert zu sein.

Sie schweigt lange. Tommy spürt, wie ihre Geschichte reift. Marie ist immer sehr vorsichtig, wenn sie etwas erzählen will. Jedes Wort soll stimmen. Und sie vergewissert sich immer erst, dass sie ohne Bedenken sagen kann, was sie denkt. Das ist ein Ergebnis der vielen Jahre, in denen sie verprügelt wurde, wenn sie etwas Falsches sagte.

»Weißt du«, sagt sie, »deine Tante hat mir neulich von dieser Sache mit dem Blutanteil erzählt, hast du davon je gehört? Es geht darum, inwieweit man Indianer ist. Sie hat gesagt, die Weißen hätten ein Riesengewese darum gemacht, zu welchem Anteil man Indianer ist, den Indianern selbst dagegen sei das nie so wichtig gewesen. Die hätten alle Familienmitglieder richtig in die Familie aufgenommen, auch wenn man nur zur Hälfte von der gleichen Hautfarbe war.«

Tommy lässt sich das durch den Kopf gehen, dass er nur zur Hälfte von der Hautfarbe seiner Mom ist. »Aber wir hatten ja nie groß mit deiner Familie zu tun. Aunty war eigentlich die Einzige, mit der ich Kontakt hatte.« Er sagt das nicht vorwurfsvoll, eher erklärend.

»Ja, das war mein Fehler. Und das bereue ich auch. Aber du hast für sie immer zur Familie gehört.«

»Bei Dads Familie war das ganz anders, für die haben wir nie dazugehört.« Tommy sieht sie noch vor sich, all die Rotschöpfe, die nichts von ihm hielten. Die in seiner Gegenwart die Nase rümpften, als würde er übel riechen. Sein Großvater hatte Tommy und seine Mutter immer gering geschätzt. Er hatte sogar das Kinn gehoben, damit er – im wahrsten Sinne des Wortes hochnäsig – auf sie herabschauen konnte.

»Für einige schon. Aber nicht für alle, nein.« Sie sinniert. »Einmal hat die alte Dame, für die ich gearbeitet habe, gesagt: ›Ach, Marie. Sie sind so nett. Sie sind so sauber. Ich mag Sie, obwohl Sie eine Rothaut sind.‹ Sie hat wirklich *Rothaut* gesagt. Sie war schon alt.« Sie lacht zaghaft.

»Wie … wie gehst du mit so was um?«

»Genauso, wie man mit allem umgeht, mein Junge. Man tut es einfach. Die Leute sind dumm. Dein Dad, diese alte Frau, dein dicker Partner – sie meinen es gut, jedenfalls auf ihre Weise, aber sie sind dumm. Und da kann man nichts machen. Dummheit kann man nicht reparieren … Man ist halt weiterhin, wer man ist. Verändern können sie einen ja nicht.«

Tommy wendet nichts ein. Es gibt auch nichts einzuwenden. Er hört einfach zu. Seine Mom hat es verdient, dass er ihr jetzt einfach nur zuhört. Sie schweigen eine Weile, und er überlegt, mit welcher Geschichte er sich revanchieren könnte.

»Ich habe als Kind und Jugendlicher nie behauptet, ich wäre ein Weißer, aber es war einfacher, gar nichts dazu zu sagen. Ich meine, anders ausgesehen habe ich ja immer. Andere Kinder haben meistens gedacht, ich sei Grieche oder Asiate oder so was, und ich hab dann einfach gelacht, aber nichts gesagt. Und wenn doch, dann habe ich gesagt, ich sei Schotte, so wie Dad, mehr nicht. Wenn ich jemandem gesagt habe, dass ich indigen bin, wurde immer eine riesenlange Geschichte daraus, also hab ich es lieber gelassen. Also, ich habe in der Schule ja ein paar entsprechende Kurse belegt, diesen Ojibwa-Kurs zum Beispiel, aber ich hatte nie das Gefühl, da wirklich dazuzugehören. Und als ich mich um diese Stelle jetzt beworben habe, da habe ich nur deshalb Métis ins Formular eingetragen, weil Hannah mich dazu gedrängt hat – aber dann wussten es alle. Es war das erste Mal in meinem Leben, dass alle wussten, was ich bin, und ich habe mich plötzlich ganz anders gefühlt. Ich wurde auch ganz anders behandelt. Seither fühle ich mich … indianischer. Aber Christie findet, dass ich anders bin als die – *die*, sagt er –, als all die Leute da draußen. Ich bin kein echter Indianer. Aber was bin ich dann? Irgendwas dazwischen? Was völlig anderes?«

Sie nickt. »Ich fand es immer gut, dass du für einen Weißen durchgegangen bist. So wurdest du die meiste Zeit normal behandelt. Ich bin nie für eine Weiße durchgegangen.«

»Ich weiß. Ich hab ja erlebt, wie man dich behandelt hat. Verdammt, ich hab erlebt, wie mein Vater dich behandelt hat. Aber der Witz ist, ich fühle mich nicht anders als die. Als die, als ihr. Ich sehe sie, und sie erinnern mich an dich, an deine Schwestern, an mich selbst. Das sind die Leute, die aussehen wie ich. Und die einzigen Leute, die aussehen wie du.«

»Weil es deine Leute sind«, sagt sie mit ihrem scheuen Lächeln.

»So hab ich das nie betrachtet.«

»Ich weiß, das ist meine Schuld. Und es tut mir leid. Ich wollte dich einfach beschützen. Ich wollte, dass du von allem das Beste bekommst. Und damals hieß das, dass man weiß sein musste, also waren wir so weiß, wie es nur irgend ging.«

»Wir sollten mal in die Schwitzhütte oder so. Irgend so was sollten wir machen.« Er sagt es und merkt, dass er das ernst meint.

»Das können wir gerne, aber wir können auch einfach deine Tante besuchen.«

»Ja, das sollten wir.« Tommy denkt an seine alte Tante, zäh wie Sattelleder. Der Ausdruck muss für sie erfunden worden sein. Dann denkt er an Hannah. Sie ist nicht wie seine Mom und seine Tante, aber er will, dass sie Bescheid weiß. Zum ersten Mal will er wirklich, dass sie das alles sieht. »Wir könnten Hannah mitnehmen.«

»Meinst du denn, sie käme mit der Wildnis klar?« Sie schaut ihn aus den Augenwinkeln an. Tommy weiß, was sie meint. Aber er weiß auch, dass sie niemals etwas Schlechtes über seine Frau sagen würde, selbst wenn sie es gern täte.

»Ach, wer weiß. Hannah würde das gefallen.« Na ja, vielleicht.

»Mhm«, macht seine Mom bloß.

Tommy weiß, was sie meint. »Sie bemüht sich wirklich. Sie hat einfach keine Ahnung, weißt du? Sie will es wirklich gern, aber sie hat keine Ahnung.«

»Ja. Na ja, das ist immerhin mehr, als man über viele andere Leute sagen kann, stimmt's?«

»Ja, stimmt«, sagt Tommy, und seine Worte klingen eine Weile in der Küche nach, schweben in dem behaglichen Schweigen.

Lange sagt keiner von ihnen etwas. Tommy denkt wieder an seinen Fall und listet in Gedanken noch einmal alles auf. Nach den Erzählungen seiner Mom hat er ein besseres Gefühl, aber beruhigt ist er immer noch nicht. Er will, dass alles anders ist. Er will die Einfachheit des Endgültigen, aber es ist nie so wie im Film. Es bleibt immer noch ein Rest. Wie bei einem Lied, das ein oder zwei Taktschläge vor seinem eigentlichen Ende aufhört, bleibt immer das Gefühl, dass noch etwas kommen sollte. Aber da ist nichts, nur leerer Raum und ein langes, allmählich verhallendes Echo.

# 26

# EMILY

Alles ist jetzt anders. Alles ist jetzt Davor oder Danach. Davor war sie zu Hause und einfach ein Teenager an der Junior High School. Danach ist sie eine Verletzte in einem Krankenhausbett. Ihre Mom ist kaum von ihrer Seite gewichen und schaut sie immer an, als befürchte sie, Emily könnte in tausend Stücke zerspringen. Wenn sie könnte, würde Emily das tun, auseinanderbrechen und sich in nichts auflösen. Bestimmt täte das nicht mal weh, so auseinanderzufallen, zu nichts zu werden. Vielleicht würde es sich sogar gut anfühlen.

»Komm, Emily. Wir müssen zusehen, dass wir dich heute mal auf die Beine bringen.« Die Krankenschwester redet voll laut. Wahrscheinlich, denkt Emily, ist sie es gewohnt, mit alten, tauben Leuten zu sprechen oder so. »Hier, zieh mal diese Schlappen an. Und dann nimm meine Hand.«

Emily bewegt die Beine, so langsam es geht. Es tut nicht mehr so weh wie am Anfang, aber auf eine andere Art tut es immer noch weh. Ihre ganze untere Körperhälfte, von der Taille abwärts, fühlt sich taub an. Ihr Rücken tut weh. Ihre Mom hat gesagt, von den Schmerzmitteln und sonstigen Medikamenten würde ihr wahrscheinlich übel werden, aber sie sei am Heilen. Das sagt sie immer wieder, *heilen*.

Die Krankenschwester schlägt die Bettdecke zurück, und Emilys Beine liegen plötzlich entblößt in der Kälte. Die Blutergüsse sind blau und braun. Die spürt sie nicht einmal. Ihre Mom zieht erschrocken die Luft ein, legt sich aber sofort die Hand vor den Mund, wie um es ungeschehen zu machen. Dann schaut sie Emily wieder so an. Mit diesem Welpenblick. Und windet sich, als könnte Emily ihr wehtun.

Emily hat die Papierschlappen noch gar nicht richtig an den Füßen, da zieht die Krankenschwester sie bereits hoch. Es ist gemein, geht viel zu schnell. Paul legt Emily den Bademantel um die Schultern und nimmt ihren anderen Arm.

»Das kriegst du hin, Emily.« Die Schwester sagt diese Sätze so routiniert, als hätte sie sie schon tausendmal zu tausend verschiedenen Leuten gesagt.

Emilys Kopf saust, als sie aufsteht. Ihre Füße fühlen sich schwach an, und ihre Knie zittern unkontrollierbar, als wäre sie nervös. Vielleicht ist sie es ja.

»Ich glaub, ich muss brechen«, stottert sie, und Paul hilft ihr sanft, sich wieder zu setzen.

»Okay, okay, Schätzchen, setz dich einfach wieder. Brauchst du einen Eimer?« Sie streicht ihr über den Rücken, so wie immer, wenn Emily sich übergeben muss. Emily hasst es, sich zu übergeben. Plötzlich weint sie und kotzt und keucht zwischendrin laut, als wäre sie außer Atem, als wäre sie schnell gerannt.

Wenigstens haben sie aufgehört, sie danach zu fragen. Eine Weile lang ließ man sie über gar nichts anderes reden. Wie es ihr ging, was ihr Körper machte, und dann, was passiert war. Alle wollten wissen, was passiert war. Dieser Polizist war so nett und sah echt gut aus, und dann sollte sie ihm erzählen, was geschehen war. Sie wäre am liebsten gestorben. Sie wusste, dass es albern war, an ihre verstrubbelten Haare und ihr verquollenes Gesicht zu denken, aber genau das tat sie. Sie wollte, dass er sie hübsch fand, aber sie sah furchtbar aus und war ein Opfer. So nannte er das. Sie wusste, wie es gemeint war, aber es klang trotzdem hässlich.

Die Tage scheinen in kleine Teile zwischen Schlafphasen zu zerfallen. Sie schläft andauernd. Ihr Körper ist zu einem formlosen Etwas unter der Decke geworden – kein Gefühl, nur zwei Beine und ein Bauch, und Arme, die sie dicht am Körper hält. Sie friert ständig. Sie will ihre Hand nicht bewegen, weil da noch eine Kanüle drinsteckt, die ihr Flüssigkeit zuführt, so hat ihre Mom das gesagt. Sie hat auch gesagt, dass die Kanüle bald rauskann, wahrscheinlich heute noch. Dabei hat sie gelächelt, als hätte Emily etwas dafür getan. Als könnte Emily dieses *Heilen* steuern.

Beim Pinkeln brennt es. Sie hält es immer so lange wie möglich ein, aber dann kommt es ganz plötzlich. Ihre Mom muss ihr eine Bettpfanne holen. Es ist so peinlich, dass Emily heulen muss. Paul sorgt dafür, dass alle rausgehen, und keiner weiß, dass Emily pinkeln muss, aber sie heult trotzdem. Irgendwie bringt gerade alles sie zum Heulen.

Das ist Danach, schlafen und heulen, in einzelnen Teilen.

Als sie aufwacht, ist es dunkel, und das Krankenhauszimmer ist leer bis auf Ziggy. Ziggy mit verbundenem Gesicht, die offenen Augen gerötet und traurig.

»Hey, Em«, sagt sie, es klingt nervös.

Emily schaut sie bloß an. Verwirrt und irgendwie gequält. »Wo ist meine Mom?«, ist das Erste, was sie sagt.

»Die ist mit Rita im Flur. Soll ich sie holen?«

Emily schüttelt den Kopf, aber nur ein wenig. Sie braucht ihre Mom nicht, sie hat sich nur rückversichert.

»Wie geht's dir?« Zig versucht zu lächeln, sie sitzt mit hängenden Schultern da und sieht so schwerfällig aus, wie Emily sich fühlt.

»Ganz okay.« Emily zuckt zusammen, als sie sich aufsetzt. Sie drückt auf den Schalter, mit dem sie das Kopfteil des Betts hochstellen kann. Zigs armes Gesicht ist richtig ramponiert. »Und dir?«

»Geht schon«, sagt ihre Freundin nur. Eine große Leere ist da, wo die restlichen Worte sein sollten. Sie schaut auf ihre Hände. »Ich wollte dich schon früher besuchen, aber Rita hat es mir nicht erlaubt. Sie ist völlig durch den Wind.«

Emily nickt, ein kleines bisschen. »Ja, Paul auch. Total.«

»Ich hatte viel mehr Angst um dich.« Ziggy hebt den Kopf und schaut Emily genau an. Nicht so wie Paul, aber fast.

»Ich wusste erst gar nicht, dass dir was passiert ist. Und als Paul es mir erzählt hat, da hat sie gesagt, du wärst verletzt, aber dir ging's so weit gut.« Emily schaut ihre Freundin an. »Ich wusste nicht ... Tut es weh?«

»Ich steh unter Medikamenten.« Ziggy grinst, aber nur kurz. »Es ist schon okay. Der eine Wangenknochen wäre fast gebrochen, da haben sie mich genäht. Sieht ziemlich übel aus unter diesem Ding hier. Aber die Schönheitschirurgin hat gesagt, sie kriegt das wieder so hin, dass keine Narbe zurückbleibt.«

»Vielleicht kann sie sich ja auch gleich um deine Nase kümmern, wenn sie schon dabei ist.« Emilys Lächeln fühlt sich klein an.

»Ich hatte eher an eine Fettabsaugung am Hintern gedacht, aber ja, die Nase ruhig auch.«

Emily lacht, zu sehr. Ihr tut gleich wieder alles weh.

»Es tut mir so leid, Em.« Ziggy macht ein langes Gesicht. »Ich hab versucht, dich zu finden. Ich hab versucht... ich bin dir hinterhergelaufen. Ich konnte dich nicht finden.«

»Schon gut, Zig.« Sie reicht ihrer besten Freundin die vom Schlauch beschwerte Hand.

»Ich hätte dafür sorgen müssen, dass du heimgehst. Ich hätte...« Ihre Stimme erstirbt.

»Ja, ich hätte«, sagt Emily, aber ganz leise, fast so, als sagte sie gar nichts. »Wir hätten da nicht hingehen sollen.«

Sie schweigen lange.

»Meinst du, er hat das, gewusst... also... Clayton?«

Emily schüttelt den Kopf, schaut aber auf ihre Decke hinunter.

»Sun hat gesagt, er und Jake werden die Leute finden, die das getan haben. Und das wieder in Ordnung bringen.« Ziggy sagt das vorgebeugt und ganz leise, denn ihre Mütter sollen das auf keinen Fall hören. »Aber sag niemanden etwas davon. Rita ist eh schon völlig von der Rolle.«

Emily nickt bloß. Ist schon wieder müde. Nichts hat wirklich Bedeutung. Immer wieder meint sie zu träumen. Sie macht die Augen zu und hört Ritas und Pauls Stimmen ins Zimmer kommen, versteht nicht, was sie sagen, sie hört nur die Stimmen. Und spürt die Hand ihrer Freundin, die ihre sanft drückt.

Sie hat es nicht vergessen, Sie weiß noch alles. Sie wird immer alles wissen, jedes Detail, jede Einzelheit, auch wenn sie nichts davon laut aussprechen will. Jedes Mal wenn sie irgendetwas von all dem laut ausspricht, wird es größer, also behält sie es in ihrem Innern und spricht nur aus, was sie muss. Dann ist es anders. Dann kann sie es von ihrer Mom und allen anderen fernhalten. Damit sie es nicht wissen müssen, nicht ganz. Nicht alles.

Das ist das Einzige, was Emily tun kann, um irgendetwas an der ganzen Sache besser zu machen.

Nachdem Emily sich umgedreht hatte, rannte sie an den verwilderten Büschen vorbei und wäre auf dem verschneiten Gehweg fast ausgerutscht, aber sie blieb nicht stehen. Sie rannte zwischen geparkten Autos hindurch und an einer frei geschaufelten Stelle durch den Schneewall. Schlitterte über den vereisten Boden. Sie wusste nicht, wo sie war, und konnte nicht klar denken – alles war weiß. Sie folgte einem Pfad und geriet in Tiefschnee, zu tief, um darin gehen zu können. Aber sie rannte trotzdem weiter, versuchte es zumindest, hob die Beine, so hoch es nur ging, kam zu einer anderen Straße und lief weiter. Sie sah sich nach einem möglichen Versteck um und wurde schon langsamer, da hörte sie die Stimmen. »Da drüben, ich hab sie gesehen.« Sie sah rot, Panik legte sich über alles. Die Mädchen waren nicht weit hinter ihr, und sie konnte sich nirgends verstecken, alles war weit und offen, und der Schnee war so tief. Sie hatte keine Ahnung, wo sie war, also rannte sie einfach durch den Schnee, die Knie immer schön hochgezogen. Sie bewegte sich wie in Zeitlupe.

Sie fiel oder wurde zu Fall gebracht. Jedenfalls lag sie auf dem Boden, und die Mädchen waren auf ihr. Sie schrie, so laut sie konnte, und dann presste eine ihr die Hand auf Mund und Nase. Sie bekam keine Luft mehr. Rang um Atem. Schnee fiel ihr in die Augen, aber sie konnte ihn nur wegblinzeln.

»Scheißschlampe.« Das größte Mädchen, Phoenix, lachte. Sie hockte sich auf Emily. Packte ihre rudernden Arme. Jemand schnaubte. Alle fluchten. Emily versuchte, ihren Kopf unter der Hand des anderen Mädchens wegzuziehen, um besser Luft zu kriegen. Es war die mit dem Zopf. Sie versuchte wieder zu schreien, aber das Mädchen kniete sich rittlings über ihren Kopf und drückte mit den Knien ihre Arme auf den Boden. Die Hand auf Emilys Mund, stieß sie ihren Kopf tief in den Schnee. Emily japste nach Luft.

Auch ihre Beine wurden festgehalten, und irgendjemand schlug ihr wieder und wieder in die Magengrube. Sie meinte zu ersticken.

Sie konnte nicht verstehen, was die Mädchen sagten. Sie prügelten und fluchten, Phoenix' Stimme klang tiefer und gehässiger als die anderen.

Emily spürte kalte Hände auf ihrer nackten Haut, spürte, wie ihre Jeans aufgerissen wurde. Sie begriff nicht, was geschah, strampelte aber und versuchte zu treten, bis jemand ihre Beine wieder fest herunterdrückte. Diesmal weit auseinandergespreizt. Auf ihren Knöcheln lag so viel Gewicht, dass sie glaubte, sie müssten brechen. Sie konnte sich nicht rühren, den eiskalten Schnee unter sich.

Es tat so weh, dass Emily fast ohnmächtig wurde. Die Hand des Mädchens auf ihrem Gesicht, über ihrer Nase, es war fast unmöglich zu atmen. Sie versuchte, sich ganz darauf zu konzentrieren, nur ans Atmen zu denken. Phoenix' Stimme war ständig zu hören, manchmal leiser, dabei aber nicht weniger grausam. Niemand anders sagte etwas, aber alle hielten sie fest. Emily schrie innerlich, äußerlich, überall, alles an ihr schrie.

Dann schien sich ihr Körper plötzlich aufzubäumen, und es wurde schlagartig still, so still, dass alle das Knacken hörten, als die Flasche zerbrach.

»Scheiße!«, brüllte Phoenix. Das Mädchen nahm die Hand von Emilys Gesicht. Emily rang so heftig um Luft, dass sie nicht schreien konnte, und sie wollte die Augen nicht aufmachen.

»Fuck, Phoen!«, schrie eins der Mädchen.

»Wir müssen hier weg!«, schrie eine andere.

»Fuck, in dem Haus da drüben ist jemand.« Das Zopfmädchen stand auf, gab Emilys Arme frei, aber Emily rührte sich nicht.

»Los, komm!«, schrie wieder eine andere.

Emily wimmerte und griff nach unten, um sich zu bedecken. Was an ihrem Körper nicht wehtat, war taub. Sie drehte sich auf die Seite, hustete Luft und Schnee.

Jemand verpasste ihr einen letzten Tritt in den gekrümmten Rücken und rannte davon. Sie nahm an, dass es Phoenix war, aber noch ließ sie die Augen zu.

Sie versuchte ihre Hose hochzuziehen. Leichter Schnee fiel auf ihre gerötete Haut. Sie dachte nur daran, wie sie ihre Jeans wieder ankriegen könnte, die linksherum war und steif vor Kälte. Emily saß im Schnee und zerrte an der Jeans. Ihre Haut war kalt, darunter aber heiß, wie bei Erfrierungen.

Es gelang ihr, die Hose über die Beine zu ziehen, aber als sie versuchte, den Hintern anzuheben, schrie sie auf. Schrie vor Schmerzen. Ein heftiger, stechender Schmerz in ihrem Innern. In dem nahen Haus ging ein Licht an. Emily erstarrte. Sie musste hier weg. Was, wenn sie jemand sah? Sie in diesem Zustand entdeckte? Sie machte, so schnell sie konnte. Schnell war das nicht, aber immerhin rappelte sie sich hoch. Sie bekam den Reißverschluss ihrer Hose nicht zu, zog ihre Jacke fest um sich, bewegte sich schwerfällig. Sie fand ihre Stiefel im Schnee, schob die Füße hinein. In einer Reifenspur humpelte sie davon, passte auf, dass sie auf dem Eis unter dem Neuschnee nicht ausrutschte.

Ihre Füße wurden nass, und ihre Beine fühlten sich klebrig an. Sie wusste, dass sie blutete, aber im Dunkeln würde das nicht auffallen. Sie musste nach Hause und sich waschen, ehe ihre Mom heimkam. Sie konnte ein Bad nehmen und vergessen, dass das alles je passiert war. Das war ihr einziger Gedanke, während zugleich jeder Schritt sie peinigte und stechende Schmerzen ihren Körper durchfuhren, sie dachte nur an zu Hause, an ihr blödes, muffiges Zuhause, wo ihr warm werden und alles andere verschwinden würde.

Jetzt ist alles Davor und Danach. Davor mochte sie einen Jungen namens Clayton und Boygroups und Sozialkunde. Davor sollte ihr erster Kuss das Schönste auf der Welt werden. Davor hatte sie Ziggy, und es war egal, dass sie sonst keine Freundinnen hatte. Davor hasste sie Umzüge und nannte Pete den Sniffer und fand das lustig. Davor war der traurigste Moment in ihrem Leben der gewesen, als ihre Kookoo krank wurde und ihre Aunty Lou ihr sagte, dass ihre Kookoo alt war und alte Menschen irgendwann in die Geisterwelt übergehen mussten. Davor hatte Emily nie größere Angst gehabt als bei dem Gedanken daran, dass ihre Kookoo bald würde gehen müssen.

Kookoo war auch schon bei ihr im Krankenhaus. Sie hat ihr alte Lieder vorgesungen, wie damals, als Emily noch klein war. Hat ihre Hand gehalten und sie, zumindest für eine Weile, alles vergessen lassen. Alle waren mal eine Weile hier und dann wieder weg. Ihre Mom ist noch da, und Pete die meiste Zeit auch. Er ist still, aber da. Er steht hinter ihrer Mutter und massiert ihr die Schultern, und sie greift nach oben und nimmt seine Hände, und manchmal küsst sie sie. Mit ihm ist ihre Mom anders, das weiß Emily. Und sie weiß, dass er anders ist. Emily erinnert sich daran, wie er sie hochgehoben hat, mit ihr in den Armen losgerannt ist. Sie erinnert sich bruchstückartig daran, zwischen Träumen und Wachen, wie er sie trug, als würde sie nichts wiegen. Und dass sie Schmerzen hatte, sich aber geborgen fühlte, weil sie wusste, dass er ihr helfen würde. Und das tat er auch. Und dann ist sie hier wieder aufgewacht, und ihr ganzer Körper fühlte sich taub an.

Paul sagt, dass sie bald nach Hause darf, und Emily weiß, dass das irgendwann sein muss, aber es scheint ihr sehr fern. Nach Hause zu gehen ist wie ein anderes Danach. Eines, das noch weiter weg ist als das Davor.

# 27

# PHOENIX

»Phoenix Stranger.« Die Wärterin schaut sie direkt an. Die alte Schlampe grinst höhnisch, als sie den Namen ausspricht. Phoenix hievt sich von dem Plastikstuhl hoch und versucht ihren Bauch einzuziehen, aber das gelingt nur minimal. Es tut weh, alles tut weh, aber sie streckt das Kinn vor und die Brust auch, als wäre sie die toughste Bitch hier drinnen. Sie fixiert die Wärterin, während sie auf sie zugeht, ganz langsam, als wäre ihr alles scheißegal. Sie hebt die Hände, aber die blöde Schlampe lächelt bloß und schüttelt den Kopf. Phoenix ändert ihren Gesichtsausdruck nicht, sie wendet sich einfach ab und geht weiter. Ihre mit Handschellen gefesselten Hände sinken unter ihren Bauch, aber sie fasst ihn nicht an, nicht hier. Wo jeder es sehen kann. Hier geht sie einfach weiter. Mit erhobenem Kopf.

Sie sitzt seit neun Tagen in Untersuchungshaft und weiß, was hier gespielt wird. In all diesen beschissenen Uniformen stecken schwache Zicken, die versuchen ihre Macht auszuspielen, solche Sachen machen wie ihr die Handschellen nicht abzunehmen, auch wenn sie gerade nicht nötig sind, oder darauf zu warten, dass sie um irgendetwas bettelt. Scheiß drauf. Im Frauengefängnis läuft es auch nicht anders als im Jugendknast, lauter nutzlose Zicken, die einem lieber die Augen auskratzen würden als mal richtig zuzuschlagen. Aber Phoenix kommt klar. Sie hat sogar eine eigene Zelle, einer der Vorteile davon, dass sie so jung ist, oder so abgefuckt.

Die Wärterin, die Phoenix durch die Sicherheitsschleusen führt, lässt sich Zeit, aber als Phoenix dann schließlich reingeht, wünscht sie, es hätte noch länger gedauert. Elsie sitzt mit hängenden Schultern und verheulter Fresse da. Elsie, die dünner aussieht als je zuvor und in ihr beschissenes Taschentuch flennt. Fuck, verdammte Heulsuse.

»Phoenix, Phoenix.« Ihre Mom springt auf, ihr entgegen. »Schätzchen, ist alles okay?«

Die Tür knallt hinter ihr zu, und Phoenix kann nur noch nach vorne. Elsie seiert vor sich hin, macht ein Riesentheater. Ihr Gesicht ist verquollen, offenbar ist sie schon länger dabei. Ihre vorgeschobene Unterlippe ist vernarbt. Sie streckt die Arme nach ihr aus, voll lächerlich, und Phoenix zieht ihre beschwerten Handgelenke vor ihr weg. Elsie bemerkt es, weicht zurück, setzt sich. Phoenix sieht sich um und setzt sich dann auch, ganz langsam, versucht, ihren Bauch nicht so vorragen zu lassen.

Sie atmet durch die zusammengebissenen Zähne aus, während sie ihren schweren Körper wieder mal auf einen harten, unbequemen Stuhl sinken lässt. Der Tisch ist aus Beton. Die Wände sind aus durchsichtigem Plastik, und sie kann die anderen Besucher in den anderen Räumen sehen. Nebenan redet eine Wasserstoffblondine mit ihrer Anwältin. Phoenix riecht Anwälte drei Meilen gegen den Wind. Anwälte und Sozialarbeiter – die haben so ein bestimmtes Aussehen und vor allem einen bestimmten Geruch. Wirklich riechen kann sie diese Dame von hier aus natürlich nicht, aber sie sieht eindeutig aus wie eine Anwältin.

»Ich wollte eigentlich schon viel früher kommen, aber die mussten noch so viele Untersuchungen machen, Blutuntersuchungen. Als wäre deine eigene Mom nicht gut genug, um dich zu besuchen.« Elsie putzt sich die Nase und tupft sich dann mit demselben Taschentuch die tief liegenden Augen ab, in dieser Reihenfolge. Dann sieht sie sich um, als wollte sie sich vergewissern, ob jemand zusieht, legt das Taschentuch auf den Tisch und zieht ein frisches hervor. Auf dem einen Handrücken hat sie einen Bluterguss, die dicke Narbe auf ihrer Unterlippe stammt von einer Verbrennung, und ihre Haut ist leichenblass. Phoenix versucht sich zu erinnern, wann sie ihre Mutter das letzte Mal gesehen hat. Vor einem Jahr, nein, vor vierzehn Monaten. Das letzte Mal an sie gedacht hat sie, als sie ins Centre kam. Cedar-Sage hatte nach ihr gefragt – ob Phoenix wisse, wo sie sei.

»Mach dir mal um die mal keine Gedanken, Cedar-Sage, kümmer dich lieber um dich selbst«, hatte Phoenix ihr geraten.

Sie fragte kein weiteres Mal, aber Phoenix merkte, dass sie es gern getan hätte. Cedar-Sage war noch jung, sie liebte Elsie noch.

»Hast du mal mit Cedar-Sage gesprochen?«, fragt Phoenix ihre Mom. Die metallenen Handschellen klirren, als sie versucht, sich an der Nase zu kratzen. »Hast du mit deiner Tochter gesprochen?«

»Ja«, greint Elsie. »Natürlich. Ich, ich hab ihr nicht gesagt, was passiert ist, aber ihr, ihr geht's gut. Gut.« Ihre Stimme erstirbt.

Phoenix stößt die Luft zwischen den Zähnen aus. Sie glaubt Elsie kein Wort.

»Ist sie noch bei dieser Frau, dieser Tannis?«, fragt Phoenix.

»Äh, ja. Ihr geht's gut, Phoenix. Sie kommt prima zurecht.« Elsie redet eher mit sich selbst als mit ihrer ältesten Tochter, die direkt vor ihr sitzt.

Phoenix schaut weg. Sie weiß, dass ihre kleine Schwester nicht mehr bei Tannis ist. Sie wurde woanders untergebracht, nachdem das mit Sparrow passiert war. Aber Elsie hat das nicht mitgekriegt, weil sie permanent zugedröhnt ist.

»Also, Scheiße, Mann, was willst du hier?«, faucht Phoenix, die versucht, so gemein wie möglich zu sein.

»Was ich will?« Elsie schaut sie flehentlich an. »Phoenix, Schatz, ich wollte dich einfach sehen, mein Herzchen!« Doch ihre Stimme klingt unsicher. Ist leise und brüchig. Wörter wie *Schatz* oder *Herzchen* kommen nicht richtig über ihre wunden Lippen, sie klingen nicht aufrichtig. »Ich wollte einfach schauen, ob es dir gut geht. Ich hab mir solche Sorgen gemacht.«

Phoenix lehnt sich auf ihrem Stuhl zurück und sieht sich wieder um. Die Scheißwärterin guckt sie durch die Tür immer noch höhnisch an. Phoenix schaut nach unten, aber nicht gleich. Ihre Hände sind schwere Klumpen auf ihrem Schoß. Ihr Bauch tut einen Ruck. Fast hätte Phoenix gelächelt, sie kann es gerade noch unterdrücken.

»Wirklich! Ich hab mir solche Sorgen gemacht, Phoen«, stammelt Elsie. Sie legt ein weiteres Taschentuch auf den Haufen vor sich und zieht ein frisches heraus. Als Phoenix Elsie das letzte Mal gesehen hat, war sie genauso drauf, sie heulte bloß, heulte und tat nichts. Aber das war immerhin eine Beerdigung. Das hier dagegen ist bloß, tja, das hier. Das ist bloß Theater. Elsies Vorstellung davon, wie eine gute Mutter auftreten sollte.

»Es ist so schwer, Baby, so verdammt schwer. Du kannst dir gar nicht vorstellen, wie schrecklich ich mich fühle. Du weißt ja nicht, wie mich die Leute anschauen. Die wissen, dass du das warst. Die wissen, was du getan hast. Und das nach allem, was ich durchgemacht habe! Mein Gott, Phoenix! Hast du irgendeine Vorstellung? Wie konntest du das nur tun?« Elsies zunächst zögerliche Worte überstürzen sich. Ihr Gesicht verzieht sich zu einer hässlichen Grimasse und löst sich erneut in Tränen auf. Die dünnen Falten, zu denen ihre Haut sich zusammenschiebt, lassen sie noch kränklicher aussehen. Wenn Elsie irgendjemand anders wäre, dann hätte Phoenix laut gelacht, sie ausgelacht, weil sie so komisch aussieht, so jämmerlich. Sie würde auch gern zu Elsie so gemein sein, aber sie kann es nicht. Es ist immer noch Elsie. Ihre Mom. Und sie weiß immer noch, was Elsie alles durchgemacht hat. Also schaut sie stattdessen auf ihren Schoß und wischt einen Fussel von ihrer hässlichen grauen Hose. Ihre Hände rasseln.

Phoenix hatte nicht geglaubt, dass Sparrow sterben würde. Sie saß damals im Knast, hörte kaum von ihren Schwestern und kannte die Telefonnummer der Frau nicht, bei der sie lebten. Eine Sozialarbeiterin sagte ihr, ihre jüngste Schwester sei krank und müsse im Krankenhaus behandelt werden, aber so wie diese Bitch das sagte, klang es nicht wirklich beunruhigend. »Keine Sorge«, hatte sie gesagt und ihr auch noch auf die Schulter geklopft. Fuck, Mann, die wollten ihr einfach nur keinen Besuch genehmigen. Phoenix glaubte nicht, dass Sparrow sterben würde.

Aber sie starb.

Auf die Beerdigung durfte Phoenix dann gehen. Niemand hätte sie davon abhalten können. Sie wurde von zwei Wärterinnen begleitet, aber sie musste keine Handschellen tragen oder so was, die beiden hielten sich einfach in ihrer Nähe. Es war das erste Mal seit zwei Jahren, dass sie Elsie wiedersah. Cedar-Sage hatte sie noch länger nicht mehr gesehen, seit kurz nach dem Tag, als sie in der Schule die falsche Jacke getragen hatte und man sie in Gewahrsam nahm.

Auf der Beerdigung sah ihre kleine und jetzt einzige Schwester so aus, als hätte man sie ins Gesicht geschlagen – keine blauen Flecken, nur dieser verletzte Ausdruck. Sie war ein kleines Ding, dünn wie Elsie, gebeugt, als wartete sie darauf, geprügelt zu werden. Phoenix umarmte sie und ließ sie dann die ganze Zeit nicht mehr los. Verwandte kamen und gingen, Onkel und Tanten, die sie beide nicht mehr gesehen hatten, seit sie aus Grandmères braunem Haus ausgezogen waren. Niemand hatte gewusst, wo sie und ihre Schwestern lebten, außer ihrem Onkel. Elsie flennte vor sich hin, irgendein Typ klebte an ihr. Sie sagte Phoenix nicht, wer er war, und Phoenix fragte nicht nach.

Als sie dann ging, gab sie Cedar-Sage die Adresse und sagte ihr, sie solle ihr jeden Tag schreiben. Ihr Onkel gab ihr seine neue Nummer und sagte, sie solle anrufen, wenn sie irgendwas brauche. Elsie dagegen starrte Phoenix nur eine Weile an, umarmte sie zu lange und vergoss an ihrer Schulter eine Pfütze überflüssiger Tränen. Phoenix war fast froh, als die Scheißwärterinnen schließlich sagten: »Okay, gehen wir.«

Cedar schrieb ihr eine Weile tatsächlich. Sie schrieb immer viel, lange Briefe in schnörkeliger Schrift, mit rosa Tinte. Ihr gefiel die Arbeit an ihrer neuen Schule, aber die anderen Kinder fand sie schrecklich. Sie war in einer neuen Pflegefamilie, weit draußen in einem Vorort, bei einer alten Frau namens Luzia. Cedar war okay.

Phoenix antwortete ihr jedes Mal, kurze Briefe in grober schwarzer Blockschrift. Aber als sie dann ein paar Monate später rauskam, verlor sie Cedars Adresse. Sie hätte sie auswendig lernen sollen.


Als Phoenix aufblickt, wirkt Elsie irgendwie kleiner. Sie starrt auf den Tisch und sieht aus, als wollte sie etwas sagen. Oder vielleicht will Phoenix auch nur, dass sie etwas sagt, während Elsie tatsächlich bloß an ihren nächsten Schuss denkt.

»Ach, Phoenix«, sagt Elsie. »Ich kann es einfach nicht glauben. Du warst doch auf so einem guten Weg.« Ein Schluchzer entfährt ihr, ein bedeutungsloser sabbernder Laut.

Phoenix holt tief Luft und wird wieder wütend.

»Ach ja? War ich das?« Mit hartem Blick starrt sie ihre Mutter an.

»Ich dachte …«, stammelt Elsie, schaut weg. Sie konnte noch nie einem Blick standhalten – sie ist zu schwach. »Du warst doch in diesem Centre … bist in die Schule gegangen und …«

Phoenix stößt einen lauten Seufzer aus, ist überrascht, dass Elsie so viel weiß. Hoffentlich weiß sie nicht noch mehr. Aber diese Frau weiß ja nicht mal, wo Cedar-Sage ist, also ist das wohl eher unwahrscheinlich.

Elsie fummelt mit ihrem Taschentuch herum, umklammert es, schaut nach unten, sieht fix und fertig aus, auf Turkey. Hinter ihr gibt die Wasserstoffblonde ihrer Anwältin die Hand und betätigt den Summer, um sich in ihre Zelle zurückführen zu lassen.

Phoenix war aufgewacht, bevor die Tür eingetreten wurde. Sie musste unbedingt pinkeln, also verließ sie den Keller und schlich durchs Haus. Es war früher Morgen, begann gerade zu dämmern. Alles sah grau aus, aber es war gar nicht mal so kalt, dafür dass es Winter war. Bei ihrem Onkel stand die Tür offen, also war sie superleise. Sie warf einen Blick in sein Zimmer, sah das Licht in feinen Linien durch die Ritzen zwischen Laken und Fenster hereinfallen, ihre kleine Cousine Alexandra lag schlafend zwischen den Eltern. Es sah so idyllisch aus: Mommy, Daddy, Baby. Ihr knallharter Onkel, plötzlich so weich und verletztlich, um seine kleine Tochter geschmiegt, den einen Arm schützend über sie gelegt. Phoenix wäre fast in Tränen ausgebrochen, als sie da stand. Sie hatte sich noch nie so einsam gefühlt.

Sie war noch im Bad, als es einen so heftigen Schlag gegen die Haustür gab, dass sie zusammenfuhr. Das Baby fing an zu weinen, und dann hörte Phoenix, wie ihr Onkel losrannte und wie die Haustür gegen die Dielenwand knallte. Schwere Schritte, wohl von Stiefeln, und eine tiefe Stimme, die rief: »Alex Monias, wir haben einen Haftbefehl für Phoenix Anne Stranger.«

»Die ist nicht hier«, rief ihr Onkel zurück.

»Bleiben Sie, wo Sie sind, Mr Monias.« Die Stimme war ruhig, und die Stiefel stampften zunächst Richtung Küche.

Das Baby hörte nicht auf zu schreien. Phoenix stand einfach nur da, das Fenster war zugenagelt, aber mit ihrem Bauch wäre sie da eh nicht durchgekommen. Lautlos trat sie hinter die Tür. Vielleicht würden sie hier ja nicht nachschauen, vielleicht würden sie das Bad nicht kontrollieren.

Völlig am Ende, wendet sich Elsie wieder Phoenix zu und reicht ihr über den Betontisch die schwache Hand, aber Phoenix rührt sich nicht.

»Oh, Phoenix – weißt du, dass die dich als Erwachsene vor Gericht bringen wollen? Du bist in Untersuchungshaft, Herrgott noch mal. Es ist so furchtbar.«

Phoenix merkt, dass Elsie sich richtig Mühe gibt, kaum flucht, aber sie ist zu sehr auf Turkey, um wirklich irgendwas empfinden zu können. Phoenix weiß, dass ihre Mutter nur eins will, nämlich sich wieder zudröhnen. Sie sieht aus, als wäre sie einen guten Tag lang ohne Stoff ausgekommen, was bedeutet, dass wahrscheinlich gerade die Übelkeit einsetzt. Vermutlich

hat es sie tatsächlich einige Mühe gekostet, diesen Besuch zu er-
möglichen. Phoenix wünscht, sie hätte sich die Mühe gespart.
Elsie ist schwach und zu nichts zu gebrauchen, so nutzlos wie
dieser ganze beschissene Besuch.

»Die wollen dich wegen bewaffnetem Überfall anklagen!
Bewaffneter Überfall! Weißt du, was das heißt?«

»Acht bis zehn Jahre, oder?« Phoenix blickt nicht auf. Ihr Anwalt hat gesagt, unter Berücksichtigung aller Umstände werde
man vielleicht Nachsicht walten lassen, aber sie ist sich da nicht
so sicher.

»Oh, Phoenix!«, greint Elsie. »Die wollen dich wegen einem
*Sexualverbrechen* anklagen! Du wirst als *Sexualstraftäterin* behandelt!«

Sie spricht das Wort aus, als wäre es das Schlimmste auf der
Welt, und Phoenix zuckt zusammen, denn das ist es auch.

Sie versucht, nicht an diese Nacht zu denken, an den Schnee,
die Flasche, das Mädchen. Jetzt wünscht sie, sie wäre gemeiner zu Elsie gewesen oder hätte den Besuch verweigert. Sie
wünscht sich so manches.

»Und das«, sagt Elsie und deutet mit einer ausholenden Geste
auf Phoenix' Bauch. »Was zum Teufel willst du damit machen?«

»Das geht dich einen Scheiß an«, faucht Phoenix, plötzlich in
der Defensive. Sie wusste nicht, dass Elsie Bescheid weiß. Wie
in aller Welt hat sie das erfahren? »Wer hat dir das gesagt?«

»Ich bin deine Mutter, Phoen. Ob es dir gefällt oder nicht,
ich bin und bleibe deine Mutter.« Elsie zupft das zerknüllte
Taschentuch in ihrer Hand wieder auseinander und tupft sich
ihr blödes, nasses Kinn ab. »Das bedeutet etwas, weißt du.«

Phoenix schnaubt verächtlich und blickt wieder nach unten.

»Du wirst schon sehen. Sch… – du wirst bald sehen, was es
heißt, Mutter zu sein. Nur zu bald!«

Der Bulle fand sie. Der Jüngere, er öffnete die Tür und schob sich vorsichtig hinein. Phoenix hielt die Luft an. Und so fand er sie, vor der Toilette stehend, mit dem Rücken zur Wand. Die Augen voller Wut, legte er ihr Handschellen an, von solchem Hass erfüllt, dass er kein Wort sagte. Er fuhr mit der Hand über ihren harten Bauch und wurde blass. Noch blasser. Phoenix konnte richtig dabei zusehen. Sie wusste, dass etwas nicht stimmte. Sie wusste es, und alles verschwamm vor ihren Augen. Ihr Onkel brüllte sie an, ihre kleine Cousine schrie, Angie nahm das Baby auf den Arm, und alles verschwamm vor ihren Augen, als sie durch das Haus und hinaus in die Kälte geschleift wurde. Irgendetwas stimmte nicht.

»Wie weit bist du?« Die Scheißkrankenschwester im Untersuchungsgefängnis sah sie ungefähr eine Sekunde lang an und redete mit ihr, als wäre sie der letzte Dreck.

»Was?« Phoenix saß einfach nur da, ihr war übel.

»Dein Baby, dein … Im wie vielten Monat bist du?«

Phoenix zuckte mit den Achseln.

»Leg dich hin.« Die Bitch seufzte und legte mit scheißkalten rauen Händen ein Maßband um Phoenix' Bauch.

»Ich würde mal sagen, im sechsten Monat.«

Im siebten, dachte Phoenix, sagte aber nichts. Es waren sieben Monate seit Juli, seit Clayton, seit vor dem Centre, vor all dem jetzt. Sie hatte immer geglaubt, sie würde es merken, würde es wissen, aber sie hatte keine Ahnung gehabt. Bis jetzt, wo es so verdammt offensichtlich war.


»Denk bloß nicht, dass ich mich darum kümmern werde.« Elsie versucht, mit einer gewissen Schärfe zu sprechen. »Also, selbst wenn die das erlauben würden, ich kann das nicht machen. Werde es nicht machen.« Ihre Augen schauen ins Leere.

»Keine Sorge.« Phoenix legt unwillkürlich die Hand auf ihren Bauch und lässt sie dann dort liegen. Sie vergewissert sich, dass die Wärterin gerade woanders hinschaut, und sagt dann mit möglichst harter Stimme: »Ich werde dich nicht mal in seine Nähe lassen.«

»Umso besser. Ich hab nämlich zu viel am Hals, um dein verdammtes Balg großzuziehen«, faucht sie. »Dann kommt es eben in die Pflege.«

Phoenix zuckt mit den Achseln, aber sie sieht ihr Kind nicht in einer Pflegefamilie. Sie stellt sich vor, frei zu sein, ein Kind zu haben, eine richtige Wohnung, einen Kindersportwagen. Sie erinnert sich an Sparrow im Sportwagen. Sie hat Sparrow oft im Sportwagen die Arlington Street entlanggeschoben, und Cedar-Sage hielt sich an der seitlichen Stange fest. Sie gingen einkaufen, und Phoenix legte die Milch in das Netz unter dem Kinderwagensitz. Sie musste den Sportwagen immer all die Treppen zu ihrer Wohnung hochhieven, aber das machte Phoenix nichts aus. Es gefiel ihr sogar. Es gab ihr das Gefühl, wichtig zu sein. Gebraucht zu werden.

Elsie seufzt. Sie hat sich ausgeheult und ausgekämpft, so wie es aussieht. Sie sagt lange nichts mehr, sieht restlos erschöpft aus. Mehr hat sie nicht drauf, denkt Phoenix, ein kurzer Anflug von Kampfgeist, ein paar Tränen, damit sie sich als Mutter gut fühlt, und jetzt denkt sie nur noch an ihren nächsten Schuss.

Elsie war schon immer so. Sie ist immer so traurig, selbst wenn sie clean ist. Als Phoenix noch ganz klein war, da war Elsie mal ziemlich lange clean, aber selbst damals hat sie ständig geheult. Als Sparrows Dad bei ihnen war und Elsie eine Weile clean war, da war sie total schwach. Schon als kleines Kind wusste Phoenix, dass sie so nie werden würde.

In dem Raum auf der anderen Seite ist eine Frau, an die sich Phoenix aus der Kantine erinnert. Die Frau hat eine Lockenmähne, die fast ganz grau ist, und ein strenges Gesicht wie früher Grandmère. Allerdings hat diese Frau ein Tränentattoo unter dem rechten Auge und jede Menge selbst gemachte Tätowierungen auf Händen und Handgelenken. Die grüne Tinte ist so alt, dass man kaum mehr erkennen kann, was das alles darstellen soll. Es sieht aus wie lauter verschwommene Buchstaben, und dann ist da noch ein leicht ausgefranster Kreis, der von dünnen Linien durchzogen ist – ein Medizinrad, denkt Phoenix, oder ein Kreuz. Die Frau sitzt wie Phoenix an einem Betontisch, einem Mann gegenüber, der genauso alt und ernst aussieht wie sie. Sie halten sich an den Händen, auf dem Tisch. Es sieht aus, als würde er ihr gerade sagen, wie sehr er sie liebt, und sie nickt. Sie lächelt ihn an, ein ernstes, aber echtes Lächeln.

Phoenix schaut wieder auf ihren Schoß. Auf ihre gefesselten Hände. Ihre Daumen fahren über ihren Bauch, beschreiben Kreise.

Man schickte sie zum Ultraschall, um ganz sicher zu sein. Sie lag auf dem Untersuchungstisch, und ihr Unterleib wurde mit einem kalten Gel eingerieben. Die Arzthelferin schien sich vor der verrückten Strafgefangenen und der Wärterin regelrecht zu fürchten. Normalerweise hätte Phoenix darüber gelacht, aber dann erfüllte dieses Geräusch den Raum, *wuusch*, wie Wasser. *Wuusch, wuusch* immer wieder.

»Herztöne.« Die Stimme der Arzthelferin zitterte, und sie drehte den Bildschirm zu Phoenix hin. Das Bild war schwarzweiß und so grobkörnig wie bei einem alten Fernseher, aber sie konnte Nase, Wangen, eine Hand erkennen, die wie zum Winken ausgestreckt war. »Es ist ein Junge.«

Phoenix nickte. Sie hätte nichts sagen können, selbst wenn sie es gewollt hätte. Aber gut, dachte sie. Gut, dass es ein Junge ist, der wird stark sein.

»Ich hab wirklich mein Bestes versucht.« Elsies Stimme bricht. Phoenix schaut hoch, dabei ist sie sich nicht einmal sicher, ob ihre Mutter überhaupt mit ihr redet. »Ich hab mein Bestes getan.«

Phoenix' Daumen fühlen sich taub an, aber sie beschreiben immer noch Kreise, und ihr Bauch tut einen Ruck. Nein, ihr Baby bewegt sich. Ihr kleiner Junge. Sie wird ihn Sparrow nennen, denn sie will, dass er wie ihre kleine Sparrow wird. Aber stark. Gesund. Hart. Wie ein Junge eben sein soll.

»Ich weiß«, sagt sie so leise, dass Elsie es wahrscheinlich gar nicht hört.

Und dann seufzt Phoenix. Sie will jetzt nur noch hier weg. Sie weiß, dass sie beide verdammt müde sind, zu müde, um weiterzumachen, also steht sie langsam auf.

»Oh, Phoenix, warte!« Elsie schaut hoch, als wäre sie gerade aufgewacht. »Warte, mein Mädchen – was passiert denn jetzt? Phoenix?« Sie versucht wieder, die Hand ihrer Tochter zu ergreifen, aber Phoenix weicht zurück. Sie will Elsie nicht anfassen. Nicht heute. Nicht jetzt. »Ach, Phoenix, was soll ich denn tun? Was kann ich tun?«

»Fuck, woher soll ich das denn wissen?«, sagt Phoenix, eher müde als gemein.

Elsie senkt wieder den Blick, eine kleine dünne, nutzlose Frau. Phoenix schaut weg und haut dann auf den Summer, um rausgelassen zu werden. Aber natürlich ist die Wärterin genau in diesem Moment nicht da. Fuck.

»Ich kann mit deinem Anwalt sprechen, Schatz. Ich kann zu diesem Centre oder zu deiner alten Schule gehen und dafür sorgen, dass ein paar von deinen Freundinnen etwas Nettes über dich sagen.« *Lächerlich.*

»Meine Freundinnen haben mich verpfiffen«, sagt Phoenix zur Wand hin.

Elsie versucht es noch einmal. »Oh, Phoenix, ich weiß, dass es nicht stimmt, was Desiree und die anderen behaupten, dass du das nicht bist, was die gesagt haben …«

»Die Anführerin.« Phoenix lässt das Wort ganz langsam von der Zunge rollen.

»Ich weiß, dass das nicht stimmt«, plappert Elsie dahin.

»Es stimmt aber.« Phoenix fingert an dem Riss in der Betonwand herum, ihre schweren Handgelenke wollen heruntersinken. Sie kann den fallenden Schnee noch riechen, das Blut. Phoenix weiß, dass ihre alten Freundinnen die Wahrheit gesagt haben. Sie weiß, dass sie an allem schuld ist und dass sie genau das getan hat, was die anderen behaupten. Sie weiß auch, dass sie Verräterinnen sind und dass ihr Onkel sie sich der Reihe nach vornehmen und keine von ihnen jemals wieder so etwas sagen wird.

Trotzdem stimmt es.

Elsie seufzt. »Lass mich doch helfen. Wir können … dagegen vorgehen. Ich kann dir helfen.« Aber ihre Worte sind hohl, so wie alles, was Elsie sagt.

Phoenix haut wieder auf den Summer.

»Nein.« Phoenix flüstert fast. »Ist schon gut.«

»Bitte, Phoenix, bitte! Lass mich irgendetwas tun.«

Sie will Elsie nicht anschauen, will sie nicht in all ihrer Elsie-Schwäche und -Unterwürfigkeit sehen. Sie will kein Mitleid mit ihr haben, will überhaupt nichts für sie empfinden.

»Es gibt nichts zu tun« ist alles, was Phoenix noch sagt, dann geht die Tür endlich auf. Die Scheißwärterin starrt sie an, aber Phoenix ignoriert sie und setzt wieder eine harte Miene auf.

Im Hinausgehen schaut sie noch mal über die Schulter zurück, sieht ihre Mutter nur als verschwommenen Fleck.

Sie hört Elsie ihren Namen rufen, dreht sich aber kein weiteres Mal nach ihr um. Das braucht sie nicht mehr. Es ist vorbei.

Die Scheißwärterin sieht aus, als wollte sie auch noch etwas sagen, aber Phoenix geht einfach weiter, als bemerkte sie es nicht, als wäre ihr alles egal. Sie strafft die Schultern, schiebt das Kinn vor, versucht, so gut sie kann, den Bauch einzuziehen, und geht durch den Korridor. Sie geht, als könnte nichts ihr etwas anhaben, als wäre ihr alles scheißegal.

# 28

## FLORA

Letzten Endes ist nur das wichtig, was jetzt gerade ist.

Ich weiß nicht mehr, wo ich das gehört habe, aber es ist mir in Erinnerung geblieben. Es liegt so viel Wahrheit in diesen Worten. Wichtig ist nur das, was jetzt gerade ist.

Zur Zeit geht mir alles Mögliche durch den Kopf. Wahrscheinlich, weil ich alt bin und meistens müde und gelangweilt, jedenfalls denke ich viel über mein Leben nach und über das meiner Mädchen. Ich denke an meinen Körper und mein Herz, an meine Seele und meinen Geist und an alles, was ich durchgemacht habe. Aber letzten Endes ist nichts von all dem wichtig. Nur das, was jetzt da ist, was wir jetzt haben, ist wichtig.

Jetzt allerdings gibt es ein Geheimnis. Ein neues. Ich spüre es bei Stella und meiner Cheryl. Sie sagen mir nicht alles. Sie sagen nur, dass es Emily so weit gut geht. Dass sie bald nach Hause darf. Geheilt ist, da unten. Sie sagen es mit genau diesen Worten, als wäre ich ein kleines Kind. Als wüsste ich nicht Bescheid. Es geht ihnen besser, wenn sie meinen, mich zu beschützen, also lasse ich sie gewähren. Wir haben es genauso gemacht, Cheryl und ich, als meine Lorraine starb – wir haben uns um Stella und die anderen geschart, vor allem um Stella. Wir wollten sie beschützen. Es half uns, sie zu beschützen.

Aber für sie änderte das nichts. Ihre Mom war trotzdem weg. Sie hatte trotzdem dieses Loch in ihrem Innern. Und irgendwie wusste sie trotzdem alles, denn die Einzelheiten sind nicht wichtig. Wichtig war nur, dass Rain nicht mehr da war.

Damals wusste ich das nicht. Damals hatte ich so viel Schmerz und Wut in mir, zu viel. Schmerz, weil meine Familie und ich jetzt ohne sie leben mussten, und Wut auf diesen Mann. Aber auch er war letztlich nicht wichtig. Er war ein dummer Mann, der gefährlich wurde, weil man ihn nie das Richtige gelehrt hatte. Ich habe sein Gesicht nie gesehen, kein einziges Mal, das Gesicht dieses Mannes, der angeblich mein Kind totgeprügelt hat. Man hat mir nie ein Bild gezeigt, mir nur einen Namen genannt und gesagt, seine Strafe sei *zur Bewährung ausgesetzt*, wie sie es nannten. Er kam nicht ins Gefängnis. Es sei nicht seine Schuld gewesen, hieß es. Wenn sie dies nicht getan hätte, wenn sie das nicht getan hätte, all die Dinge, von denen wir wissen, dass sie sie nicht hätte tun sollen. Aber sie hat sie trotzdem getan. Und wenn sie sie nicht getan hätte, wäre sie dann jetzt noch am Leben? Es ist nicht wichtig. Wichtig ist nur, dass sie nicht mehr da ist.

Louisa besucht mich. Sie kommt mit lauter, ausladender Stimme herein.

»Hey, Kookoo, wie geht's dir?«, ruft sie ins Zimmer, der ganze Raum ist von ihrer Stimme erfüllt.

Ich muss wohl eingeschlafen sein, aber ich sitze hier in meinem Sessel. Ich spüre die weichen Armlehnen, abgenutzt, aber fest unter meinen Fingern. Das Licht, das durchs Fenster kommt, ist weniger hell als eben noch, meine Hände kribbeln, als hätten sie gerade irgendetwas getan. Was?

»Wie geht's dir, Kookoo?« Sie lässt sich mir gegenüber auf die

Couch plumpsen. Die Wäsche steht auf der Seite, und sogar der Laufstall lehnt zusammengeklappt an der Wand.

»Gut, gut.« Ich überlege kurz. »Und dir?« Ich fahre mit der Zunge über mein leeres Zahnfleisch, als hätte ich irgendetwas vergessen. Was?

»Alles okay«, seufzt sie und lehnt sich zurück. Ich merke, dass das nicht stimmt. Sie bemüht sich zu sehr, wenn es ihr nicht gut geht. Ihre Stimme wird höher und energischer, als würde sie versuchen, das, was sie bekümmert, abzuwehren.

Sie geht in die Küche, und ich reibe das Kribbeln aus meinen Händen. Sie sind so kalt. Mir fällt wieder ein, dass Stella mit den Kindern einkaufen gegangen ist und dass Jeff sie abgeholt hat. Ich habe ihr gesagt, dass sie nichts für mich besorgen soll, dass ich den Laden an der Ecke mag, aber sie hat gesagt, ich soll mir keine Gedanken machen.

Ich mache mir immer Gedanken, auf meine Art.

Louisa bringt mir eine Tasse, doch ich stelle sie zur Seite. Wir schweigen eine Weile, aber ich weiß, dass sie reden will. Es ist ein langes, warmes Schweigen. Als sie schließlich spricht, erzählt sie von ihren Söhnen, diesen wunderbaren Jungs. Baby Boy geht es nicht gut, und sie will bald wieder zu ihm. Jake ist nicht mehr der Alte, seit Emily überfallen wurde. Sie will noch mehr sagen, verstummt aber.

Ich weiß, dass da noch mehr ist.

»Wo ist denn Gabe?«, frage ich. Und im selben Moment weiß ich schon die Antwort, denn das Gesicht meiner Louisa wird jetzt wirklich traurig. Ich schaue nach unten, meine Hände sind wieder kalt, und ich lege sie ineinander, um sie zu wärmen.

»Ja.« Sie schaut eine Weile ins Leere. »Er ist noch oben im Norden, Kookoo. Er ist daheim.« Ich muss nicht ganz aufblicken, um ihre Tränen zu sehen, selbst mit meinen schlechten Augen.

Ich lache ein bisschen, aber nicht gemein, nur um die Atmosphäre zu reinigen, und erinnere mich dann an etwas anderes. »Hab ich dir je diese Geschichte von deinem Grandpa Charlie erzählt? Deinem Moshoom?«

»Also, einige schon. Du hast mir öfter von ihm erzählt, Kookoo.«

»Ja, na ja, der war jedenfalls auch so, er musste immer irgendwo anders sein, weißt du? Er hat getrunken, der Gute.«

»Ich weiß, Kookoo, ich weiß. Aber Gabe trinkt nicht. Er verschwindet nur immer wieder, treibt sich herum.«

»Letztlich das Gleiche. Er braucht irgendwas.«

»Ihm geht es daheim besser.« Sie klingt so fern.

Ich nicke langsam, denke zu lang an Charlie.

»Und geht es dir jetzt auch besser?«, frage ich leise.

Jetzt weint sie richtig. Und ich erinnere mich so lebhaft an Charlie, dass ich ihn spüre. An diesen süßen, klebrigen Geruch, das mit Pomade angeklatschte Haar, sein Lächeln, größer als der Himmel.

»Manchmal liebe ich Charlie heute noch.« Immer, sagt ein Ich aus der fernen Vergangenheit. »Aber ich bin froh, dass ich ihn verlassen habe. Es war nötig.«

Draußen ist es jetzt so dunkel, dass wir eine Lampe anmachen müssen.

Stella kommt mit den Kindern, diversen Tüten und beträchtlichem Lärm herein. Jeff hilft ihr beim Tragen, und Louisa dreht sich zur Seite, um sich die Tränen abzuwischen. Mattie kommt direkt zu mir gelaufen, um mir ihr neues Buch zu zeigen. Ich würde ihr gern daraus vorlesen, aber die Schrift ist zu klein, also bietet Louisa ihr an, das zu übernehmen.

Ich mag es, wenn so viel Leben in meiner Wohnung ist.

Dann wird es wieder ruhig, und Stella packt mich ins Bett, als wäre ich eins ihrer Kinder. Meine Stella, meine Kleine, Rains

Kleine. Ihre Augen sind heller, aber sie ist von der gleichen Traurigkeit erfüllt. Sie küsst mich auf die Stirn, und ich schlafe lächelnd ein.

Ich träume wieder vom Fliegen. In letzter Zeit fliege ich öfter im Traum, aus meiner Souterrainwohnung hinaus, hoch über die Erde. Da unten unter meinen Füßen stehen die Bäume und recken ihre stolzen, kahlen Äste zu mir hoch. Die ganze Welt ist hell von Schnee und Wolken und Sternen, und ich spüre die Kälte gar nicht.

Dann wache ich auf und rieche mein staubiges, feuchtes Zimmer.

Irgendwann im Lauf der Nacht träume ich von Charlie. Schatten legen sich unter meine Augen, und die Haut um sie herum verfärbt sich rot und blau, so wie damals, als er noch lebte. Jetzt in meinem Traum ist er der Tornado, der er einst war, der meine Traurigkeit durchschüttelte wie der Wind. Er riss an meiner Seele, als wäre ich krümelige, trockene Erde. Dann schwebte ich umher, zu Staubkörnern zerfallen, die tief am Himmel tanzten. Ich schwebte, alles war verschwommen, und ich konnte nicht aufblicken, um die Sonne oder die Sterne zu sehen.

Wenn ich von Charlie träume, erwache ich jedes Mal fröstelnd, in kalten Schweiß gebadet, als hätte ich Angst. Meine Fäuste ballen sich, bereit zum Kampf. Dann fällt mir wieder ein, wo ich bin, in der feuchten Souterrainwohnung in der Aikins Street. Mir fällt ein, dass ich vor Charlie sicher bin, kein Charlie mehr, Charlie ist schon lange weg, schon lange tot.

Dann lege ich mich wieder hin und vermisse diese Liebe. Ich vermisse Charlie, und es tut mir leid, dass er so am Boden zerstört war, nachdem ich ihn verlassen hatte. Dass er jeden Halt verlor und zu jung starb. Ich denke daran, wie sehr er mich liebte. Ich denke an ihn, und ein alter Wind weht durch meinen geschundenen Körper, dort in mir drinnen, wo Charlie war und wo er den Samen für unsere Kinder legte und mich all seine Liebe spüren ließ. Ich schwitze heiß für diese Art von Liebe, die Art von Liebe, die ich nur einmal erlebte.

Letzten Endes ist nur wichtig, was gegeben wurde.

Es war wieder ein Monster hier. Ein Monster hat Emily verletzt. Ich weiß nicht, wer es war. Für mich sieht es aus wie mein Charlie, oder wie dieser dumme Mann, der meine Kleine verletzt hat. Ich weiß, dass nicht sie es waren, sondern ein anderes Monster in einem anderen Menschen. Es gibt immer wieder ein anderes.

Das Entscheidende ist, dass es meiner Emily gut geht. Dass sie sich zu einer wunderbaren Frau entwickeln wird. Ich weiß, dass es so sein wird. Sie ist stark. Sie kann nicht anders. Nur das ist jetzt wichtig – dass sie heilen kann. Dass sie am Leben ist und heilen kann.

»Was machst du da, Kookoo? Ich bin am Verhungern!«, ruft Jake durchs Fenster. Er bringt einen leichten Windhauch mit. Die Luft ist fast frühlingshaft.

»Frühstück mache ich, was denkst du denn?« Ich lache und öffne das Fliegenfenster. Jake kommt gern durchs Fenster herein. Er ist gern anders.

»Ich rieche gebratenen Speck!« Er leckt sich übertrieben die Lippen.

Seine Augen leuchten auf. Er hat strahlend graue Augen, wie ich sie noch nie gesehen habe, so ein schöner Junge. Ich dachte mir schon, dass er sich darüber freuen würde. Bei seiner Mutter bekommt er nicht genug Fleisch. Sie achtet auf gesunde Ernährung, aber ich glaube nicht, dass das für heranwachsende Jungen das Richtige ist.

»Wo ist denn dein Bruder?«, frage ich.

»Zu Hause bei Mom. Er war total quengelig«, sagt er achselzuckend und springt von dem Stuhl unterm Fenster. Groß ist er, wie er da in meiner kleinen Küche steht, größer als gestern, so kommt es mir vor.

Jetzt fällt es mir wieder ein. Sein kleiner Bruder kränkelt ein bisschen. Louisa hat es mir gestern Abend erzählt, oder war es vorgestern? Nein, gestern.

»Ich deck den Tisch.« Jake tätschelt meine Schulter, reißt mich aus meinen Gedanken.

»Gut, mein Junge«, sage ich und wende den Frühstücksspeck mit der großen Gabel.

»Willst du dich nicht setzen, Kookoo? Das kann ich doch machen.« Er schaut mich von der Seite an. Ich war wohl kurz weggetreten. Aber ich fühle mich gut. Morgens bin ich immer am wachsten, und im Lauf des Tages lasse ich dann allmählich nach.

Er führt mich zu meinem Sessel und bringt mir eine Tasse Tee. Ich sitze gern in diesem Sessel unter dem Fenster, besonders am frühen Morgen. Der Blick geht nach Osten, kurz nach Sonnenaufgang ist es dort hell. Ich sehe ein kleines Stück des Gemeinschaftsgartens auf der anderen Straßenseite, wo die Leute Gemüse anbauen, sie hegen und pflegen die Pflanzen, als wären es ihre geliebten Kinder.

Früher, vor ein paar Jahren, hatte ich dort ein Geranienbeet.

Stella hat gesagt, ich soll richtige abschließbare Gitter vor meine Fenster montieren lassen anstelle dieser dünnen alten Rahmen und der ein- und aushakbaren rostigen Fliegengitter.

»Wer würde denn eine alte Frau ausrauben wollen?«, wandte ich ein.

Wahrscheinlich eine Menge Leute, denke ich. »Ich habe doch nichts, was man stehlen könnte«, sagte ich lächelnd zu ihr, meinem ernsten Mädchen. Aber ich weiß, dass es gar nicht um die Sachen geht. Es geht um das Stehlen, das habe ich schon vor langer Zeit gelernt.

Der schwere, fettige Geruch des gebratenen Specks erfüllt das Zimmer, als die Kleinen aufwachen.

Mattie kommt hereinspaziert und reibt sich den Schlaf aus den Augen. Sie schnuppert wie ein Hund. »Frühstücksspeck!«

»Hände weg, das ist meiner!«, scherzt Jake, schaltet den Herd aus und legt den Speck mit der Gabel auf einen mit Küchenkrepp bedeckten Teller.

Mattie ist bestürzt, denn sie kennt ihren großen Cousin noch nicht so gut.

»Keine Sorge. Es ist genug für uns alle da«, sage ich schmunzelnd von meinem Sessel aus.

»Ich habe Hunger.« Mattie kommt zu mir.

»Meine armen verhungerten Kleinen!« Ich halte sie im Arm. Sie ist noch so jung, so unsicher, aber sie lässt sich von mir drücken. Sie kennt mich noch nicht gut, und ich bin so froh, dass ich sie jetzt besser kennenlerne. Nebenan weint das Baby. Adam, Stellas Baby. Ich höre, wie sie aufsteht und mit ihm spricht. So eine gute Mutter, meine Stella, genau wie ihre eigene Mutter. Wie ihre eigene Mutter es hätte sein können.

Ich streichele Matties Arm und bitte sie, das Besteck zu holen, deute auf die entsprechende Schublade.

Heute Vormittag muss ich immer wieder an Charlie denken. Er verweilt, ein Echo im Lärm des Tages. So ist es auch, wenn ich von ihm träume. Er hat mich immer einen Gräuel genannt. Es war so eine seltsame Bezeichnung. Er benutzte dieses Wort, ohne wirklich zu wissen, was es bedeutete. Einmal habe ich darüber gelacht. Nur einmal.

»Weib!«, sagte er oft zu mir. »Du bist mir ein Gräuel!« Er sagte das mit ganz tiefer Stimme, wie ein Prediger. »Du bist ein Gräuel, Weib!«

Bis ich eines Tages sagte: »Einen Gräuel willst du, Mann? Hier hast du einen Gräuel!« Und dann habe ich's ihm gegeben, hab ihm die große Bratpfanne in die Weichteile gehauen. Die alte gusseiserne Pfanne, ganz schwarz vom Fleischbraten. Hab sie ihm genau da hingehauen, wo er gesegnet war. So fest ich nur konnte. Ich muss immer noch lachen, wenn ich daran denke, wie er in diesem Moment geguckt hat, so ein Mittelding zwischen Schock und Ehrfurcht. Ich traf in erster Linie seinen Oberschenkel, war nie die Beste im Zielen, aber er wusste nicht, was ihn da getroffen hatte. Damals fand ich es nicht so lustig, aber heute lache ich darüber. Junge, Junge, er hatte es wirklich verdient.

Damals war ich einfach nur rasend wütend. Ich schnappte meine beiden Mädchen, und wir waren aus dem Haus, ehe er sich auch nur wieder aufgerappelt hatte. Ich nahm meine Mädchen und ging, die Bratpfanne noch in der Hand. Das Einzige, was ich damals mitnahm. Ich habe sie heute noch.

In was habe ich vorhin wohl den Speck gebraten?

Als die Kinder fertig gegessen haben, geht Jake mit Mattie ins Wohnzimmer. Stella kommt in die Küche, ganz still. Ich deute auf den Tee, und sie nimmt sich davon. Sie ist so still, meine liebe Stella. Sie setzt sich an den Tisch, und es liegt fast greifbar in der Luft, was sie alles sagen will.

Ich warte darauf, dass sie spricht.

»Wie geht's dir?«, fragt sie. »Du bist sicher müde.«

»Nein, nein, geht schon«, sage ich. »Ich tue gern was, das weißt du ja. Ich tue gern was für Jake und die kleine Mattie.«

Sie fröstelt in ihrer großen Jacke. »Sie hat dich richtig lieb, Kookoo.«

»Ja, so allmählich.«

Wir schweigen ein bisschen, aber ich spüre es. Ich spüre, dass sie mir so vieles sagen will, es aber einfach nicht kann. Das war bei ihr immer so. Als Kind hat sie alles in sich hineingefressen, und es hat sich in ihr aufgestaut, bis ich merkte, dass sie kurz vorm Explodieren war. Aber sie hat immer zu lang gewartet, und dann kam der große Knall, und sie hat irgendwas Grundsätzliches, Verrücktes gemacht, etwa wegzuziehen und sich ewig nicht zu melden. Sie zog zum Studieren in die Innenstadt und kam jahrelang nicht zu Besuch, aber irgendwann kehrte sie wieder zurück. Und als sie sich verrannt hatte, kam sie mit ihren Kleinen wieder. Manchmal muss so etwas sein.

»Jeff hat morgen frei, vielleicht fahre ich morgen Abend nach Hause«, sagt sie schließlich.

»Das ist in Ordnung, mein Mädchen. Es macht mir nichts«, sage ich ihr.

»Ja«, seufzt sie. »Aber ich würde gern bei dir bleiben, Kookoo. Es fühlt sich nicht mehr richtig an zu gehen.« Sie zieht die Knie an, umschlingt sie mit den Armen, legt das Kinn darauf. »Ich möchte einfach hier sein.«

»Ich möchte auch, dass du hier bist.« Ich versuche sie zu betrachten, so gut es noch geht. Sie ist so jung und schön, meine Stella. Sie weiß es nur nicht, noch nicht.

»Ich fühle mich so schrecklich, Kookoo.« Sie schluckt ihre Tränen herunter, presst die Worte hervor. »Du kannst es dir gar nicht vorstellen.«

»Ich weiß, dass du ein guter Mensch bist. Egal, was sonst noch ist, das weiß ich.« Ihr Haar ist lang und glatt, so wie das meiner Lorraine, bevor sie anfing, sich eine Dauerwelle machen zu lassen. Stella ist ihrer Mom so ähnlich, ihrer Mom, wie sie hätte sein sollen.

»Aber das bin ich nicht, ich bin absolut kein guter Mensch«, stößt sie hervor.

»Doch, mein Mädchen. Doch, das bist du.« Nach Lorraines Tod habe ich in allem, was Stella tat, sie gesehen. Es wurde so schlimm, dass ich Stella in Gedanken Rain zu nennen begann. Ich habe dieses arme Kind nach seiner toten Mutter genannt.

»Ich hab mich verrannt, Kookoo, hab mich dermaßen verrannt.« Sie wischt sich den Mund mit dem Handrücken ab. Ich will aufstehen, um ihr ein Taschentuch zu holen. Sie hält mich davon ab und holt sich selbst eins.

»Aber du bist wiedergekommen«, sage ich schlicht, denn so ist es. Sie sieht ihr so ähnlich, und es verfolgt sie immer noch. Lorraine folgt ihrer Tochter, schlüpft in sie hinein, verwandelt ihr Gesicht zur Vergangenheit hin.

»Aber, Kookoo …« Sie putzt sich die Nase und überlegt. »Ich fühle mich nicht wie ein guter Mensch, Kookoo. Ich …«

Ihre Stimme erstirbt.

Ich schaue sie an und lache mein zahnloses Lachen. »Wer tut das schon, mein Mädchen? Du warst immer so hart zu dir. Bist so hart zu dir, so hart. Härter als irgendjemand anders es je sein wird.«

Sie antwortet nicht, zuckt nur mit den Schultern und nippt an ihrem Tee. Ich möchte sie immer wieder ansehen, damit ich immer in Erinnerung behalte, wer sie ist.

Nach Lorraines Tod wurden Stella und ich eins. Stella war noch so klein, neun vielleicht, ja, ich glaube, sie war neun, als ihre Mama starb. Wir kümmerten uns umeinander, klammerten uns aneinander fest.

Ich höre das Gedudel einer Fernsehsendung und das Lachen des kleinen Adam. Irgendjemand bringt ihn zum Lachen. Jake ist da drinnen. Er ist so ein guter Junge, mein Jake.

»Jeff ist wirklich ein anständiger Kerl. Er ist ein guter Mann, Kookoo, aber er kapiert es einfach nicht.« Stellas Stimme ist

jetzt etwas lauter, etwas kräftiger. »Er versteht das alles nicht.«
Sie sitzt mit angezogenen Knien da, schützt sich.

»Das tut keiner von denen«, sage ich glucksend und überlege
kurz. »Es ist nicht ihre Aufgabe zu verstehen.«

»Ich weiß nicht, ob ich mit jemandem zusammen sein kann,
der das alles nicht versteht.« Ihr junges Gesicht liegt auf ihren
Knien, von mir abgewandt.

»Dann wirst du allein bleiben, und auch das ist in Ordnung.«
Ich mache Anstalten, Tee nachzuschenken. Stella richtet sich
auf, nimmt mir die Kanne aus der zitternden Hand und gießt
ein.

»Er hat andere Aufgaben, er muss nicht verstehen, nicht so,
wie du es gern hättest. Er versteht auf seine eigene Weise.«

Sie nickt, aber ich bin mir nicht sicher, ob sie es schon weiß –
dass Männer gut, stark, wunderbar und normal sind, aber sie
sind nicht alles. Das können sie gar nicht sein. Sie sind zu sehr
mit anderen Dingen beschäftigt, und auch sie sollte mit anderem beschäftigt sein.

»Ich glaube, ich gehe wieder an die Uni«, sagt sie, denn sie
weiß, was ich denke. »Also, ich würde gern.«

»Gut«, erwidere ich und meine es ernst. »Da gehörst du auch
hin.«

»Ich weiß nicht«, seufzt sie. »Manchmal denke ich, das ist
alles Quatsch.«

»Du hast deinen Weg einfach noch nicht gefunden. Wenn
du ihn gefunden hast, ist es kein Quatsch mehr, sondern Lei-
denschaft.«

»War das bei dir so? Hast du deinen Weg gefunden?«

»Ach, ich hatte da nicht viele Möglichkeiten. Ich hatte deine
Mom und deine Aunty. Um die hab ich mich gekümmert. Und
so ist das geblieben. Mein Weg, meine Aufgabe, das wart ihr.
Bei dir ist das anders. Dir steht alles offen«, sage ich ihr. »Du

warst immer eine Geschichtenerzählerin, eine Geschichten-sammlerin, eine Beobachterin. Du hast immer die Welt beob-achtet, meine Stella, und du spürst alles, was du siehst. Geh studieren und lern dazu, aber letztlich wirst du das tun, was du immer getan hast.«

Sie nickt, und im Wohnzimmer fängt Adam an zu weinen. Stella springt auf, um nach ihm zu sehen. So eine Gute. Sie wird älter werden als ihre Mutter. Vielleicht sogar älter als ich.


Letzten Endes ist nur das wichtig, was bleibt. Momente verstreichen so schnell.

In meiner Jugend war ich immer so traurig, voller Weh. Ich war ein armes Mädchen, ein verlassenes Mädchen, eine Waise. Ich habe mich nie der Familie zugehörig gefühlt, bei der ich lebte. Wollte es nicht. Ich wurde benutzt, beleidigt, wie ein Nichts behandelt. Ich dachte selbst, ich sei ein Nichts. Dann hatte ich Charlie und die Mädchen und viel zu tun. Menschen, um die ich mich kümmern musste. Ich hatte Lorraine und Cheryl, und dann wurde mir Lorraine genommen, aber sie hinterließ Stella, und so war sie nie ganz und gar fort. Ich bin froh, dass Charlie vor Lorraine starb. Er hätte das nicht verwunden. Und als sie beide gestorben waren, hatte ich noch Cheryl, und Cheryl hatte mich.

Emily hat jetzt so viele Menschen: Louisa, Paulina, Pete, Jake und die Kleinen. Emily ist stark und voller Leben. Jake wird zu einem wunderbaren Mann heranwachsen. Ich habe so viel, habe aus nichts so viel gemacht. Die beiden, die gehen mussten, Lorraine, Charlie, erwarten mich auf der anderen Seite, wo auch ich bald sein werde. Denn ich bin alt, und ich spüre, dass ich nachlasse, genau wie meine alten Augen. So vieles kann ich nicht mehr sehen. Ich muss immer lange hinschauen in all dem Verschwommenen. Aber ich weiß, dass ich meine Familie habe. Ich spüre sie, selbst wenn sie weggehen. Es bedeutet so viel, andere Menschen zu haben. Alles. Ich habe großes Glück gehabt.

Ich sitze wieder in meinem Sessel, und draußen wird es dunkel. Cheryl hat mir Doughnuts mitgebracht. Wo ist Stella? Es ist still und kalt im Zimmer.

Ich kaue den mit der Puddingfüllung. Er ist weich und süß.

Cheryl kommt mit ihrem Laptop und zeigt mir Videos. Lustige Filme, von denen sie glaubt, dass sie mir gefallen werden, über Katzen und Babys. Ah, richtig, Stella ist heute Abend nach Hause gefahren.

»Ich dachte, die gefallen dir vielleicht«, sagt sie, während sie das Ding zuklappt.

»Ja, tun sie.«

»Du denkst wieder viel an Rain, oder?«, fragt sie, ihre Stimme ist kräftig, aber müde.

»Ja. Sie ist immer noch hier, weißt du, in unserer Nähe.« Ich sage das, ohne nachzudenken, und weiß, dass es stimmt.

»Ich hab das Gefühl, ich sollte irgendwas tun, aber ich habe keine Idee, was ich noch tun könnte«, sagt sie. »Meine Mädchen, die Jungs – ich glaube, dass ich alles getan habe, und im nächsten Moment denke ich, es müsste doch noch etwas anderes geben, was ich tun könnte.« Sie trägt so viel in sich, meine Cheryl. Sie schaut mich lange an, und ich spüre, wie ihr Geheimnis schwerer wird. Sie will es mir nicht sagen.

»Das macht nichts.« Ich lächele. Manchmal lächele ich breit, und dann denke ich an meinen albernen zahnlosen Mund. So vieles ist letztlich nicht wichtig. Ich weiß nicht, ob ich das sage oder nur denke.

Cheryl führt mich zu meinem Bett und legt sich neben mich, wie sie es früher immer getan hat, als sie noch klein war. Wie ich es getan habe, als sie alle noch klein waren.

»Eine Geschichte?« Sie stopft die Decke um mich fest.

»Nein, nur deine Arme«, sage ich, so wie sie es früher sagte, wie sie es immer gesagt hat.

Sie hält mich, warm, weich. Es ist einer dieser Momente, die ihre eigene Geschichte sind, ohne Worte.

Ich schließe die Augen und sinke in einen Traum. Ich fliege wieder. Hoch über den spitzen Giebeln und den kratzigen Baumwipfeln, irgendwo in den Sternen. Ich steige noch höher auf und sehe unter mir die Straßen, die ein Muster aus Rechtecken bilden. Ein Rechteck neben dem anderen, die ganze Stadt wie eine Patchworkdecke, in verschiedenen Gelb- und Grautönen gesteppt. Weiter zu diesem langen, breiten Feld, auf dem die Strommasten stehen, wie ein breiter weißer Fluss windet es sich dahin, durchschneidet alles.

Charlie ist da, eher ein Gefühl, als dass ich ihn sehen könnte. Ich spüre ihn wie den schwarzen Himmel ringsum, überall und nirgends zugleich. Ich spüre meine Lorraine. Sie hält mich warm.

Ihre Arme sind stark, sie kann mich stützen, und ich bin so froh, bei ihr zu sein. Meine Rain, mein liebes Mädchen. Die Wolken ringsum sind strahlend hell, und wir können direkt hineinfliegen. Also tun wir es.

Wir fliegen schnell, pfeilgeschwind. Ich denke an meine anderen Mädchen, die liebe Stella, Louisa, Paulina, die arme, arme Emily, an den starken Jake und diese entzückenden Kleinen. Etwas in meinem Innern sagt mir, dass sie zurechtkommen werden. Sie haben einander. Und solange sie sich aneinander festhalten, werden sie immer zurechtkommen.

Ich halte mich an meiner Lorraine fest, meinem lieben, lieben Mädchen, und mein ganzer Körper fühlt sich an wie nichts, nichts anderes ist mehr wichtig. Nicht die Verletzungen, nicht die Vorwürfe, nicht der Schmerz. Das alles geht vorbei.

Wir richten uns nach Norden aus. Ich sehe verschwommen die Sterne, den weißen Wintermond, und wir machen uns auf den Weg.

# 29

# CHERYL

Jedes Mal, wenn sie die Stadt verlässt, atmet Cheryl tief durch. Sie liebt diesen letzten Moment, die letzte Ampel, bevor sich der Highway vor ihr erstreckt und sie nicht mehr anhalten muss.

Das Land südlich der Stadt ist vollkommen eben. Die Straße beschreibt eine Kurve und entrollt sich dann unter dem weiten Himmel. Der vertraute rissige, graue Highway, das stille Land, der Schnee zu überfrierendem Matsch geschmolzen, in Erwartung des Frühlings. Es ist ewig her, dass sie so viel Himmel gesehen hat. Cheryl lässt alles sacken, was im vergangenen Winter geschehen ist, während sie in das verschwommene Weiß hinausblickt. Der Winter war so lang, so traurig. Sie sitzt auf dem Beifahrersitz, lehnt die Stirn an die kalte Fensterscheibe, und die Straße saust unter den Reifen dahin, als könnten sie die Jahreszeit schließlich doch noch hinter sich lassen.

Rita, oft auf dem Highway unterwegs, fährt routiniert und zu schnell, besonders wenn es heim in die Wildnis geht. Die beiden Mädchen sitzen auf der Rückbank, rechts und links von Baby Boy, der in seinem Kindersitz fest schläft, den Kopf komisch abgeknickt. Die zwei schauen auf ihre Handys und unterhalten sich über Dinge, die sie auf dem Display sehen, über Bands, über Tratsch. Cheryl seufzt jedes Mal vor Dankbarkeit, wenn sie ihre Widerstandskraft spürt, hofft aber trotzdem, dass sie zwischendurch mal aus dem Fenster schauen und sehen, wie sich da draußen ihr Land ausbreitet. Zegwans Auge ist noch verfärbt und geschwollen, und über der großen Platzwunde auf ihrem Wangenknochen klebt ein dünnes Pflaster. Emily humpelt noch, und selbst hier, im Kreis ihrer Familie, sitzt sie zusammengekauert da, erinnert an eine Schildkröte, die jederzeit bereit ist, sich in ihren Panzer zurückzuziehen. Sie hat noch einen langen Weg vor sich, aber trotzdem, da sitzen sie, zwei lebendige junge Mädchen, und unterhalten sich über Baby Boy hinweg. Seine perfekten Bäckchen sind schlaff, und er seufzt in seinem unschuldigen Schlaf.

Cheryl liebt es, auf dem Highway unterwegs zu sein, diese Phase der Ruhe, bevor man ankommt, egal wo. Eine Stunde von der Stadt entfernt sieht es in jeder Richtung anders aus: Im Norden dichter Wald, im Westen welliges Hügelland, im Osten lugen Felsen aus der Erde und raunen vom langen Kanadischen Schild. Der Süden ist einfach nur eben, ein langes, flaches Tal, das irgendwie immer gelb aussieht, wie sonnenverbranntes Gras oder schwindender Schnee.

»Ich glaub, ich habe sie verloren.« Rita schielt in den Rückspiegel.

Cheryl dreht sich um und sieht Petes alten blauen Pick-up nicht mehr. »Du fährst hundertvierzig.«

»Kann ich doch nichts dafür, wenn der Junge da nicht mitkommt«, frotzelt Rita und bricht dann in ihr typisches schallendes Gelächter aus. Sie spürt es auch, das merkt Cheryl — auch ihre Freundin spürt den tiefen, reinigenden Atem des Landes. »Ah, das könnte er sein. Ich fahr mal langsamer.«

Petes Pick-up taucht am Horizont auf und wird größer. Drinnen drei Köpfe, Petes breite Schultern am Steuer und die identischen dunklen Silhouetten von Cheryls Mädchen. Es hat ihr immer gefallen, dass die beiden einander so ähnlich sehen. Als sie noch klein waren, hat Cheryl ihnen oft die gleichen Sachen angezogen, nur in unterschiedlichen Farben. Als Babys sahen sie genau gleich aus, das gleiche flaumige dunkle Haar, die gleichen zusammengekniffenen Augen. Auf Bildern kann sie nur an der Kleidung erkennen, wer da zu sehen ist. Oder an Stella mit ihrem dicken schwarzen Haarschopf: Stella in der Mitte und Louisa, die so aussah, wie Paulina ein Jahr später aussehen würde. Louisa war ein bisschen größer, aber nur so lange, bis sie beide ausgewachsen waren, dann waren sie gleich groß. Sie unterscheiden sich nur im Gesicht, in der Persönlichkeit, der Anmutung.

Als der Pick-up aufgeholt hat, drückt Rita wieder aufs Gas. Cheryl schaut sie an und lächelt.

»Was denn? Wir sind eh schon spät dran!«, sagt Rita.

Cheryl schüttelt den Kopf. Sie sind nicht spät dran. Niemand wird anfangen, bevor sie da sind.

Rita bremst nur leicht ab, als sie in die Schotterstraße einbiegt – sie könnte diese Abzweigung im Schlaf nehmen. Staub wirbelt auf, und der Wald schließt sich einen Moment lang um sie, wie zu einer begrüßenden Umarmung. Cheryl riecht das Feuer, bevor sie es sieht. Als sich der Wald wieder öffnet, kommt als Erstes das alte Holzhaus in Sicht, die Veranda abgesackt, als wollte sie in der Erde versinken. Der Garten dahinter ist lang, fällt leicht ab und ist von Bäumen umgeben, und die gedrungene runde Schwitzhütte ist mit einer ausgeblichenen blauen Plastikplane und sehr alten Fellen bedeckt. Das Feuer daneben ist fast genauso groß. Dan und sein Dad richten sich auf und winken zum Auto herüber, die Arme für einen Moment auf ihre Mistgabeln gestützt. Die beiden Jungen sind über den Steinhaufen gebeugt und befördern einen Stein nach dem anderen ins Feuer.

Dan war zur Beerdigung gekommen und hatte Jake und Sundancer dann mitgenommen. Sie waren schon die ganze Woche hier, hatten »Männerkram« gemacht, wie sie es nannten, Althergebrachtes gelernt, das nur ein Moshoom ihnen richtig beibringen konnte. Cheryl glaubt, dass ihrem Enkel das guttut. In ihrer kleinen Familie ging es so viel um Mädchenkram, um Frauenarbeit. Nicht dass das besser oder schlechter wäre, einfach anders.

Rita schaltet den Motor aus und schaut mit einem kurzen Lächeln zu ihren Männern hinaus. Die Jungs tragen langärmelige Holzfällerhemden und ausgebeulte Jagdwesten, und sie sehen aus, als wäre sie schon seit Jahren hier. Ihre Gesichter wirken friedlich, und sie lächeln beide breit. Petes Pick-up hält jetzt hinter ihnen, und Lou steigt schon aus, bevor der Wagen ganz zum Stehen gekommen ist. Jake rennt herüber und umarmt seine Mutter lang und fest. Er sieht schon wieder größer aus.

»Wir sind da, Baby.« Emily weckt sanft ihren Cousin. Cheryl reckt sich.

»Ich bin am Verhungern, Mom, was haben wir denn zu essen dabei?«, fragt Zegwan.

»Vor der Schwitzhütte solltest du nichts essen, mein Mädchen. Sonst wird dir nur schlecht.« Rita öffnet die Fahrertür und lässt die warme frische Luft herein.

»Ich hab aber Hunger«, quengelt ihre Tochter.

»Tja, hättest du mal was gegessen, als ich es dir gesagt habe. Trink ein bisschen Wasser, und dann begrüß deinen Moshoom.«

Zegwan stöhnt, tut aber wie geheißen.

»Bist du bereit, mein Mädchen?« Cheryl beugt sich nach hinten zu Emily.

»Ja«, sagt Emily auf ihre neue, vorsichtige Art.

»Es wird dir guttun. Danach fühlt man sich immer gut.«

Cheryl spürt, dass Emily nickt, auch wenn sie es nicht sehen kann. Sie steigt aus und geht um das Auto herum, um ihr die Tür aufzumachen. Der leichte Wind riecht nach Rauch, und die Sonne hat schon Kraft. Das Gras fühlt sich weich an. Der Schnee ist zum größten Teil geschmolzen, nur im Schatten hält er sich noch. Hoch über ihnen kreist ein Adler. So hoch, dass er nur ein kleiner Fleck am Himmel ist, aber die Bewegungen sind unverwechselbar.

»Danke, Mom. Oh, danke«, flüstert Cheryl, und niemand hört es, niemand außer dem Adler am Himmel.

Sie gehen der Reihe nach ins Bad. Ritas altes Haus sieht aus, als hätten zu lange nur Männer darin gewohnt. Cheryl sehnt sich plötzlich nach Joes Haus und nach Joe. Er war natürlich auch zur Beerdigung gekommen. Sie war froh darüber, es war eine Geste des Respekts. Sein Bart war voller und weißer geworden, seine Haut vom Winter strapaziert und trocken. Er hatte mehr Fältchen um die Augen, die voller Tränen standen, als er seine Mädchen an sich drückte und Jake abklatschte, denn der Junge war ihm gegenüber etwas scheu. Er sah Cheryl lange an und hielt sie länger, als er es hätte tun müssen. Sie hätte gern mehr mit ihm geredet, aber sie wusste zugleich, dass es nichts gab, was sie hätten laut aussprechen müssen.

Rita hat in einer modrig riechenden Kiste ein paar Röcke liegen, und die Mädchen ziehen beiden einen an. Emily geht zum Umziehen ins Bad und kommt nervös und befangen heraus.

»Keine Sorge, Emily. Du siehst toll aus«, sagt Louisa in sarkastischem, aber zugleich behutsamem Ton. Sie gehen jetzt alle so behutsam mit Emily um. Als wäre sie von einer dünnen, durchscheinenden Schale umgeben, die sie schützen soll, aber jeden Moment zerbrechen kann. Cheryl versucht, ihr gegenüber normal zu klingen, sich normal zu verhalten, aber sie ist trotzdem jedes Mal traurig, erschüttert und wütend, wenn sie ihre noch so junge Kleine anschaut. Deren Schmerz spürt. Als Rain starb, war es genauso. Damals gingen sie alle mit Stella so um, als wäre sie ungemein zerbrechlich. Sie mussten ganz vorsichtig sein, und sie wollten sie alle beschützen und waren wütend auf den Rest der Welt.

Cheryl kann nicht sagen, wann sich das geändert hat, ja, ob es sich überhaupt je geändert hat und wieder normal wurde. Sie versuchte damals einfach, nicht mehr daran zu denken, und nach einer Weile schien es immer weiter in die Ferne zu rücken. Bis dann irgendetwas geschah oder sie etwas träumte, und dann war es wieder, als wäre das alles gerade erst geschehen, und sie spürte wieder diesen quälenden Schmerz, diese Leere, da wo ihre Schwester hätte sein sollen. Die Wunde wuchs zu, aber es blieb eine Narbe zurück. Und die Haut um diese Narbe herum war so empfindlich, dass Cheryl sie immer spürte und es vermied, sie zu berühren.

Ihrer Freundin Rita musste Cheryl es natürlich erzählen.

»Was, sie hat also mehr oder weniger zugesehen, wie das passiert ist, und nichts getan? Das ist ja wohl nicht zu glauben.« Rita stieß mit dem Zigarettenrauch ihre ganze Empörung aus.

»Sie hat die Polizei gerufen.« Cheryl wollte nichts rechtfertigen.

»Scheiße, Mann, aber sie selbst konnte nichts tun? Überhaupt nichts?«

»Wahrscheinlich ist sie einfach – erstarrt, weißt du. Nach allem, was sie in ihrem Leben gesehen und erlebt hat ...«

»Mir ist scheißegal, was ihr passiert ist, sie hätte trotzdem etwas tun sollen.« Ritas Miene war fest, aber ihre Stimme hatte die Schärfe verloren, die sie früher immer gehabt hatte.

»Ja, vielleicht, ich meine, natürlich«, sagte Cheryl und warf den Rest ihrer Zigarette weg. »Aber sie hat es nicht. Sie konnte es nicht.«

»Tja, aber sie hätte was tun sollen.« Wie um das zu bekräftigen, schnipste Rita ebenfalls ihre Kippe weg.

Cheryl konnte ihr weder zustimmen noch widersprechen, sie zuckte nur mit den Achseln. Es ist Stella, Rains Kleine, das war ihr einziger Gedanke, aber sie sprach ihn nicht aus.

Cheryl wusste nicht, wie sie es Paulina sagen sollte. Louisa beharrte zunächst darauf, dass sie es ihr sagen mussten. Dann starb Cheryls Mom, ihrer aller Kookoo, und wieder blieb alles stehen und wurde anders. Für Cheryl war das Leben nur noch eine Folge von Schritten, die sie unternehmen, Dingen, die sie erledigen musste, die Beerdigung planen, die Sachen ihrer Mutter durchsehen. Und unter allem lag dieser tiefe Kummer.

Paulina und Emily waren noch nicht bereit, in die Wohnung zu gehen, und Louisa war damit beschäftigt, den beiden zu helfen, und so war es dann letztlich Stella, die kam und alles mit ihr durchsah. Tagelang sortierten sie zu zweit Sachen, so viele Sachen, und packten sie zusammen. Sachen werden so nutzlos, wenn sie niemandem mehr gehören.

Stella redete nicht viel. Sie arbeitete einfach. Sie räumte die Sachen ihrer Kookom aus. Ihre Scham war so groß, dass sie das ganze Zimmer erfüllte. Selbst auf der Beerdigung war Stella nicht lang geblieben und hatte ihre Cousinen und deren Kinder nicht gegrüßt. Vielleicht konnte Cheryl nichts anderes erwarten.

Sie müssen immer noch so viel durchsehen, so viel ausräumen. Stella ist auch jetzt gerade in Kookoos Wohnung. Oder vielleicht ist sie inzwischen fertig und schon gegangen, wieder fort.

Immerhin hat sie das jetzt getan.

Cheryl weiß, dass sie es Paulina eines Tages wird erzählen müssen. Sie fürchtet diesen Tag, aber anderseits, was macht es schon aus. Es wird nichts ändern. Sie sind jetzt schon am Boden zerstört, lässt sich das überhaupt noch steigern?

»Wenn ihr bitte alle zusammenkommen würdet – ich glaube, wir können anfangen.« Eine ältere Frau steht am Feuer und hält die Schale mit den rauchenden Salbeibündeln.

Cheryl geht zu ihr hinüber, lässt den Rauch über ihre Handflächen streichen und badet ihr Gesicht darin. Augen, Ohren, ihr kurzes Haar, dann fährt sie mit steifen Händen über ihre alternde Haut, so wie ihre Mutter es ihr vor vielen, vielen Jahren beigebracht hat. Sie schaut zu ihrer Familie hinüber, ihren Mädchen mit deren in Decken gehüllten Kindern, bereit für die Schwitzhütte. Jake weint unauffällig, seine Kapuze auf dem Kopf. Seine bleichen dünnen Beine ragen aus großen Badeshorts, wie die Männer sie in der Schwitzhütte alle tragen.

Die Tür der Schwitzhütte wird aufgerissen und gibt den Blick in die feuchte Dunkelheit und auf die Vertiefung in der Mitte frei, in der die glühenden Steine liegen werden. Cheryl krabbelt hinein und setzt sich mit den anderen im Kreis um die Grube. Sie schmiegt sich zwischen Louisa und Emily, und ihr ist jetzt schon warm. Ihre Enkelin sitzt vorgebeugt da, sie hat sich neben die Tür gesetzt, damit sie jederzeit rauskann, wenn sie will. Die Frau, die die Zeremonie leitet, verteilt Rasseln und heißt dann die ersten Großvatersteine in der Grube willkommen. Die orange glühenden Steine werden mit der Mistgabel aus dem Feuer genommen, zu der runden Hütte getragen und in die Vertiefung in der Mitte gelegt. Dann wird die Tür geschlossen, und bis auf die glühenden Steine ist es dunkel. Die Frau streut eine Handvoll zerriebene Wacholdernadeln darauf, und Funken sprühen, die sogleich wieder verglimmen. Cheryl atmet den süßlichen Duft der Heilpflanze schweigend ein, während die anderen um sie herum johlen und rufen. Die Leiterin schlägt auf ihre Handtrommel und fängt an zu singen, und die anderen stimmen nach und nach ein. Cheryl kennt das Lied, aber sie hat keine Stimme, also schüttelt sie ihre Rassel und hält sich an Emily fest. Sie hat lange nicht mehr so tief geatmet. Der Dampf wird dichter, und alle singen lauter. Tränen mischen sich in den Schweiß auf ihrem Gesicht, doch sie harrt aus.

Sie macht alle vier Durchgänge mit, singt jetzt leise. Cheryl träumt von Wölfen in dem Bau, den sie sich für ihre Schwester vorstellt. Sie sind alle da, Wölfe, die ihr Fell abgeworfen haben, warm und beisammen. Genau wie es sein soll.

Klatschnass krabbelt sie schließlich in den helllichten Tag hinaus, Erde an den Knien. Sie richtet sich auf, streckt in der Sonne den Rücken. Erschöpft ist sie, erfrischt, und sie hat einen Riesenhunger. Sie legt sich ein Handtuch um die Schultern und setzt sich neben Louisa an den Tisch. Nimmt sie in ihre schweißnassen Arme, worauf ihr Mädchen lautstark protestiert. Genau wie früher, als sie so jung war wie heute ihr Ältester.

»Herrje, Ma. Du bist patschnass!« Sie versucht sich zu entziehen, aber nicht ernsthaft.

Rita kommt mit rotem, heißem Gesicht herüber, und ihre Augen lächeln, während sie zwei Brote belegt und dabei Chips knabbert.

»Gut, das Schwitzen, oder?« Sie stupst Cheryls Ellenbogen an.

»Schon«, sagt Cheryl, ihr Gesicht ein einziges Lächeln. Sie schaut zu ihren Enkeln hinüber, die im Gras spielen.

Sie waren gerade bei Paulina zu Hause angekommen, als die Polizei anrief. Hatten eben Emily nach Hause gebracht. Cheryl hatte ihr die Treppe hinaufgeholfen und sie ins Bett gepackt, und dann hatte sie sich neben sie gelegt, das Kind ihres Kindes in die Arme seiner Großmutter gebettet, so wie früher, als Emily noch klein war, als sie vier Geschichten und ein Lied brauchte, ehe sie ihre Kookoo gehen ließ. Cheryl lag lange dort und summte ein altes Lied, das ihre Mom ihr beigebracht hatte. Dann ging sie hinunter, und das Telefon klingelte.

Cheryl beobachtete, wie Paulina zuhörte und das Telefon dann an ihre Schwester weiterreichte, um es ihnen nicht selbst erzählen zu müssen. Es war dann Louisa, die es aussprach.

Cheryl glaubte es erst nicht, es ergab keinen Sinn. »*Mädchen?*« Sie wiederholte das Wort immer wieder und schaute zu ihren Mädchen hinüber, die ihr in Paulinas Wohnzimmer gegenübersaßen. »Wie können denn … Mädchen?« Sie sagte das Wort ein ums andere Mal, als würde das helfen.

»Offenbar hat dieses Mädchen eine Flasche benutzt, so viel zum Wie.« Louisa begann ihre Sätze so, als wollte sie sie eigentlich nicht beenden. »Das wussten wir ja schon. Wir wussten das mit dem …. Glas.«

Paulina schaute weg, ihr wütendes Gesicht war wie in Beton gegossen. Ihre Finger waren gegen ihr Kinn gepresst, als hielten sie es aufrecht.

»Mädchen«, sagte Cheryl ein weiteres Mal, diesmal leiser. Sie wollte nicht, dass Emily es hörte, dabei lag die oben und schlief.

»Sie ist jetzt in Gewahrsam, diese Anführerin, und die nehmen an, dass sie sich schuldig bekennen wird.« Louisa erklärte alles langsam und sorgfältig. Sie wollte es kein zweites Mal sagen müssen.

Cheryl nickte. »Ich kann mir nicht… Es ist so …« Ihre Stimme erstarb.

»Ich weiß.« Louisa beugte sich zu ihr vor, die Hände wie zum Beten aneinandergepresst. »Aber es ist doch gut, ich meine, zumindest wissen wir jetzt Bescheid, oder?«

Cheryl nickte nur wieder. Paulina schaute immer noch weg.

»Klingt, als wäre dieses Mädchen total verkorkst. Ich meine, das muss man ja sein, wenn …« Weiter kommt sie nicht.

»Mir ist ihre Geschichte scheißegal, Lou, du kannst also sofort damit aufhören«, sagte Paulina, den Blick weiterhin abgewandt.

»Ich wollte nicht …«, setzte ihre Schwester an.

»Ist gut jetzt«, sagte Cheryl zu beiden und hob die Hände, damit sie nicht wieder laut wurden. Sie hatte das Gefühl, jeden Halt verloren zu haben, aus der Tiefe eines Abgrundes zu sprechen und zu gestikulieren: »Das ist ein ziemlicher Brocken, den müssen wir alle erst mal verdauen. Immerhin ist dieses Mädchen jetzt aus dem Verkehr gezogen. Sie wird Emily nichts mehr antun.«

»Stimmt.« Louisa nickte. »Das ist das Wichtigste.«

Paul nickte nicht, aber ihr Gesicht entspannte sich etwas. Die Falten glätteten sich, zumindest einen Augenblick lang.

Das Wichtigste.


Die Sonne geht langsam unter, und das Feuer erlischt. Es ist Zeit zu gehen. Dan räumt auf, und sein Dad unterhält sich lange allein mit Rita. Cheryl raucht noch eine Zigarette, und Baby Boy rennt im Wald herum, seinen Bruder und die anderen Teenager auf den Fersen. Emily rennt nicht mit, aber sie wedelt mit den Armen und versucht ihren kleinen Cousin zu fassen zu kriegen, wie er es so gern mag. Sein Gelächter erhebt sich hell über die Bäume. Louisa setzt sich vor ihrer Mom auf den Boden und nimmt sich eine Zigarette.

»Und jetzt?«, fragt sie Cheryl.

»Ich gehe morgen zu deiner Kookoo. Fertig ausräumen, falls du mithelfen willst.«

»Das sollte ich wohl, hm?« Louisa beobachtet die Kinder. »Tut mir leid, dass ich mich da gedrückt habe. Ich war einfach – ich war noch nicht so weit.«

»Ich weiß. Das versteh ich.« Cheryl blickt auf, der Himmel ist leer, verfärbt sich. »Aber ich könnte deine Hilfe gebrauchen. Deine Schwester möchte ich nicht darum bitten.«

»Okay. Ich komme morgen.« Louisa nickt in das schwindende Licht, und sie schweigen wieder.

»Vorhin hab ich einen Adler gesehen. Als wir angekommen sind«, sagt Cheryl langsam.

»Gut.« Louisa weiß, was es bedeutet, einen Adler zu sehen. »Ich wusste, dass sie hier irgendwo sein würde.«

»Ja, das ist sie.« Cheryl seufzt, sie spürt ihre Mutter in ihrer Nähe und will dieses Gefühl nicht verlieren. Sie schaut erneut nach oben, aber der Himmel ist leer. Selbst die Sonne verlässt ihn jetzt.


Baby Boy schläft in der Mitte, aber diesmal sitzen Paulina und Louisa auf der Rückbank. Das Land ringsum ist schwarz. Wenn Rita in die Stadt zurückkehrt, fährt sie langsamer.

Irgendwann unterwegs auf dem ruhigen Highway spricht Rita schließlich. »Meine Kinder werden wieder zu ihrem Dad ziehen. Ich glaube, sie müssen mal eine Weile daheim sein.«

»Gute Idee, das wird ihnen guttun«, sagt Louisa, aber Cheryl weiß, dass sie dabei an ihren eigenen Sohn denkt. Sie hört es an Louisas härter werdendem Ton.

»Ich fahr nächstes Wochenende hin, vielleicht wollen Em und Jake ja mitkommen? Dans Dad hat gesagt, sie können gern kommen, aber ich habe ihm gesagt, dass ihr beiden da wahrscheinlich nicht so scharf drauf seid.«

»Ja, aber es ist trotzdem nett von ihm.« Im Rückspiegel sieht Cheryl, wie ihre Töchter sich kurz anschauen. Sie denken beide daran, dass ihre Kinder den besten Freund und die beste Freundin verlieren werden.

»Das ist doch eine gute Idee. So kommen sie mal raus und können ihre Freunde gleich besuchen«, sagt Cheryl. »Ich fahr auch mit, wenn es ihnen recht ist. Mir gefällt es da draußen.«

»Ja, es ist ein guter Ort, hm?«, sagt Rita. »Ich merke immer erst, wenn ich wieder dort bin, wie sehr er mir gefehlt hat.«

»Du bist dort daheim«, sagt Cheryl mit einem Blick zu ihr hinüber.

»Ich brauche noch mal dieses Ritual. Ich habe in der Schwitzhütte so viele Gebete gesprochen. Ich habe gelobt, mit dem Trinken aufzuhören. Es ist Zeit, einen Schlussstrich zu ziehen.«

»Da hast du recht. Es ist Zeit für einen richtigen Schlussstrich.«

»Willst du mein Nüchtern-Buddy sein? Wir können zu viel Tee trinken und richtige Kookoms sein.«

»Ich bin schon eine richtige Kookom«, sagt Cheryl, »und von Tee muss ich nur pinkeln.«

Aber sie denkt kurz darüber nach, denn die Vorstellung, nicht zu trinken, fühlt sich plötzlich befreiend an – und beängstigend. Aber gut. Warm.

»Du solltest das echt machen, schließlich ist Frühling. Man sollte jeden Frühling mit irgendetwas Schlechtem aufhören«, sagt Rita.

»Ist das so was wie deine persönliche traditionelle Lehre, Reet?«

»Ja, es nennt sich Ritalogie. Du solltest auch daran glauben.« Rita lacht. »Für ganze fünfzig Dollar kuriere ich dich aus.«

Cheryl lacht ebenfalls und denkt an eine Zigarette, aber

Louisa würde sie umbringen, wenn sie mit Baby Boy im Auto rauchen würde.

»Überleg's dir«, sagt Rita etwas ruhiger. »Ich helfe dir. Ich werde dein Trocken-Buddy.«

Cheryl denkt darüber nach. Der Wunsch, trocken zu sein, fühlt sich fast so gut an wie der Traum von der Wildnis. Sie nickt nur ganz leicht, aber Rita sieht es.

»Gibst du auch irgendwas auf, Lou?«, fragt Rita und blickt dabei in den Rückspiegel.

»Für die Ritalogie?«, frotzelt sie. » Äh, ich habe gerade meinen Partner aufgegeben, zählt das?« Sie lacht, und Rita fällt ein, lacht von Herzen.

Cheryl schaut in die vorbeisausende Nacht hinaus. Hier und da Lichter im Dunkel. Sie riecht immer noch den nahenden Frühling.

»Wir sind am Arsch, aber nicht am Ende«, bricht Paulina das Schweigen, das sich zwischen ihnen breitgemacht hat. Und dann, bevor Cheryl nachfragen kann: »Ich werde aufhören, so hoffnungslos zu sein. Oder zumindest werde ich versuchen, so hoffnungsvoll wie möglich zu sein.«

»Guter Entschluss«, sagt Cheryl und nickt ihrem Mädchen zu.

»Das würde uns allen guttun«, fügt Rita hinzu. »Das in Erinnerung zu behalten.«

Cheryl schaut nach hinten und sieht, wie Paulina nach der Hand ihrer Schwester greift. Louisa nickt nur und wendet sich ab, schaut hinaus in die dunkler werdende Nacht. Cheryl findet ihre Stimme nicht, aber sie denkt, ja, Hoffnung. Genau die müssen wir uns bewahren.

Sie blickt auf und sieht einen Stern, und dann noch einen, verschwommen, aber da. Sie denkt an den Adler und stellt sich ein neues Werk vor. Diesmal ihre Mutter, ja, aber nicht von einem Foto abgemalt. Eine Zeichnung, irgendwas mit ihren

Händen und diesen weit ausgebreiteten braunen Schwingen. Ja, etwas vollkommen Neues.

Cheryls Hände werden weich, und sie spürt diese Ruhelosigkeit, das Bedürfnis zu arbeiten. Noch eine halbe Stunde bis zur Stadt, und dann kann sie bis in die Nacht hinein skizzieren. Aber erst kann sie noch etwas hierbleiben, im warmen Auto bei ihren Mädchen.

Dies sind die Momente, die sie am meisten liebt, die Momente, die sich einfach nur gut anfühlen, wie immer man sie betrachtet.

# Danksagung

Dieses Buch ist eine Gabe des Dankes an die Sozialarbeiter und Sozialhelfer, die jeden Tag auf tausend unterschiedliche, unspektakuläre Weisen die Welt retten. An jene, die andere entlasten, die helfen, ohne Gegenleistungen zu erwarten, die Schmerz nehmen und Heilung geben: Danke.

An die Künstler, die uns unsere Seele wiedergegeben haben: Danke.

Diese Buch hätte nicht entstehen können ohne das wilde Chaos des UBC Creative Writing Program, insbesondere nicht ohne Annabel Lyon, dank der aus dem ganzen Tumult Sinnvolles erwuchs. Ich danke Marilyn Biderman, meiner Agentin, die sich so entschlossen für mich einsetzt, Janice Zawerbny für ihre sanfte Führung, und allen bei meinem Verlag House of Anansi, die mich und meine fiktiven Schwestern willkommen geheißen und aufgenommen haben.

Mein Dank gilt auch jenen, die den Weg gebahnt haben: Lee Maracle, Beatrice Culleton Mosionier, Eden Robinson, Rosanna Deerchild und all die anderen Neechi, Fast-Neechi und sonstigen Schreibenden, die mir auf meinem Weg geholfen haben. Ihr seid fantastisch! Und natürlich ein großes Dankeschön an das Indigenous Writers Collective – ich weiß nicht, wo ich ohne euch wäre.

Ich danke meinen Schwestern Chrysta, Anna und Ko'ona. Mein Dank an alle Boulettes und an Lena – mit den besten Gedanken und in Erinnerung an April und Brian.

Ich danke meiner Mutter, meinem Vater, meinem Bruder Pete, meinen schönen Nichten und ganz besonders und immer wieder meinen wunderbaren Töchtern, die einfach großartig sind.

Miigwetch. Marsi. Merci. Danke.

# Familienstammbaum

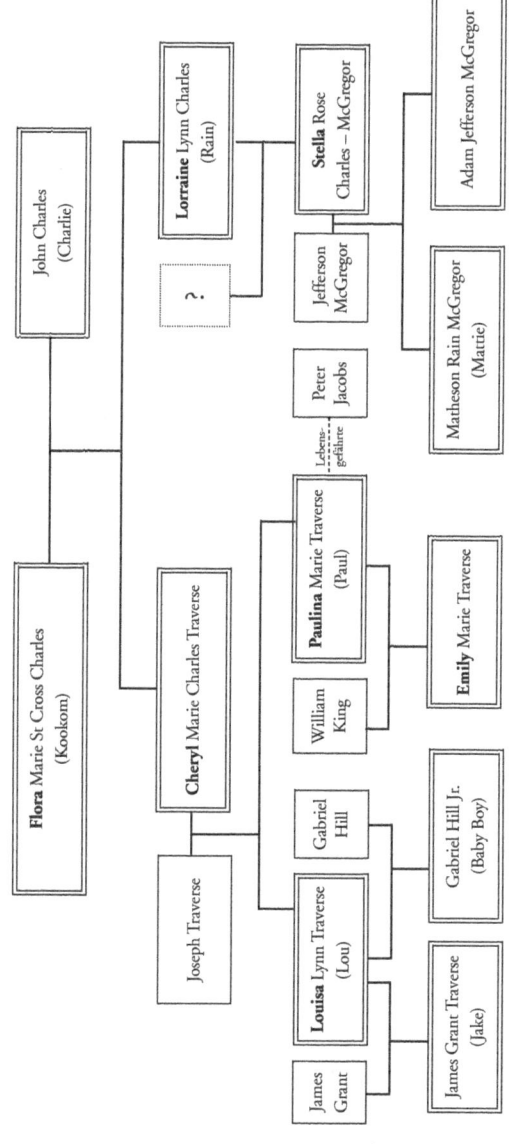

# Annie Proulx

# Schiffsmeldungen

Roman

*416 Seiten, btb 73611*
*Aus dem Amerikanischen von Michael Hofmann*

**Ausgezeichnet mit dem Pulitzerpreis**

Quoyle, ewiger Versager und Pechvogel, lässt sich von seiner
Tante überreden, mit ihr in die Heimat seiner Vorfahren
zurückzukehren: zu der Felseninsel Neufundland, einer
rauen Küstenlandschaft im Osten Kanadas. Beißende Winde,
sintflutartige Regenfälle und vorbeitreibende Eisberge
sind hier normal, und die kauzigen Nachbarn reden zwar
nicht viel, schauen aber genau hin. Und dennoch findet
Quoyle, der immer schon panische Angst vor dem Wasser
hatte, hier so etwas wie ein Zuhause, schreibt als Reporter
die »Schiffsmeldungen« fürs Lokalblatt und lernt, wie
echte Neufundländer Küsse schmecken: ein bisschen nach
Robbenflossenpastete und Meersalz, ein bisschen nach Glück.

»Ein Roman, der die Essenz des Lebens in sich trägt: zart,
grausam, komisch und tragisch zugleich. Proulx' Prosa
ist bildergesättigt und spröde, sie trifft den Leser mitten
ins Herz.«
*Münchner Merkur*

**btb**

# Ottessa Moshfegh

# Eileen

Roman

*336 Seiten, btb 71944*
*Übersetzt von Anke Caroline Burger*

**»Eine erwachsene Frau ist wie ein Kojote –
sie braucht nicht viel zum Leben.«**

Man kann dieser Welt nicht entkommen. Es sei denn, man
nimmt das Gesetz in die eigene Hand.
Eileen Dunlop hasst sich und die Welt. Verantwortlich für
ihren alkoholkranken Vater, arbeitet sie in einer Vollzugsanstalt
für jugendliche Straftäter. Als sie dort auf die charismatische
Harvard-Absolventin Rebecca Saint John trifft, ist Eileen sofort
verzaubert. Doch für die Freundschaft mit der wunderschönen
Rebecca zahlt sie einen hohen Preis: Sie wird Teil eines
Verbrechens, das selbst Eileens dunkelste Fantasien übersteigt.

**»Hätte Jim Thompson sich mit Patricia Highsmith
zusammengetan, wäre dabei ›Eileen‹ herausgekommen.
Nachtschwarz, eiskalt und großartig erzählt.«**
*John Banville*

btb